Frozen Temptation

Verbotene Leidenschaft

Rebecca Baker

***

Kapitel 1

Deborah

„Jetzt mach schon, Deborah. Ich hab nicht ewig Zeit. Unterschreib einfach. Hier unten. Es ist eine einmalige Chance für dich.“ Die Worte meines Vaters hallten durch das luxuriöse Büro, während mein Blick auf dem Vertrag vor mir haftete. Ich konnte nicht wirklich glauben, dass ich hier war. Mitten im Büro meines Vaters, ihm gegenüber. Wir hatten seit längerer Zeit kaum ein Wort miteinander gewechselt.

Wie lange?

Waren das wirklich zwei Jahre gewesen?

Dad thronte auf seinem Chefsessel hinter seinem Schreibtisch aus massivem Kirschbaumholz. Ungeduldig klopfte er auf den Vertrag, der vor ihm lag.

Alles war wie immer.

Dad bestimmte, was ich tun sollte.

So war es all die Jahre über gewesen. Und genau darum hatten wir nicht mehr miteinander geredet. Dad hatte ja sogar geglaubt, bestimmen zu können, in wen ich mich verliebte und mit wem ich mein Leben verbringen würde.

Flüchtig dachte ich an Draven.

Meinen Ex.

Der Mann, von dem ich geglaubt hatte, er wäre die Liebe meines Lebens. Ich hatte so sehr daran geglaubt, dass ich dafür sogar mit Dad gebrochen hatte. Aber am Ende hatte Draven sich als Kontrollfreak entpuppt, der andauernd Wut- und Eifersuchtsanfälle bekam.

„Na los, meine Liebe, woran denkst du denn? Gibt es noch offene Fragen?" drang die Stimme meines Vaters Harrison an mein Ohr. „Ich dachte, wir wären uns einig?"

Einig.

Dad bot mir einen Job an.

Und ich brauchte dringend einen Job.

Das war alles.

Einig war anders.

Ich sah mich in dem riesigen Büro um. An den Wänden hingen Auszeichnungen, Diplome und Fotos, auf denen mein Vater bekannten Persönlichkeiten die Hand schüttelte und ihre Glückwünsche und ihren Dank entgegen nahm. Hinter mir erstreckte sich die winterliche Skyline von New York vor dem riesigen Panoramafenster. Ich kannte den Ausblick nur zu gut, auch wenn ich jetzt mit dem Rücken zu ihm saß.

Alles hier verhieß Reichtum.

Mein Dad war einer der reichsten Menschen von New York.

Wahrscheinlich der ganzen USA.

Er besaß eine riesige Kette von Luxushotels, in denen schon alle Menschen übernachtet hatten, die Rang und Namen hatten. Präsidenten. Schauspieler. Sänger. Andere Prominente. Menschen, die reich waren. Nobelpreisträger.

Sowas.

Nun hatte Dad beschlossen, sich zu vergrößern und eine Kette an Luxusrestaurants gekauft. Gerade erst vor ein paar Tagen.

Mein Dad hatte Macht und Einfluss.

Und genau darum hatte ich mir nie etwas von ihm sagen lassen.

„Deborah?" Mein Vater riss mich erneut aus meinen Gedanken.

Ich zuckte zusammen und meine Augen huschten zu Dads Gesicht hinüber. Ein dünnes Lächeln spielte um seine Mundwinkel. Dad hasste es, wenn ich ihm nicht zuhörte. Daher war es schon eine Meisterleistung, dass er jetzt nur wenig sagte.

„Ich... ich denke nicht, dass ich noch Fragen habe", murmelte ich und starrte auf den Vertragsentwurf, der vor mir auf dem Tisch lag.

„Du wirst es nicht bereuen, endlich Vernunft angenommen zu haben." Dad sah mich vielsagend an.

Ich schluckte und ignorierte seine Anspielung auf Draven. Denn da war ich unvernünftig gewesen. Zumindest behauptete Dad das.

Mit einer einladenden Geste deutete mein Vater auf die rechts unten aufgeführte Gehaltssumme. „Ich denke, die Summe ist angemessen, oder? Hast du in den letzten Jahren denn so viel verdient?"

Natürlich hatte ich das nicht.

Ich musste schlucken und warf einen weiteren Blick auf den verlockenden Betrag.

Ich hatte eine beschissene Stelle bei einem Schmuck-Produzenten gehabt. Der Idiot hatte meine liebste Kollegin und Freundin Scarlett gemobbt. Zum Glück hatte sie etwas Besseres gefunden und das Unternehmen verlassen. Dann war eine Weile Ruhe gewesen. Doch dann begann Leopold Andersen, mich zu mobben. Das hielt ich nicht aus. Ich WOLLTE es nicht aushalten. Ohnehin war die Arbeit langweilig und nicht besonders aufregend.

Gleichzeitig war mit Draven Schluss und ich hatte wieder Kontakt mit meinem Vater.

Der mir einen Job anbot.

Eigentlich hatte ich Dad nicht treffen wollen.

Zu sehr hatte es mich verletzt, dass er nicht mehr mit mir geredet hatte, weil ich mich für Draven entschieden hatte. Nicht jeder musste mit dieser Entscheidung einverstanden sein.

Aber das Schweigen...

Das war wie eine Erpressung gewesen.

Dad wollte mich gefügig machen.

Und nun saß ich nach alldem vor ihm und sollte einen Arbeitsvertrag unterschreiben. Damit würde er mich wirklich in der Hand haben.

Konnte ich das wirklich tun?

War das hier das Richtige?

„Also was sagst du?" hörte ich Dads Stimme erneut.

Das surrende Geräusch der Klimaanlage drang in mein Bewusstsein, als ich nervös meine Stiefel auf dem Perserteppich hin und her bewegte.

„Ich bin mir nicht sicher, ob ich dafür geeignet bin." Irgendetwas musste ich jetzt sagen. „Ich meine, du suchst jemanden für die Führung einer Kette von Luxusrestaurants... damit hatte ich noch nie etwas zu tun." Das war nicht gelogen. Ich zweifelte wirklich.

„Du wirst es lernen." Dad lächelte mich plötzlich an und wirkte mit einem Mal, als sei er tatsächlich stolz auf mich. „Das ist kein Problem."

„Aber wenn eine Führungskraft Fehler macht, dann hat das meist ziemlich drastische Auswirkungen", gab ich zu bedenken. Ich wollte den Job wirklich nicht verkacken. Dann würde Dad wahrscheinlich nie wieder mit mir reden. Und ich hätte meinen Ruf ruiniert.

„Darum sollst du den Job ja auch nicht alleine machen. Die Restaurants werden von einem erfahrenen Manager geführt. Ich habe nicht vor, ihn zu feuern. Er soll dir helfen, dich zurecht zu finden. Ihr werdet Co-CEOs." Dad sah mich zufrieden an.

Ich blieb skeptisch. „Aber zwei Chefs unter einem Dach... Das gibt meist Ärger."

Dad grinste. „Wer redet denn von zwei Chefs? Ich bin der Chef. Ihr werdet tun, was ich sage."

Aha.

Genau wie ich befürchtet hatte.

Ich unterdrückte ein Seufzen und sah noch einmal auf den Arbeitsvertrag vor mir.

„Außerdem ist es ganz praktisch, wenn du diesem Mr. Winters ein wenig auf die Finger sehen kannst", sagte Dad da überraschend.

Ich blickte ihn an. „Wieso denn das? Hat er etwas ausgefressen?"

Dad schüttelte den Kopf. „Bisher nicht, jedenfalls soweit ich weiß. Aber ich traue ihm nicht über den Weg. Das scheint genauso ein Frauenheld zu sein wie dieser Drake, mit dem du auf und davon bist."

Draven. Nicht Drake.

Ich unterdrückte meinen Impuls, Dad zu korrigieren. Draven war Geschichte, also war es egal, wenn Dad sich nicht mehr an seinen Namen erinnerte.

„Ach so“, sagte ich nur. „Aber ins Büro wird Mr. Winters seine Frauen sicher nicht mitbringen, oder?“ Ich hasste den Gedanken, hinter jemandem herspionieren zu müssen. Warum konnte man die ganzen Sache nicht in einem offenen und ehrlichen Gespräch klären?

„Es gibt so etwas wie Affären am Arbeitsplatz.“ Dad sah mich an, als wäre ich von gestern.

„Ich will nicht deine Spionin sein.“ Energisch schüttelte ich den Kopf. Das würde ich nicht mit mir machen lassen.

„Du sollst nicht spionieren. Das wirst du dort automatisch mitbekommen. Und vielleicht wird Winters sich auch einfach am Riemen reißen, wenn du vor Ort bist.“ Dad sah mich mit nachdenklich gerunzelter Stirn an. „Aber ich warne dich. Lass die Finger von ihm.“

Empört sog ich die Luft ein. Das konnte ja heiter werden. Noch hatte ich den Arbeitsvertrag nicht einmal unterschrieben und schon ging das so los!

„Du hast ein Faible für diese Art Mann. Drake, dieser Winters... sobald einer untauglich ist, wirfst du dich an ihn heran.“ Dad verzog seine Lippen. „Du solltest allmählich erwachsen werden, Deborah, und dir ein tauglicheres Exemplar heraussuchen.“

Ich biss mir auf die Lippen, um nicht zu explodieren.

Was bildete Dad sich eigentlich ein?

„Drake, schön und gut, den kann man noch unter Jugendsünde verbuchen... Aber das ist jetzt vorbei!“ Dad sah mich warnend an. „Ich biete dir ziemlich viel.“ Mein Vater wies auf den Vertrag, von dessen oberstem Blatt mich die Gehaltssumme deutlich anlachte. „Aber ich verlange auch viel.“

Ich holte tief Luft. „Dad, ich werde für dich arbeiten. Aber ich lasse mich nicht von dir kontrollieren oder mir vorschreiben, wie ich mein Leben führen soll.“

„Wer spricht denn von kontrollieren?“ Dad sah mich an. „Ich unterstütze dich dabei, das Beste aus deinem Leben zu machen. Das scheint auch dringend nötig. Alleine hast du das offenbar nicht hinbekommen. Du hast nicht nur einen Loser von Freund gehabt, sondern auch einen miesen Job.“

Ich öffnete meinen Mund.

Dann schloss ich ihn wieder.

Was willst du wirklich, Deborah? Neuen Ärger mit Dad? Oder willst du einen Neuanfang wagen?

Vielleicht würde alles gar nicht so schlimm werden.

Wenn ich mich etwas eingelebt hatte, würde Dad mich bestimmt in Ruhe lassen. Oder auch, wenn er andere Dinge zu tun hatte. Dad hatte ziemlich viele Firmen und kaufte ständig neue hinzu.

Außerdem hatte ich nicht wirklich eine andere Wahl. Wenn ich weiter bei Leopold Andersen blieb, dann würde der mir nur noch mehr das Leben zur Hölle machen. Er wartete geradezu darauf, dass ich einen Fehler machte. Wenn ich auch nur eine Minute zu spät kam oder eine Sekunde vor der Zeit ging, dann hagelte es bitterböse Bemerkungen. Ich bekam die niedrigste Arbeit zugeschoben und Leopold Andersen tauchte wie von Zauberhand immer dann auf, wenn ich ein Wort mit einem Kollegen wechselte.

Nein, das konnte ich nicht länger zulassen.

Ich war mir beileibe nicht sicher, mit der Unterschrift unter den Vertrag bei Dad das Richtige zu tun.

Aber auf jeden Fall war es besser als bei Leopold zu bleiben.

Mit leicht zitternden Fingern ergriff ich den Stift und unterschrieb.

Zufrieden betrachtete Dad meine Unterschrift und ein spöttisches Lächeln umspielte seine Lippen. „Na brav, meine Liebe. Ich wusste doch, dass du am Ende zur Vernunft kommst." Er lehnte sich in seinem Chefsessel zurück und musterte mich eingehend. „Allerdings möchte ich von vornherein ein paar Dinge klarstellen, was deine neue Stellung bei mir betrifft."

Uh-oh, da kam er schon – der obligatorische Vortrag meines Vaters, wie ich mich zu verhalten hatte. Schon als Kind hatte er bei jeder sich bietenden Gelegenheit versucht, mir seine Weltanschauungen aufzudrücken. Damals waren es noch belanglose Kindersachen gewesen, an die ich mich kaum erinnern konnte. Doch je älter ich wurde, desto stärker drang er in mein Privatleben ein und versuchte, meinen Freundeskreis und mein Liebesleben nach seinen Vorstellungen zu kontrollieren.

Draven war das beste Beispiel dafür.

„Also pass gut auf", begann Dad in schulmeisterlichem Ton und hob einen Zeigefinger. „Ich erwarte von dir, dass du dich in der Öffentlichkeit immer untadelig kleidest und benimmst. Als meine Tochter trittst du direkt für unser Familienimperium ein. Jede deiner Handlungen wird darauf geprüft, ob sie mit den Werten und dem Ruf, für den wir stehen, vereinbar ist."

Genervt rollte ich mit den Augen, was Dad wütend machte. „Hör mir zu, Deborah! Und verzieh nicht so das Gesicht! Das ist ein erster Punkt, an dem du dringend arbeiten musst."

„Weiterhin", fuhr Dad fort und warf mir einen giftigen Blick zu, „dulde ich keinerlei Geschichten wie die mit deinem Ex-Freund mehr. Nie wieder sowas, hast du verstanden?"

Mühsam unterdrückte ich den Impuls, etwas zu erwidern. Das Thema hatten wir doch gerade erst beredet.

„Außerdem", donnerte Dads Stimme weiter an meine Ohren, „erwarte ich, dass du dein Privatleben strengstens von deinem Beruf trennst. Haben wir uns verstanden?"

Ich biss mir erneut auf die Zähne. Wie redete Dad denn mit mir? Als wäre ich ein kleines Kind, das erst einmal erzogen werden musste! Mit fester Stimme erwiderte ich: „Ja, Dad. Ich habe verstanden."

Etwas wie Verwunderung huschte kurz über Dads Gesicht, dann nickte er knapp. „Gut, gut. Siehst du, so einfach kann es sein. Halt dich einfach an das, was ich dir sage, dann kommen wir schon zurecht."

Wieder fühlte ich mich in meine Kindheit zurückversetzt. Damals war ich noch ein unmündiges Mädchen gewesen, dem nichts anderes übrig blieb als Gehorsam.

Doch jetzt? Ich war eine erwachsene Frau, die durchaus in der Lage war, eigene Entscheidungen zu treffen! Vielleicht war es tatsächlich an der Zeit, Dad deutlich zu machen, dass ich keineswegs blind allem zustimmen würde, was er von mir verlangte.

„Weißt du, Dad", begann ich mit fester Stimme und reckte trotzig das Kinn, „Ich habe verstanden und ich schätze sehr, dass du mir diese Chance gibst. Ich werde selbstverständlich immer das Wohl des Familienunternehmens im Auge behalten. Aber ich bin jetzt erwachsen und möchte mein Leben nach meinen eigenen Vorstellungen führen, ohne ständig von dir ermahnt zu werden."

Ein ungläubiges Blinzeln von Seiten meines Vaters, dann legte sich eine finstere Miene auf sein Gesicht. „Was soll das denn jetzt wieder heißen, junge Dame? Glaubst du etwa, mit deiner Unterschrift hier gehst du keine Verpflichtungen ein? Also wenn du dich weiterhin so aufführst wie ein trotziges Kleinkind, dann..."

„Nein, Dad!“ unterbrach ich seinen aufkeimenden Wutanfall entschlossen. „Ich bin keine Rebellions-Phase durchlaufende Göre mehr, sondern eine erwachsene Frau! Ich lasse mir von dir nicht mehr vorschreiben, wie ich zu leben habe. Weder im Privatleben noch im Beruf. Ich werde verantwortungsvoll und professionell handeln, da kannst du dir sicher sein. Aber mein persönliches Glück und meine Freiheit lasse ich mir nicht nehmen, nur weil du mal wieder eine Kontrollfantasie hast.“

Für einen Moment schien Dad sprachlos. Sein Gesicht lief feuerrot an vor Zorn. Noch nie hatte ich ihm derart freiheraus widersprochen. Für einen kurzen Moment glaubte ich, er würde vor lauter Zorn explodieren. Seine Nasenflügel blähten sich auf und die Adern an seinen Schläfen traten hervor.

„Wie... wie redest du mit mir?“ brachte er schließlich hervor. „Nach allem, was ich für dich getan habe?! Ich biete dir hier eine mehr als großzügige Chance und du... du glaubst, mir die Bedingungen dafür diktieren zu können?“

Trotz Dads donnerndem Tonfall blieb ich seltsam ruhig.

„Dad, beruhige dich bitte“, erwiderte ich mit fester Stimme und machte eine beschwichtigende Handbewegung. „Ich werde mir in dieser neuen Position natürlich nichts zuschulden kommen lassen und den Ruf der Familie wahren. Aber du musst endlich akzeptieren, dass ich eine eigenständige Persönlichkeit mit eigenen Ansichten und Überzeugungen bin.“

„Was soll das heißen?“ Nun war Dad außer sich und sprang von seinem Chefsessel auf, so dass dieser einige Zentimeter nach hinten rutschte. „Jahrelang hab ich für dich und deine besten Interessen gekämpft. Unsere Familie hat ihr Vermögen über Generationen hinweg aufgebaut! Und jetzt, wo ich dir großzügigerweise die Chance gebe, endlich Teil dieses Erbes zu werden, kommst du mit solch unverfrorenem Undank?! Nicht mit mir, junge Dame, so nicht!“

„Es ist mein Leben, Dad“, presste ich mit belegter Stimme hervor und erwiderte seinen stechenden Blick ohne zu blinzeln. „Und es ist höchste Zeit, dass ich endlich selbst darüber bestimme. Wir sind hier keine Dynastie aus dem Mittelalter mehr, die in Ehrfurcht vor dir erzittern muss! Ich werde für dich arbeiten, professionell und engagiert. Aber in meinem Privatleben dulde ich keinen Eingriff mehr von deiner Seite. Sonst ziehe ich die Reißleine und bin weg aus diesem Job, bevor er überhaupt begonnen hat, haben wir uns verstanden?"

Die Stille im Büro war für einige Sekunden beinahe erdrückend, als würden die dicken Wandteppiche und Vorhänge allen Schall vollkommen aufsaugen. Dann stieß Dad ein ungehaltenes Schnauben aus.

„Wie du willst, Deborah", presste er mit schmalen Lippen hervor und richtete sich auf. Mit einer ruckartigen Bewegung stieß er den Chefsessel wieder nach hinten, so dass das schwere Möbelstück über den Boden holperte. „Wenn du einen derart dreisten und respektlosen Ton anschlagen willst, dann bitte. Aber überschätze nicht meine Geduld und nimm dich in Acht, was du tust!"

Damit drehte Dad sich auf dem Absatz um und rauschte aus dem Büro, nicht ohne noch die Tür beim Verlassen laut und krachend ins Schloss zu werfen.

Für einige Momente saß ich einfach nur starr da und schaute auf die Vertragsdokumente vor mir. Meine Nerven prickelten und mein Puls pochte mir hörbar in den Ohren – die Konfrontation mit meinem Vater hatte mich mehr aufgewühlt als gedacht.

Als ich dort so saß und das leise Summen der Lüftungsanlage an meine Ohren drang, schlich sich in mir eine gemischte Regung aus Zuversicht und Zweifel ein. War mein energischer Auftritt hier wirklich der richtige Schritt gewesen?

Im Grunde meines Herzens liebte ich meinen Vater und wollte eine gute Beziehung zu ihm haben. Auch darum war ich schließlich wieder hier, nach der langen Funkstille wegen Draven …

Mit zitternden Fingern griff ich nach den Unterlagen und ordnete die Papiere wieder der Reihe nach.

Ich hatte einen Job.

Und ich hatte Dad die Stirn geboten.

Die Bedingungen der Versöhnung konnte er nicht so einfach diktieren, auch wenn ich jetzt seine Angestellte war.

Ich hatte das Gefühl, dass sich das Machtgefüge zwischen uns eben ein wenig verschoben hatte. Genaueres würde sich zeigen, wenn Dad sich erst wieder beruhigt hatte.

Noch immer leicht benommen von der heftigen Konfrontation mit Dad verließ ich das luxuriöse Büro und schlenderte langsam den Korridor mit dem blank polierten Marmorboden entlang.

Mit immer noch leicht zitternden Fingern holte ich mein Smartphone aus der Jackentasche und entsperrte es. Vielleicht würde mich ein Gespräch mit einer guten Freundin etwas ablenken und auf andere Gedanken bringen.

Gerade als ich meine Kontakte aufrufen wollte, begann das Handy in meiner Hand zu vibrieren. Annabelle! Meine beste Freundin aus alten Zeiten rief an, wie aufs Stichwort. Ein Lächeln stahl sich auf meine Lippen, als ich ihren Namen auf dem Display sah. Annabelle war schon immer da gewesen, wenn ich sie gebraucht hatte und umgekehrt.

„Hey Annabelle, wie schön, von dir zu hören. Dein Anruf kommt wie gerufen. Ich muss dir etwas Unglaubliches erzählen", meldete ich mich und lehnte mich an die nächste Wand. Vorsichtig sah ich mich um, ob auch niemand mithören konnte.

„Oh Gott, Deb, wie gut, dass ich dich erreiche!!" Annabelles Stimme am anderen Ende der Leitung klang aufgelöst und panisch. „Ich... ich brauche dringend deine Hilfe! Es ist der totale Weltuntergang!"

„Wow, wow, wow, mal langsam", erwiderte ich und atmete tief ein. Annabelle klang nicht, als wäre sie offen für meine Neuigkeiten und Probleme. Sie klang schlimmer als ich mich fühlte. Als wäre sie komplett durch den Wind. „Was ist denn los bei dir? Alles okay?"

Ein gequältes Stöhnen drang an mein Ohr. „Nein, eben nicht! Ich... oh Mann, ich hab mir den Knöchel verstaucht und kann für die nächsten Tage nicht raus! Gerade jetzt! Wo doch der Weihnachtsmarkt anfängt! Der Donuts-Stand war schon letztes Jahr der Renner! Aber jetzt..."

Ich seufzte.

Ach Annabelle. Meine beste Freundin schlug sich mit verschiedenen Jobs durchs Leben. Mal verkaufte sie Donuts auf dem Weihnachtsmarkt, mal war sie Hochzeitsfotografin, mal... Ich konnte mich kaum noch erinnern, was sie nicht schon alles versucht hatte, um Geld zu verdienen.

„Und du kannst in der Zeit nichts anderes machen?" wollte ich wissen. „Irgendwas online?" Ich kam mir selbst blöd vor, als ich meinen Vorschlag hörte. Aber Annabelle machte immer irgendwas. Stetigkeit war einfach nicht ihr Ding.

„Nein!“ Annabelle klang verzweifelter als je zuvor. „Also ich meine, ja schon… Aber das löst immer noch nicht mein Problem. Wenn ich für die nächsten Tage den Donuts-Stand nicht besetzt bekomme, dann war’s das! Dann bin ich finanziell am Ende. Pleite! Ich hab die Standgebühr schon bezahlt, die Maschine ist da, alles. Ich brauche den Umsatz!“

Erschrocken zog ich scharf die Luft ein. „Oh Mann… shit, das klingt echt ätzend! Was kann ich denn machen, um zu helfen?“

„Kannst du für die nächsten vier, fünf Tage den Stand übernehmen und die Donuts verkaufen?“ kam prompt die verzweifelte Antwort. „Ich zeig dir, wie es geht. Die Zubereitung ist einfach! Und ich hätte zumindest noch ein paar Chancen, die Kundschaft zu bedienen und Umsatz zu machen! Ach bitte, Deborah, nur du kannst mich jetzt noch retten!“

Ich schluckte schwer und fuhr mir mit den Fingern durch die Haare. Annabelle bat mich also, für einige Tage auf einem Weihnachtsmarkt Donuts zu verkaufen? Ausgerechnet Donuts, die ich von allen Naschereien dieser Welt am meisten hasste? Doch wenn ich ehrlich war, hatte ich noch etwas Zeit, bis ich meine neue Stelle bei Dad antreten würde. Ein kleiner Nebenjob auf dem Weihnachtsmarkt würde mich vielleicht auf andere Gedanken bringen.

Und außerdem… wie konnte ich Annabelle denn im Stich lassen?

„Also gut, einverstanden“, hörte ich mich resigniert sagen. „Zeig mir, was ich machen muss und ich springe für dich ein. Aber ich kann nur ein paar Tage.“

Der erleichterte Aufschrei am anderen Ende war beinahe ohrenbetäubend. „Oh Mann, Deb, du bist ein verdammter Engel! Komm einfach heute Nachmittag zum Markt am Columbus Circle, da ist unser Stand. Ich zeige dir alles!“

Ich legte auf.

Und bereute meine Zusage quasi sofort.

Worauf hatte ich mich da nur wieder eingelassen?

Ich war wohl nicht ganz richtig im Kopf. Zuerst nahm ich den Job bei Dad an, dann stritt ich mich mit ihm und jetzt hatte ich auch noch zugestimmt, tagelang Donuts zu verkaufen, obwohl ich die Dinger hasste?

Mit einem hilflosen Seufzen steckte ich mein Handy wieder ein und machte mich auf den Weg nach draußen. Hoffentlich ging es ab jetzt bergauf.

Kapitel 2

Luke

„Wenn Miss Jones es nicht bald schafft, jemanden zu finden, der endlich die verdammte Heizung instand setzt, werde ich ernsthaft überlegen müssen, mir eine neue Sekretärin zu suchen.“ Ich legte meine Stirn in Falten, während ich den edlen Kaschmirschal enger um meinen Hals schlang. Die riesigen Fensterscheiben meines Büros waren leicht angelaufen. Ich war wirklich nicht empfindlich, doch hier drin war es beißend kalt. Auch meine Stimme klang frostig.

Die verdammte Heizung funktionierte nicht.

Seit Tagen.

Bald würden es Wochen sein.

Und das ausgerechnet jetzt, wo der Winter New York fest im Griff hatte. Pünktlich zur Eröffnung des Weihnachtsmarktes war es klirrend kalt geworden. Die Nächte waren frostig und wahrscheinlich würde bald der erste Schnee fallen.

„Ganz ruhig, Luke. Es lohnt sich doch nicht, sich wegen dieser Sache so aufzuregen“, wiegelte mein Anwalt Walter besänftigend ab und zupfte an seinen perfekt gestärkten Manschetten. „Miss Jones wird das sicher hinbekommen. Es besteht keine Veranlassung für vorschnelle Maßnahmen. Eine neue Assistentin findest du auch nicht so schnell."

Ich seufzte geräuschvoll und warf Walter einen gereizten Blick zu. Natürlich war es leicht für ihn, so gelassen zu bleiben – der gute Mann arbeitete nicht hier. Er musste nicht jeden Tag frierend am Schreibtisch sitzen und dabei ein Unternehmen leiten, Ideen produzieren, Feedback geben...

Verdammt, ich hatte Geld, ich war bereit, jeden Handwerker anständig zu bezahlen. Von mir aus mit Sonntagszuschlag oder Eilzulage oder wie auch immer man diese Dinge nannte.

Warum also war es unmöglich, jemanden zu finden, der diese Heizung in Ordnung brachte?

„Das sagst du so einfach", knurrte ich und zeigte in Richtung der vereisten Panoramascheiben. „Aber seit Tagen friere ich! In meinem eigenen Firmenhauptsitz, dem Aushängeschild meines Luxusimperiums! Wir sind nicht irgendeine Klitsche, in der man sich eine ordentliche Heizung nicht leisten kann. Und meine Sekretärin ist keine unterbezahlte Studentin! Miss Jones sollte besser eine triftige Erklärung parat haben, warum das noch nicht erledigt ist. Ansonsten war's das für sie."

Mit energischen Schritten ging ich zu den bodentiefen Fenstern hinüber, hinter denen sich die imposante Skyline von New York vor mir erstreckte. Die Aussicht war majestätisch und weitreichend. Ich ließ meinen Blick vom Empire State Building zum One World Trade Center schweifen und betrachtete kurz das Rockefeller Center. Dann schauderte ich. Im Moment konnte ich nicht einmal die Aussicht genießen, die ich sonst so liebte! Diese dämliche Kälte vergällte mir wirklich alles.

„Sicher gibt es bald eine Lösung." Walter blieb ganz ruhig. Ich kannte ihn schon ewig und hatte ihn nie anders als ruhig erlebt.

„Versteh doch, Walter, das ist eine Frage des Images und des Auftretens nach außen", wandte ich mich erneut an meinen Anwalt und deutete auf den Winterhimmel hinaus. „Ich bin der Kopf der *Elysium Dining Group*, größten Gourmet-Restaurantkette dieser Stadt! Ich habe mich aus dem Nichts bis an die Spitze hochgearbeitet. Gerade habe ich den größten Coup meines Lebens gelandet. Und ausgerechnet jetzt fällt die lächerliche Heizungsanlage aus! Was sollen Besucher bloß von mir halten? Wie können sie glauben, dass ich ein

Unternehmen führen kann, wenn ich nicht einmal die Heizung im Griff habe!"

Ich schnaubte verächtlich und betrachtete das weiße Atemwölkchen vor meinem Gesicht. Ich befehligte ein florierendes Firmenimperium und hatte vor kurzem einen Vertrag unterzeichnet, der mich zu einem der reichsten Männer New Yorks machte.

New Yorks?

Der USA!

Ich war jemand – und niemand, nicht einmal meine unfähige Sekretärin Miss Jones, konnte daran etwas ändern.

Allerdings hatte die kaputte Heizung doch einen gewissen Einfluss auf meine Laune und ich konnte mich über den Deal nicht so freuen wie gedacht.

„Es ist nun einmal, wie es ist", drang Walters Stimme von der Seite an mein Ohr. Mein Anwalt war aufgestanden und zu mir an die beschlagenen Scheiben getreten. „Du musst jetzt einen kühlen Kopf bewahren, Luke. Die Vereinbarung ist doch bereits besiegelt, oder etwa nicht?"

Ich nickte.

Ja.

Die Sache war besiegelt.

Es war der Coup meines Lebens.

Ich spürte, wie die Euphorie über meinen Deal zurückkehrte.

„Ab jetzt gehörst du zu den führenden Köpfen im Geschäftsleben dieser Stadt", fuhr Walter mit einer einladenden Handbewegung fort. „All die Jahre harter Aufbauarbeit haben sich mehr als ausgezahlt. Das hast du nur dir selbst zu verdanken, Luke."

Ich grinste.

Eigentlich sollten wir mit Champagner darauf anstoßen, doch Walter trank nicht, wenn er arbeitete. Noch nicht einmal, wenn er Kunden in ein Restaurant ausführte. Das war sein eiserner Grundsatz. Alleine anstoßen wollte ich auch nicht. Vielleicht später. Aber nicht jetzt.

Anders als anderen Menschen war mir nichts geschenkt worden. Ich kam aus ärmlichen Verhältnissen und hatte mir alles selbst erarbeitet. Mit eisernem Willen und einem unbedingten Erfolgshunger war es für mich immer weiter nach oben gegangen.

Ich hatte mit der *Elysium Dining Group* ein besonderes Unternehmen geschaffen.

Das hatte ich nun verkauft.

Für eine Menge Geld.

Für eine SEHR große Menge Geld.

Ich grinste von einem Ohr zum anderen, als ich an die Summe dachte, die unter dem Vertrag gestanden hatte und die ich nun auf meinem Kontoauszug sehen konnte.

Es gab wenige Leute, die so reich waren.

„Du hast vollkommen recht, Walter", erwiderte ich und grinste noch breiter. Zu welch einem Imperium ich nun gehörte! Das waren andere Dimensionen. „Und wenn man bedenkt, zu welcher Elite ich jetzt gehöre... Nicht nur hier in New York, nein, der neue Konzern ist über die ganze Welt verstreut! Luxushotels in allen Metropolen, von Paris über Tokio bis nach Dubai!" Ich grinste stolz.

„Das ist beeindruckend", stimmte mein Anwalt gelassen zu und zupfte wie zur Bestätigung seine Manschetten zurecht. Walter musterte mich aufmerksam. „Aber macht es dir nichts aus, dass du nun nicht mehr dein eigener Chef bist?"

Ein kurzer Schatten huschte über mein Gesicht. Jeder Deal hatte einen Vorteil und einen Nachteil. Und der Nachteil bestand diesmal darin, dass ich nicht mehr die höchste Person bei der *Elysium Dining Group* war. Ich hatte ab jetzt einen Chef. Der CEO des Imperiums, an das ich meine Firma verkauft hatte, konnte mir Weisungen erteilen.

Das war eine harte Umstellung für mich. Ich war schon lange mein eigener Chef gewesen. Eigentlich schon immer. Ich ertrug es nicht, wenn jemand mir Anweisungen erteilte und glaubte, etwas besser zu wissen als ich. Denn das war nicht der Fall. Darum war es für alle am besten, wenn ich die Entscheidungen traf. Alles andere gab nur Streit und Ärger.

Doch jetzt hatte ich mich bewusst für etwas Anderes entschieden.

„Ja, ich habe einen Chef. Das wird aber sicher nicht von Dauer sein." Ich sah Walter bedächtig an. „Jeder weiß, dass es keinen Nachfolger gibt. Mein neuer Chef hat niemand, der sein Unternehmen eines Tages führen könnte. Wirklich niemanden. Keinen Sohn, keinen Stellvertreter, niemanden. Er hat nur eine Tochter, mit der er aber schon seit Jahren nicht mehr redet. Null

Kontakt und auch keine Chance, dass das wieder was wird, nach allem, was man so hört." Ich grinste. „Es wird also höchste Zeit, dass er jemanden findet."

Walter sah mich gedankenvoll an. „Das ist ein interessanter Plan, den du da hast." Er nickte. „Nun gut, man sagt deinem neuen Chef nach, einen guten Riecher für Talente zu haben und diese auch entsprechend zu entlohnen. Außerdem hat er ein exquisites Geschick für Geschäfte und Prozesse." Walter runzelte die Stirn. „Ich verstehe deinen Plan, aber du solltest dich vorsehen. Auch dein neuer Chef hat seinen eigenen Kopf."

„Sicher." Ich schüttelte den Kopf und wischte Walters Einwände mit einer Handbewegung weg. Musste er mir jetzt damit kommen? Ich genoss endlich meinen größten Triumph und er mimte hier den Spielverderber. Aber das war vermutlich sein Job. Er war Anwalt. „Er hat seinen eigenen Kopf. Aber auch er wird nicht ewig arbeiten wollen. Und dann braucht er einen Nachfolger. Ich werde zur Stelle sein. So ist der Plan."

Siegesgewiss grinste ich Walter an.

Das war mein Plan.

Heute war weit mehr als nur der Tag, an dem ich einen Super-Deal feierte. Es war der Beginn einer neuen Erfolgsgeschichte.

Alles lief nach Plan.

Und das würde es auch weiterhin tun.

Wenn etwas nicht mehr nach Plan liefe, dann würde ich einfach einen neuen Plan machen.

Somit würde alles immer noch nach Plan laufen.

Nach MEINEM Plan.

Ein Triumphgefühl erfüllte mich wieder.

In diesem Moment konnte ich nicht einmal mehr die verdammte Kälte in meinem Büro spüren.

„Apropos Plan", warf Walter nach einer Pause ein und musterte mich aufmerksam. „Wie läuft es denn sonst so? Nur aus reiner Neugier. Ich höre immer von diesen wahnwitzigen Umsatzzahlen und frage mich, wie viele reiche Leute es gibt, die jeden Tag in Gourmetrestaurants essen."

Walter traf mit seiner Frage einen wunden Punkt. Ich verzog mein Gesicht. „Die Umsätze sind natürlich..." Ich zögerte kurz und suchte in Gedanken nach einer möglichst unverbindlichen, dabei aber gut klingenden

Formulierung. „Sie sind weiterhin auf Rekordniveau. Meine Restaurants hier in New York gehören nach wie vor zu den ersten Adressen der Stadt!"

Walter nickte.

Ich seufzte.

Meinem Anwalt konnte ich nichts vormachen. „Das Wachstum war in der letzten Zeit nicht so besonders", gab ich zu. „Früher sind wir locker zweistellig gewachsen, aber heute..." Ich hob die Schultern.

„Irgendwann ist jeder Markt gesättigt", merkte Walter weise an.

Ich hob die Augenbrauen. Walter war Anwalt. Von Wirtschaft verstand ich mehr als er. Und mein Instinkt sagte mir, dass es noch Potenzial gab, um mehr Geld zu verdienen. Ganz eindeutig.

Darum musste ich mich kümmern.

Jetzt mehr denn je.

Nervös tippte ich gegen mein Kinn.

Ich hatte einen neuen Chef. Er hatte gerade eben Geld, richtig viel Geld für meine Restaurantkette auf den Tisch gelegt. Aber damit waren auch Erwartungen verbunden.

Wenn ich nicht lieferte, dann würde mein Plan nicht aufgehen.

Egal was ich sonst tat.

Und liefern hieß: Noch besser als bisher sein.

Ich begann in meinem Büro auf und ab zu tigern. „Gesättigt", schnaubte ich. „Das ist Unfug. Ja, wir wachsen nicht mehr im gleichen Tempo. Aber das heißt nicht, dass niemand mehr bei uns essen will. Ich muss eben neue Kunden reinlocken."

Ich fuhr mir mit einer Hand durchs Haar. Bisher hatte ich keine zündende Idee.

Nur einen Ansatzpunkt.

Ich blickte auf die Uhr.

Jetzt hatte ich gleich ein Meeting.

„Du musst weiter?" fragte Walter.

Ich gab keine Antwort.

„Ich auch." Walter legte mir eine Hand auf die Schulter. „Das wird schon. Am Anfang muss sich alles erst einmal finden. Selbst bei jemandem wie dir, der jede Hürde im Flug nimmt."

Ich schauderte.

Plötzlich schien es in meinem Büro doch wieder kälter als gerade eben noch.

Walter war weg. Ich saß an meinem gläsernen Designer-Schreibtisch und bereitete mich auf das Meeting mit meinem Küchenchef Cecil vor.

Vorbereiten.

So gut das bei dieser beschissenen Kälte eben ging.

Am liebsten hätte ich Miss Jones hereingerufen und sie zusammengestaucht. Aber ich riss mich zusammen. Ich brauchte alle Konzentration für Cecil. Küchenchefs waren bekanntlich exzentrisch und Cecil war der exzentrischste unter ihnen.

Das *Elysium Essence,* mein exklusivstes Restaurant, hatte angeblich gute Chancen auf einen Michelin-Stern!

Ein Michelin-Stern!

Eine bessere Werbung könnte ich mir nicht wünschen. Mit einem Stern würde der Umsatz von ganz alleine steigen. Neue Kunden würden kommen. Jeder würde die Küche des Sternekochs genießen wollen. Und ich könnte die Preise erhöhen. Schließlich wollte so ein Sterne-Essen auch bezahlt werden.

Cecil marschierte in den Raum. „Wie schweinekalt ist es denn hier?" knurrte er statt einer Begrüßung. „Willst du, dass ich mich erkälte und dann nicht mehr kochen kann, hä?"

Mit Cecil zu reden, war meist anstrengend. Er unterstellte einem immer nur das Schlimmste.

„Guten Tag, Cecil", erwiderte ich. „Wir warten noch auf ein Ersatzteil für die Heizung."

„Dann bleibe ich besser nicht zu lange." Cecil verschränkte die Arme vor der Brust. „Ich weiß ohnehin nicht, was ich hier soll. Mein Platz ist am Herd."

„Es geht um den Stern", erwiderte ich, ohne auf Cecils spitze Bemerkungen einzugehen. Wenn ich wollte, dass er tat, was ich verlangte, dann musste ich mich gut mit ihm stellen.

„Ich lasse mir in meine Arbeit nicht reinreden." Cecil blickte mich finster an.

Bisher hatte ich Cecils Spitzen ignoriert, doch diese Bemerkung war zu viel.

Ich war hier der Chef.

Und das musste ich jetzt zeigen.

„Also hör mal zu, Cecil“, sagte ich energisch, „wenn du diesen verdammten Michelin-Stern bekommen willst, dann müssen wir das Menü ändern.“

„Menü ändern? Bist du nicht ganz bei Trost?“ Cecil sah mich an, als hätte ich vorgeschlagen, die Küche aus dem Restaurant auszubauen.

„Mit Schnüren von gehackten italienischen Trüffeln auf Spargelbetten bekommen wir den Stern nicht!“ entfuhr es mir.

Cecil May, selbsternannter „Meister der Geschmackssymphonien“, starrte mich empört an. „Das Menü ändern, was soll das heißen? Ich bin der Künstler, der Erschaffer! Die Speisekarte muss meine Vision widerspiegeln!“

„Ach was, deine Vision!“ erwiderte ich und schnaubte lauthals auf. „Für Visionen und Fantasien zahlen uns die Gäste kein Geld, Cecil! Und einen Stern gewinnen wir damit schon gar nicht! Menschen wollen auf höchstem Niveau verwöhnt werden, alle.“

„Und das tue ich etwa nicht?“ Cecil starrte mich drohend an.

„Doch.“ Ich musste etwas zurückrudern, sonst würde mir das Gespräch völlig entgleiten. „Aber ich denke, um die Sterne-Jury zu überzeugen, um jeden Menschen zu überzeugen, brauchen wir noch etwas mehr.“

„Mehr? Bin ich nicht mehr gut genug? Bin ich nicht mehr Chef in meiner eigenen Küche?“ Cecil hob aufgebracht die Arme.

„Doch, aber manchmal kann ein Blick von außen nicht schaden. Dafür bin ich hier und gebe dir den nötigen Input“, versuchte ich es diplomatisch.

„Input.“ Cecil schnaubte. „Ich kenne meinen Job, ich weiß, was ich tue.“

Ich spürte heiße Wut in mir aufsteigen. Wie konnte der Kerl nur so störrisch sein? „Und ich bin hier der Chef. Wenn ich dir sage, wie du dein Menü zusammenstellen musst, dann hast du gefälligst auf mich zu hören!“

Mit brennenden Wangen und geballten Fäusten war Cecil nun einen Schritt auf mich zugekommen und fixierte mich. „Die Speisekarte ist mein Revier, Winters!“ fauchte er zornig. „Ich gebe mir höchste Mühe, den Delikatessen dieser Stadt einen frischen Spin zu verpassen! Und das werde ich mir von dir nicht ausreden lassen!“

Und ich würde mir von Cecil nicht meinen Plan verderben lassen.

Der Kerl hatte zu kochen, was ich wollte.

Ansonsten war nicht nur der Michelin-Stern in Gefahr, sondern meine ganze Zukunft.

Das konnte ich nicht zulassen.

„Ich bin der Chef. Wenn ich sage…“ Weiter kam ich nicht.

„Aber nicht in meiner Küche“, polterte Cecil. „Da habe ich Freiheit. ICH habe mir die Menüs ausgedacht, dank derer wir jetzt überhaupt im Gespräch für einen Michelin-Stern sind. ICH! Nicht du, Winters! Wenn du die Menüs machen würdest, dann wären wir eine Restaurantkette für prollige Neureiche!“

„Pass auf, was du sagst!“ Meine Stimme wurde schneidend laut. Am liebsten hätte ich diesen arroganten Kerl einfach aus meinem Büro geworfen. Und aus dem Unternehmen noch dazu. Aber das konnte ich mir nicht leisten.

Nicht jetzt.

Ohne Cecil war der Stern auf jeden Fall verloren.

Aber mit Cecil bestand noch lange keine Garantie, dass wir den Stern auf jeden Fall bekamen.

„Aufpassen, was ich sage?“ Cecil schnaubte. „Du willst dich doch die ganze Zeit in alles einmischen bei mir! Lass das sein und mach deine Büroarbeit. Dafür bist du hier.“

„Du solltest mich als Chef respektieren.“ Wütend starrte ich Cecil an. „Wenn es mich und meine Büroarbeit nicht gäbe, dann würdest du mit deinen Visionen gar kein Geld verdienen. Es gäbe niemanden, der dich bezahlt.“

Der Küchenchef ignorierte meine Worte und warf hochmütig seinen Kopf in den Nacken. „Ich kann keine Sekunde länger in dieser Kälte bleiben. Sonst werde ich krank. Und wer kocht dann, wenn der Tester von Michelin kommt?“

Cecil ging zur Tür.

„Ich komme noch diese Woche bei dir vorbei und schaue mir die Speisekarte an, die du für die kommende Wintersaison entworfen hast. Wir sprechen uns noch!“ Jeder, der mich kannte, wusste, dass ich diese Worte ernst meinte.

So auch Cecil May.

Wahrscheinlich antwortete er genau darum nicht.

Die Tür fiel ins Schloss und ich war wieder allein in meinem kalten Büro.

Verdammte Scheiße.

Das war nicht gerade ideal gelaufen.

Ich ballte die Fäuste.

Was bildete der Kerl sich eigentlich ein?

Wieso respektierte er mich nicht?

Am liebsten wäre ich Cecil hinterhergerannt.

Aber das brachte nichts.

Wieder schauderte ich.

In diesem verdammten Büro war es einfach zu kalt.

Wahrscheinlich war es sogar draußen wärmer. Ich dachte an die zahlreichen Weihnachtsmärkte der Stadt, an heißen Punsch, an etwas Warmes zu essen...

Mit einem Mal begann mein Magen bei dem Gedanken verlockend zu knurren. Ja, genau das brauchte ich jetzt! Etwas zu essen, das mich auf andere Gedanken bringen und meine Laune heben würde.

Und für mich waren das...

Donuts.

Das durfte niemand wissen.

Die ganzen Jahre über hatte ich dieses Geheimnis für mich behalten.

Das war schließlich der Gipfel der Unglaubwürdigkeit. Der Chef einer Gourmet-Restaurantkette, die kurz davor stand, mit einem Michelin-Stern ausgezeichnet zu werden, aß gerne fettige Snacks.

Aber was sollte ich machen? Donuts waren nunmal meine allergrößte Schwäche! Wenn ich ganz ehrlich zu mir selbst war, schmeckte selbst das beste Gourmet-Menü niemals auch nur annähernd so befriedigend wie ein... Donut!

Ich glaubte schon, den Zimtgeruch in meiner Nase zu haben und das Frosting auf meinen Lippen spüren zu können. Der Duft war unwiderstehlich...

Auf dem Weihnachtsmarkt am Columbus Circle sollte es einen Stand geben, der die besten Donuts der ganzen Stadt herstellte.

Mit einem Mal stand mein Entschluss fest.

Dorthin würde ich jetzt gehen.

Zucker war schließlich Energie und wenn ich diesen aß, würden mir sicher einige neue Ideen kommen, wie ich meine Probleme lösen und Cecil für meine Ideen gewinnen konnte.

Ja, einen Donut hatte ich mir redlich verdient. Wenn ich schon nicht mit Champagner hatte feiern können, dann wenigstens mit Donuts.

Chocolate Frosted war meine Lieblingssorte.

Entschlossen nahm ich meinen Mantel.

Draußen auf dem Weihnachtsmarkt konnte es auch nicht kälter sein als hier drin in diesem verdammten Eisloch von Büro.

Kapitel 3

Deborah

„Verdammte Scheiße!“ fluchte ich und schlug mit der flachen Hand auf die Theke vor mir, als der erste Qualm aus der Donut-Maschine quoll. So ein beschissener Start in den Tag!

Ich stand in einem winzig kleinen Stand auf dem Weihnachtsmarkt am Columbus Circle, wo ich für Annabelle die Stellung halten sollte, während sie ihren verstauchten Fuß daheim auf dem Sofa hochlegte und kühlte. Der Stand war hübsch dekoriert mit Tannenzweigen, roten Sternen und einer Lichterkette, die sich am Abend automatisch anschalten würde. Zumindest hatte Annabelle mir das so erklärt. Hoffentlich würde wenigstens das funktionieren!

Ansonsten… Der Stand sah zwar nett aus, war aber für mich die reinste Folterkammer. Von außen wirkte er groß, doch tatsächlich hatte ich eher das Gefühl, wie eine Ölsardine in eine winzige Dose gequetscht zu sein.

Quer über den Weihnachtsmarkt tönte kitschige Musik, die von einem der anderen Stände kommen musste. Jingle Bells. Natürlich. Das kam auch immer früher. Demnächst konnte man es wahrscheinlich schon im Oktober hören.

Sicher duftete es auf dem ganzen Markt verführerisch nach Punsch und anderen Leckereien. Doch davon nahm ich nichts wahr. Hier stank alles nach Öl und Fett.

Der Stand.

Die Donuts.

Ich.

Jedenfalls hatte ich dieses Gefühl.

„Was für eine Sauerei!" murrte ich missmutig und überlegte kurz, ob ich nicht doch lieber alles hinschmeißen sollte.

Doch dann erinnerte ich mich an Annabelles Fuß. Sie brauchte mich. Ich konnte sie jetzt nicht im Stich lassen.

Da musst du durch, Deborah.

Es waren nur ein paar Tage.

Das würde ich schon schaffen.

Oder?

In diesem Moment war ich mir nicht sicher. Ich zog den Stecker der Donut-Maschine. Kurz öffnete ich die Tür des Standes und schnappte nach frischer Luft. Sie war eisig, doch das machte mir nichts aus. Tief sog ich sie ein.

Da sah ich, dass einige Weihnachtsmarktbesucher vor meinem Stand stehengeblieben waren und neugierig die Donut-Maschine musterten.

Einer der Schaulustigen vor meinem Stand, ein korpulenter Typ mit Mütze und dickem Wintermantel, rief übermütig: „He, Sie da! Sind Sie gerade dabei, den Stand abzufackeln? Riecht ganz danach!" Er grinste mich unverschämt an und stemmte die Hände in die Hüften. So wie er aussah, verputzte er vermutlich jeden Tag mindestens zehn Donuts.

Am liebsten hätte ich ihm meine Meinung gesagt. Doch das ging nicht. Er war ein potenzieller Kunde. Ein potenzieller guter Kunde. So zwang ich mich dazu, ebenfalls zu grinsen und erwiderte nur: „Ich gebe mein Bestes, aber so richtig will das nicht klappen."

Der korpulente Typ brach in lautes Lachen aus. „Haha. Na dann zeigen Sie mal, was sie sonst noch so können außer Feuer legen. Ich hätte gerne ein paar Gingerbread Donuts."

Gingerbread Donuts.

Eigentlich hätte ich mich über die Bestellung freuen sollen.

Eigentlich.

„Es ist mir ein Vergnügen", erwiderte ich und versuchte, mir meine Unsicherheit nicht anmerken zu lassen, als ich mich zur Donut-Maschine wandte.

Oh Gott.

Annabelle hatte mir gestern alles erklärt. Aber ich hatte so gut wie alles vergessen. Ich stöpselte den Stecker wieder ein. Dann starrte ich ratlos die Maschine an. Die ganzen Hebel und Knöpfe wirkten, als hätte man sie für eine Raumkapsel entworfen, mit der fremde Galaxien entdeckt werden sollten. Wie sollte ich das verdammte Ding nur bedienen?

Ich leckte mir fahrig über die Lippen und versuchte mich an Annabelles Einweisung zu erinnern. Zuerst das Öl auf exakt 185 Grad erhitzen, dann den Teig in die Donut-Maschine füllen und anschließend vorsichtig in das Öl gleiten lassen... ach verdammt!

Ich drückte auf einen Schalter.

Das musste der richtige sein.

Oder?

Halb erwartete ich, dass die Maschine wieder zu qualmen anfangen würde.

Doch das Gegenteil trat ein.

Nichts geschah.

Mit jeder Minute, die verstrich, wurde der Kundenauflauf vor meinem Stand größer. Aufgeregte Kinderstimmen und ungeduldig scharrende Füße drangen an mein Ohr. Trotz der beißenden Kälte spürte ich, wie mir der Schweiß auf der Stirn perlte.

Der Tag fing gerade erst an und ich war schon im Stress.

Und das alles nur wegen dieser blöden Donut-Maschine.

„Wird das heute noch was?" drängte ein Mann in der Schlange vor meinem Stand. „Ich hab nicht ewig Zeit."

Kaum hatte er diese Worte ausgesprochen, gab es allgemeines Gemurre und Gebrumme. „Genau. Wir wollten bloß schnell ein paar Donuts kaufen. Was soll denn das? Müssen Sie erst noch die Zutaten für den Teig kaufen?"

Weitere Schweißperlen bildeten sich auf meiner Stirn. Fieberhaft tippte ich auf den verschiedenen Knöpfen der Donut-Maschine herum. Immer noch geschah nichts. Aus dem Augenwinkel nahm ich wahr, wie erste Kunden die Schlange verließen. Sie hatten wohl beschlossen, heute auf Donuts zu verzichten oder anderswo welche zu kaufen.

Na toll.

Der Tag wurde immer besser.

Wenn ich keinen Umsatz machte, dann würde ich Annabelle enttäuschen.

Das durfte ich nicht.

„Was ist denn jetzt mit meinen Gingerbread Donuts?“ fragte der korpulente Typ, der als erster in der Schlange stand. „So schwer kann das doch nicht sein.“

Hatte der Kerl eine Ahnung.

Ich versuchte, mich zu erinnern, wie ich die Maschine für diese Sorte einstellen musste. Die Temperatur war entscheidend, hatte Annabelle gesagt. Und 185 Grad, soviel wusste ich noch. Aber bei welcher Einstellung war das? Mein Blick huschte fahrig über die ganzen Regler und Anzeigen. Verdammt, verdammt!

„Tut mir leid für die Warterei!“ rief ich mit unsicherer Stimme den Menschen in der Schlange zu. „Ich bin gerade dabei, die Maschine vorzubereiten für unsere berühmten Gingerbread Donuts! Geben Sie mir noch zwei Minuten...“

„Zwei Minuten waren's schon vor fünf Minuten!“ erwiderte ein Mann mit kantigem Gesicht vorwitzig. Die anderen Wartenden in der Schlange kicherten und lachten.

Meine Wangen glühten vor Scham.

Aber immerhin hatte die Bemerkung für Auflockerung gesorgt.

Vor mir stand immer noch die Donut-Maschine und tat keinen Mucks.

Was jetzt?

Ich brauchte Hilfe.

Und zwar schnell.

Mit zitternden Fingern griff ich zum Handy und beschloss Annabelle anzurufen. Sie musste mir dringend aus der Patsche helfen! Das hier war schließlich ihr Stand!

Doch nach mehrmaligem Läuten sprang nur die Mailbox an.

„Hey Annabelle, hier ist Deborah. Ich brauche dringend deine Hilfe mit der Donut-Maschine. Ich kriege die Temperatur für die Gingerbread Donuts nicht richtig eingestellt und keiner der Knöpfe scheint zu funktionieren. Die Leute werden schon ungeduldig. Bitte, bitte ruf mich zurück!"

Ich hatte wenig Hoffnung, dass Annabelle sich schnell melden würde. Eigentlich saß sie den ganzen Tag auf dem Sofa und hätte gleich rangehen müssen. Wenn sie also nicht abnahm, dann war sie sicher gerade beim Arzt. So etwas dauerte länger.

Ich legte auf und versuchte es ein letztes Mal mit einem Maschinenhebel, der besonders verheißungsvoll aussah. Als ich ihn herunter drückte, erklangen Zischen und Fauchen und die Maschine stieß eine riesige Dampfschwade aus, aber das Anzeigedisplay für die Temperatur leuchtete immer noch nicht auf.

„Oh verdammt. Ist die Maschine kaputt oder was ist hier los?" Wieder drang eine aufgebrachte Stimme aus der Menge an mein Ohr. „Nun machen Sie doch endlich mal. Wir warten hier jetzt schon ewig!"

Ich schluckte schwer. Die Ungeduld wurde immer größer, die Leute wurden langsam sauer. Das konnte ich verstehen. Ich an ihrer Stelle hätte auch nicht ewig warten wollen.

Während ich hektisch nach der richtigen Einstellung für die Temperatur suchte, wurde der korpulente Mann ungeduldig. „Ich habe echt keine Lust mehr, hier rumzustehen. Geben Sie mir irgendeinen Donut, dann kann ich wenigstens gehen! Einer von denen, die da noch liegen." Der Mann deutete auf die Auslage.

Oh Gott.

Diese Donuts waren von gestern.

Aber das konnte ich dem Mann nicht sagen. Wenn ich das zugab, dann hätte ich gleich alle Kunden verloren.

Nun ja.

Essen konnte man auch einen Donut von gestern noch.

Er war eben nur nicht frisch.

„Wird's bald?" Die Geduld des korpulenten Mannes war offensichtlich am Ende.

„Sofort, tut mir leid!" rief ich und griff in der Panik nach dem erstbesten fertigen Donut, der vor mir lag. Hastig stopfte ich ihn in eine Tüte und reichte sie dem Wartenden. „Das macht dann zwei Dollar fünfzig!"

Der Kunde warf mir einen 10-Dollar-Schein hin. Ich öffnete die Kasse und suchte fahrig nach passendem Wechselgeld. Rasch drückte ich dem korpulenten Mann ein paar Münzen und einen Schein in die Hand.

„He, Moment mal!" empörte sich der Mann und sah auf das Geld. „Ich hab Ihnen zehn Dollar gegeben und Sie geben mir sechs Dollar und fünfzig Cent raus? Für einen Donut, der zwei Dollar fünfzig kostet? Können Sie nicht rechnen oder was?"

Mist! Jetzt hatte ich ihm zu wenig Wechselgeld gegeben. In meiner Aufregung hatte ich die Übersicht vollkommen verloren. Wieder spürte ich, wie mir die Hitze in die Wangen stieg.

„Oh... oh, das tut mir leid! Ich... ich gebe Ihnen natürlich auch noch den Rest zurück, einen Moment!" Fahrig griff ich in die Kasse und wühlte mit zitternden Fingern nach passendem Münzgeld. Dabei fiel mir eine Hand voll Kleingeld auf den Boden.

Verdammt.

Doch schließlich schaffte ich es, dem korpulenten Mann das passende Wechselgeld zu geben.

Er ging.

Ich atmete erleichtert auf. Immerhin ein Kunde weniger.

Und er hatte sogar etwas gekauft.

Aber zufrieden ist er nicht, Deborah.

Damit konnte ich mich jetzt nicht beschäftigen. Ich wandte mich wieder der Donut-Maschine zu. Ich musste das Ding zum Laufen bekommen, sonst war ich geliefert. Nach gefühlten Ewigkeiten des hoffnungslosen Herumdrückens an den Bedienelementen leuchtete plötzlich eine Anzeige auf: 185 Grad! Ich hatte es tatsächlich geschafft, die richtige Temperatur für die Zubereitung der Gingerbread Donuts einzustellen. Innerlich vollführte ich einen Freudentanz.

„Meine Damen und Herren, es geht los! Die Maschine ist vorbereitet für unsere berühmten Spezialitäten!" rief ich erleichtert in die Menge. Dabei fühlte ich mich, als wäre ich Animateurin in einem Club. Oder einem Zirkus.

Das hier war einfach nicht mein Ding.

Egal. Jetzt dufte ich keine Zeit mehr verlieren. Hastig begann ich damit, den schon vorbereiteten Teig für die Gingerbread-Füllung durch die Maschine zu drücken. Ein zischendes Geräusch und der Duft nach frisch gebackenen Leckereien stieg mir in die Nase. Soweit, so gut!

Der vorwitzige Mann mit dem kantigen Gesicht, der als nächster an der Reihe war, rieb sich schon die Hände. „Na endlich! Ich dachte schon, ich krieg heute keine Donuts mehr. Ich nehme zwei von den Gingerbread-Donuts."

„Kommen sofort, lassen Sie mich nur kurz...", murmelte ich gebannt und griff mit der Zange nach den fertigen Donuts. Hektisch legte ich sie auf einem Teller zur Seite, nur um sogleich die nächste Ladung einzulegen.

„Jetzt aber." Der Mann mit dem kantigen Gesicht trat ungeduldig von einem Bein aufs andere. „Sie sollten Ihre Kunden nicht zu lange warten lassen. Es ist wirklich kalt heute."

Kalt.

Mir stand hier der Schweiß auf der Stirn. Ich wünschte, ich könnte etwas von der Kälte spüren. Doch diese Bemerkung verkniff ich mir. Stattdessen griff ich nach zwei Donuts und nahm eine Tüte...

Verdammte Scheiße!

Der frisch zubereitete Gingerbread-Donut rutschte mir aus der Hand landete klatschend auf den Dielen vor dem Stand. Ein entsetztes „Oh" ging durch die Reihen der Kunden. Sofort spürte ich, wie mir die Schamesröte in die Wangen stieg.

„Für diesen Donut bezahle ich aber nicht!" murrte der Mann mit dem kantigen Gesicht und sah mich jetzt ziemlich verärgert an.

„Natürlich nicht", beeilte ich mich zu versichern. „Das ist allein meine Schuld."

„Das will ich aber auch meinen." Der Mann war nun wieder zufrieden. Er schüttelte den Kopf und drehte sich zur Menge um: „Habt ihr das gesehen? Sie scheint weder Donuts machen noch welche einpacken zu können."

Alle lachten schadenfroh.

Über mich

Zum Glück war es inzwischen so heiß in der Nähe der Donut-Maschine, dass niemand sah, wie sich die Röte in meinen Wangen vertiefte.

„Das... das kann jedem mal passieren", stotterte ich und nahm eine frische Tüte. Dann tat ich zwei Donuts hinein. „Hier, bitte, für Sie."

Der Mann reichte mir fünf Dollar und nahm die Tüte mit übertrieben feierlichem Gesicht entgegen. Dann nahm er einen Donut aus der Tüte und biss hinein. Ich beobachtete ihn gebannt und hoffte inständig, dass der Donut ihm schmecken würde.

Erst biss er nur ganz vorsichtig und kaute bedächtig. Doch dann verzog er sein Gesicht zu einem Grinsen.

„Hmmmm!“, machte er und schloss die Augen.

Ich atmete erleichtert auf.

„Also das haben Sie doch ganz gut hinbekommen“, lobte mich der Mann schließlich und kaute hingebungsvoll weiter. Die Erleichterung war mir deutlich anzusehen. Das positive Feedback gab mir einen kleinen Energieschub für die nächsten Bestellungen.

Wieder nahm ich die Zange und holte die nächste Ladung fertiger Donuts aus der Maschine. Dann füllte ich Teig nach. So ging es hin und her, bis ich eine ganze Tischplatte voller Donuts vor mir hatte. Es roch stärker nach Fett als je zuvor.

„Ich nehme auch Gingerbread-Donuts.“ Ein Kunde nach dem anderen gab seine Bestellung auf. Geschäftig machte ich mich daran, die Leckereien nacheinander in Tüten zu verpacken und zu kassieren.

Nach einer guten halben Stunde hatte sich die Schlange vor meinem Stand nahezu aufgelöst.

Wow. Vielleicht würde der Tag doch nicht so schlecht werden.

Umsatz hatte ich jedenfalls gemacht.

Und ich war erleichtert.

Endlich hatte ich ein paar Minuten, um durchzuatmen.

Erst jetzt bemerkte ich, wie sehr meine Hände und Arme zitterten. Und meine Beine. Ich fuhr mir mit der Hand über die verschwitzte Stirn und lehnte mich an die Wand des Stands.

Wie sollte ich das nur schaffen?

Heute.

Und morgen.

Und übermorgen.

Die Kunden, die Donuts und diese verdammte Maschine, mit der ich mich immer noch nicht wirklich angefreundet hatte.

Annabelle hatte behauptet, alles wäre ein Kinderspiel. Aber das konnte ich wirklich nicht finden.

„Ist hier geöffnet oder machen Sie Pause?“ Gerade als ich mich wieder etwas gefangen hatte, drang eine Stimme an mein Ohr.

Und was für eine Stimme.

Dunkel.

Und irgendwie sexy.

Eine Stimme, die nach dem Hauptdarsteller eines Kinofilms klang.

Ich schlug die Augen auf.

Oh Gott.

Der Typ sah auch genauso aus wie der Hauptdarsteller eines Kinofilms.

Er war nur wenig älter als ich. Seine dunklen Augen fixierten mich und schon allein bei dem Blick spürte ich, wie mir die Röte in die Wangen stieg. Wieder war ich froh, dass man das nicht sehen konnte. Nur diesmal aus anderen Gründen als vorhin.

Meine Augen wanderten über die gerade Nase und das energische Kinn des Mannes. Ich sah seine dunklen Haare und landete schließlich wieder bei seinen Augen. Die hatten etwas Magnetisches. Ich wollte meinen Blick nicht mehr abwenden.

Ein kleines Prickeln wanderte über meinen Körper.

Ich spürte, wie die Härchen in meinem Nacken sich aufstellten. Meine Nippel zogen sich leicht zusammen.

Oh Gott.

Ich kannte den Mann gar nicht.

Gerade sah ich ihn zum ersten Mal.

Ich hatte noch nicht mal eine Ahnung, wie er hieß.

Und mein Körper reagierte auf eine Art und Weise, wie er nie reagiert hatte.

„Alles klar?“ fragte der Typ und deutete ein kleines Lächeln an. Sein Blick wanderte nonchalant über die Auslage, dann musterte er mein Gesicht und ließ seinen Blick schließlich ein wenig tiefer wandern.

Ich spürte einen Schauer über meinen Rücken wandern. Mein Herz schlug schneller.

„Ähm ja, alles klar“, erwiderte ich und versuchte ein Lächeln.

Oh verdammt.

Da kam dieser sexy Typ vorbei und ich sah aus wie… wie… wahrscheinlich sah ich aus, als ob ich in Fett gebadet hätte. Zumindest roch ich sicher so.

„Die Donuts sind doch selbst gemacht, oder?“ fragte er und blickte auf die Auslage.

Im Gegensatz zu dem korpulenten Mann von vorhin sah er gar nicht aus wie jemand, der Donuts mochte.

„Ja, die mache ich“, antwortete ich.

Oh verdammt.

Hoffentlich verkackte ich nicht wieder alles, wenn dieser Typ eine Bestellung aufgab.

„Hervorragend. Ich habe keine Lust auf das abgepackte Zeugs aus dem Supermarkt“, erklärte der Mann. „So ein frischer Donut ist für mich der größte Genuss.“

Ich lachte.

Der Mann lachte ebenfalls.

„Was... was darf ich denn zubereiten?“ fragte ich.

„Ah ja.“ Die dunklen Augen blitzten mich an. „Ich stehe hier und gebe noch nicht mal meine Bestellung auf. Wie unhöflich!“ Der Mann grinste kurz. „Na ja, so eine schöne Verkäuferin kann einen auch mal ablenken...“

Flirtete der Kerl mit mir?

Oder machte er sich über mich lustig?

Ich hätte es nicht zu sagen gewusst.

Mit meinem verschwitzten Gesicht wirkte ich garantiert nicht besonders sexy.

„Also, ich hätte jetzt Lust auf was ganz Besonderes.“ Der Mann lehnte sich gegen meinen Stand. „Chocolate Frosted.“

Chocolate Frosted?

Das sollte etwas ganz Besonderes sein?

Das aß doch jeder.

Oder?

Ich hatte keine Ahnung, denn ich mochte Donuts wie gesagt nicht. Aber das konnte ich wohl schlecht zugeben, wenn ich sie verkaufen sollte.

„Einen Chocolate Frosted also? Ausgezeichnete Wahl!“ begrüßte ich daher die Bestellung des gutaussehenden Fremden mit einem Lächeln. Der Typ erwiderte es charmant und zwinkerte mir wieder unverhohlen zu.

„Was denn sonst, bei so einer bezaubernden Verkäuferin?“ erwiderte er und lachte.

Die Röte auf meinen Wangen vertiefte sich.

Das war genau der Typ Mann, vor dem mich mein Vater warnen würde.

Was hat denn Dad damit zu tun, Deborah? Denk dran, du lebst dein eigenes Leben. Außerdem will der Typ hier nur einen Donut kaufen und nicht bei dir einziehen.

„Musst du dafür diese Höllenmaschine anstellen?" wollte der Mann wissen und deutete auf die Donut-Maschine.

Höllenmaschine war genau das richtige Stichwort.

Ich grinste.

Jetzt hatte die Donut-Maschine bei mir einen neuen Spitznamen.

„Zum Glück nicht gleich, ich war schon fleißig und habe ein paar Donuts vorbereitet."

Ich lachte den Mann an.

Gott, diese dunklen Augen.

„Ich hab gehört, dass ich an diesem Stand die besten Chocolate Frosted bekommen könnte, die es gibt." Der Typ sah mich unverwandt an.

„Das… das ist sicher so." Jetzt geriet ich ins Stottern.

Oh Gott.

Warum war Annabelle nicht hier?

SIE machte diese guten Donuts.

Ich kämpfte nur mit der Höllenmaschine.

„Na dann mal los," sagte der Mann. „Ich muss noch weiter." Eine Spur Ungeduld hatte sich in seine Stimme geschlichen.

Ich schluckte und die Erinnerung an die Kunden von eben kam wieder in mir hoch. Sie waren SEHR ungeduldig geworden.

„Moment, kommt sofort." Etwas fahrig griff ich nach einem Donut und stopfte ihn in eine Tüte.

„Danke." Der Mann nahm die Tüte und reichte mir fünf Dollar. „Stimmt so."

Er sah mich nicht mehr an.

Schade.

So schnell konnte ein Flirt vorbei sein.

Dann griff der Mann in die Tüte, nahm den Donut heraus und biss hungrig hinein.

Sofort verzog er das Gesicht.

„Was ist denn das?“ blaffte er und blickte misstrauisch auf den Donut in seiner Hand. „Das ist kein Chocolate Frosted.“

Oh verdammt.

Ich hatte ihm die falsche Sorte gegeben.

„Das... das tut mir leid“, stotterte ich. „Ein Versehen. Ich gebe Ihnen einen neuen Donut, das ist kein Problem, ich...“

„Kennen Sie denn Ihren eigenen Stand nicht?“ Der Mann war nicht so leicht zu beruhigen.

„Meinen eigenen Stand?“ wiederholte ich.

„Na das ist doch Ihr Stand, oder?“ Der Mann sah mich an. „Oder sind Sie neu hier? Man könnte es meinen, wenn Sie doch nicht einmal die verschiedenen Donut-Sorten auseinander halten können.“ Die Stimme des Mannes klang nun nicht mehr samtig und weich, sondern kalt und hart.

„Moment!“ Jetzt wurde ich sauer. Ja, ich hatte einen Fehler gemacht. Aber das war nichts Schlimmes. Davon ging die Welt nicht unter. „Das war nur ein Versehen. Sowas kann jedem Mal passieren.“

„Ach ja? Wirklich jedem?“ Der Mann grinste mich an.

Plötzlich wirkt er frech.

Oder überheblich?

Oder arrogant?

Aber er war immer noch unverschämt attraktiv.

Jetzt vielleicht sogar ein bisschen mehr.

Ich konnte mir gut vorstellen, wie er seinen Angestellten die ein oder andere Anweisung erteilte...

„Ich glaube, ich muss mal zu Ihnen hinter den Tresen kommen und Ihnen zeigen, wie ein Chocolate Frosted Donut aussieht. Sie haben ja anscheinend keine Ahnung.“ Der Mann ging um den Stand.

Die Tür wurde von außen geöffnet.

Was?

Was glaubte der Kerl denn, wer er war?

Ich stellte mich mit verschränkten Armen in den Türrahmen. „Was soll das? Was bilden Sie sich eigentlich ein?!“ fuhr ich ihn erbost an. „Nur weil ich aus Versehen etwas verwechselt habe, glauben Sie, sich alles erlauben zu können? Bleiben Sie gefälligst draußen, sonst können Sie demnächst Ihre Donuts woanders kaufen!“

Mit geballten Fäusten funkelte ich den eingebildeten Typen an.
Arrogant.
Und attraktiv.
Herausfordernd erwiderte er meinen Blick.

Kapitel 4

Luke

Einen Moment verharrte ich einfach nur da und starrte die aufmüpfige Donut-Verkäuferin von oben bis unten an. Wie konnte diese Frau es wagen, mich derart anzufahren?

Was bildete sie sich eigentlich ein?

Wer glaubte sie denn zu sein?

Ich war ihr KUNDE!

Und einen Kunden behandelte man immer wie einen König.

Immer!

Das war die erste Regel in all meinen Luxus-Restaurants.

Und sie galt in jedem Geschäft. In wirklich jedem. Selbst bei McDonald's war der Kunde König. Egal, was man von McDonald's, Burger King und sonst hielt, aber auch dort war der Kunde immer noch der Kunde.

Schließlich bestimmte er, ob wir am nächsten Tag noch einen Job hatten.

Oder im nächsten Monat.

Oder im nächsten Jahr.

Wenn man einen Kunden unverschämt behandelte, dann hatte man ein Problem. Und zwar nicht nur in diesem Moment.

„Einbilden?“ Ich sah die Frau mit hochgezogenen Augenbrauen an.

Verflucht, war sie sexy. Ihr verführerischer Körper steckte in enger Arbeitskleidung. Ihre hochroten Wangen gaben ihr ein leicht verruchtes Aussehen. Als würde sie später noch in einem Tanzclub auftreten. Die richtige Figur dafür hatte sie jedenfalls.

Vorhin hatte ich nur ihr Gesicht und ihren Oberkörper gesehen und auch das nur unvollständig, denn sie hatte sich hinter diesem verdammten Tresen versteckt.

Aber jetzt sah ich sie ganz. Ich sah die blonden Locken und die blauen Augen, die mich empört anblitzten. So wirkte die Frau nur noch sexier als zuvor.

Ja, empört stand ihr gut.

Plötzlich überkam mich der unmögliche Impuls, sie noch ein wenig mehr zu reizen. Einfach, um diese Augen noch mehr blitzen zu sehen. Ihre vollen Lippen öffneten sich leicht, als sie zu einer Antwort ansetzte.

Wie es sich wohl anfühlte, sie zu küssen?

So könnte ich sie endgültig zum Schweigen bringen.

Bei dieser Vorstellung musste ich grinsen.

Ja, das wäre doch mal was anderes.

Unauffällig ließ ich meinen Blick weiter an ihr herabgleiten. Ich wollte sie nicht anstarren und doch konnte ich nicht anders, als sie genau zu taxieren. Da vor der Donut-Maschine eine ziemliche Hitze herrschte, trug sie keinen Mantel.

Ich sah ihre vollen Brüste, die mir geradezu entgegensprangen, weil die Frau die Arme in die Seiten gestemmt hatte. Wenn ich noch einen Schritt machte, konnte ich einen Arm um ihre schlanke Taille schlingen und sie an mich ziehen und...

Ich wollte nicht weiter denken

Aber ich konnte nicht anders.

Wie sich die langen Beine wohl anfühlten?

Wie es wäre, wenn sie sich um meinen Körper schlingen und mich immer weiter an sich ziehen würden?

Meine Hose wurde enger und ich war froh, dass ich einen Mantel trug.

„Ja, was bilden Sie sich eigentlich ein? Und jetzt grinsen Sie mich auch noch so arrogant an!“ Die Frau wurde immer ärgerlicher.

Und das stand ihr immer besser.

„Hören Sie sofort auf, so arrogant zu grinsen!“ befahl die Frau jetzt.

Ich grinste nur noch mehr. „Das geht nicht auf Befehl. Und überhaupt, warum sollte ich das tun?“

„Weil ich es sage!“ Die Frau wurde fuchsteufelswild.

„Weil Sie es sagen“, antwortete ich gedehnt. „Na sowas. Soweit ich mich erinnere, sehen wir uns gerade zum ersten Mal. Sie haben mir also gar nichts zu sagen. Sie sind weder meine Chefin noch sind wir miteinander verheiratet. Was manchmal das gleiche ist.“ Ich grinste noch breiter.

„Ihre Frau kann einem nur leid tun.“ Die Blonde reckte das Kinn.

„Ach so? Na ja, zum Glück habe ich keine.“ Ich lachte.

„Das wundert mich nicht“ Empört funkelte mich die Blonde an.

„Das wundert Sie nicht?“ Jetzt wurde ich ärgerlich.

Sie fragte mich, für wen ich mich hielt?

Für wen hielt SIE sich denn?

Für Miss Universe?

Nein, ich hatte keine Frau, aber das war doch vor allem meine eigene Wahl.

„Wollen Sie mich etwa beleidigen?“ Ich trat einen Schritt näher.

„Bleiben Sie von meinem Stand weg“, zischte die Blonde.

Abwehrend hob ich die Hände. „Mann, Sie sollten echt mal zur Meditation oder zum Yoga gehen. Oder was man heutzutage sonst so macht, um sich nicht mehr so aufzuregen und seine Gefühle besser in den Griff zu bekommen. Sie verbocken meine Bestellung und haben offensichtlich von nichts eine Ahnung. Ich biete Ihnen meine Hilfe an und Sie werden wütend.“

Die Blonde holte tief Luft. Dabei hoben sich ihre Brüste und reckten sich mir nur noch mehr entgegen.

Ich genoss den Anblick.

So eine Figur sah man nicht alle Tage.

Bei meinem Aussehen und meinem Geld gab es keinen Mangel an Bewerberinnen für die Stelle als Frau an meiner Seite. Die Damen überschlugen sich geradezu, um mich von ihren Vorzügen zu überzeugen. Ich hatte schon das ein oder andere Mal davon profitiert.

Natürlich.

Ich war ein Mensch.

Ein Mann.

Allerdings hatte ich keine der Damen je wiedergesehen. Denn die Stelle als Frau an meiner Seite, die hatte ich nicht ausgeschrieben.

Ich wollte sie nicht besetzen.

Meine Arbeit war mir wichtiger.

Aber die Blonde hier, die hatte Klasse.

„Ich brauche keine Hilfe", zischte die heiße Verkäuferin.

„Nicht?" Ich grinste. „Also wer Chocolate Frosted und Apple Cider verwechselt, der ist entweder total im Stress oder hat keine Ahnung. Und in beiden Fällen ist Hilfe nötig." Ich zog eine Augenbraue nach oben.

„Ich habe Sie nicht um Hilfe gebeten." Die Frau verschränkte die Arme vor ihrer Brust.

Schade.

Nun konnte ich ihre Brüste nicht mehr besonders gut sehen.

„Vielleicht waren Sie ja auch nur abgelenkt von unserem kleinen Flirt eben." Ich zwinkerte der Frau zu. Ein Versuch war es wert. Vielleicht ging hier ja doch etwas.

Empört schnappte sie nach Luft. „Sind Sie immer so dreist zu Frauen, die Sie nicht kennen?" fauchte sie erregt und richtete ihren Finger auf mich.

Dreist?

Ich flirtete sie an.

Höflich.

Aber anscheinend war heute nicht mein Tag.

Miss Jones bekam das mit der Heizung nicht hin und ich musste in meinem Büro in der Kälte sitzen. Die Donut-Verkäuferin bekam das mit den Sorten nicht hin und ich musste auf meine Lieblingssorte verzichten. Cecil wollte meine Hilfe nicht annehmen, obwohl das zu unser aller Besten war. Und die Donut-Verkäuferin wollte sich auch nicht helfen lassen.

Alle schienen sich gegen mich verschworen zu haben.

Ich spürte, wie der Frust über die Abfuhren, die ich erduldet hatte, in mir stieg und stieg.

„Sie sollten jetzt lieber gehen!" Die Blonde presste ihre Kiefer zusammen. „Ich bin mir nicht sicher, ob es auf dem Weihnachtsmarkt eine Security gibt, aber..."

Security?

Das war zu viel.

Es war nur ein harmloser Flirt, verdammt.

„Lassen Sie es gut sein, ich geh schon. Anscheinend haben Sie lieber weiter Probleme, als sich helfen zu lassen", erwiderte ich schnell und hob meine Hände.

Sie sah mich an. Ihre Augen sprühten Funken und ihre Locken wirkten wilder als vorhin. Ein letztes Mal wanderten meine Augen unverhohlen ihren Körper auf und ab.

Wenn ich schon gehen musste, dann konnte ich die Sache auch genießen.

Oder?

Meine Augen blieben an ihren vollen Lippen hängen.

Ich könnte sie küssen.

Hier und jetzt.

Lass das bleiben, Luke. Das bringt dir nur Ärger. Die Frau ist imstande und macht ernst mit ihren Drohungen. Außerdem… eine Frau erobern, schön und gut. Aber wenn sie nicht will…

Das war auch nicht gerade sexy.

Ich biss die Zähne zusammen.

Eine kleine Ablenkung von meinen Problemen hätte mir ganz gut getan. Zwischen derart langen Beinen konnte man alles vergessen.

Doch stattdessen wandte ich mich ab.

Ich wollte keinen Ärger.

Vor allem nicht wegen einer Frau, die ich doch nie wieder sehen würde.

Wortlos und frustriert ging ich davon, bevor ich mich vergaß.

Was für ein Reinfall.

Noch nicht einmal meinen Donut hatte ich bekommen.

Mürrisch stapfte ich wenig später in Richtung meines Autos.

Kein Donut.

Ich hatte mein Glück bei drei anderen Ständen versucht, aber Chocolate Frosted war überall bereits ausverkauft.

Heute war definitiv nicht mein Tag.

Aber eigentlich war es nicht der Donut, der mich so wurmte.

Diese aufmüpfige Donut-Verkäuferin ging mir einfach nicht mehr aus dem Kopf. Normalerweise prallten Fehlschläge bei Frauen mühelos an mir ab, doch dieses Mal… Genervt riss ich die Wagentür auf und plumpste hinters Steuer.

Die Frau hatte etwas Besonderes an sich, keine Frage. Ich konnte nicht genau sagen, was es war. Aber es war etwas, das ich noch bei keiner anderen Frau gesehen und gespürt hatte. Mit diesem sprühenden Temperament und den wilden Locken sah sie einfach umwerfend aus. Und dann diese roten Wangen. Die Hitze, die von ihr ausging, hatte sich irgendwie auf mich übertragen. Es wurmte mich, dass sie mir die kalte Schulter gezeigt hatte. Ein Teil von mir wünschte sich, ich hätte sie einfach in meine Arme gezogen und geküsst. Dann hätte ich ihre Lippen an meinen gespürt und ihren heißen Körper an meinem...

Erregt stieß ich einen Seufzer aus und schlug mit der flachen Hand aufs Lenkrad. Ich musste diese lüsternen Gedanken wieder losweden! Diese Donut-Bäckerin kannte ich noch nicht einmal richtig. Mit einem lauten Aufheulen startete ich den Motor, gab Vollgas und fuhr vom Parkplatz.

Die Straßen waren überraschend leer. Am liebsten hätte ich das Gaspedal bis zum Anschlag durchgedrückt, aber das konnte ich mir in New York nicht erlauben.

Und ich wollte es mir auch nicht erlauben.

Am Ende ging es immer noch nur um eine Donut-Verkäuferin.

Vielleicht ist es besser so, Luke.

Die Blonde hatte etwas ganz Besonderes, ja. Und genau das machte sie auch irgendwie gefährlich. So eine Frau konnte mir leicht den Kopf verdrehen und ehe ich mich versah, hatte ich gegen meine Prinzipien verstoßen.

Lass dich nie mit einer Frau ein. Nicht tiefer. Auf keinen Fall.

Das wollte ich nicht ändern.

Es war besser so wie es war.

Doch meine Hose war noch immer eng und ich fühlte eine leichte Erregung in meinen Hüften. Und dafür reichte es schon, nur an diese Frau zu DENKEN. Ich sah sie noch nicht einmal. Geschweige denn, dass ich sie spürte. Ich hatte sie nicht einmal berührt.

Ich musste mich ablenken.

Abreagieren.

Die Energie aus meinem Körper lassen.

Ich biss die Zähne zusammen.

Zum Glück war ich mit meinem besten Freund Ellison verabredet.

Ein Männerabend.

Genau das brauchte ich jetzt.

Eine halbe Stunde später kam ich auf dem Parkplatz der Indoor-Eiskartbahn zum Stehen. Ellison lehnte bereits grinsend an seinem Wagen und winkte mir zu, als ich ausstieg.

„Luke, Buddy, gut dich zu sehen", begrüßte er mich.

„Ellison." Ich klopfte meinem Freund auf die Schultern.

„Freust du dich?" fragte Ellison und deutete auf das Gebäude vor uns.

„Freuen?" erwiderte ich gedehnt. „Ich muss mich dringend abreagieren, also ja, ich denke, dass man sagen könnte, dass ich mich freue..."

Ellison musterte mich kurz. „Aha. Und wer hat dich denn heute so sehr geärgert, dass du dich abreagieren musst?" wollte er wissen.

Ich winkte ab. Daran wollte ich nicht mehr denken. „Lass gut sein, ist ne längere Geschichte. Und ich will jetzt gar nicht lange drumherum reden, sondern endlich auf die Bahn!"

Mit einer einladenden Handbewegung deutete Ellison zur gläsernen Eingangstür, durch die man bereits die vereiste Kartbahn erkennen konnte. „Dann mal los, mein Freund. Wir haben die Bahn für uns alleine gebucht, da kannst du so viel Frust rauslassen, wie du willst!"

Wir gingen nach drinnen.

Kaum hatten wir die Turbo-Karts bezogen, gab ich auch schon Vollgas. Wie besessen schlingerte ich über das spiegelnde Eis. Mit quietschenden Reifen bremste ich vor einer engen Haarnadelkurve und beschleunigte dann auf der Ausgangsgerade erneut. Ellison hing einige Meter zurück und schien schon aufgegeben zu haben, als ich plötzlich die Kontrolle verlor und ausbrach. Mit dem Kart kreiselte ich mehrmals um die eigene Achse über die Eisbahn, bevor ich endlich zum Stehen kam.

„Hey, alles klar bei dir?" erkundigte sich Ellison lachend über Funk und kam gemächlich neben mir zum Stehen. „Wenn das so weiter geht, fliegen wir heute hier noch raus! Du solltest dich lieber an die Regeln halten. Es gibt zwar nicht so viele wie auf den Straßen, aber ein paar schon."

Verdammt, wollte mir denn heute jeder vorschreiben, was ich tun und lassen konnte?

Regeln.

Ich schnaubte.

Die waren für andere Leute.

„Klappe, ich hab's voll im Griff!" erwiderte ich und startete erneut durch.

Als Antwort hörte ich über Funk nur ein Lachen.

Ellison war ein wahrer Freund.

Er nahm mir meinen Ton nicht übel.

Wie wild fuhr ich auf der Eisbahn eine Runde nach der anderen. Ich liebte es, an den Punkt zu kommen, an dem ich gerade noch nicht die Kontrolle über das Kart verlor.

Ich grinste.

Warum auch nicht?

Ja, hier gab es Regeln, aber mir konnte nichts passieren. Und Ellison auch nicht. Ich überholte ihn ein ums andere Mal. Doch er gab nicht auf. Mein Kumpel wusste, wie ich es wollte. Ich hasste es, gegen Menschen zu fahren, die sich mir einfach willenlos ergaben.

Ein wenig Gegenwehr stachelte mich erst richtig an.

Wieder dachte ich an die Donut-Verkäuferin.

Lass das, Luke.

Nach einer halben Stunde, in der ich Ellison unerbittlich übers Eis gejagt hatte, nahm ich schließlich in der letzten Kurve das Tempo raus und fuhr gemächlich auf die Zielgerade. Ellison tat es mir nach.

Wir kamen zum Stillstand.

Ich lehnte mich in meinem Sitz erschöpft nach hinten.

Ellison stieg aus und nahm seinen Helm ab. „Müde, Buddy?"

Ich riss mir den Helm vom Kopf und wischte mir über die schweißnasse Stirn. „Nein. Ich könnte dich nochmal so fertig machen."

Dann kletterte ich auch aus dem Kart.

„Sag mal, was ist denn heute in dich gefahren?" wollte Ellison mit hochgezogenen Brauen wissen, als wir gemeinsam von der Kartbahn gingen. „Normalerweise fährst du zwar auch immer wie der Teufel, aber heute warst du ja richtig besessen!"

„Ist ne lange Geschichte.", wiederholte ich meine Worte von vorhin.

„Das hast du schon mal gesagt." Ellison ließ nicht locker. „Na los, lass mal hören."

„Ach..." Schon bei diesem einen Wort dachte ich an die heiße Blonde zurück. Und wieder spürte ich eine Regung in der Region meiner Hüften.

Verdammt nochmal!

Was hatte diese Frau nur an sich?

„Na komm schon, jetzt rück schon raus mit der Sprache“, drängte Ellison und stupste mich an. „So frustriert wie du heute auf der Bahn warst, muss ja allerhand los gewesen sein!“

Ich schnaubte auf.

Allerhand.

Die ganze Sache war allerhand gewesen.

Aber sie war auch nicht der Rede wert.

„War einfach nur so eine zickige Kassiererin bei diesem Donutstand auf dem Weihnachtsmarkt“, erklärte ich unwirsch und zuckte mit den Schultern. „Ich wollte der Guten nur bei ihrer Bestellung helfen, aber sie hat sich dann angestellt, als hätte ich sie gefragt, ob sie mit mir ins Bett will. Eine richtige Furie!“

„Aha, eine Frau also“, grinste Ellison und zwinkerte mir schlau zu.

Genervt verdrehte ich die Augen. „Ja, eine Frau.“

Ellison lachte. „Das wird aber auch Zeit, dass du mal wieder eine Frau erwähnst.“ Ellison klopfte mir leicht auf die Schulter. „Ist schon ewig her, Kumpel.“

„Was heißt ewig her?“ empörte ich mich. „Jede Frau ist es auch nicht unbedingt wert, erwähnt zu werden.“

„Genau. Darum ist es ja so bemerkenswert, dass du jetzt eine erwähnst. Die muss einen nachhaltigen Eindruck bei dir gemacht haben.“ Ellison grinste mich an.

Verdammt.

Mein Kumpel kannte mich so gut wie niemand anderes.

Aber ich wollte nicht zugeben, dass ich immer noch an den erregend heißen Körper der Donut-Verkäuferin dachte.

„Nachhaltig?“ Ich schüttelte den Kopf. „Sie hat mich einfach nur verärgert.“

„Ach so.“ Ellison nickte. Dann grinste er. „Wir kennen uns schon seit Ewigkeiten. Ich weiß, wie du drauf bist. Wenn du eine Frau erwähnst...“

Mein bester Freund hob eine Augenbraue.

Wir waren an dem Tresen angelangt, an dem wir unsere Helme zurückgaben.

Ich biss die Zähne zusammen.

Unrecht hatte Ellison nicht.

Aber das wollte ich auf keinen Fall zugeben.

„Sie war einfach nur unverschämt. Darum denke ich an sie“, erwiderte ich, als wir in Richtung der Bar gingen, die zur Kartbahn gehörte. Ein Bier vor der Dusche würde mir jetzt gut tun.

Ich dachte an die Frau.

Als sie so in Fahrt gekommen war, hatte ich sie einfach...

„...bändigen wollen“, murmelte ich gedankenverloren und erinnerte mich wieder an die vor Zorn geröteten Wangen, die kecken Locken und diesen verführerischen Körper, mit dem sie vor mir hin und her gewippt hatte.

„Sie scheint es dir wirklich ganz schön angetan zu haben!“ Ellison riss mich mit einem Lachen aus meinen unkeuschen Gedanken.

Empört blinzelte ich ihn an. „Überhaupt nicht, Mann. Wie kommst du auf diese Idee? Du liegst völlig falsch!“

„Aha“, erwiderte Ellison in einer Tonlage, die deutlich machte, dass er mir nicht glaubte.

„Frauen sind am Ende sowieso alle gleich!“ Ich schnaubte abfällig.

„Das stimmt jetzt aber ganz und gar nicht. Wenn du das sagst, musst du besonders frustriert sein. Dann ist es schlimmer, als ich dachte“, stellte Ellison trocken fest und bestellte mit einer Geste zwei Bier für uns.

„Du klingst, als wäre ich in sie verliebt“, fuhr ich meinen Kumpel an.

„Bist du?“ Ellison ging zu einem ruhigen Tisch in der Ecke.

„Natürlich nicht. Bist du von allen guten Geistern verlassen? Ich kenne die Frau doch gar nicht?“ Wütend starrte ich meinen Freund an.

Wie konnte er so etwas behaupten?

Er sollte mich unterstützen und mir nicht derartige Fragen stellen.

„Wenn ich eine Analyse meines Inneren will, dann gehe ich zum Psychiater“, murrte ich. „Hör auf, jedes meiner Worte auf die Goldwaage zu legen.“

„Hey, hey.“ Ellison hob abwehrend die Hände. „Ich will dich nicht analysieren, Buddy. Alles gut. Ich mache mir nur ein paar Sorgen um dich.“

„Sorgen?“ Ich runzelte die Stirn. „Danke, Ellison, aber ich bin erwachsen. Ich kann gut auf mich selbst aufpassen.“

„Mit Frauen läuft es bei dir jedes Mal aufs Gleiche hinaus, Luke. Erst landest du mit ihr im Bett, dann vergisst du die Kleine und suchst dir irgendwann ein neues Abenteuer.“

„Ja und? Man wird sich doch wohl noch amüsieren dürfen?" verteidigte ich mich. „Ich verspreche den Damen nichts. Sie wissen also, worauf sie sich einlassen."

„Klar. Ist ja auch nichts Verkehrtes dran, wenn man nichts Festes will" fuhr Ellison ungerührt fort. „Aber irgendwann musst du dich mal entscheiden, mein Freund. Willst du ewig so weitermachen und noch als alter Mann von einem Abenteuer zum nächsten tingeln?"

Was sollte das heißen?

„Und was schlägst du dann vor?" erwiderte ich trotzig und verschränkte die Arme vor der Brust. „Soll ich etwa eine brave Ehefrau finden, die mich ermahnt, die Wohnung aufzuräumen und mir in den Ohren liegt, wann wir endlich Kinder bekommen?" Ich warf Ellison einen vorwurfsvollen Blick zu.

„Das nun auch nicht gleich." Ellison lachte. „Du übertreibst wirklich immer. Aber irgendwann wird es Zeit, dass du sesshaft wirst. Eine feste Partnerin an deiner Seite, mit der du dein Leben teilen kannst. Sowas meine ich."

Ungläubig musterte ich ihn einen Moment lang. Ellison klang tatsächlich so, als würde er es ernst meinen. Mein Freund, mit dem ich vor Jahren noch die Mädels aufgerissen und durch die Clubs gezogen war, redete plötzlich von einer festen Partnerin und geregeltem Familienleben? Mit hochgezogenen Brauen schüttelte ich den Kopf.

„Sorry, Mann, aber ich glaube, du hast heute Abend irgendwo einen zu festen Schlag gegen den Helm bekommen. Eine feste Bindung ist sowas von das Allerletzte, was ich jetzt brauche! Das solltest du wissen! Du bist seit Ewigkeiten Single!"

„Klar, das bin ich auch gerne," erwiderte Ellison und musterte mich herausfordernd. „Aber du... du bist frustriert. Das ist ein klares Zeichen, dass man etwas ändern muss. Beruflich läuft alles nach Plan. Nur die Frauen frustrieren dich. Also solltest du da vielleicht etwas ändern? Und warum nicht jetzt?"

Entsetzt schüttelte ich den Kopf. Dass ausgerechnet mein bester Kumpel mir so etwas andrehen wollte, damit hatte ich wirklich nicht gerechnet. Eine Frau? Eine feste Beziehung? Wofür denn? Mein Leben lief doch gerade perfekt.

„Ellison, so was brauch ich wirklich nicht!" erwiderte ich aufgebracht. „Mit Frauen habe ich höchstens ein gelegentliches Abenteuer, aber mehr nicht!"

Kapitel 5

Deborah

Gähnend streckte ich mich unter der warmen Decke. Es war noch nicht ganz hell, wie im Winter um diese Zeit üblich. Am liebsten hätte ich mich wieder unter die Decke gekuschelt. Und warum auch nicht?

Heute Morgen hatte ich frei. Der Weihnachtsmarkt würde erst am späten Nachmittag öffnen und das kam mir gerade recht. Ich spürte jeden Knochen im Leib. Die Arbeit im Donut-Stand war härter als ich gedacht hatte. Der ständige Stress, das heiße Fett, die drängelnden Kunden... und dabei musste ich immer ein freundliches Gesicht machen und alle anlächeln.

So ein freier, fauler Morgen kam mir also gerade recht. Besonders nach der gestrigen Begegnung mit diesem eingebildeten Typen.

Mit diesem verdammt attraktiven eingebildeten Typen. Ein leises Prickeln erinnerte mich daran, welche Gefühle der Mann in mir ausgelöst hatte. Ich wäre vor Wut fast explodiert. Wie konnte er es nur wagen, mir vorzuwerfen, dass ich nichts konnte?

Aber andererseits... irgendetwas in mir hatte sich gewünscht, dass er mich küsste. Einfach so. Ich wollte seinen muskulösen Körper spüren...

Das ist Einbildung, Deborah. Du konntest seinen Körper unter dem Mantel gar nicht genau sehen. Und außerdem hat er keinen Kuss verdient!

Ein leicht triumphierendes Grinsen stahl sich auf meine Lippen, als ich an seine empörte Miene dachte. Ich hatte dem Kerl eine Lehre erteilt! Männer in Anzügen bildeten sich einfach immer ein bisschen zu viel auf sich selbst ein. Er mochte attraktiv sein, mein Körper mochte kribbeln, aber mit ihm würde ich nie wieder was zu tun haben wollen.

Da war ich mir sicher!

Gerade als ich mich wieder unter die Decke kuscheln wollte, klingelte mein Handy und riss mich aus meinem gemütlicher-Morgen Modus. Ich blinzelte auf das Display und ein Lächeln stahl sich auf meine Lippen.

Scarlett!

„Hey Schätzchen, alles klar bei dir?" meldete ich mich und lehnte mich gemütlich zurück. So ein Plausch mit meiner besten Freundin kam mir gerade recht.

„Alles super, Deb. Besser könnte es gar nicht sein!" drang Scarletts überschwängliche Stimme an mein Ohr. „Sag mal, hast du heute irgendwas Weltbewegendes vor?"

Verwirrt runzelte ich die Stirn. „Später am Nachmittag muss ich Donuts verkaufen. Und heute Morgen chille ich einfach nur. Warum fragst du?"

„Weil heute der perfekte Tag wäre für einen kleinen Mädelsausflug", plapperte Scarlett aufgeregt drauflos. „Garrison passt auf Elijah auf und ich habe am Morgen frei. Außerdem..." Scarlett legte eine Pause ein, um die Spannung zu steigern. „Also außerdem können wir Garrisons Helikopter haben. Wie wäre es, wenn wir uns in einer Stunde treffen, in die Catskills fliegen und dort ein bisschen Snowboarden? Das Wetter soll traumhaft werden heute!"

Ungläubig blinzelte ich zur Decke hoch. Meine beste Freundin war echt zu beneiden. „Hmm, Snowboarden...", überlegte ich laut. Zwar lag mir dieser Sport genauso wenig wie Skifahren, aber mal was anderes zu machen und gleichzeitig Scarlett wiederzusehen, hörte sich wirklich verlockend an. „Ich bin allerdings ziemlich kaputt ..."

„Ach was", lachte Scarlett meine Bedenken weg. „Du musst doch nur ein paar Hügel runterrutschen, das schaffst du. Außerdem buche ich gleich noch eine Privatstunde für uns beide, wenn du dabei bist."

„Privatstunde? Das wird aber teuer!“ Noch hatte ich meinen neuen Job nicht begonnen.

„Ich lade dich ein. Du hast mir damals so viel geholfen und… Komm schon! Allein habe ich keine Lust“, versuchte Scarlett mich zu überreden.

Was konnte schon schief gehen?

Ein bisschen Ablenkung würde mir nach gestern wirklich nicht schaden.

„Also gut, bin dabei!“ beschloss ich und schwang die Beine aus dem Bett.

Wenig später saß ich auf dem Rücksitz von Garrisons Privathubschrauber und wir erhoben uns langsam in die Luft. Scarlett strahlte vor Glück und winkte mir begeistert über die Copiloten-Sessellehne zu.

„Ich freue mich so, dass wir das machen!“ Sie lachte mich an.

Ich lachte ebenfalls. „Du bist echt zu beneiden, mit so einem Ehemann!“

Dabei war es noch gar nicht so lange her, dass Scarlett meine Kollegin in der Firma von Leopold Andersen gewesen war. Genau in dem Job, den ich jetzt verließ, weil der Chef wirklich unerträglich war. Gegen Leopold Andersen war mein Dad ein milder, weiser, gütiger Chef.

Scarlett hatte besonders unter Leopold gelitten. Doch dann hatte sie Glück gehabt. Sie hatte Garrison kennengelernt und nach einigen Turbulenzen hatten die beiden zusammengefunden und lebten heute glücklich zusammen in Garrisons Penthouse, gemeinsam mit ihrem kleinen Söhnchen Elijah. Garrison kümmerte sich rührend um Scarlett und Elijah und war ein zärtlicher und fürsorglicher Ehemann und Vater.

„Der Ausblick ist jedes Mal einmalig.“ Scarlett blickte nach hinten, wo die Skyline von Manhattan langsam verschwand.

Raus aus der Stadt.

Rein in die Natur.

„Gleich sehen wir schneebedeckte Berge“, lachte Scarlett.

„Du bist ja aufgeregt wie ein kleines Kind“, neckte ich sie.

„Ach, ich komme so selten mal raus. Mein Leben ist nicht so aufregend wie deins“, verkündete Scarlett.

Jetzt lachte ich aus vollem Hals. „Natürlich. Du kannst einfach in einen Helikopter steigen und zum Snowboarden fliegen. Was für ein langweiliges Leben.“ Ironisch hob ich eine Augenbraue.

Zum Glück nahm mir Scarlett meine Neckerei nicht übel.

So plauderten und lachten wir den ganzen Flug über, bis wir endlich am Ski- und Snowboardzentrum landeten.

Keine halbe Stunde später standen Scarlett und ich auf zwei Snowboards und wurden von unserem durchtrainierten Lehrer Jake gemustert. Der Typ sah aus wie ein Holzfäller-Model – prachtvoll gebräunte Haut, stoppeliger Bartschatten und muskulöse Arme, die seine enge Skijacke fast zu sprengen drohten.

Aber irgendwie wirkte er auch ein bisschen... keine Ahnung, wie ich sagen sollte?

Stillos?

Ich dachte an den Mann von gestern.

Er war unverschämt gewesen.

Aber er hatte eindeutig Stil und Klasse gehabt.

Jake dagegen...

„Also Mädels!" Er klatschte in die Hände. Schon hatte er bei mir einen Minuspunkt gesammelt. Ich hasste es einfach, wenn mich ein fremder Mann als „Mädel" bezeichnete.

„Wer ist denn schon mal auf einem Snowboard gestanden?" fragte Jake.

Scarlett und ich hoben beide die Hand.

„Wunderbar." Jake schien zufrieden. Dann musterte er mich kritisch. „Aber..." Er kratzte sich am Kopf. „Du bist Deborah, richtig?"

Ich nickte.

„Du musst die Grundstellung nochmal üben. Die Knie leicht beugen und dann...", begann Jake mit seinen Anweisungen.

Ich tat wie geheißen.

Prompt verlagerte sich mein Schwerpunkt so nach hinten, dass ich in den Schnee plumpste.

Verdammt.

Meine Wangen wurden rot.

Ich war noch keinen Zentimeter gefahren und schon gestürzt.

Jake sah mich erstaunt an. Dann reichte er mir die Hand und zog mich nach oben. „Einen Sturz gleich am Anfang im Stehen habe ich noch nie gesehen. Aber keine Sorge. Am Ende des Tages werde ich schon ein richtiges Snowboard-Häschen aus dir gemacht haben." Er lachte laut.

Snowboard-Häschen!

War ich denn nur von arroganten Typen umgeben?

Empört blitzte ich Jake an. Doch der schien das nicht einmal zu bemerken.

Noch schlimmer!

Der Kerl gestern hatte sich wenigstens aufgeregt.

Scarlett stand mit gebeugten Knien auf dem Board und wartete darauf, dass es weiterging.

„Sehr gut“, lobte Jake.

Ich versuchte es erneut.

„Knie beugen.“ Jake stand vor mir. „Beugen, Deborah. Hörst du mir zu?“

Ich biss mir auf die Lippen.

Meine verdammten Knie waren gebeugt. Soweit es eben ging. Wenn ich sie noch ein wenig mehr beugte, würde ich wieder stürzen.

„Bitte konzentriere dich, sonst lernst du das Snowboarden nie!“ Jake sah mich vorwurfsvoll an. „Ich tue hier mein Bestes, aber du musst schon mitarbeiten.“

Ich biss die Zähne zusammen. Am liebsten hätte ich dem Kerl anständig die Meinung gesagt, aber ich wollte Scarlett den Tag nicht verderben.

Jake kratzte sich am Kopf. „Okay, okay, ich sehe schon, mit der Theorie hast du es nicht so“, seufzte er schulterzuckend. „Dann probieren wir es eben auf die praktische Tour. Am besten gehen wir gleich mal auf die Übungspiste.“

Jake wies nach links auf eine sanft abfallende Piste, die direkt hinter dem Ski- und Snowboardzentrum begann. „Das da ist der Hügel für Anfänger.“

Wir schnallten die Boards wieder ab, gingen zur Piste und schnallten sie dort wieder an. Wie durch ein Wunder gelang mir das ohne Probleme.

„So. Traut euch einfach, die Boards laufen zu lassen“, instruierte uns Jake. „Knie durchfedern und sanft mit den Hüften schwingen, dann kommt ihr von allein in Fahrt. Unten ist genug Platz, es kann euch gar nichts passieren.“

Scarlett lachte und fuhr los. Ich sah ihr nach, wie sie den Hang hinabglitt. Sie wirkte, als hätte sie ihr ganzes Leben lang nichts anderes getan als Snowboard zu fahren.

Ich blieb stehen und starrte nach unten.

„Na los, Deborah. Das kannst du auch”, ermunterte mich Jake. „Jeder kann das. Wirklich. Du musst dich nur trauen.“

Ich biss die Zähne zusammen.

Vor vielen Jahren hatte ich einmal Skiunterricht gehabt und das war ganz und gar nicht gut gegangen. Doch vielleicht hatte Jake recht. Möglicherweise hatte ich nur eine Blockade und musste mich einfach nur trauen.

Ich fuhr los.

Die ersten Meter ging es noch ganz gut.

Doch dann spürte ich eine Unebenheit unter mir.

Hilfe. Was war das?

Ich geriet aus der Balance und ruderte unbeholfen mit den Armen.

Eine Sekunde später knallte ich mit der Nase voran auf die harte Piste!

„Autsch! Na sowas aber auch...“, lachte Jake laut auf, als er angelaufen kam und mir wieder auf die Beine half. „Du musst dich an meine Anweisungen halten, Deborah. Dann klappt es.“

Trotzig wischte ich mir den Schnee aus dem Gesicht und funkelte den gestählten Snowboardlehrer böse an.

An seine Anweisungen halten?

Er hatte gut reden!

„Ich tue mein Möglichstes!“ knirschte ich. Was bildete der Kerl sich ein, mit mir zu reden, als wäre ich taub oder zu dumm, um seine Worte zu verstehen?

„Du kannst das besser“, beharrte Jake.

In der nächsten Stunde zeigte sich, dass Jake sich durchaus irren konnte. Ich bemühte mich, seine Anweisungen zu befolgen, aber ich landete zigmal schmerzhaft auf meinem Hintern. Scarlett bekam bereits die ersten Drehungen auf dem Übungshügel hin und machte erstaunliche Fortschritte, während ich einfach nur schlitternd auf meinem Hosenboden saß.

Jake musterte mich verzweifelt. „Deborah, so wird das echt nichts heute! Ich glaube, heute ist nicht dein Tag.“ Stirnrunzelnd blickte er mich an. „Oder vielleicht gehörst du auch einfach zu den Menschen, die fürs Snowboard-Fahren völlig ungeeignet sind. Ich habe zwar vorhin behauptet, dass jeder das lernen könnte. Aber so ganz stimmt das nicht.“

Wütend saß ich im Schnee und starrte Jake an.

„Vielleicht solltest du dir einfach ein anderes Hobby suchen. Deine Freundin scheint die Sache besser hinzubekommen.“ Jake wies auf Scarlett, die schwungvoll über die Piste glitt und dabei die Hand hob und winkte. Ich konnte ihr Lachen hören.

Schon verstanden. Ich war ein hoffnungsloser Fall.

Der Mädelstag verlief ganz und gar nicht so, wie ich mir das vorgestellt hatte.

Was konnte ich überhaupt?

Gestern war ich mit der Donut-Maschine nicht zurecht gekommen. Und auch sonst hatte ich mich nicht gerade geschickt angestellt.

Und heute das Snowboarden.

Dabei waren das zwei Dinge, die angeblich jeder hinbekam.

Jeder außer mir.

Plötzlich stand Scarlett neben mir. „Na, wie läuft's?"

„Beschissen", brummte ich.

„Scarlett, ich bin sehr zufrieden mit deinen Fortschritten", verkündete Jake. „Mit der richtigen Einstellung und weiterem Üben wirst du eine richtig gute Snowboarderin."

Scarlett lachte. „Es macht mir richtig Spaß." Sie sah mich an. „Und dir?"

„Geht so", log ich.

Jake schüttelte den Kopf. „Manche Menschen sind für diesen Sport weniger talentiert. Das ist keine Schande. Aber auch Deborah kann noch lernen, wenn sie etwas Durchhaltevermögen zeigt."

Das reichte.

Ich fühlte mich, als wäre ich eine kleine Schülerin, die gerade von ihrem Lehrer und ihrer Mutter beurteilt wurde.

„Ich habe keine Lust mehr", verkündete ich. Entschlossen sah ich Scarlett an. „Auch wenn du noch weiterfahren willst, mir reicht's. Ich gehe in die Bar und trinke dort noch was, bevor wir wieder nach Hause müssen. Heute Nachmittag muss ich noch arbeiten und ich will nicht zu müde sein."

Scarlett legte mir eine Hand auf die Schulter. „Hey, schon gut. Manchmal ist es einfach nicht der richtige Tag, um etwas Neues auszuprobieren. Das kommt vor." Meine Freundin stupste mich kameradschaftlich an und zwinkerte mir aufmunternd zu. „Lass uns zusammen in die Bar gehen und noch ein wenig quatschen."

Stumm stapfte ich durch den knirschenden Schnee hinter Scarlett her zur Après-Ski-Bar.

Was für ein beschissener Tag.

Scarlett und ich setzten uns auf ein niedriges Sofa in einer Ecke. Scarlett machte dem Barkeeper ein Zeichen. „Was nimmst du?“ fragte sie.

„Ach… irgendwas. Was Fruchtiges. Ich kann wohl kaum betrunken auf dem Weihnachtsmarkt stehen.“ Bei der Vorstellung musste ich lächeln und fühlte mich gleich etwas leichter.

Scarlett lachte. „Also einen Fruchtpunsch. Irgendwas Warmes brauchst du, wir waren jetzt schließlich eine Weile in der Kälte. Kirsche?“ Meine Freundin blickte mich aufmunternd an.

Ich nickte.

Der Barkeeper verschwand lautlos.

„Ich bin echt komplett untalentiert. Für alles.“ Frustriert starrte ich auf den Tisch aus dunklem Holz vor mir.

„Nun reg dich nicht so auf. Du hast einfach einen schlechten Tag erwischt. Und Jake vielleicht auch.“ Scarlett legte mir besänftigend eine Hand auf den Arm.

„Ach… ich weiß nicht.“ Ich schüttelte den Kopf. „Ich scheine für gar nichts talentiert zu sein.“

„Nun übertreib mal nicht.“ Scarlett sah mich energisch an.

Der Barkeeper stellte zwei Tassen vor uns ab und verschwand lautlos. Ich schnupperte. Der Kirschpunsch duftete lecker und aromatisch.

„Aber gestern war es schon genauso schlimm…“ Ich konnte den Gedanken einfach nicht abschütteln, dass ich zu nichts fähig war. Wie sollte ich nur so je Dads Erwartungen erfüllen, sobald ich den neuen Job begann?

„Was war denn gestern?“ unterbrach Scarlett meine Gedanken.

„Ach… auf dem Weihnachtsmarkt… ich kann nicht mal Donuts machen und dann hat sich dieser Typ über mich lustig gemacht und…“ Ich wusste nicht, wo ich anfangen sollte. „Das war ein richtig eingebildeter Schnösel und der ging mir total auf die Nerven.“

„Weihnachtsmarkt?“ Scarlett runzelte die Stirn. „Ich dachte, du willst bei deinem Vater anfangen. Hat sich das wieder zerschlagen? Seid ihr aneinander geraten wie immer?“

„Nein“, erwiderte ich. „Also ja, wir sind schon aneinander geraten. Aber ich habe ihm die Stirn geboten und ich habe unterschrieben. Momentan helfe ich nur Annabelle für ein paar Tage aus.“

„Die Stirn geboten? Und unterschrieben?“ Scarlett strahlte mich an. „Aber das ist doch super. Darauf müssen wir anstoßen.“ Scarlett hob ihre Tasse und prostete mir zu.

Ich tat das gleiche, obwohl mir bei weitem nicht so leicht ums Herz war wie ich vorgab.

Dann prustete ich. „Was ist denn das?“

Angewidert stellte ich meine Tasse ab.

Der Punsch schmeckte ekelhaft.

Scarlett verzog das Gesicht. „Anscheinend kann der Kerl keinen Punsch machen. Und das, obwohl er als Barkeeper arbeitet.“

Mit einem Mal löste sich die Spannung in mir und ich lachte laut.

Das kannte ich schließlich.

Ich arbeitete als Donut-Verkäuferin und konnte keine Donuts machen.

Doch im nächsten Moment waren meine trüben Gedanken wieder da und ich starrte in die Tasse. „Wenn das schief geht bei meinem Dad…“

„Wieso sollte es denn schief gehen?“ fragte Scarlett.

„Ich weiß gar nicht, ob ich für den Job überhaupt geeignet bin. Ich soll Co-CEO sein. Zusammen mit einem Typen, den ich noch nicht kenne. Wahrscheinlich mag er mich nicht und glaubt sowieso, dass ich meinen Job nur bekommen habe, weil ich die Tochter meines Vaters bin.“ Unglücklich starrte ich Scarlett an.

„Ach was“, widersprach meine Freundin. „Vielleicht freut er sich über Unterstützung.“

Ich lachte auf. „Das glaube ich nicht. Dad meinte, ich soll den Mann im Auge behalten, er würde ihm nicht trauen. Das ist nicht gerade das, was man Unterstützung nennt. Und ich bin auch nicht wirklich Co-CEO, sondern Wachhund. Dad hat mir einige Anweisungen gegeben und mir deutlich gesagt, dass er mir nicht traut. Er hält mich ungefähr für so talentiert wie Jake eben beim Snowboard.“ Ich versuchte einen Scherz, aber mir war wirklich nicht mehr nach Lachen zumute.

„Unsinn.“ Scarlett beugte sich nach vorne und legte mir eine Hand auf den Arm. „Natürlich glaubt er, dass du was kannst. Sonst hätte er dir den Job doch gar nicht gegeben?“

„Wer weiß?“ Ich verzog das Gesicht. „Am Ende hat er mir den Job gegeben, weil mit Draven Schluss war. Seine Belohnung, weil ich wieder ein braves kleines Mädchen bin.“

„Nun hör mal her!“ Scarlett sah mich energisch an. „Ich glaube, du hast zu lange bei Leopold Andersen gearbeitet. Vor mir hier sitzt nicht die Deborah, die ich kenne! Du musst dich von diesen Gedanken befreien!“

Verdutzt sah ich Scarlett an.

„Natürlich kannst du was! Du darfst dir von anderen nichts anderes einreden lassen. Ja, du kannst nicht alles und machst mal einen Fehler, aber natürlich kannst du was!“ Scarlett klopfte mit den Fingerknöcheln auf das harte Holz des Tischs.

„Es wird Zeit, dass du dein Leben endlich in die Hand nimmst, meine Liebe! Dir steht alles offen. Tausend einmalige Chancen! Du musst dich nur durchsetzen und nicht immer anderen zu Willen sein. Dein Vater... zeig ihm, was du kannst. Lass dich nicht unterkriegen. Und diesem CEO, den du da bewachen sollst, kannst du zeigen, dass du Köpfchen hast und Ideen. Du bist doch kein Wachhund. Das Leben hat dir eine Chance gegeben, also mach was draus.“

„Ich...“ So kannte ich meine Freundin gar nicht. Daher wusste ich nicht, was ich erwidern sollte.

„Andere würden sich die Finger nach so einem Job lecken.“ Scarlett blickte mich vielsagend an.

Schuldbewusst nickte ich.

„Du bist genauso viel wert wie all diese Männer. Das waren nur dieser blöde Leopold Andersen und dieser noch dümmere Draven, die dir eingeredet haben, dass du nichts taugst. Vergiss sie!“ Scarlett funkelte mich an. „Sie sind es nicht wert, dass du auch nur einen Gedanken an sie verschwendest!“

„Das... das stimmt“, stotterte ich verwirrt.

Sie waren es nicht wert.

Hatten mein kontrollsüchtiger Ex und mein mobbender Chef wirklich so großen Einfluss auf mein Selbstwertgefühl gehabt, ohne dass ich es bemerkte?

Möglich war es.

Dann wurde es Zeit, dass sich das änderte.

Höchste Zeit.

„Zeig's ihnen", ermunterte mich Scarlett. „Du kannst das. Du bist eine verdammte Queen und nicht irgendeine Tussi, die sich von anderen so leicht umwerfen lässt."

Ich streckte meine Schultern nach hinten und straffte meinen Oberkörper.

Scarlett hatte recht.

In allem.

„Vergiss sie", wiederholte Scarlett. „Auf dich warten ein besserer Job und auch ein besserer Mann. Irgendwo, ganz bestimmt, gibt es jemand, der genau der Partner sein wird, von dem du träumst und der tausendmal besser zu dir passt als Draven."

Warum dachte ich in diesem Moment bloß an den eingebildeten Typen vom Donut-Stand?

Ich sah seine dunklen Augen vor mir und mein Herz schlug plötzlich schneller. Dabei war der Kerl wirklich alles andere als ein tauglicher Partner!

Kapitel 6

Luke

Genervt zog ich meinen Pullover enger um mich, als ich an meinem karg möblierten Schreibtisch Platz nahm. Verdammt, warum funktionierte diese dämliche Heizung immer noch nicht? Es war eine Zumutung, wie eiskalt dieses Büro schon wieder geworden war. Normalerweise trug ich im Büro niemals einen Pullover, doch heute blieb mir nichts anderes übrig. Die großen Panoramafenster waren gut isoliert, aber um diese Jahreszeit war es draußen eben kalt. Und in einem Büro mit riesigen Fenstern war es kälter als in einem mit kleinen Fenstern. Missmutig starrte ich nach draußen. Normalerweise liebte ich es, die Skyline von New York um diese Jahreszeit zu sehen. Die Luft war klar und die Wolkenkratzer hoben sich vor dem fahlen blauen Himmel ab.

Und es war arschkalt. Gerade wollte ich mich erheben und Miss Jones rufen, um sie zu fragen, ob diese verdammten Handwerker endlich kommen würden, als es an der Tür klopfte.

„Herein!“ rief ich und warf einen Blick auf meine Uhr.

Richtig.

Es war Zeit für das Meeting.

Das mit der Heizung würde noch einen Moment warten müssen.

Schon öffnete sich die Tür.

„Wow, ist das frostig hier drin! Da könnte ich gar nicht mehr arbeiten oder mir irgendwas ausdenken." Brittany aus der Marketingabteilung betrat das Büro und schüttelte sich. Sie gehörte zu meinen fähigsten Mitarbeiterinnen.

„Ah Brittany, schön dass du da bist. Wir müssen nochmal die Kampagne für das Jahresendgeschäft durchgehen", begrüßte ich sie mit geschäftsmäßigem Ton. Brittany hatte lange rote Haare und tiefgrüne Augen. Allerdings standen diese Augen weit auseinander und darunter befand sich die spitzeste Nase, die ich je gesehen hatte. Jedes Mal, wenn ich Brittany sah, konnte ich mich nicht entscheiden, ob sie nun gut aussah oder eher nicht. Heute trug sie eine figurbetonte dünne Bluse.

Ich wies auf den Stuhl, der sich mir gegenüber auf der anderen Seite des Schreibtischs befand.

Brittany setzte sich. „Was für eine Kälte. Wenn wir lange brauchen, dann musst du mich danach aufwärmen." Brittany lächelte mich an.

Ich hob eine Augenbraue. Was sollte das? Unwillkürlich zuckte mein Blick zu Brittanys Ausschnitt, wo sich der Stoff sehr eng spannte. Schnell schüttelte ich den Kopf und sortierte eilig ein paar Unterlagen zurecht.

„Ja, nun eben. Ich habe mir die letzten Entwürfe noch einmal angesehen und fürchte, da müssen wir nochmal ran. Die Kampagne zündet einfach nicht so richtig." Ich sah Brittany ernst an. „Bisher gingen die Zahlen nicht nach oben. Wir haben keine neuen Kunden für die *Elysium Dining Group* gewonnen und niemand hat sich für unseren Newsletter angemeldet. Auch die Follower-Zahlen auf Instagram zeigen nur minimal nach oben. Viel zu wenig für das ganze Geld, das wir ausgeben."

Brittany nickte mit nachdenklicher Miene und strich sich eine Strähne aus dem Gesicht. „Okay, das tut mir leid. Ich gebe zu, die Ideen waren vielleicht nicht optimal. Aber ich bin sicher, wenn wir uns nochmal intensiv zusammensetzen, dann kriegen wir was deutlich Peppigeres hin."

Bei diesen Worten faltete sie betont lässig die Hände auf dem Tisch zusammen, wobei sich ihre Oberarme fest anspannten und ihre Brüste sich weiter nach vorne reckten.

„Äh ja, nun gut“, räusperte ich mich und zwang meinen Blick wieder auf die Unterlagen. „Beginnen wir vielleicht damit, dass du mir deine Strategie und Herangehensweise nochmal im Detail erläuterst?“

„Selbstverständlich, gerne", erwiderte Brittany mit konzentrierter Miene und rückte etwas näher an den Tisch heran. Sie stützte sie Arme darauf ab und beugte sich etwas vor. Meine Aufmerksamkeit galt nun voll und ganz ihren nachfolgenden Ausführungen zur Kampagnenplanung.

Zwanzig Minuten später war ich durchaus angetan von Brittanys kreativen Ideen. Gerade wollte ich nochmal auf ein paar offene Punkte zu sprechen kommen, als meine Mitarbeiterin sich kurz durchstreckte.

„Oh Mann, irgendwie wird mir echt kalt“, hauchte sie und schlang sich fröstelnd die Arme um den Oberkörper. „Luke, ist dir auch so kalt oder trage ich heute nur zu wenig drunter?“ Bei diesen Worten streckte Brittany sich wieder und zeigte mir ihren Oberkörper.

Ich starrte auf die sich unter der dünnen Bluse abzeichnenden Formen ihrer Brüste. Brittanys Nippel waren steif. Schnell schluckte ich und zwang mich, Brittany in die Augen zu sehen, die mich amüsiert anblickten.

Hastig räusperte ich mich und versuchte meine Verlegenheit zu überspielen. Diese Frau wusste genau, wie sie mich aus der Fassung bringen konnte. „Wir brauchen nicht mehr lange. Wenn wir uns auf das Wesentliche konzentrieren, sind wir bald mit allem durch und du kannst wieder in dein warmes Büro“ erwiderte ich und deutete auf die Unterlagen.

Brittany lächelte schelmisch, lehnte sich jedoch wieder etwas zurück und verschränkte die Arme unter ihrer üppigen Oberweite. „Okay, dann machen wir schnell weiter. Ich will dich schließlich nicht aus dem Konzept bringen oder ablenken.“

Ich biss die Zähne zusammen.

So eine Lüge.

Brittany wusste genau, was sie tat.

Sie hatte mich eben mit Absicht provoziert.

Aber das würde ich nicht mit mir machen lassen.

Sie war gar nicht mein Typ.

Der sah völlig anders aus.

Kurz kam mir die blonde Frau vom Weihnachtsmarkt in den Sinn.

Ja, SIE war mein Typ.

Energisch schüttelte ich diese Gedanken ab und konzentrierte mich wieder voll und ganz auf die Besprechung.

„Also ich finde, so können wir das Konzept final stehen lassen", stellte ich schließlich wenig später zufrieden fest und nickte Brittany anerkennend zu. „Tolle Arbeit wirklich. Ich freu mich, dass wir das so konstruktiv auf die Reihe bekommen haben."

Brittany lächelte mich strahlend an. „Ach, mit dir ist das immer ganz leicht. Unsere Zusammenarbeit inspiriert mich wirklich, immer wieder. Sie... sie beflügelt mich." Brittany strich sich eine Haarsträhne aus ihrem Gesicht und zwinkerte mir zu. Dann öffnete sie ihre Lippen leicht und ließ ihre Zunge darüber wandern.

„Du hast einfach diese Wirkung auf mich, Luke." Brittany stand auf. „Ich habe mich schon oft gefragt, ob wir beide, du und ich, auch außerhalb des Büros so gut harmonieren würden. Auf allen Ebenen." Brittany streckte mir wieder ihre Brüste entgegen.

War diese Frau von Sinnen?

Wie aufdringlich konnte man sein?

Auch wenn ihre Brüste prall und fest waren, so lösten sie doch keinerlei Verlangen in mir aus.

Ich hatte nur einen Wunsch: Brittany so schnell wie möglich loswerden.

Ich schüttelte den Kopf. „Nein, ich denke nicht, dass wir in irgendeiner Weise harmonieren würden. Das gäbe nur Ärger." Fest sah ich Brittany an.

Brittany strich über ihre Bluse. „Ach, ich glaube, da täuschst du dich. Ich... einen Versuch wäre es doch wert, oder?"

Hatte die Frau schlecht gehört.

„Danke für deinen Einsatz." Kühl blickte ich meine Mitarbeiterin an. „Ich muss leider los zu einem anderen Termin. Und in Zukunft möchte ich unsere Gespräche auf die berufliche Ebene beschränken! Merk dir das!"

Mein Ton war harsch.

Doch Brittany hatte es nicht anders verdient.

Ich hatte sie mehrmals sanft abblitzen lassen. Nun musste ich andere Geschütze auffahren.

Meine Zurechtweisung schien Brittany kalt zu erwischen. Entgeistert starrte sie mich an. Ihre Augen weiteten sich und ihre Lippen bebten gefährlich.

Oh Gott.

Jetzt würde sie gleich auch noch anfangen zu heulen.

Das konnte ich wirklich nicht brauchen.

„Ich glaube, es ist das beste, wenn wir das Meeting jetzt beenden." Energisch stand ich auf. Sollte Brittany doch woanders weinen. Ich wollte damit nichts zu tun haben.

Bei diesen Worten zog Brittany die Nase hoch und wischte sich über die Augen. „Wenn... wenn du meinst." Sie raffte ihre Unterlagen zusammen.

Misstrauisch starrte ich sie an.

Waren diese Tränen überhaupt echt?

Oder spielte sie mir nur etwas vor, damit ich sie tröstete?

„Ich... gehe." Brittany schniefte und schniefte. „Das... das ist wirklich zu viel..."

Zu viel?

Sie hatte sich an mich rangeworfen und ich hatte ihr eine Abfuhr erteilt. Das kam vor.

Mit einem kläglichen Wimmern öffnete Brittany die Bürotür. „Oh Entschuldigung..." Mit diesen Worten drängte sie sich an einem Mann vorbei, der draußen stand.

Scheiße!

Mein nächster Termin.

Er war zu früh.

ER!

Mein neuer Chef.

Was musste er ausgerechnet jetzt auftauchen?

Misstrauisch wandte er den Kopf und musterte Brittany, die immer lauter wimmerte.

Die Frau zog eine Show ab.

Was versprach sie sich davon?

„Was ist denn hier los, Winters?" begrüßte mich mein neuer Chef und schloss die Bürotür hinter sich.

„Guten Tag, Sir, kommen Sie herein", sagte ich eilig und hielt meinem neuen Chef die Hand hin.

„Sind Mitarbeiterinnen nach Meetings mit Ihnen immer zu Tränen aufgelöst?" Mein neuer Chef hielt sich nicht mit Formalitäten auf.

Ich schluckte.

Das konnte ja heiter werden.

„Oh nein, die Dame ist... es ging um eine persönliche Sache, die ihr sehr nahe ging und natürlich habe ich Verständnis... aber alles kann ich auch nicht regeln... ich glaube, sie muss mit einer Freundin reden oder vielleicht auch mit einem Psychologen...“, log ich.

Wobei ein Psychologe vielleicht gar keine schlechte Idee war.

Na ja.

Es war nicht mein Problem.

Ich hatte bei Brittany klare Verhältnisse geschaffen. Der Rest war ihre Sache.

Misstrauisch starrte mein neuer Chef mich an. Er schien mir nicht zu glauben.

Peinlich berührt trat ich von einem Fuß auf den anderen.

Was sollte ich tun?

Ich konnte ja wohl schlecht die Wahrheit sagen.

Wenn mein Boss mir schon DAS nicht glaubte, dann würde er erst recht nicht glauben, dass Brittany sich an mich herangeworfen hatte. Wahrscheinlich würde er sie als das unschuldige Opfer sehen. Und wenn er Brittany fragte, dann würde sie diese Sicht bestätigen. Dessen war ich mir nach ihrem Auftritt eben sicher.

Am besten wechselte ich das Thema.

„Ich werde mich die Tage nochmal um die Sache kümmern, wenn Ms. Angels sich etwas beruhigt hat.“ Ich nickte meinem Boss zu. „Ich freue mich jedenfalls, dass Sie hier sind. Es gibt viele wichtige Themen zu besprechen.“

Mein neuer Chef musterte mich einen Moment argwöhnisch. Mit ernstem Gesichtsausdruck sah er sich kurz in meinem Büro um und schüttelte leicht den Kopf.

„Also, Mr. Winters, ich muss schon sagen – hier drin ist es wirklich frostig“, bemerkte er trocken und zog eine Augenbraue in die Höhe. „Müssen Sie etwa sparen und stellen dazu die Heizung ab?“

„Äh... nein... Die Heizung ist kaputt“, stotterte ich verlegen.

„Kaputt? Und da können Sie sie nicht einfach reparieren lassen? Ist Ihnen die Idee noch nicht gekommen?“ Sarkastisch rümpfte mein neuer Boss die Nase.

„Doch, natürlich.“ Verdammt, was war denn das für ein Gespräch? „Die... die Handwerker haben wohl ein Problem mit dem Ersatzteil oder so etwas.“

„Das klingt nicht, als ob Sie die Lage wirklich im Griff hätten.“ Mein Chef schüttelte nur leicht den Kopf.

Nicht im Griff?

Ich spürte, wie die Adern an meinen Schläfen zu pulsieren begannen. Was konnte ich denn dafür, dass Miss Jones es nicht schaffte, einen Termin auszumachen? Oder dass diese Handwerker nichts konnten?

Hatte mein neuer Chef es etwa auf mich abgesehen?

Doch ich riss mich zusammen. Cool erwiderte ich: „Oh, keine Bange. Es ist schon alles organisiert. Die Heizung wird bald wieder funktionieren.“

Mein Chef seufzte. „Sie sollten sich besser um Ihr Unternehmen kümmern. Ich habe den Eindruck, Sie haben an vielen Stellen die Zügel schleifen lassen.“

Die Zügel schleifen lassen?

Der Kerl kannte mich doch gar nicht.

Und überhaupt... was redete er denn da?

Er schien völlig verändert. Als wir über die Übernahme verhandelt hatten, hatte er mir ein Kompliment nach dem anderen gemacht und mich als seinen potenziellen Nachfolger gesehen. Nun stellte er mich so dar, als könnte ich nicht einmal die einfachsten Dinge!

„Ich glaube, Sie könnten etwas Unterstützung gut gebrauchen.“ Mein Chef kniff die Lippen zusammen. „Setzen wir uns.“ Er wies auf die Ecke mit dem kleinen Konferenztisch und den vier Stühlen.

Natürlich.

Er würde sich nicht vor meinen Schreibtisch setzen wie Brittany eben. Das hatte ich aber auch nicht erwartet.

Und was redete er denn überhaupt?

Unterstützung?

Wenn ich welche brauchte, dann würde ich sie mir selbst suchen.

„Ich komme klar, auch ohne Unterstützung. Also ich habe natürlich viel zu tun und jetzt gerade noch ein wenig mehr, da wir uns in den Konzern integrieren“, ergriff ich das Wort. „Aber das ist völlig normal in einer Konsolidierungsphase und wird sich auch wieder ändern, wenn wir erst neue Routinen und Prozesse geschaffen haben.“

Mein Boss sollte bloß nicht glauben, dass ich überfordert wäre.

Dieses Bild wollte ich auf keinen Fall abgeben.

„Ich weiß das und die Mitarbeiter wissen es auch“, fügte ich hinzu. „Wir freuen uns auf die neue Phase und werden die anfallende Mehrarbeit gerne leisten.“

„Sofern alle dazu in der Lage sind. Die Dame eben schien das nicht.“ Mein Boss kratzte sich an der Nase. „Aber Sie haben mir ein gutes Stichwort gegeben, Winters.“ Mein Boss hob einen Finger. „Integration in den Konzern.“

Ich nickte.

Worauf wollte mein Vorgesetzter hinaus?

Ich wusste nicht so recht, was ich sagen sollte. Es war lange her, dass ich ein solches Gespräch geführt hatte, denn ich war immer mein eigener Chef gewesen.

Meine neue Rolle war ungewohnt.

Mein Vorgesetzter räusperte sich laut und legte die Fingerspitzen zusammen. „Ich werde Ihnen zur Führung der *Elysium Dining Group* eine Verstärkung an die Seite geben.“

Was?

Ich hielt mich gerade noch zurück.

Verstärkung?

Ich brauchte keine Verstärkung!

„Ich habe jemanden, der den Konzern und insbesondere meine Interessen bestens vertreten wird.“ Bei diesen Worten machte mein Boss eine vielsagende Pause und musterte mich aufmerksam, so als wolle er mir Zeit lassen, seine Worte zu verarbeiten.

„Was bedeutet das genau?“ fragte ich vorsichtig.

„Nun, ich werde Ihnen eine Co-Chefin zur Seite stellen.“ Mein Boss verzog seine Lippen zu einem dünnen Lächeln.

Eine Co-Chefin?

Ich hörte wohl nicht recht.

ICH war seit jeher hier der Chef. Das würde ich auch bleiben. Das war ausgemacht gewesen bei der Übernahme.

„Aber wir hatten besprochen…“, setzte ich an.

„Ich weiß, ich weiß.“ Mein Boss winkte ab. Er wusste offensichtlich, was ich sagen wollte. „Das war damals. Jetzt bin ich hier der Boss und die Uhren ticken anders. So ist das eben, Winters. Das werden Sie auch noch lernen.“

Ich starrte meinen Chef an und spürte, wie meinen Gesichtszüge zu entgleisen begannen.

Mit Walter hatte ich mit Champagner auf den Deal anstoßen wollen.

Doch jetzt hätte ich am liebsten alles rückgängig gemacht.

Ich biss die Zähne zusammen, um mein Gesicht wieder unter Kontrolle zu bringen.

„Und wer soll diese Verstärkung sein?“ wollte ich wissen und versuchte, dabei so entspannt wie möglich zu klingen. Mein Boss sollte nicht wissen, dass es in mir rumorte.

Ob ich den Deal noch rückgängig machen konnte, wenn ich zum Notar ging? Oder zum Anwalt.

Ich schüttelte den Kopf.

Nein, das war sicher nicht möglich.

Verdammt.

„Meine Tochter wird in die *Elysium Dining Group* einsteigen und hier die Familie vertreten. Sie werden alle Entscheidungen gemeinsam mit ihr treffen und alles mit ihr besprechen“, verkündete mein Boss.

WAS?

Seine Tochter?

Das war wohl ein Witz, oder?

Ich dachte, die beiden redeten nicht mehr miteinander.

„Ich... das kommt ziemlich überraschend.“ Am liebsten hätte ich meinem Boss gesagt, dass er sich diese Idee sonstwohin stecken konnte.

Aber das ging nicht.

Er war jetzt mein Boss.

Verdammte Scheiße.

Genau aus diesem Grund hatte ich nie einen Chef gewollt. Wenn ich mein eigener Chef war, dann konnte mir niemand sagen, was ich zu tun und zu lassen hatte.

Und jetzt würde das irgendeine Co-Chefin tun.

Co-Chefin!

Schon allein das Wort!

„So ist das eben manchmal. Meine Tochter hat einige Zeit etwas anderes gemacht und sich jetzt entschieden, ins Familienunternehmen einzusteigen." Mein Boss sah mich gelassen an. „Sie werden sich schon damit abfinden und sich mit ihr zusammenraufen. Nächste Woche geht es los."

Nächste Woche?

Und was ist passiert, dass sich die Dinge mit seiner Tochter geändert hatten?

Egal, Luke. Selbst wenn du es weißt, das ändert nichts.

„Ich weiß nicht, ob ich unter diesen Bedingungen...", setzte ich an.

Mein Chef unterbrach mich. „Mr. Winters, lassen Sie mich eines klarstellen: Sie diktieren hier nicht mehr die Bedingungen. Das ist meine Aufgabe. Und meine Tochter wird mir dabei zur Seite stehen."

In mir brodelte es.

Doch ich machte gute Miene zum bösen Spiel. Etwas anderes blieb mir gerade nicht übrig.

Der Rest des Gesprächs rauschte an mir vorbei.

Wenn mein Boss glaubte, dass ich mir das einfach so bieten lassen würde, dann hatte er sich geschnitten.

Das würde ich nicht.

Ich würde es ihm schon zeigen!

Eine halbe Stunde später war mein neuer Chef endlich aus meinem Büro verschwunden. Kaum hatte sich die Tür hinter ihm geschlossen, sprang ich empört von meinem Stuhl auf und schlug mit der flachen Hand auf den Schreibtisch.

„Dieser arrogante Mistkerl! Nur weil er sich hier eingekauft hat, bildet er sich ein, mich zu degradieren und mir seine Tochter als Co-Chefin aufzwingen zu können! Aber nicht mit mir!"

Zornig kickte ich gegen den Papierkorb.

Wie konnte er es nur wagen!

Aber ich würde es ihm schon zeigen.

Wutentbrannt tigerte ich in meinem Büro auf und ab.

Was würden meine Mitarbeiter sagen, wenn sie das erfuhren? Würden sie hinter meinem Rücken hämisch kichern und lästern? Würde Brittany mir womöglich erneut anbieten, mich zu trösten?

Beide Vorstellungen waren unerträglich für mich.

So wollte ich nicht mehr hier sein.

Das ließ ich mir nicht bieten!

Ich holte mein Handy hervor. Es wurde Zeit, andere Möglichkeiten zu sondieren. Ich hätte nicht geglaubt, dass ich jemals in diese Lage kommen würde. Aber nun...

Zügig scrollte ich durch meine Kontaktliste bis zu „Andy Woodhouse" und tippte auf den Eintrag. Andy kannte ich noch aus dem College. Heute war er Personalberater und besaß eine große Recruiting-Agentur, die sich auf Führungskräfte spezialisiert hatte. Er würde mir helfen können.

Bereits nach dem zweiten Klingeln nahm Andy ab. „Hey Luke, lange nichts mehr von dir gehört! Wie läuft's denn so in der Restaurantszene?", begrüßte er mich mit einem Augenzwinkern in der Stimme.

„Ach... das ist eine lange Geschichte", erwiderte ich und holte tief Luft. „Ich möchte dich nicht mit Einzelheiten langweilen. Aber ich rufe an, weil ich deine Hilfe brauche."

„Oh je, das klingt aber gar nicht gut", erwiderte Andy. „Was ist denn los?"

Knapp schilderte ich ihm die Situation und beschrieb, wie ich mit einem Schlag in meinem eigenen Unternehmen degradiert werden sollte. „Der Kerl will mir die Zügel aus der Hand nehmen, ohne überhaupt genau zu wissen, wie ich arbeite."

„Uhh, das ist wirklich übel" pflichtete Andy mir bei. „Und was willst du jetzt machen?"

„Ich will hier raus. Es ist Zeit, eine neue Herausforderung zu finden." Ich biss die Zähne zusammen. Diese Worte taten weh. Schließlich bedeutete das die Trennung von allem, was ich mir selbst in jahrelanger Arbeit aufgebaut hatte.

Aber ich hatte mich entschieden.

Mein neuer Chef und seine Tochter konnten sich jemand anderen suchen, auf dem sie derart herumtrampeln konnten!

„Verstehe, du suchst also eine neue Perspektive", erwiderte Andy ernst. „Nun, darauf bin ich spezialisiert. Luke, du hast den richtigen Mann angerufen. Ich finde einen neuen Job, der zu dir passt. Ich nehme an, du stellst dir wieder etwas in der Restaurantbranche vor?"

Ich atmete erleichtert auf.

Andy war meine Rettung.

Ich hatte gewusst, dass er mir helfen würde.

Mit einem Mal sah ich Licht am Ende des Tunnels.

„Hast du irgendwelche Wünsche, was den Ort angeht?“ fragte Andy. „Also ich meine, willst du in New York bleiben oder wäre ein Posten im Ausland auch eine Option? London, Sydney oder Dubai – da gäbe es sicher einiges.“

„Oh, ich würde New York vorziehen. Aber die anderen Optionen klingen auch verlockend“, antwortete ich.

Andy und ich plauderten noch eine Weile über meine Vorstellungen. Am Ende lehnte ich mich erleichtert in meinem Sessel zurück und grinste zufrieden.

Ein beruflicher Neubeginn schien in Reichweite.

Nun musste ich nur etwas Geduld mitbringen.

Aber mit der Aussicht, bald woanders zu sein, würde ich die Tochter des Chefs schon eine Weile aushalten.

Ich atmete tief durch.

Nach all der Aufregung hatte ich mir eine Belohnung redlich verdient.

Ich wollte mir endlich den Chocolate Frosted Donut gönnen, den ich beim letzten Mal nicht bekommen hatte.

Entschlossen erhob ich mich.

Ich würde auf den Weihnachtsmarkt gehen.

Und dort…

Meine Gedanken wanderten zu der heißen blonden Frau.

Ja.

Ich würde nachsehen, ob sie an ihrem Stand war.

Warum nicht?

Etwas Abwechslung hatte ich mir jetzt redlich verdient.

Bei ihrem Anblick würde ich auf jeden Fall vergessen, dass bald eine schnöselige Cheftochter im Büro nebenan sitzen würde.

Und wer weiß…

Vielleicht war die heiße Blonde heute besserer Laune.

Ein Grinsen umspielte meine Lippen, als ich aufstand.

Kapitel 7

Deborah

Normalerweise liebte ich die Atmosphäre auf dem Weihnachtsmarkt. Überall duftete es verlockend. Gebrannte Mandeln, Punsch, frisch gebackene Leckereien. Dazu die Musik und die Menschen, auf deren Gesichtern sich die Vorfreude auf die kommende heimelige Zeit abzeichnete. Lichterketten funkelten, Kinder lachten und die Verkaufsbuden waren festlich geschmückt.

Aber in diesem Jahr hasste ich es.

Hier zu arbeiten war für mich die Hölle, besonders an diesem Donut-Stand.

Wieso hatte ich mich nur dazu breitschlagen lassen?

Ich mochte Donuts noch nicht einmal!

Du wolltest Annabelle helfen, Deborah.

Müde seufzte ich und klatschte die nächste Ladung Teig in die Donut-Maschine. Es waren nur ein paar Tage, doch es kam mir vor wie Wochen oder Monate. Ich schien schon seit einer Ewigkeit hier auf dem Weihnachtsmarkt zu stehen und fettige Donuts zu verkaufen.

So skeptisch ich während meines Gesprächs mit Dad gewesen war, ob der Job bei ihm das Richtige für mich war, so sehr freute ich mich jetzt darauf.

Dort gab es keine Donuts, keine ungeduldigen Kunden und keine Maschine, die ich nicht beherrschte. Manche Menschen mochten für den Verkauf von Leckereien auf dem Weihnachtsmarkt gemacht sein. Aber ich war es nicht.

Eine ältere Dame drängte sich nach vorne. „Im letzten Jahr waren die Donuts aber größer! Jetzt sind sie kleiner und Sie haben die Preise erhöht! Das ist unverschämt!"

Am liebsten hätte ich der Frau gesagt, sie solle ihre Donuts einfach woanders kaufen. Wenn meine nicht gut genug waren, bitte.

Aber das konnte ich nicht machen.

Immer lächeln, immer freundlich, höflich und nett zu den Kunden sein. Das war die erste und oberste Regel.

Also tat ich genau das. Ich lächelte die ältere Dame an und sagte höflich: „Tut mir leid, im letzten Jahr habe ich noch gar nicht hier gearbeitet. Ich weiß nichts darüber, wie die Donuts damals aussahen, wie groß sie waren und wieviel sie gekostet haben. Ich kenne nur die Größen und die Preise für dieses Jahr. Welche Sorte möchten Sie gerne haben?"

Die Dame musterte die ausgestellten Donuts in der Theke. „Aber die sehen ja ganz verbrannt aus! Die möchte ich nicht haben", zeterte sie laut.

Ich biss die Zähne zusammen und zwang mich zu einem gequälten Lächeln. „Diese Ladung ist mir leider ein wenig daneben gegangen. Ich backe gleich eine neue für Sie, dann haben Sie die knusprigsten und leckersten Donuts."

Die ältere Dame starrte mich an. „Also das ist doch die Höhe! Sie sollten..." Die Dame sprach nicht weiter. Sie wandte mir einfach den Rücken zu und ging, ohne etwas gekauft zu haben.

Ich biss die Zähne noch fester zusammen.

Ja, ICH sollte immer freundlich, höflich und zuvorkommend sein. Aber die Kunden fühlten sich an diese Regel leider so gar nicht gebunden. Das ärgerte mich. Im Stillen bewunderte ich Annabelle, die jedes Jahr hier arbeitete.

Wie schaffte sie das nur?

Machten ihr die unfreundlichen Menschen denn gar nichts aus?

„Miss?“ Ein Mann in einem staubgrauen Mantel hatte sich an der Schlange der Wartenden vorbeigeschoben und sprach mich an.

„Hallo, guten Tag“, lächelte ich. „Ich muss Sie leider bitten, sich hinten anzustellen.“

Der Mann schüttelte den Kopf. „Ich bin nicht wegen der Donuts hier.“

Nicht?

Was wollte er dann?

Ich musterte ihn und kam zu dem Schluss, dass ich ihn noch nie zuvor gesehen hatte.

Der Mann griff in seine Manteltasche und holte eine Marke heraus. „Aufsicht vom Städtischen Gewerbeamt. Ich bin hier, um zu prüfen, ob Sie alle erforderlichen Schulungen absolviert haben, um einen Lebensmittelstand zu betreiben.“ Die Stimme des Mannes klang gewichtig.

Schulungen?

Mein Herz sank in Richtung meiner Hose.

„Ich… äh… also genau genommen betreibe ich diesen Stand nicht. Ich vertrete nur meine Freundin, die sich leider den Fuß verknackst hat“, stotterte ich und spürte, wie mir die Röte in die Wangen stieg. „Ich… ich bin mir sicher, dass sie eine Betriebserlaubnis hat. Aber ich weiß gar nicht genau, wo die sich befindet.“

Der Mann nickte. „Wie ist der Name Ihrer Freundin?“

„Annabelle Haven“, erwiderte ich.

Der Mann zog ein Tablet aus der Tasche und überprüfte darauf etwas. Erst jetzt fiel mir auf, dass er sich gar nicht vorgestellt hatte. Ich konnte ihn nicht ansprechen. Machten diese Leute das immer so?

„Gut, das habe ich notiert. Es stimmt mit den Angaben in unserer Datenbank überein.“ Der Mann nickte gewichtig. „Allerdings müssen Sie auch als Verkäuferin gewisse Schulungen besucht haben. Das ist Ihnen doch sicher bewusst?“ Durchdringend starrte mich der Kerl an.

Die Schlange hinter ihm hatte sich in Luft aufgelöst.

Kunststück.

Niemand wollte so lange warten.

Und wahrscheinlich wollte auch niemand Donuts von einem Stand essen, der so genau von der Gewerbeaufsicht geprüft wurde. Das wirkte automatisch verdächtig. Als wäre etwas nicht in Ordnung. Mangelnde Hygiene, schlechte Zutaten... so etwas.

„Miss?" Der Mann sah mich an. Seine Stimme klang ein wenig härter als vorhin. „Was ist mit Ihren Schulungen?"

Ich zuckte zusammen. „Ähm, oh ja, die Schulungen, sicher, klar habe ich welche..."

„Dann zeigen Sie mir jetzt Ihr Zertifikat für Lebensmittelsicherheit!" Der Mann sah mich misstrauisch an. Mein Zögern schien ihn argwöhnisch gemacht zu haben.

Ich nickte, wischte mir die Hände ab und wandte mich um. Meine Tasche stand hinten im Stand am Boden. Hastig bückte ich mich und stellte sie auf die Theke. Dann öffnete ich sie und griff hinein.

Wo war das verdammte Zertifikat?

Ich wusste, von welcher Schulung der Mann sprach. Jeder, der Lebensmittel verkaufte, musste sie absolvieren. Das war nun einmal die Vorschrift. Ich fand das sogar ziemlich gut. Annabelle hatte mir in ihrem letzten Telefonat noch einmal eingeschärft, dass ich das Zertifikat immer dabei haben sollte. Daher hatte ich das Zertifikat in die Tasche gesteckt.

Da war ich mir sicher.

Aber es war nicht da.

Entschuldigend lächelte ich den Mann an. „Sorry, in meiner Tasche ist das totale Chaos. Das kennen Sie sicher von Ihrer Frau."

Der Mann verzog keine Miene.

Vielleicht hatte er gar keine Frau. Dann hatte ich mich jetzt vollkommen in die Nesseln gesetzt.

„Ich... ich finde es gleich. Probieren Sie doch in der Zwischenzeit einen Donut." Hastig griff ich nach einem Pappteller und nach dem erstbesten Donut, der sich in der Theke befand und reichte ihn dem Mann. „Das geht natürlich aufs Haus."

Dann wischte ich mir die Hände wieder ab und suchte weiter in meiner Tasche. Mein Handy. Kleenex. Tampons. Taschentücher. Handcreme. Alte Kassenbons, die ich nicht brauchte und die mir der Kassierer trotzdem aufgedrängt hatte.

Wo war das verdammte Zertifikat?

Dann fiel es mir ein.

Am ersten Tag hatte ich es aus der Tasche genommen und unter die Kiste mit den Zutaten gelegt. Da das Zertifikat laminiert war, konnte nichts passieren. Und so war es immer im Stand und ich konnte es nicht vergessen.

Erleichtert stieß ich meinen Atem aus.

Ich hatte gar nicht bemerkt, dass ich ihn angehalten hatte.

„Hier!" verkündete ich wenig später triumphierend und hielt dem Mann mein Zertifikat unter die Nase.

Sein Gesicht war zu einer angewiderten Grimasse verzogen.

Unsicher sah ich ihn an. Stimmte etwas nicht?

Er zog ein Taschentuch hervor und spuckte dann etwas hinein. „Dieser Donut ist ja fürchterlich. Der ist vollkommen ungenießbar. Wie können Sie den so verbrennen lassen?"

Siedendheiß fiel es mir ein.

Natürlich.

Das hatte schon die ältere Dame vorhin bemängelt.

Ich hatte eine neue Ladung Donuts machen wollen.

Doch daran hatte ich nicht mehr gedacht, als der Mann vor mir stand.

Ich biss die Zähne zusammen und trat von einem Bein aufs andere. Die Sache war mir unangenehm. „Tut mir leid, das ist in der Eile passiert. Aber ich kann Ihnen eine neue Ladung frischer Donuts machen."

Genau das hatte ich der älteren Dame vorhin auch angeboten.

Der Kontrolleur winkte ab. „Lassen Sie das. Ich habe für heute genug gekostet. Zeigen Sie mir einfach das Zertifikat."

Ich hielt den Bogen hoch, so dass er alles lesen konnte.

Kritisch studierte er es und nickte dann. „Also gut. Es scheint alles in Ordnung zu sein. Aber Sie sollten sich unbedingt besser organisieren. Sonst werden Sie bald pleite gehen. Aber ich weiß gar nicht, ob das so ein großer Verlust wäre." Mit diesen Worten drehte der Kontrolleur sich um und verschwand zwischen den Menschenmassen.

Völlig frustriert und ausgelaugt ließ ich mich auf einen Hocker hinter der Theke fallen und fuhr mir mit der Hand über meine Stirn und durchs Haar.

Dann zuckte ich angewidert zurück.

Fett.

Fett war überall.

Wahrscheinlich glänzte mein Haar wie... wie...

Mir fiel nicht einmal ein passender Vergleich ein.

Ich fühlte mich selbst wie ein aufgeblasener Donut. Dabei hatte ich heute noch gar nichts gegessen. Wie aufs Stichwort begann mein Magen zu knurren. Ich hatte keine Zeit gehabt, mir bei einem der Nachbarstände etwas zu besorgen. Morgen musste ich mir etwas einpacken, sonst würde ich hier noch verhungern.

Meine Donuts wollte ich ganz sicher nicht essen.

Ich hasste Donuts.

Und wenn ich sie bisher noch nicht gehasst hätte, dann spätestens jetzt.

Der beste Weg, einem die Lust am Naschen zu vermiesen, war, einen Haufen Süßigkeiten zu verkaufen.

Ich seufzte.

Jetzt wo der Kontrolleur verschwunden war, würden bald die nächsten Kunden kommen. Also holte ich eine frische Ladung fertigen Teig und ließ sie in die Donut-Maschine gleiten. Sofort begann das Öl zu brutzeln und zu sprudeln. Der Geruch schien mir stärker denn je. Wahrscheinlich stank ich selbst zehn Meter gegen den Wind. Mindestens.

„Na wenn das kein bekanntes Gesicht ist." Eine höhnische Stimme ließ mich hochsehen.

Oh Gott.

Was für eine verdammte Scheiße.

Heute blieb mir auch nichts, aber wirklich gar nichts erspart.

Vor mir stand Draven.

Mein Ex.

Der Mann, den ich einmal geliebt hatte.

„Was machst du denn hier?" stammelte ich, während ich versuchte, die gesamte Situation zu erfassen. Draven sah genauso aus wie immer. Sein vernarbtes Gesicht verzog sich spöttisch, als er mich grinsend musterte. Früher hatte ich diese Narben attraktiv und geheimnisvoll gefunden. Heute fand ich sie bedrohlich und arrogant. Draven war nicht allein. An seinem Arm hing eine junge Frau mit platinblondem Haar, die für diese Jahreszeit viel zu dünn angezogen war und die Draven schmachtend anhimmelte.

Er hatte eine Neue!

Ich biss die Zähne zusammen.

Dabei wusste ich gar nicht, warum mich das störte. Ich wollte Draven bestimmt nicht zurück. Ganz sicher nicht. Auch wenn er der letzte Mann auf Erden wäre, würde ich mich nicht mit ihm einlassen. Ganz sicher nicht.

Ich hatte lange genug gebraucht, um zu gehen. Doch nun war die Sache endgültig vorbei.

Die Blondine kniff die Augen zusammen und musterte mich abfällig.

Draven grinste breit und starrte auf meine Brüste. Diese Angewohnheit hatte er bereits früher gehabt. Wenn wir uns unterhalten hatten, dann hatte er mich nie angesehen. Es hatte mich einfach rasend gemacht. „Oh, was wir hier machen? Na wir bummeln über den Weihnachtsmarkt, was sonst? Oder wonach sieht es aus?"

Ich schluckte.

Mein Kopf war wie leergefegt. Normalerweise war ich durchaus schlagfertig, doch jetzt fiel mir keine Antwort ein.

Draven legte den Kopf zur Seite und grinste noch breiter. Seine Stimme troff vor Sarkasmus, als er sagte: „Und was machst du denn hier, meine Liebste? Na? Ist das dein neuer Job? Donut-Bäckerin auf dem Weihnachtsmarkt? Ts. Ts. Ts." Draven brach in höhnisches Lachen aus.

Die Blondine an seiner Seite stimmte mit ein.

„Und das von der Frau, die mir immer lange Vorträge gehalten hat. Wie ich mich anziehen soll, welche Kurse ich besuchen soll, wie ich es weiter zu etwas bringen kann... Soso. Wie sich herausstellt, hat diese Frau es selbst nicht weiter gebracht als zur Donut-Verkäuferin." Draven lachte. „Wenn der Weihnachtsmarkt vorbei ist, dann wirst du wahrscheinlich bei McDonald's Burger braten." Draven lachte wieder. „Immerhin wird der Fettgestank fast derselbe sein."

Ich spürte, wie mir die Röte in die Wangen schoss. Natürlich musste dieser Arsch mich ausgerechnet jetzt antreffen, wo ich mit Fett besudelt, stinkend und völlig durchgeschwitzt hinter dem Tresen stand.

„Draven, was willst du?" zischte ich unterkühlt.

„Na, na, gib doch nicht immer so schnippische Antworten". Draven legte in einer angewidert-übertriebenen Geste einen Finger unter seine Nase und schnüffelte. „Was riecht denn hier so?"

Seine Begleiterin kicherte abfällig.

Am liebsten hätte ich Draven einen Donut an den Kopf geworfen. Oder noch etwas anderes.

Reiß dich zusammen, Deborah.

„Wenn du nur gekommen bist, um zu stänkern, dann verpiss dich einfach wieder“, fauchte ich stattdessen. „Oh, so dreist dürfen wir aber nicht mit Kunden reden, Deborah.“ Draven grinste mich herablassend an. „Wo bleiben denn da die guten Manieren?“

„Wie gut, dass du kein Kunde bist“, erwiderte ich.

„Noch nicht. Aber gleich“, grinste Draven. „Ich hätte gerne einen Apple Cider Donut. Und du, Schatz?“

Die Blondine schüttelte den Kopf.

Klar.

Wenn sie einen Donut essen würde, dann würde sie die Knöpfe ihrer Bluse sprengen.

Ich beachtete sie nicht weiter.

„Für dich gibt es hier keine Donuts“, zischte ich.

„Oh, auch noch wählerisch sein.“ Draven lachte. „Wo kommen wir denn da hin? Das geht aber nicht. So hast du bald keine Kunden mehr. Und dann musst du womöglich noch viel schlimmere Jobs machen als den hier. Dann kommst du vielleicht bald bei mir angekrochen und bettelst darum, dass ich dich für ganz andere Dinge bezahle als einen Donut. Und dann…“ Draven grinste anzüglich.

Der Kerl war und blieb ein Arsch.

Ich richtete mich auf. „Das wird nie der Fall sein. Merk dir das. Ich werde dir keinen Donut verkaufen. Und auch sonst nichts. Niemals im Leben.“

„Heute noch eine große Klappe, aber morgen…“ Draven grinste immer noch. Er schien keinen anderen Gesichtsausdruck mehr zu kennen.

„Geh jetzt endlich“, forderte ich ihn auf. „Du vertreibst mir hier alle Kunden.“

Draven lachte. „Ja, ich werde gehen. Wenn ich meinen Donut bekommen habe.“

„Für dich gibt es hier keine Donuts!“ Ich blieb fest.

„Das werden wir noch sehen!“ Draven verschränkte die Arme. „Wenn du dich traust, dann kannst du ja kommen und mich verjagen.“ Er kicherte.

Wut stieg in mir hoch.

Früher hatte er schon geglaubt, sich alles erlauben zu können.

Und jetzt schien er das immer noch zu glauben.

Aber nicht mit mir.

Nein.

Das würde ich nicht zulassen.

„Na, Angst bekommen?“ höhnte Draven.

Die Wut wurde größer.

Ich riss die Tür an der Seite des Standes auf und ging nach draußen.

Es reichte.

Was zu viel war, war zu viel.

Als ich den Stand verließ, fiel mein Blick auf eine Gestalt, die zielstrebig auf mich zusteuerte.

Mein Herz setzte einen Schlag aus.

Er war es.

ER.

Der unverschämte Typ, der mich in den Wahnsinn getrieben hatte.

Nicht auch das noch.

Erst Draven, dann er.

Was wollte er?

Mit angehaltenem Atem beobachtete ich, wie er näher kam.

Ich konnte nicht verhindern, dass mein Körper an allen Stellen prickelte.

An wirklich allen Stellen.

Kapitel 8

LUKE

Es duftete in allen Ecken nach Zimt, nach Tannenreisig, nach Burgern, nach Punsch und nach anderen Köstlichkeiten. Viele Menschen hatten sicher noch gar keinen Feierabend und doch schoben sich schon Massen über den Weihnachtsmarkt. Ich schüttelte den Kopf. Doch dann dachte ich daran, dass jedes Jahr viele Menschen aus aller Welt kamen, um den berühmten Tannenbaum vor dem Rockefeller Center zu sehen, dort Schlittschuh zu laufen und anschließend über die New Yorker Weihnachtsmärkte zu bummeln, eine Kleinigkeit zu essen und Geschenke für ihre Liebsten daheim zu kaufen.

Warum auch nicht?

So ein Urlaub würde mir auch gut tun. Endlich mal ausspannen. Ganz weg von allem kommen. Den Kopf frei bekommen.

Vielleicht würde ich bald ganz woanders sein. Ich dachte an Andys Worte.

Dubai.

London.

Sydney.

Vielleicht wäre das hier mein letzter Besuch auf dem New Yorker Weihnachtsmarkt für einige Jahre. Die Aussicht stimmte mich zugleich wehmütig und froh.

Froh, denn ich musste meinem neuen Chef irgendwie entkommen. Das zwischen uns würde nicht funktionieren. Egal was jetzt noch passierte. Er hatte mir bei der Übernahme Honig ums Maul geschmiert und mir ein Kompliment nach dem anderen gemacht. Ja, er hatte mir nichts fest versprochen, aber er hatte eine Menge Möglichkeiten angedeutet. Nun zeigte er sein wahres Gesicht. Er war ein manipulativer Lügner, der nicht davor zurückschreckte, Menschen Dinge zu versprechen, damit er bekam, was er wollte – ohne je die Absicht zu haben, seinen Teil der Vereinbarung einzuhalten.

Nun, wenn das hier mein letzter Weihnachtsmarktbesuch in New York war, dann musste ich ihn umso mehr genießen. Ich schlenderte gemächlich durch die geschmückten Gassen zwischen den Buden und ließ meinen Blick über die zahllosen Leckereien und Mitbringsel schweifen.

Und vielleicht… vielleicht konnte ich heute noch etwas anderes genießen.

Ich dachte an Dubai.

Ob die Frauen dort auch so offen und freigiebig waren wie in New York?

Vermutlich eher nicht.

Ich sollte mich lieber hier noch etwas amüsieren.

Da sah ich sie.

SIE.

Unbewusst hatte ich meine Schritte in Richtung des Donut-Stands gelenkt. Schon in meinem Büro hatte ich heimlich gehofft, dass die blonde Verkäuferin dort wieder Schicht haben würde.

Das hatte sie.

Ich zog meinen Schal enger.

Sie verließ gerade ihren Stand. Wahrscheinlich brauchte sie auch mal eine Pause. Es musste die Hölle sein, den ganzen Tag hinter der heißen, dampfenden und spritzenden Donut-Maschine zu stehen und einen Donut nach dem anderen zu fabrizieren. Dazu kamen unfreundliche Kunden und vermutlich konnte sie sich nicht einmal für einen Moment setzen.

Sie sah zum Anbeißen aus.

Ich spürte eine Regung in meiner Lendengegend, als ich meinen Blick über ihr Gesicht und ihre Figur gleiten ließ. Selbst aus der Entfernung konnte ich sehen, dass ihre blauen Augen blitzen und funkelten, als hätte jemand sie gerade besonders geärgert.

Ich grinste in mich hinein.

Wenn sie wüsste, wie attraktiv das wirkte!

Wahrscheinlich war ich nicht der erste Mann, dem der Gedanke kam, sie absichtlich zu ärgern, damit sie mich so frech anfunkelte. Sie wirkte dann überaus lebendig.

Ihre Wangen waren genauso rot wie bei unserer ersten Begegnung.

Ich runzelte die Stirn.

Ihr voller Mund mit den roten Lippen, die so sehr zum Küssen einluden, war zu einem schmalen Strich verzogen.

War sie wütend?

Hatte jemand sie geärgert?

Also ich meine WIRKLICH geärgert?

Nicht nur geneckt.

Hatte jemand sie verletzt oder nicht respektiert?

Ihre blonden Locken waren leicht zerzaust. Mein Blick glitt über ihren Körper. Auch wenn ich die vollen Brüste, die schmale Taille und die langen Beine bereits gesehen hatte...

Sie war einfach...

Mich überkam wieder der unmögliche Impuls, sie an mich zu ziehen und zu küssen.

So etwas war mir noch nie passiert.

Ja, natürlich hatte ich schon attraktive Frauen gesehen und dann beschlossen, sie zu erobern.

Aber das hier war anders.

Aus irgendeinem Grund hatte ich das Gefühl, SIE würde mich erobern.

Sie tat nichts, sie bot sich mir nicht an, sie...

Im Gegenteil.

Bei unserer letzten Begegnung hatte sie mich fast von ihrem Stand geworfen.

Und doch wollte ich sie.

Ich verdrängte diesen Gedanken.

Das war nicht wichtig.

Wenn ich nach Sydney ging, würde ich sie ohnehin nie wiedersehen.

Ich wollte sie.

Dessen war ich mir sicher.

Dabei wusste ich noch nicht einmal, wie sie hieß.

Ich näherte mich dem Stand.

Sie warf einen Blick in meine Richtung. Für einen kurzen Moment glaubte ich, in ihre Augen einen Funken des Wiedererkennens zu sehen.

Hatte sie mich gesehen?

Doch dann wandte sie den Blick wieder ab.

Da erst nahm ich den breitschultrigen, bedrohlich wirkenden Kerl wahr, der vor ihr stand. An seinem Arm hing eine puppenhaft wirkende Blondine. Selbst ich konnte sehen, dass deren Haarfarbe nicht echt wirkte. Alles an ihr schien künstlich.

Die blonde Verkäuferin dagegen wirkte vollkommen natürlich.

Fast schlug ich mir gegen die Stirn.

Natürlich.

Klar.

Das war es.

Das unterschied sie von allen anderen Frauen.

Sie war einfach sie selbst. Sie spielte keine Spielchen. Wenn sie sich ärgerte, setzte sie kein falsches Lächeln auf. Sie funkelte einen an. Sie war echt.

Und darum war sie vertrauenswürdig.

Die Verkäuferin stemmte die Hände in die Seiten.

Der Kerl lachte.

Was war hier los?

Vorsichtig näherte ich mich und blieb dann an der Ecke eines Standes sehen. Von hier konnte ich alles hören. Aber niemand konnte mich sehen. Am liebsten wäre ich einfach zu der Gruppe getreten. Doch ich kannte sie ja kaum. Vielleicht war es ihr nicht recht, wenn ich ihr jetzt meine Hilfe anbot. Womöglich würde sie das wieder falsch verstehen.

Der Kerl sagte etwas und lachte wieder.

Lachte er über die Verkäuferin?

Meine Faust ballte sich unwillkürlich.

SIE wurde rot und sah zu Boden.

„Du hast schon damals für nichts getaugt. Ich bin froh, dass ich mich entschieden habe, mich von dir zu trennen“, hörte ich den Kerl sagen. „Nun habe ich jemanden gefunden, der in jeder Hinsicht besser ist." Seine Stimme war anzüglich und ließ keinen Zweifel daran, wie „in jeder Hinsicht" gemeint war. Er drückte die künstliche Blondinen-Puppe an sich.

„Du hast dich von mir getrennt?" Jetzt lachte die Verkäuferin höhnisch auf. „Na ja, man kann am Ende jede Geschichte so umschreiben, dass sie einem passt. Klar. Das ist keine große Kunst. Aber in diesem Fall lasse ich das nicht zu. Ich habe mich von dir getrennt." Sie schnaubte abfällig. „Weil ich mit dir nichts mehr zu tun haben wollte. Weil du die Kontrolle über mein Leben übernehmen wolltest, ohne dich je um mich zu kümmern. Ich war dir egal."

„Du warst mir egal? Wohl eher ich dir! Wer wollte denn kaum noch mit mir ins Bett!" Der Kerl wurde laut.

Es war ihr Ex.

Und der Kerl war darauf aus, sie fertig zu machen.

Das war mir klar.

Und nicht nur mir. Ein paar andere Menschen waren stehen geblieben und lauschten. Doch niemand schritt ein. Alle warteten, was sich weiter entwickeln würde.

„Das Thema will ich hier nicht diskutieren. Überhaupt muss ich gar nichts mehr mit dir diskutieren! Ich WILL auch nichts mehr mit dir diskutieren. Zwischen uns ist Schluss, hast du das nicht begriffen?" Wütend starrte die Verkäuferin den Kerl an.

„Und wie ich das begriffen habe!" Meckernd lachte der Typ. „Ich lasse mir jeden Abend einen blasen und zwar nicht von dir. Natürlich ist Schluss. Du brauchst mir das nicht unter die Nase zu reiben, bloß weil du sonst nichts vorzuweisen hast. Single und Donut-Verkäuferin. Stinkst nach Fett. So wirst du niemals jemanden finden. Single auf ewig."

Der Kerl lachte noch lauter als zuvor. Die Blondine an seiner Seite kicherte.

In mir brodelte die Wut hoch.

Was glaubte der Kerl denn? Für wen hielt er sich? Wie konnte er sich derart gebärden? Offensichtlich war er doch noch nicht über den Verlust von seiner Ex-Freundin hinweg, auch wenn er das behauptete. Warum sonst demütigte er sie derart, in aller Öffentlichkeit?

Die Verkäuferin stand da und sah aus, als würde sie gleich im Boden versinken. Oder in Tränen ausbrechen. Oder…

Das Funkeln in ihren Augen war verschwunden.

Das konnte ich nicht zulassen.

Jemanden ein bisschen necken, um die Augen zum Funkeln zu bringen?

Ja.

Jemanden so demütigen?

Nein.

Das ging zu weit.

So konnte man niemanden behandeln.

Schon gar nicht sollte man eine Frau wie SIE so behandeln!

Wer eine Frau wie sie hatte, sollte sie wie das Kostbarste auf Erden behandeln.

Sie war etwas ganz Besonderes.

Ich würde diesem ekelhaften Spiel jetzt ein Ende bereiten. Offensichtlich hatte dem Kerl noch niemand so richtig gezeigt, wo die Grenzen waren. Dann würde ich das jetzt tun.

Mit lässigem Schritt trat ich neben die Donut-Verkäuferin und legte ihr ganz selbstverständlich den Arm um die Schultern. Sie zuckte zusammen und sah mich an. Beruhigend drückte ich sie an mich. Ihr Körper neben meinem war warm und fest.

Ich lächelte sie an. „Schatz, es tut mir wirklich leid, dass ich zu spät bin. Ich weiß, ich hatte gesagt, dass ich früher da sein würde, aber es gab eine Verzögerung bei dem Termin vor mir... Ich hoffe, du bist einigermaßen zurecht gekommen ohne mich?" Besorgt musterte ich sie und gab vor, der loyale Freund zu sein.

Ihre blauen Augen weiteten sich fragend. Ihr Mund öffnete sich und schloss sich dann wieder. Sie schien nicht zu wissen, was sie sagen sollte.

„Gibt es irgendwelche Probleme?" fragte ich. „Es tut mir wirklich leid. Ich hasse es, wenn ich meine Zusagen an dich nicht einhalten kann."

„Ich... äh...", stotterte die Verkäuferin jetzt.

„Wir sind hier Kunden, aber die Lady will uns nichts verkaufen." Jetzt schaltete sich doch tatsächlich der Ex ein.

Ich starrte ihn an. Sein Gesicht war voller Narben und ich konnte mir vorstellen, dass das in bestimmten Situationen attraktiv wirkte. Doch jetzt schien es einfach nur bedrohlich.

„Nun, das wird schon seine Gründe haben", bemerkte ich und sah den Mann herablassend an. „Wir verkaufen nicht an jeden. Wer sich nicht benimmt, den müssen wir leider wieder wegschicken. Das machen wir schon immer so. Stimmt's, Schatz?" Ich sah die Verkäuferin wieder an.

Ihre blauen Augen waren weit.

In diesem Moment traten alle Geräusche um uns in den Hintergrund. Das Stimmengewirr der Menschen, die laute Weihnachtsmusik, der unverschämte Ex und seine kichernde Freundin. Sie alle nahm ich nicht mehr war.

Hier waren nur sie und ich.

Ich sah in die blauesten Augen, die ich je gesehen hatte.

Ihre Züge verzogen sich zu einem kleinen Lächeln.

Ihr Mund formte ein Wort. Doch sie sagte nichts.

Egal.

Sie war einfach unglaublich anziehend.

Aus der Nähe noch mehr als aus der Ferne.

Ich grinste.

Am liebsten hätte ich sie geküsst.

Doch ich riss mich zusammen.

„Hey! Was machst du hier? Ich rede mit dir! Und überhaupt, wieso bist du mit meiner Freundin..." Der unverschämte Kerl unterbrach uns.

Doch ich ließ ihn nicht ausreden, wandte mich zu ihm und zog eine Augenbraue hoch. „Freundin? Ich glaube, du verwechselst da etwas. Sie ist doch deine Freundin, oder?" Ich deutete auf die künstliche Blondine. „Und das hier ist meine Freundin."

Ich wandte mich wieder der blonden Verkäuferin zu. Ihre Augen schienen noch blauer. Ihre Lippen waren rot und voll.

Ohne lange weiter zu überlegen, legte ich meine Lippen auf ihre.

Sie wich nicht zurück.

Im Gegenteil.

Sie schien sich mir ein wenig entgegenzustrecken. Ihr Mund war nachgiebig und weich. Sie duftete verführerisch nach Donuts und ihr Mund schien sogar ein wenig nach meiner Lieblingssorte Chocolate Frosted zu schmecken. Ich hätte ewig so verharren können, mit meinen Lippen sanft auf den ihren. Doch da meldete sich meine Lust. Mit der Hand umfasste ich ihren Hinterkopf und presste sie sanft an mich. Dann öffnete ich meinen Mund und kitzelte mit meiner Zunge ihre Lippen.

Sie erwiderte die Geste.

Meine Hose wurde eng und ich spürte eine unmögliche Regung in meiner Lendengegend.

Oh Gott.

Was geschah hier gerade?

Ich küsste sie doch nur!

„Hey! Du Idiot, du...“, drang eine Stimme an meinen Hinterkopf.

Ich ließ sie los. Sie sah mich mit weiten, verwirrten blauen Augen an und wirkte in diesem Moment unglaublich verführerisch. Ich hob meine Hand, strich ihr zart über die rote Wange und schob eine blonde Locke hinter ihr Ohr.

Dann wandte ich mich um und musterte den arroganten Ex. „Was willst du denn noch hier? Falls du glaubst, einer von uns hätte Lust, sich mit dir zu unterhalten, dann hast du dich geschnitten!“

Dem Kerl blieb der Mund offen stehen.

Anscheinend hatte bisher niemand so mit ihm geredet.

Dann wurde es aber höchste Zeit.

Die Blondine an der Seite des Ex kicherte und bewies damit einmal mehr, dass sie nicht die hellste Person unter der Sonne war.

„Sei ruhig“, fuhr der Ex sie dann auch an. „Oder heute Abend...“

Die Blondine schloss den Mund und zog eine beleidigte Schnute. Ich hoffte für sie, dass sie noch erkennen würde, mit wem sie es hier zu tun hatte und den Kerl dann verließ.

Dann sah der Ex mich an. „Wir sehen uns noch. Wenn du glaubst, ich würde das hier so einfach auf mir sitzen lassen, dann hast du dich geschnitten!“

Mit diesen Worten drehte er sich um und stapfte davon. Die Blondine zog er grob mit sich.

Ich zuckte mit den Schultern. Typen wie ihn kannte ich zur Genüge. Mit leeren Drohungen waren sie schnell zur Stelle. Aber das durfte man auf keinen Fall ernst nehmen. Sie ließen nur die Muskeln spielen und dann sah man sie nie wieder. Denn für eine echte Konfrontation waren sie viel zu feige.

Ich wandte mich wieder der Verkäuferin zu.

Jetzt würde ich sie nicht so einfach gehen lassen.

Die Zeit war reif.

SIE war reif.

Das hatte ich bei unserem Kuss bemerkt.

„Hey, freut mich, dass ich dir diesmal helfen konnte." Ich ging zur offenen Tür des Stands und betrat ihn. „Interessant hier. Kann ich dir noch irgendwie behilflich sein? Damit du früher Schluss machen kannst und wir heute Abend zusammen ausgehen und ein Glas auf unser Wiedersehen trinken können?"

Siegesgewiss grinste ich die Verkäuferin an.

Ihre Augen begannen zu funkeln.

Auf die wütende Art.

Was zum Teufel hatte ich jetzt schon wieder falsch gemacht?

Sie öffnete den Mund.

Kapitel 9

Deborah

Mit weit aufgerissenen Augen starrte ich in sein Gesicht mit dem draufgängerischen Grinsen. Wie konnte er nur so dreist sein und mich derart unverfroren anbaggern? Dabei kannten wir uns noch keine zwanzig Minuten!

Insgesamt!

Er hatte beim letzten Mal keine zehn Minuten hier verbracht und jetzt auch nicht!

Was sollte das also?

Glaubten etwa alle Männer, sich hier alles herausnehmen zu können?

Zuerst Draven und jetzt er?

In diesem Moment fiel mir auf, dass ich noch nicht einmal seinen Namen kannte.

Das machte mich nur noch wütender.

Außerdem tat er so, als wäre ich die begehrenswerteste Frau der Welt, während ich in Wahrheit zehn Meter gegen den Wind nach Fett stank. Wahrscheinlich hatte sogar unser Kuss nach Donuts geschmeckt.

Am liebsten wäre ich im Erdboden versunken.

Konnten wir den Kuss nicht einfach vergessen?

„He, mal langsam!“ brachte ich schließlich mit verärgerter Stimme hervor und hob abwehrend die Hände. „Glaubst du denn, du kannst dir hier alles erlauben?“ Wütend funkelte ich den Kerl an.

Er grinste und erwiderte: „Alles? Nein, sicher nicht. Ich würde nichts tun, das du mir nicht erlaubst. Darum frage ich ja, wie ich dir noch behilflich sein kann.“

Ich unterdrückte ein Schnauben. Das war genau die Art von Mann, die mich wahnsinnig machte. Er tat so, als würde er meine Fragen beantworten und auf mich eingehen. Dabei nutzte er den Moment, um nur noch unverschämter zu werden und seine Interessen durchzusetzen!

„Lass uns mal eins klarstellen: Nur weil du mich vorhin geküsst hast, bin ich noch lange nicht deine Freundin oder so etwas in der Art!“ Ich funkelte den Kerl an.

Er zuckte unbekümmert mit den Schultern „Na und? Ein Date wäre doch mal ein schöner Anfang, oder nicht?“ Er grinste. „Dann könnten wir uns kennenlernen. Bisher weiß ich noch so gut wie nichts von dir. Außer dass du verdammt gut küssen kannst.“

Ich spürte, wie ich knallrot wurde.

Der Kuss war verdammt gut gewesen.

So verdammt gut, dass ich mich hatte hinreißen lassen. Ich hatte den Kuss erwidert. Wenn Draven nicht dazwischen gegangen wäre, dann wäre der Kuss sogar noch leidenschaftlicher geworden.

Denn der Kerl war nicht nur sexy, er konnte auch verdammt gut küssen!

Ich sah ihn an. Dann musste ich meinen Blick gleich wieder abwenden. Zu sehr erregten mich diese dunklen Augen. Mein ganzer Körper prickelte und alles in mir schrie, dass ich seine Lippen noch einmal auf meinen spüren wollte. Ein leichtes Ziehen machte sich in meiner Körpermitte breit und ich merkte, wie meine Knie weich wurden.

Eben hatte ich den Kuss noch einfach vergessen wollen.

Doch mein Körper zeigte mir, dass das nicht drin war.

Nachdrücklich verschränkte ich die Arme vor der Brust und biss die Zähne zusammen. So leicht würde ich mich nicht einwickeln lassen.

„Sag mal, tickst du nicht ganz richtig?“ erwiderte ich dann mit herausforderndem Blick. „Was bildest du dir eigentlich ein? Du kannst doch nicht einfach in meinen Stand spazieren, mich ungefragt abknutschen und dann erwarten, dass ich deinen unverschämten Avancen nachgebe!“

„Ach komm.“ Er zwinkerte mir unverschämt zu und stupste mich neckend an. „So schlimm fandst du meinen Kuss doch gar nicht, oder? Ich glaube, du hast es im Gegenteil sogar sehr genossen.“

Aufgebracht schnappte ich nach Luft und wandte mit roten Wangen den Blick ab. Verdammt, wie konnte dieser Kerl mich nur so gut durchschauen?

„Ich weiß nicht mal, wie du heißt!“ warf ich ihm an den Kopf.

„Das lässt sich schnell ändern.“ Der Kerl grinste.

Verdammt, was wirkte er lässig.

Und selbstsicher.

Und verdammt, was war das anziehend.

„Gestatten, Luke.“ Der Kerl schlug die Hacken zusammen und machte so etwas wie einen Diener. „Wenn ich nun den Namen von Mylady erfahren dürfte?“ Er grinste.

Luke.

Der Name passte zu ihm. Einfach, schnörkellos und direkt.

So wie er.

Ich nickte.

„Geküsst habe ich dich ja schon, da kannst du mir auch sagen, wie du heißt.“ Luke grinste mich an.

Ich zögerte kurz. Irgendetwas in mir sagte mir, dass ich mich auf etwas einließ, von dem es kein Zurück gab, wenn ich jetzt meinen Namen sagte.

Das ist Unfug, Deborah. Er hat dich geküsst, na und? Natürlich gibt es ein Zurück. Und es ist nur ein Name. Alle Welt kennt deinen Namen.

„Deborah“, sagte ich also mit leicht belegter Stimme.

„Deborah“, wiederholte Luke mit gedehnter Stimme. Aus seinem Mund klang mein Name so, als wäre er etwas Besonderes.

Ich schluckte.

Bei Draven hatte das nie so geklungen.

Draven hatte meinen Namen überhaupt nur selten ausgesprochen. Das fiel mir erst jetzt auf. Es war, als ob ich für ihn als Person überhaupt nicht existiert hätte.

„Nachdem wir nun die Formalitäten erledigt haben… Hast du vielleicht Lust, heute Abend mit mir auszugehen, Deborah?“ Luke sah mich an.

„Ein Date?“ Misstrauisch musterte ich den muskulösen Fremden mit den dunklen Augen.

Er ist kein Fremder mehr, Deborah. Er heißt Luke.

„Wir verbringen einen schönen Abend zusammen und haben eine Menge Spaß. Wenn du das Date nennen willst, dann gerne.“ Luke grinste mich an.

Wenn du das Date nennen willst, dann gerne.

Diese Art von Mann kannte ich zur Genüge. Er wollte sich nie festlegen. Heute würden wir ein Date haben und er würde mich auf Händen tragen. Morgen wäre alles wieder vergessen.

Oder?

Ich sah Luke skeptisch an.

„Hey, ich fresse dich schon nicht“, Luke hob abwehrend die Hände. „Hab ich vorhin auch nicht getan, oder? Ich hab dich nur geküsst.“ Er grinste. „Und diesen ekelhaften Kerl haben wir damit allemal in die Flucht geschlagen.“ Luke lachte.

Plötzlich lachte ich auch.

Das stimmte. Draven hatte die Flucht ergriffen und würde bestimmt nicht so schnell wieder auftauchen. Ja, er hatte am Ende alle möglichen Drohungen ausgestoßen. Aber ich kannte Draven. Er würde nichts tun. Im Meckern und Drohen war er gut. Handeln war weniger seine Stärke. Er würde mich ab jetzt in Ruhe lassen und das hatte ich Luke zu verdanken.

Welcher Mann hatte schon einmal so etwas für mich getan?

Ich kannte die Antwort nur zu gut.

Keiner.

Skeptisch musterte ich Luke. Ein schöner Abend. Oder auch ein Date. Was auch immer. Ich dachte an Draven. Für ihn hatte ein schöner Abend darin bestanden, eine schnelle Nummer auf der Rückbank seines Autos zu schieben. Wirklich eingeladen hatte er mich nie. Ja, ganz am Anfang, um mich für sich zu gewinnen. Doch sobald er mich sicher hatte, war das schnell vorbei gewesen.

Ich hatte lange keinen netten Abend mit einem Mann verbracht.

Luke beobachtete mich.

Ich holte Luft. Dabei atmete ich Lukes maskulinen Duft ein. und ich musste mich sehr zusammenreißen, um nicht unwillkürlich tiefer einzuatmen.

Mit einem Mal verspürte ich unbändige Lust, mich einfach in seine Arme zu werfen und seinen Mund noch einmal auf meinem zu spüren. Meine Knie wurden so weich wie Wackelpudding. Doch gleichzeitig sträubte sich etwas in mir dagegen, mich von diesem Kerl einfach so erobern zu lassen. Ich musste auf der Hut sein!

Zögerlich kaute ich auf meiner Unterlippe herum und sah zur Seite. War es wirklich eine so gute Idee, mich mit einem völlig Fremden zu verabreden? Selbst wenn er unglaublich heiß und sexy war?

Da dachte ich an mein Gespräch mit Scarlett.

Sie hatte mich ermutigt. Ich sollte es den Männern zeigen. Draven, meinem Vater, Leopold Andersen, diesem neuen Chef, den ich noch nicht kannte.

Allen.

Ich sollte zeigen, was ich drauf hatte und mir nehmen, was ich verdient hatte.

Plötzlich schien die Energie aus dem Gespräch mit Scarlett wieder durch meinen Körper zu fließen. Ich straffte meine Schultern und reckte mich.

Warum nicht?

Luke schien der perfekte Mann, um ein neues Kapitel lässig und unbeschwert anzufangen.

Es war doch schließlich nur ein einziger Abend.

Und ich hatte es mir redlich verdient, mich ein wenig zu amüsieren, nach der ganzen Plackerei in dem Donut-Stand hier. Wenn ich erst meinen neuen Job angefangen hatte, dann würde ich auch keine Zeit mehr haben, mich zu amüsieren, jedenfalls am Anfang.

„Na schön", hörte ich mich schließlich sagen und sah Luke mit einem herausfordernden Blick an. „Du hast mich überzeugt. Wir sehen uns heute Abend."

Mit leicht bebenden Fingern kämmte ich noch einmal meine blonden Locken und betrachtete kritisch mein Spiegelbild. Die Aufregung stand mir ins Gesicht geschrieben – meine Wangen waren leicht gerötet und meine Augen hatten einen erhitzten Glanz angenommen.

Keine Frage, ich war aufgeregt wie schon lange nicht mehr vor einem Treffen mit einem Mann.

Deborah! Es ist nur ein Abend! Nichts Besonderes! Du wirst dich amüsieren, aber du wirst dich nicht verlieben!

Andererseits sprach nichts dagegen, das Kribbeln in meinem Bauch zu genießen. Bei Draven hatte ich so etwas am Ende nicht mehr gespürt.

Mit einem zufriedenen Lächeln betrachtete ich mein Spiegelbild. Das eng anliegende Oberteil betonte meine weiblichen Rundungen auf verführerische Art und der Rock war zwar nicht zu kurz, betonte meine schlanken Beine aber vorteilhaft. Ein Hauch von Parfum und ein letzter Blick in den Spiegel – fertig war mein Styling für den Abend mit Luke.

Nichts erinnerte mehr daran, dass ich heute den ganzen Tag Donuts hergestellt und verkauft hatte.

Mein Herz klopfte wie wild.

Dabei wollte ich das doch gar nicht!

Ich musste heute Abend aufpassen.

Nichts durfte außer Kontrolle geraten.

Ich würde mich amüsieren.

Mehr nicht.

Ich musste los, wenn ich nicht zu spät kommen wollte. Luke hatte angeboten, mich abzuholen, aber das hatte ich abgelehnt. Es erschien mir zu intim. Schnell warf ich noch einen letzten Blick in den Spiegel, zupfte mein Oberteil zurecht und glättete eine versprengte Haarsträhne. Dann, nahm ich meinen Mantel, ging entschlossenen Schrittes zur Tür und trat nach draußen in den Flur.

Auf zu meinem... Date?

Ein Date.

Ich lachte.

Du musst das nicht überbewerten, Deborah. Es ist einfach nur ein schöner Abend.

Rasch ging ich durch die Straßen. Die Winterluft kühlte meine Aufregung ein wenig ab.

„Wow!“ war das Erste, das Luke hervor brachte, als ich schließlich vor ihm stand. Er musterte mich anerkennend. Sein Mund klappte leicht auf und seine dunklen Augen weiteten sich sichtlich, als er mich erblickte. „Du... du siehst wirklich umwerfend aus!“

Ein Lächeln umspielte meine Lippen, als ich Lukes Reaktion genoss.

Ja.

Ein Kompliment.

Genau diese Art von Aufmerksamkeit würde ich heute Abend genießen.

„Vielen Dank", erwiderte ich und zwinkerte ihm kurz zu.

Luke grinste. „Freut mich, dich auch außerhalb des Weihnachtsmarkts zu sehen. Ich hoffe nur, dass wir heute Abend nicht wieder auf deinen cholerischen Ex-Freund treffen. Obwohl…" Luke legte den Kopf schief und sah mich an. „Vielleicht sollte ich mir das wünschen. Denn dann könnte ich dich wieder küssen."

Oh Gott.

Mein Herz setzte einen Schlag aus und begann dann zu rasen. Es pochte so laut, dass ich mich fragte, ob Luke das hören könnte.

„Ich… Ich denke, dass da keine Gefahr besteht", stotterte ich.

Obwohl ich den ganzen Tag auf dem Weihnachtsmarkt gearbeitet hatte, fühlte ich mich merkwürdigerweise überhaupt nicht müde. In Lukes Gegenwart schien ich wacher als je zuvor. Wir schlenderten stumm nebeneinander die beleuchteten Straßen von Manhattan entlang. Ich konnte spüren, dass Luke mir immer wieder einen Seitenblick zuwarf.

„Du bist so still", sagte Luke schließlich. „Was muss ich denn tun, um deine feurige Seite wieder hervorzulocken?"

Meinte er das ernst?

Misstrauisch warf ich ihm einen Seitenblick zu.

Luke lachte laut.

Empört sah ich ihn an. „Was soll das heißen? Du willst mich doch nur aufziehen!"

„Und schon ist sie da, die feurige Seite." Luke grinste. „Erfolg für mich."

Jetzt lachte ich auch. „Okay, du hast gewonnen."

„Oh, ich finde, es ist deine spannendste Seite", erklärte Luke. Nach einer kurzen Pause fügte er hinzu: „Obwohl ich natürlich kaum eine deiner Seiten kenne." Er lachte wieder. „Aber auf jeden Fall gefällt mir die feurige Deborah sehr."

Ich lachte verlegen, während mir ein wohliger Schauer über den Rücken lief. Lukes Worte trafen mich tief im Innersten und ließen ein angenehmes Prickeln in mir aufflammen. Ich sah ihn an. Unsere Augen trafen sich und wie gebannt starrte ich in Lukes dunkle Augen, die mich plötzlich wie magnetisch anzuziehen schienen. Etwas daran schien die Atmosphäre um uns herum augenblicklich noch intimer werden zu lassen.

Unvermittelt räusperte Luke sich und sein anzüglicher Blick wich wieder seiner charmanten Unbeschwertheit. „Also, wo wollen wir zuerst hin?" erkundigte er sich und stupste mich neckend mit der Schulter an. „Der Abend ist lang und wir haben viele Möglichkeiten in dieser Stadt!"

Auf einmal begann mein Magen laut zu knurren und ich presste mir verlegen die Hand auf den Mund. Luke hingegen brach in schallendes Gelächter aus.

„Na na, so hungrig also? Dann sollten wir das Problem wohl als Erstes angehen, bevor du hier auf offener Straße Leute anknabberst!" Er zwinkerte mir amüsiert zu. „Was hältst du von einem herzhaften Hot Dog bei einem der Straßenhändler? Inklusive allen nur erdenklichen Soßen und Beilagen?"

„Ein Hot Dog?" Skeptisch zog ich eine Augenbraue hoch und musterte Luke gekünstelt. „Du willst mich wirklich mit so einem ordinären Imbiss beglücken nach all meiner Mühe beim Styling?"

Luke zuckte nur mit den Schultern. „Vertrau mir, es gibt keinen besseren Weg, einen Abend in New York anzufangen! Wer es nicht probiert hat, hat die Stadt nicht wirklich erlebt."

Obwohl ich noch immer nicht gänzlich überzeugt war, lachte ich auf und hakte mich bei Luke unter. „Na schön, du hast mich überzeugt. Aber wehe, dein Hot Dog ist nicht der Beste, den ich je gegessen habe! Dann kannst du was erleben."

Luke grinste. „Keine Angst, ich werde dich nicht enttäuschen."

Wir setzten unseren Weg durch die kühle Nachtluft fort. Schon bald hatten wir einen der zahlreichen Hot Dog-Stände erreicht und Luke bestellte für uns beide doppelte Portionen mit allen nur erdenklichen Extras. Unsere Bestellung war in Rekordzeit fertig. Mit einem Grinsen reichte Luke mir einen der beiden Hot Dogs. „Hier bitte, Madam. Sie werden sehen, dass es sich lohnt, heute einmal über den üblichen Tellerrand zu blicken und etwas Neues zu probieren."

Lachend nahm ich meinen Hot Dog entgegen und biss erwartungsvoll hinein. Lukes Enthusiasmus schien berechtigt, denn der Imbiss schmeckte wirklich überraschend lecker! Mit vollen Backen und angestrengtem Gesichtsausdruck biss ich erneut hinein, wobei mir etwas Sauce aus den Mundwinkeln lief. Peinlich berührt wollte ich mir gerade mit der Serviette über den

Mund wischen, als Luke mir plötzlich mit seinem Daumen sanft über die Lippen strich.

„Hey, lass mal", grinste er und leckte sich ungeniert die Saucenreste von seinem Finger. „Das gehört doch bei so einem Street Snack einfach dazu!"

Für einen Moment lang war ich perplex. Dann begegnete ich Lukes Blick, der mich auf eine seltsame Art und Weise förmlich zu durchbohren schien. Eine angenehme Gänsehaut überzog meinen Körper und ich musste mich räuspern, um der plötzlichen Trockenheit in meinem Mund Herr zu werden.

Luke hingegen nahm einen weiteren Bissen von seinem Hot Dog und grinste mich an. „Sag mal, wie ist das eigentlich so als Donut-Bäckerin? Ich nehme an, du darfst regelmäßig deine Kreationen vernaschen?"

Verlegen lachte ich auf und wischte mir ein letztes Mal mit der Serviette über den Mund. „Oh Mann, dafür bist du aber echt der falschen Person begegnet! Ich kann Donuts eigentlich gar nicht mehr sehen. Seit ich in diesem Donut-Stand arbeite, stinke ich einfach nur noch nach heißem Fett!"

Luke betrachtete mich mit einer Mischung aus Ernst und Schabernack. „Na so schlimm wird es schon nicht sein. Außerdem riechen frische Donuts gar nicht mal so übel. Im Gegenteil, wenn ich ehrlich bin..." Er zögerte kurz und senkte den Blick. „Also ich gestehe es dir: Ich kann an frischen Donuts einfach nicht vorbeigehen! Egal ob sie nun mit Schokoglasur, Zuckerguss oder Marmeladenfüllung sind – ich muss sie einfach haben!"

Entgeistert starrte ich Luke einen Moment lang an, bevor ich laut aufzulachen begann. „Nicht dein Ernst, oder? Also ich meine, okay, du hast bei mir einen Donut gekauft, aber dass du sie so sehr magst... Ich hätte dich tatsächlich eher für einen Hot-Dog-Typen gehalten als für jemanden, der Süßem nicht widerstehen kann."

Luke erwiderte mein neckisches Grinsen und beugte sich etwas näher zu mir herüber. „Na was denkst du denn? Vielleicht habe ich mich auf dem Weihnachtsmarkt nur deshalb an deinen Stand verirrt, weil mich dein verführerischer Donut-Duft angezogen hat?" Er zwinkerte mir schelmisch zu und eine Gänsehaut überzog einmal mehr meine Arme.

„Oh Mann, wer hätte das von dir gedacht", lachte ich kopfschüttelnd und stieß Luke kameradschaftlich in die Seite. „Aber mal ehrlich, für jemanden mit so noblen Geschmacksnerven... dann lass mich mal raten, welche

Donut-Sorte du am liebsten magst. Das muss ja eine ganz besonders süße Variante sein!"

Luke lachte auf und sein Blick nahm für einen Moment eine fast verträumte Miene an. „Also gut, du hast mich erwischt. Wenn ich ganz ehrlich bin, dann gibt es tatsächlich eine Sorte, die mich immer wieder in ihren Bann zieht. Und die ist sehr süß. Chocolate Frosted!"

Lachend zog ich die Augenbrauen hoch. „Schokoladendonuts? So richtig schön pappig süß und kalorienhaltig?" Dann schlug ich mir mit der Hand vor den Mund. „Oh verdammt, dann habe ich damals die Bestellung mit deiner Lieblingssorte vermasselt. Das war mir gar nicht klar."

„Ich hatte dir gesagt, dass ich etwas ganz Besonderes will", grinste Luke.

In diesem Moment erinnerte ich mich wieder an Lukes Worte. „Hast du", nickte ich. „Aber was macht ausgerechnet die Chocolate Frosted Donuts so besonders?"

Luke leckte sich leicht über die Lippen. „Ich kann ihnen einfach nicht widerstehen. Dieser einzigartige Geschmack..." Luke schloss für einen Moment andächtig die Augen und seufzte wohlig. „Ich kann es kaum in Worte fassen!"

Immer noch lachend schüttelte ich den Kopf und stieß Luke an. „Also wirklich, du bist echt der Größte! Wer hätte hinter dieser coolen äußeren Fassade so einen verrückten Donut-Enthusiasten vermutet?"

Luke zwinkerte mir frech zu. „Na, lass dich mal überraschen. Vielleicht gibt es noch einige andere Seiten an mir zu entdecken."

Wir hatten mittlerweile unsere Hotdogs gegessen. Erwartungsvoll sah ich Luke an. „Und was machen wir jetzt?"

Luke lachte. „Wie wäre es mit einer anderen typischen New Yorker Aktivität für diese Jahreszeit?"

Fragend blickte ich Luke an.

„Die Schlittschuhbahn am Rockefeller Center", erklärte Luke. „Hast du Lust, eine Runde zu drehen?"

„Um Gottes Willen!" Ich riss entsetzt meine Augen auf. „Ich habe nicht das geringste Talent für Schlittschuhlaufen. Oder für irgendeinen anderen Wintersport. Vor ein paar Tagen war ich beim Snowboard-Unterricht und das war eine einzige Katastrophe. Sogar der Lehrer sagte, dass ich ein hoffnungsloser Fall bin."

Luke lachte auf. „Aha, das ist also dein Geheimnis." Er grinste und zog mich neckend an sich heran.

Einen Moment lang blickte ich Luke einfach nur stumm in die Augen und spürte, wie sich mein Herzschlag abermals zu beschleunigen begann.

Mein gesamter Körper prickelte.

Oh Gott.

Wir hatten nur einen Hotdog gegessen und ein paar Scherze gemacht.

Und dabei fühlte ich...

Ein Teil von mir wünschte sich, Luke würde mich wieder küssen.

Ich schluckte.

Amüsieren wollte ich mich heute Abend.

Aber nicht mehr.

Nicht mehr!

Kapitel 10

Deborah

Eine Weile schlenderten Luke und ich stumm nebeneinander die beleuchteten Straßen von Manhattan entlang. Die kalte Luft half mir, wieder einen kühlen Kopf zu bekommen. Doch sie wurde langsam eisig und ich fröstelte leicht unter meinem Mantel.

„Nicht, dass du mir hier noch erfrierst", scherzte Luke und zog mich an sich heran.

Ich schluckte.

Mir wurde warm.

Aber nicht von außen.

Sondern… irgendwo tief drinnen.

Luke schien davon nichts zu bemerken. Er sagte: „Was hältst du davon, wenn wir uns etwas aufwärmen gehen? Ich kenne da eine richtig gemütliche kleine Bar hier in der Nähe. Ein richtiger Geheimtipp."

Dankbar für den Vorschlag nickte ich. Ein Teil von mir wollte näher an Luke heranrücken. Doch ich blieb vorsichtig. Wieder kribbelte es in meinem Bauch, als ich seine maskuline Ausstrahlung so nah an mir spürte.

„Das klingt wunderbar", lächelte ich. „Für einen Geheimtipp bin ich immer zu haben. Gibt es so etwas in New York überhaupt noch?" Ich lachte. „Alle Geheimtipps wurden doch schon dreifach in Reiseführern verzeichnet."

Luke zwinkerte mir verschmitzt zu. „Ah, nicht alle. Nur, die, die für Touristen edel aufgemacht wurden. Aber das hier... das hier ist was anderes. Erwarte keine edle Flaniermeile. Die Kneipe ist alles andere als schickimicki – dafür aber umso gemütlicher für solch einen Abend wie diesen."

Lukes Worte machten mich neugierig. Wir bogen um die nächste Ecke. Und noch eine Ecke. Und noch eine. Bis wir in einer engen Seitengasse landeten. Dort blieb Luke unvermittelt vor einer kleinen, unscheinbaren Tür stehen und deutete mit einer einladenden Geste auf die schummrige Leuchtschrift „Coughlin's Irish Pub".

„Hier sind wir", verkündete Luke. „Bereit?"

Aufgeregt nickte ich und wir betraten die Kneipe durch eine niedrige Tür. Mit weit aufgerissenen Augen musterte ich das rustikale Interieur. Dunkle Bänke, eine schwere Theke, hinter der sich eine Reihe an Flaschen befand, Porträts von Gästen an den Wänden, die schon Jahre alt sein mussten. Jahrzehnte. Das Ganze sah aus, als wäre es direkt aus Irland importiert worden

„Wow", staunte ich.

Luke grinste und dirigierte uns zu zwei freien Barhockern. „Freut mich, dass es dir gefällt."

Noch immer etwas perplex ob der Umgebung nickte ich nur und neigte mich zu Luke herüber. „Das ist echt der Hammer! Wer hätte gedacht, dass es so ein uriges Pub mitten in New York gibt?"

Luke zwinkerte mir verschmitzt zu. „Sag ich doch, man muss nur die richtigen Ecken kennen in dieser Stadt." Er winkte den Barkeeper zu sich herüber und grinste mich an. „So, und nun zum wärmenden Teil des Abends. Mike, mein Alter, kennst du schon meine reizende Begleitung?"

Der Mann mittleren Alters mit kräftigen Armen und kantigem Gesicht musterte mich mit undurchdringlicher Miene. „Neue Flamme von dir, Luke?" Misstrauisch zog er eine Augenbraue hoch. „Und hält die länger als die letzten?"

Ich lief rot an und schnappte nach Luft.

Luke schien das Ganze jedoch gar nicht peinlich zu finden und lachte laut. „Mike, du grantiger alter Knochen, nun stell mich doch hier nicht als Schürzenjäger hin. Zeig uns lieber, dass du die besten Drinks weit und breit mischst. Wie wär's mit deinem berühmten Glühwein als Start, mein Freund?"

Mike brummte nur etwas Unverständliches und wandte sich seiner Zapfanlage zu, während Luke mir einen entschuldigenden Blick zuwarf. „Ich hoffe, du lässt dich von seinem ruppigen Auftreten nicht abschrecken. Die Getränke hier sind einfach unschlagbar lecker, da musst du ihm vertrauen."

Ich nickte beruhigt. Wahrscheinlich war das eben so in einem Geheimtipp, da wurde anders geredet als in den Bars, die für Touristen waren. Luke hatte sicher recht. „Kein Problem, so schnell werde ich nicht vergrault. Lass uns den Glühwein ausprobieren!"

Mit einem zufriedenen Grinsen wandte Luke sich wieder Mike zu. Doch der hatte sich schon an die Arbeit gemacht und schob zwei dampfende Krüge zu uns über die Theke.

Luke zwinkerte mir zu. „Das ist hoffentlich ein passender Aufwärmdrink nach der Kälte da draußen."

Ich nickte nur und nahm einen ersten, vorsichtigen Schluck. Der herrlich gewürzte Glühwein vertrieb im Nu die letzten Spuren von Kälte und ein wohliges Prickeln durchströmte meinen ganzen Körper.

„Oh wow, der ist wirklich ausgezeichnet!" lächelte ich Luke von der Seite her an. „Wer hätte gedacht, dass man hier so versteckt solche Köstlichkeiten findet?"

Luke erwiderte mein Lächeln und stupste mich mit seiner Schulter an. „Ich hab's dir doch gesagt – in diesem Laden wurde ich schon so manches Mal angenehm überrascht!"

Mit jedem weiteren Schluck des köstlichen Heißgetränks entspannte ich mich zusehends mehr. Luke und ich lachten und scherzten, als würden wir uns schon eine Ewigkeit kennen.

So gut hatte ich mich schon lange nicht mehr amüsiert.

Mike musterte uns immer wieder mürrisch und warf uns schließlich einen giftigen Blick zu. „Was ist? Wollt ihr hier den ganzen Abend bei nur einem Glühwein sitzen? Davon verdiene ich kein Geld! Bestellt ihr noch etwas oder soll ich euch doch lieber auf die Straße setzen?"

Erstaunt starrte ich den Mann mit den kräftigen Armen an.

Luke stupste mich leicht in die Seite und schüttelte kaum merklich den Kopf.

Ich verstand.

So war man hier eben.

Luke zuckte unbekümmert mit den Schultern. „Schon gut, Mike", versicherte er und legte mir die Hand auf den Oberarm. Ein wohliger Schauer durchlief meinen Körper bei dieser intimen Geste. „Ich glaube, wir wären bereit für deinen berühmten Eierlikör-Punsch."

Fragend sah Luke mich an.

Ich nickte.

Das klang gut!

Mike brummte etwas Unverständliches, schnappte sich aber unsere beiden geleerten Krüge und machte sich hinter der Theke an die Arbeit.

Noch immer leicht peinlich berührt beugte ich mich etwas näher zu Luke herüber. „Oh Mann, das tut mir echt leid, dass wir so viel geschwatzt und darüber nichts mehr bestellt haben. Ich wollte dich hier in deiner Lieblingskneipe nicht in Verlegenheit bringen!"

„Ach was, kein Thema!" lachte Luke und stupste mich neckisch mit dem Ellbogen an. „Du darfst Mike einfach nicht so ernst nehmen."

In diesem Moment platzierte der Barkeeper zwei dampfende Gläser vor uns auf der Theke, aus denen es unwiderstehlich nach Eierlikör und Sahne duftete. Genüsslich zog Luke die Luft ein und leckte sich mit einem neckischen Seitenblick zu mir über die Lippen. „Das nenne ich mal einen richtigen Aufwärmer! Lass es dir schmecken!"

Vorsichtig nahm ich einen ersten Schluck des heißen Getränks – und stöhnte beinahe genüsslich auf. Noch nie hatte ich so einen köstlich-cremigen Eierlikör-Punsch getrunken!

„Wow, der ist wirklich eine Wucht", schwärmte ich und stupste Luke neckend gegen den Arm. „Wie viele Geheimtipps hast du denn sonst noch auf Lager?"

Luke zwinkerte mir amüsiert zu und nippte langsam an seinem eigenen Punsch. „Für heute eigentlich keine. Aber obwohl... lass mich mal überlegen..."

Luke lachte und ich stimmte in sein Lachen ein.

In diesem Moment erklang aus einer der dunklen Ecken der Kneipe leise Musik und eine samtene Frauenstimme begann, die ersten Zeilen eines bekannten Jazzsongs zu intonieren. Überrascht drehte ich mich um und erblickte eine kleine Bühne, auf der eine bildhübsche Sängerin mit Mikrofon an einem Klavier Platz genommen hatte. Ein uralter Trompeter und ein Schlagzeuger komplettierten die kleine Band.

„Hey, wer hätte denn damit gerechnet?“ flüsterte ich Luke begeistert zu und wandte mich wieder ihm zu. „Hier gibt's sogar Live-Musik! Und die scheint sogar richtig gut.“

Luke nickte. „Ja, genau darum bin ich zum ersten Mal hierher gekommen. Das ist genau meine Musikrichtung.“

Überrascht musterte ich Luke. „Was, deine auch? Ich liebe diese Art Jazz!“

Die rauchige Stimme der Sängerin erklang und ich spürte den unwiderstehlichen Drang, ein Stückchen mitzuwippen. Automatisch stellte ich mein halbvolles Glas zur Seite und erhob mich von meinem Barhocker.

Auch Luke erhob sich mit einem charmanten Lächeln. Einladend streckte er mir die Hand entgegen.

„Wenn du Jazz magst, dann sollten wir uns diese Gelegenheit nicht entgehen lassen“, schlug er vor und zwinkerte mir zu.

Für einen kurzen Moment schlug mein Herz schneller, als ich Lukes intensive Blicke auf mir spürte. Dennoch erwiderte ich sein Lächeln und ergriff seine Hand.

Lukes Finger umschlossen die meinen warm und fest. Entschlossen zog er mich zur kleinen Tanzfläche. Die Musik war überall um uns. Ich ließ mich einfach fallen. Luke zog mich an sich und ich schmiegte mich eng an ihn. In meinem Kopf war alles leicht.

Hatte ich vielleicht doch zu viel getrunken und nicht genug gegessen?

Unsinn.

Ich kicherte leise und schmiegte mich dann enger an Luke. Eine angenehme Wärme durchströmte meinen Körper. Wir wiegten uns langsam zu der verführerischen Jazzmusik. Lukes maskuliner Duft ließ meinen Puls immer schneller schlagen. Ich spürte seine Muskeln unter meinen Händen.

„Du tanzt gut“, hauchte Luke mir mit samtenem Tonfall direkt ins Ohr. Ein wohliger Schauer durchlief mich, als ich seinen Atem direkt an meinem

Hals spürte. „Bestimmt bist du auf der Tanzfläche besser als beim Snowboard.“

Ich kicherte leicht. Dann hob ich meinen Kopf. Gebannt sah ich Luke in die Augen.

Oh Gott.

War sein Blick schon vorhin so intensiv gewesen?

Intensiv, ja. Aber SO intensiv?

Ich schluckte.

Ein Teil von mir wollte wegsehen. Aber ich konnte nicht. Fasziniert starrte ich in Lukes dunkle Augen. Seine Mundwinkel zuckten leicht und ich spürte seine starken Hände auf meinem Rücken.

Luke beugte sich langsam nach vorne.

Mein Körper begann zu prickeln, als wüsste er, was gleich passieren würde.

Oh Gott.

Ja.

Bitte.

Den ganzen Abend hatte ich heimlich darauf gehofft, und jetzt...

Lukes Nasenspitze strich zärtlich über meine Wange, während seine Lippen meinen Hals hauchzart streiften. Ein elektrisierendes Prickeln durchfuhr meinen ganzen Körper. Nur mit Mühe unterdrückte ich ein erregtes Aufstöhnen.

Für einen kurzen Augenblick hielt Luke inne und sah mir fest in die Augen. Dann beugte er sich wieder nach vorne. Zwischen unsere Lippen hätte kein Blatt Papier mehr gepasst. Langsam, beinahe quälend langsam legte Luke seine Lippen auf meine.

Oh ja verdammt.

Das fühlte sich so gut an.

Ich genoss den Berührung unserer Münder, als ich spürte, wie Lukes Zunge Einlass begehrte. Willig öffnete ich meine Lippen.

Endlich.

Endlich würden wir das vollenden, was wir auf dem Weihnachtsmarkt begonnen hatten. Unsere Zungen verschlangen sich in einen wilden, sinnlichen Tanz. Luke zog mich näher an sich und ich spürte seine Muskeln an meinen Brüsten.

Eine Welle der Erregung schoss durch meinen gesamten Körper.

Ich schien nur noch aus Gefühlen zu bestehen.

Schließlich löste Luke sich von mir und sah mich einige Sekunden lang nur atemlos an.

Wir starrten uns an.

Dann löste sich die Spannung, weil ich kicherte. „Ich glaube, wir müssen noch etwas bestellen. Mike wird sonst grantig."

Luke lachte ebenfalls auf. „Das glaube ich nicht. Aber ich habe eine andere Idee. Wie wäre es, wenn wir einen Absacker nehmen und ich dir die beste Aussicht der Stadt zeige?"

Die beste Aussicht der Stadt?

„Ist das auch ein Geheimtipp?" wollte ich wissen.

Luke grinste. „Irgendwie schon. Also, wollen wir?"

Ich überlegte keine Sekunde. Der Alkohol, die Wärme, die Nähe zu Luke... all das mischte sich in mir zu einem wunderbaren Gefühl. Ich wollte es noch eine Weile auskosten.

„Natürlich."

Wenig später bezahlte Luke das Taxi und wir stiegen aus. Vor uns erhob sich ein moderner Wolkenkratzer aus Glas und Stahl. Eine endlos scheinende Anzahl an Stockwerken ragte in den klaren Nachthimmel empor.

„Hier gibt es die beste Aussicht von New York?" staunte ich.

„Genau!" bekräftigte Luke.

„Das ist definitiv ein Geheimtipp." Ich sah rasch wieder nach unten. Wenn ich den Kopf in den Nacken legte, wurde mir schwindelig. Ich hatte definitiv ein bisschen zu viel getrunken. Leise kicherte ich. „Ich hoffe, da oben ist keine Bar. Ich glaube, ich vertrage nichts mehr."

Luke lachte. „Na ja, einen Drink kannst du da oben bekommen. Aber eine Bar in dem Sinne ist es nicht. Komm." Luke zog mich durch die blitzblank geputzte Lobby zu den Aufzügen. Ein Aufzug war gleich da. Wir betraten die Kabine und die silbernen Türen schlossen sich hinter uns.

Ich lehnte mich an die Wand und kicherte. „Was ist denn nun da oben, wenn es keine Bar ist?"

„Mein Penthouse." Luke lachte. Sein Atem war an meinem Hals.

„Dein Penthouse?" Ich schlug die Augen auf und starrte ihn an. Lukes Gesicht war direkt vor mir.

Luke nickte. „Ist das ein Problem?"

Ich schüttelte den Kopf und blickte wie hypnotisiert in Lukes dunkle Augen, die mich nicht mehr los ließen. Dann spürte ich Lukes Finger unter meinem Kinn. Sanft drehte er mein Gesicht zu sich und senkte seine Lippen auf meine.

Wie vorhin.

Ich wollte nach Luft schnappen und öffnete instinktiv meinen Mund. Wieder fanden sich unsere Zungen. Luke drückte mich fest an die Wand hinter mir und presste seinen muskulösen Körper gegen mich. Seine Arme schlangen sich um meine Taille und zogen mich näher an ihn heran. Lukes Hände wanderten zu meinem Po und kneteten ihn. Mein Körper prickelte und kribbelte überall und ich legte meine Arme um Luke, während seine Zunge meinen Mund tiefer erkundete.

Mir wurde warm.

Heiß.

Meine Mitte zog sich zusammen und ich unterdrückte nur mit Mühe ein Aufstöhnen. Lukes Hand wanderte von meinem Po nach oben und strich über meine Hüften, meinen Rücken und berührte dann die Seite meiner Brust.

Oh Gott.

Ich spürte, wie sich Feuchte zwischen meinen Schenkeln bildete.

Luke stöhnte leicht.

Pling!

Das durchdringende Geräusch riss uns aus unseren Liebkosungen.

Die Fahrstuhltüren öffneten sich.

„Verdammt", keuchte Luke.

Dann lachte er auf.

„Komm." Er zog mich hinter sich her.

Wir betraten sein luxuriöses Penthouse mit dem atemberaubenden Panoramablick über die Stadt und legten unsere Mäntel ab. Fasziniert von dem schier endlosen Lichtermeer trat ich an die bodentiefe Fensterfront und legte meine Hand gegen die kühle Scheibe.

Da.

Das Empire State Building, das Rockefeller Center, das One World Center...

Mein Vater hatte von seinem vielen Geld kein Penthouse gekauft. Eine gute Aussicht genoss er nur in seinem Büro. Ich war in einem langweiligen Stadthaus in Brooklyn groß geworden. Ja, wir hatten mehr Platz als die durchschnittlichen New Yorker.

Aber das hier...

Das war doch etwas ganz anderes.

„Wow!“ staunte ich

Nur Augenblicke später schlangen sich Lukes Arme von hinten um meine Taille und ich spürte seinen maskulinen Duft ganz nah an mir.

„Schön, dass es dir gefällt“, raunte er mir mit samtenem Tonfall ins Ohr und stupste mit seiner Nasenspitze gegen meinen Hals.

Ich schluckte.

Sofort überzog eine Gänsehaut der Erregung meinen gesamten Körper. Heftig schnappte ich nach Luft, obwohl Luke mich noch kaum berührte. Ich drehte mich in seiner Umarmung um. Schon zog Luke mich an sich und küsste mich erneut. Unsere Zungen fanden einander sofort und begannen den wilden Tanz, den sie heute schon zweimal getanzt hatten. Lukes warmer Mund schmeckte nach dem süßen Eierpunsch, den wir zuvor noch in der urigen Kneipe getrunken hatten.

Luke strich über meinen Körper und zog mich an sich. Langsam, quälend langsam presste er sein Becken gegen meines. Durch seine Hose konnte ich seine Erregung spüren.

Er war steif.

Und ich war feucht.

Ich stöhnte auf und rieb mein Becken gegen Lukes.

Er küsste mich weiter und dann spürte ich, wie seine Hände an meinem engen Oberteil zerrten. Schwer atmend trat ich einen Schritt zurück, damit Luke mir das Oberteil über den Kopf ziehen konnte. Mein BH folgte.

Luke trat wieder näher und streichelte mit einer langsamen, verführerischen Bewegung über meine Brüste. Dann umschlossen seine kräftigen Hände sanft meine Brüste und begannen sie zärtlich zu massieren, bis er meine Nippel mit seinen Fingern reizte. Dann beugte er sich nach vorne und nahm sie in den Mund. Mit zärtlichen Küssen und Leckbewegungen liebkoste er sie, knabberte und saugte immer drängender daran.

Oh verdammt.

Nun pochten auch meine Nippel vor Erregung.

So etwas hatte ich noch nie gespürt.

Ich stöhnte auf und fuhr mit meinen Fingern durch Lukes Haar.

„Oh Gott."

Hatte ich das wirklich laut gesagt?

Egal.

Ich wusste nur, ich wollte Lukes nackte Haut spüren.

Ich machte mich an den Knöpfen seines Hemds zu schaffen, während Lukes Hände nach unten wanderten und an meinem Rock zerrten.

Wenig später standen wir nackt voreinander. Lukes praller Schwanz ragte mir entgegen und ich strich mit festen Bewegungen darüber. Dann nahm ich ihn in meine Hände und massierte ihn. Sanft. Dann fest.

„Oh verdammt", keuchte Luke. „Du machst mich verrückt!"

Er packte mich an der Hüfte, hob mich hoch und trug mich zum Sofa. Ich schlang meine Beine um Luke. Er ließ sich auf das Sofa fallen und zog mich auf sich.

Jetzt war er in mir.

Ja.

Es war schnell.

Aber es war genau das, was ich wollte.

So vollkommen ausgefüllt hatte ich mich noch nie gefühlt.

Ich lehnte mich nach hinten, stützte mich auf Lukes Schenkel und begann, mich rhythmisch auf und ab zu bewegen.

„Oh ja!" keuchte Luke unter mir und kam mir mit seinen Hüften entgegen. Fest packte er meinen Po und zog mich enger auf sich.

Willig kam ich ihm entgegen.

Sein Schwanz berührte genau die richtige Stelle in mir.

Unsere Körper fanden rasch ein gemeinsames Tempo. Ich lehnte mich weiter nach hinten und ließ mich einfach gehen, während ich mich auf Luke bewegte.

Oh Gott.

Das war...

So etwas hatte ich noch nie erlebt.

Ich keuchte und spürte, wie sich alles in mir zusammenzog. Eine riesige Welle der Lust baute sich in mir auf.

„Ja“, stöhnte ich laut.

„Weiter, Baby“, keuchte Luke und kam mir wieder entgegen, während ich ihn ritt.

Und ritt.

Und ritt.

„JA!“ Mein Stöhnen verwandelte sich in ein Schreien.

Die Welle überrollte mich.

Ich kam, wie ich noch nie gekommen war.

Luke stöhnte und bäumte sich unter mir auf.

Dann kam auch er.

Kapitel 11

Luke

Ich streckte mich in meinem Bett. Die Wintersonne fiel durch die bodentiefen Panoramafenster auf mein Gesicht. Vorsichtig blinzelte ich. Alles war wie immer. Aber zugleich war etwas anders. Das spürte ich, das roch ich, das...

Das roch ich?

Ich schnupperte.

Oh verdammt.

Das war Deborahs Parfum.

Deborah!

Die heiße Verkäuferin vom Weihnachtsmarkt, mit der ich die ganze Nacht gevögelt hatte. Und wie!

Bei dem Gedanken breitete sich ein Grinsen auf meinen Lippen aus. Verdammt, war das eine Nacht gewesen. Ich hatte schon so einiges erlebt, aber so etwas noch nicht. Hinter Deborahs Donut-Verkäuferinnen-Fassade versteckte sich die leidenschaftlichste Frau, die mir je begegnet war. Noch nie zuvor hatte eine Frau mich derart erregt und in solche Ekstase versetzt wie Deborah.

Wie oft hatten wir es heute Nacht miteinander getrieben?

Ich hatte keine Ahnung.

Genüsslich streckte ich mich noch einmal aus und drehte mich nach links. Dort schlief Deborah. Ihre vollen Lippen waren leicht geöffnet und ihre Brust hob und senkte sich in einem ruhigen Rhythmus. Ich betrachtete Deborahs ebenmäßige Gesichtszüge und ließ meinen Blick über die Decke gleiten, unter der ihr weicher, nackter Körper ruhte.

Ich musste nur die Hand ausstrecken, dann würde ich sie wieder spüren. Sofort kehrten die Erinnerungen an unsere wilde, leidenschaftliche Nacht in mein Gedächtnis zurück und ließen ein wohliges Kribbeln durch meinen Körper fluten.

Sollte ich die Hand ausstrecken?

Ich hob sie und ließ sie dann wieder fallen.

War denn eine lange Liebesnacht nicht genug gewesen? Stirnrunzelnd drehte ich mich auf die andere Seite. Nun konnte ich Deborah nicht mehr sehen. Vor mir erstreckte sich die Skyline von New York, die Deborah gestern so beeindruckt hatte. Das Empire State Building, das One Word Trade Center und viele andere Wolkenkratzer hoben sich von dem fahlblauen Winterhimmel ab. Heute würde ein schöner Tag werden. Aber kalt. Das konnte ich der Luft schon ansehen.

Befriedigt seufzte ich auf.

So hatte ich mich noch niemals an einem Morgen gefühlt.

Warum sollte ich ihn also nicht mit Sex beginnen?

Ich würde Deborah aufwecken, ihren Körper erneut an meinem spüren, fühlen, wie sich die knisternde Spannung zwischen uns wieder aufbaute, jeden Zentimeter ihrer Haut berühren und küssen, so lange, bis Deborah vor Lust stöhnen und schreien würde wie gestern Abend. Jedes Mal, wenn ich tief in sie eingedrungen war, egal ob von hinten oder vorne, egal ob ich oben oder unten gewesen war… Jetzt würde ich sie erneut nehmen und wir würden mit der gleichen Hingabe und Leidenschaft weiter vögeln, mit der sie mich die ganze Nacht verrückt gemacht und auf immer neue Höhen der Ekstase getrieben hatte.

Verdammt.

Ich war steif.

Mühsam unterdrückte ich ein gequältes Stöhnen.

Das war ein Zeichen, oder?

Ich wandte mich zu Deborah um.

Sie schlief immer noch und bemerkte nichts von all dem, was in mir vorging. Sie sah so verletzlich aus. Die feinen Strahlen der Wintersonne fielen auf ihr Gesicht. Und plötzlich regten sich in mir noch ganz andere Gefühle. Vorsichtig, um Deborah nicht zu wecken, strich ich mit dem Handrücken über ihre samtige Wange und betrachtete sie eingehend.

Sie hatte etwas.

Etwas, das ich noch bei keiner anderen Frau je gesehen oder gespürt hatte.

Ich konnte es nicht genauer definieren.

Und das beunruhigte mich mehr als ich sagen konnte. Ich musste die Sache unter Kontrolle haben. Deborah durfte nicht einfach diese Wirkung auf mich haben.

Unruhig sprang ich aus dem Bett.

Ich wollte sie nehmen, aber...

Wie konnte ich, wenn sie mich nach einer einzigen gemeinsam verbrachten Nacht derart in ihren Bann zog? Normalerweise verschwendete ich keinen weiteren Gedanken an die Frauen, mit denen ich schlief. Wir verabschiedeten uns am nächsten Morgen höflich und dann ging jeder seiner Wege. Ja, manche Frauen machten Theater. Dann war es umso besser, dass ich meiner Wege ging. Wer wollte schon jemanden, der so anhänglich war?

Niemand.

So einen Mann gab es nicht.

Und ich war schon gar nicht so.

Verdammt, ich wollte mich auf niemanden einlassen. Warum sollte ich es auch? Ich lebte in New York, der Stadt der unbegrenzten Möglichkeiten! Davon sollte ich doch wenigstens einige ausprobieren! Genau darum hatte ich mich nie festlegen wollen.

Und jetzt... jetzt konnte ich mir das noch weniger leisten. Ich hatte schon genug Probleme in meinem Leben, die ich lösen musste.

Ich dachte an meinen Job.

Vielleicht würde ich gar nicht mehr lange in New York sein?

Sydney. London. Dubai. Oder eine andere Stadt. Ich drehte mich zu Deborah um. Wenn ich bald ging, dann konnte ich mich unbesorgt auf Deborah einlassen.

Es bestand keine Gefahr.

Ich konnte mich jederzeit höflich verabschieden.

Doch dann schüttelte ich den Kopf.

Erstens war das nicht sicher. Vielleicht würde ich auch in New York bleiben.

Und zweitens... zweitens brauchte ich all meine Kraft und meine Konzentration für die nächsten Tage und Wochen. Bald würde meine neue Co-Chefin anfangen.

Co-Chefin!

Eine Frau!

Mit der ich mich den ganzen Tag auseinander setzen müsste!

Das reichte.

Ich konnte keine weitere Frau in meinem Privatleben brauchen, die Forderungen stellte und mich am Ende des Tages davon abhielt, einfach nur zu entspannen. Frauen waren... sie waren eben Frauen. Sobald man ihnen den kleinen Finger gab, wollten sie die ganze Hand. Am Ende stand man plötzlich vor dem Altar und wusste gar nicht, wie man da hingekommen war.

Ich schüttelte den Kopf.

Nein, das konnte ich nicht zulassen.

Bedauernd sah ich Deborah erneut an.

Es war wirklich zu schade.

Aber das ging einfach nicht.

Es war nicht der richtige Zeitpunkt.

In genau diesem Moment öffnete Deborah ihre Augen. Verwirrt blinzelte sie und reckte sich ein wenig. Ich bemerkte, wie sich ihr Körper spannte und ihre Brüste sich verführerisch unter der Bettdecke wölbten. Deborah sah mich. Sie lächelte und setzte sich leicht auf. Die Bettdecke verrutschte und gab einen Teil ihrer Brust frei. Ich konnte ihre Nippel erkennen und...

Verdammt!

Musste das Schicksal oder was auch immer es war mich denn so auf die Probe stellen?

Ich blickte in Deborahs strahlend blaue Augen, setzte mich neben sie auf die Bettkante und spürte, wie meine Entschlossenheit zu bröckeln begann.

Deborah lächelte erneut. „Guten Morgen, Luke", begrüßte sie mich und streckte sich wohlig. Die Decke rutschte von ihren Brüsten. Deborah machte keinen Versuch, sie zu bedecken.

Oh verdammt.

„Was für ein herrlicher Tag." Deborah lächelte immer noch.

Ich räusperte mich. „Ja, das stimmt, ein perfekter klarer Morgen."

Deborah sah begeistert in Richtung Panoramafenster. „Und mit dieser Aussicht wachst du jeden Tag auf. Ich glaube, ich würde überhaupt nicht mehr aus dem Bett kommen, wenn ich du wäre." Sie lachte leise und streckte die Hand aus, um mir über die Wange zu streichen.

Ich wich leicht zurück. Vorsichtig beugte ich mich nach vorne und zog die Decke wieder über Deborahs Brüste. „Ich möchte nicht, dass du dich erkältest."

Deborah lachte. „Wie fürsorglich. Aber ich erkälte mich schon nicht. Und falls doch, könntest du mich ja ein wenig wärmen. So würde der Morgen doch gleich gut anfangen."

Deborah rückte ein wenig näher zu mir heran.

Ich schluckte. Jetzt musste ich ihr die Wahrheit sagen. Es war besser so. Lieber schnell und gründlich als die Sache weiter hinauszögern. Das änderte ja doch nichts.

„Ich glaube, das ist keine gute Idee. Die letzte Nacht war einmalig, aber ich... ich denke nicht, dass wir sie wiederholen sollten." In meiner Stimme lag eine Mischung aus Bedauern und Entschlossenheit. „Tut mir leid", fügte ich hinzu.

Deborah starrte mich ungläubig an. Ihre Wangen wurden bleich und ihre Augen weiteten sich. Schockiert öffnete sie den Mund und klappte ihn wieder zu. Sie blinzelte mich an. Dann lachte sie leise und schüttelte ungläubig den Kopf.

Ich sagte nichts.

Wenn dieser Moment nur schon vorbei wäre.

Wenn ich nur schon wieder allein wäre.

Männer wie ich wurden gerne als Arschloch beschimpft, aber hey... angenehm war das hier nicht gerade.

Deborah lachte erneut. „Jetzt hast du mich fast gekriegt." Sie boxte mich in die Schulter. „Mann, schon gestern hast du immer wieder solche Scherze gemacht. Und ich bin dir einige Male auf den Leim gegangen, da in dem Irish Pub. Aber nun reicht es. So langsam kenne ich dich." Deborah lachte wieder.

Ich schluckte.

Verdammt.

Das war härter als ich dachte.

Ich räusperte mich erneut. „Ich... es geht wirklich nicht, Deborah. Das ist mein voller Ernst. Ich weiß, dass ich gestern viele Scherze gemacht habe. Aber das hier ist kein Scherz. Ich... ich bin nicht dieser Typ Mann, der eine feste Bindung eingeht und..."

Ich starrte auf den Fußboden. Aus den Augenwinkeln konnte ich Deborahs fassungsloses Gesicht sehen. Dann verdunkelte sich ihre Miene und sie schnaubte abfällig. „Also bitte, Luke! Was redest du denn da für einen Quatsch? Willst du mir etwa allen Ernstes erzählen, du würdest eine feste Bindung eingehen, wenn du am Morgen nach einer heißen Nacht nochmal Sex hast? Du bist ja ganz schön verdreht!"

„Bin ich nicht", widersprach ich heftig und drehte mich wieder zu Deborah um. „Ich beende die Sache eben rechtzeitig, bevor es ernst werden kann. Und ich habe diese Entscheidung getroffen, gerade weil diese Nacht mir gezeigt hat, wie unglaublich verführerisch und voller Leidenschaft du sein kannst."

Deborah lachte schrill auf und warf mir einen ungläubigen Blick zu. „Das ist nicht dein Ernst, oder? Was soll das sein, ein Kompliment?"

„Ein Kompliment. Es ist die Wahrheit!" erwiderte ich aufgebracht, sprang wieder auf und machte ein paar wütende Schritte auf und ab. „Wir hatten eine verdammt heiße Nacht zusammen, keine Frage. Aber ich habe noch viele andere Dinge im Leben zu erledigen und kann mich jetzt auf keine Frau einlassen. Das liegt nicht an dir – du bist eine umwerfende Frau, keine Frage."

Mit vor Zorn geballten Fäusten sah Deborah mich einige Sekunden einfach nur atemlos an. Dann jedoch schnellte sie mit einer blitzartigen Bewegung aus dem Bett und stapfte mit drohend erhobenem Zeigefinger auf mich zu. Sie war nackt und machte keine Anstalten, das zu verbergen.

Ich schluckte.

Oh du Hölle.

Wir waren beide nackt.

In meiner Lendengegend spürte ich eine unmögliche Regung.

Luke Winters, das geht jetzt einfach nicht!

„Wie kannst du es wagen, mir mit diesen dämlichen Ausreden zu kommen, die ihr Männer parat habt, wenn ihr euch aus dem Staub machen wollt!“ fauchte Deborah mit gefährlich gesenkter Stimme. Ihre Augen funkelten wütend und versprühten kleine Blitze.

„Aber gut! Dann ist es so! Dann bist du nur ein Typ, der für eine Nacht taugt und für mehr nicht! Ein Mann fürs Grobe, für... Sex!“ Das letzte Wort spuckte Deborah förmlich aus. Dann wurden ihre Augen schmal. „Aber vielleicht bist du auch ein Mann, der verzweifelt Bestätigung von anderen sucht und nur darauf wartet, dass die Frau sich ihm an den Hals wirft und ihn anfleht, nicht zu gehen. Dann bist du bei mir an der falschen Adresse! Hältst du mich für so verzweifelt, dass ich mich dir an den Hals werfen würde? Nach nur einer gemeinsamen Nacht?“

Bei ihren letzten, anklagenden Worten trat Deborah noch einen Schritt näher und bohrte ihren Zeigefinger tief in meine Brust, so dass ich einen Schritt zurückweichen musste. Deborahs Wangen waren wieder so gerötet wie auf dem Weihnachtsmarkt. Ihre Lippen waren leicht geöffnet und ihre Brüste reckten sich mir entgegen.

Für einen kurzen Augenblick sahen wir uns einfach nur atemlos an, dann konnte ich Deborahs Vorwurf nicht länger ertragen und zog sie mit einer hastigen Bewegung an mich heran. Ich presste meine Lippen auf ihre und drang mit meiner Zunge in ihren Mund ein. Tief. Fordernd. Leidenschaftlich. Unwillkürlich zog ich Deborah an mich und spürte die Wärme ihres nackten Körpers. Ihre festen Brüste drückten sich an meine Muskeln. Meine Hände fuhren ihren Rücken hinab und packten ihren festen Po.

Deborah erwiderte meine Leidenschaft mit der gleichen Intensität und biss mir in die Lippen, während sie mit ihren geschmeidigen Händen über meinen Bauch fuhr.

Gleich würde sie meinen Schwanz erreichen.

Doch das dauerte nur eine Sekunde.

Dann löste sich Deborah plötzlich von mir, stieß mich grob von sich und starrte mich mit einem Blick voll Abscheu an. Schwer atmend und mit fahrigen Bewegungen begann sie, sich nach ihren Sachen umzusehen.

„Nein!“ fauchte sie mit zitternder Stimme und hob ihren Rock und ihren BH vom Boden auf. „So nicht, Luke! Für wen hältst du mich eigentlich? Du glaubst wohl, du kannst mir erst sagen, das das zwischen uns nichts Ernsthaftes wird und mich dann nochmal vögeln?“

Deborah lachte höhnisch auf und schüttelte den Kopf. „Nicht mit mir!“

„Nun reg dich nicht auf, so habe ich das doch nicht gemeint.“ Ich wusste selbst nicht, was eben über mich gekommen war.

„Ach nein? Wie denn dann? Du willst mich eigentlich doch? Oder du wolltest mich eben nicht nochmal ficken? Nur küssen?“ Deborah stemmte empört ihre Hände in die Hüften.

Oh verdammt.

Diese Brüste.

Schon wieder.

Ich schloss die Augen.

„Natürlich hast du es so gemeint!“ Deborah schlüpfte in ihre Kleidung und trat dann mit finsterer Miene auf mich zu.

„Du magst ja ein toller Liebhaber sein“, zischte sie mir ins Gesicht. „Aber ganz sicher bist du eine absolute Katastrophe, was Beziehungen und Bindungen angeht! Selbst wenn eine Frau das wollte, könnte sie nicht mit dir zusammen sein! So seid ihr. Triebgesteuerte Typen! Niemand mit gesundem Menschenverstand würde euch nehmen!“ Mit diesen Worten schnaubte sie noch einmal verächtlich und rauschte dann aus dem Zimmer. Nur wenige Sekunden später hörte ich die Wohnungstür knallen.

Deborah war gegangen.

Aus meinem Leben verschwunden.

Genau wie ich es mir gewünscht hatte.

Allerdings hatte ich mir nicht vorgestellt, dass es SO passieren würde.

Für eine ganze Weile stand ich einfach nur wie erstarrt in meinem Schlafzimmer, bis ich mich schließlich stöhnend auf die Bettkante sinken ließ und mein Gesicht in den Händen vergrub. Wieso zum Teufel war das alles so furchtbar aus dem Ruder gelaufen?! Ich hatte es doch nur gut gemeint und wollte von vorneherein klarstellen, dass es für uns beide keine gemeinsame Zukunft geben konnte!

Doch Deborah hatte mich, wie zu erwarten gewesen war, völlig falsch verstanden. Und dann war die ganze Situation völlig eskaliert! Frustriert raufte ich mir die Haare und versuchte, etwas Klarheit in meine Gedanken zu bringen.

Normalerweise fühlte ich mich nicht besonders schlecht, wenn eine Frau nach einer gemeinsamen Nacht ging. Eher erleichtert. Sie ging, aber mit ihr ging auch dieser Druck.

Der Druck, mich unaufhörlich rechtfertigen und verteidigen zu müssen, wenn Freundinnen wieder einmal Ansprüche an mich stellten. So war es in der Vergangenheit gelaufen. Ich dachte an das ständige Gebunden-Sein, das mich immer mehr eingeengt und gelangweilt hatte. An die Erwartungen, die nie erfüllt wurden und zu dauerhaften Enttäuschungen und Trennungen führten.

Ich wollte das nicht noch einmal erleben.

Schon gar nicht mit Deborah.

Ich wollte einfach die schönen Momente in Erinnerung behalten.

Doch merkwürdigerweise fühlte ich mich jetzt nicht besonders erleichtert.

Als ich langsam den Kopf hob und durch mein Schlafzimmer blickte, überkam mich plötzlich ein Gefühl von Leere und Einsamkeit – etwas, dass ich in dieser Form noch nie zuvor verspürt hatte!

Ich schluckte.

Dann straffte ich meine Schultern.

Gut, vielleicht fühlte ich mich allein.

Aber meine Entscheidung war trotzdem richtig gewesen.

Das Gefühl würde vergehen.

Das taten Gefühle schließlich immer.

Auf mich wartete Arbeit.

Ich würde gar keine Zeit haben, Deborah hinterher zu trauern.

Kapitel 12

Luke

Verdammt, was war das für eine Schweinekälte!

Ich war mir fast sicher, dass es draußen wärmer war als hier. Dabei war es Winter! In New York! Wir waren hier nicht am Äquator oder irgendeinem anderen Ort, an dem das ganze Jahr über angenehme und warme Temperaturen herrschten.

So konnte doch kein Mensch arbeiten!

Ich presste meine Kiefer zusammen. Das hatte ich Miss Jones schon so oft erklärt! Konnte oder wollte sie es nicht verstehen?

Ich stand auf und ging die paar Schritte bis zur Bürotür. Dann riss ich sie auf. „Verdammt nochmal, Miss Jones! Wann zum Teufel werden Sie sich endlich mal darum kümmern, dass die verdammte Heizung repariert wird?“

Meine Sekretärin hob den Kopf.

In diesem Moment spürte ich ein kurzes Gefühl der Reue. So laut hatte ich nicht schreien wollen. Aber diese Kälte brachte mich wirklich an den Rand meiner Geduld. Ohnehin war ich in den letzten Tagen häufiger gereizt. Warum, das wusste ich selbst nicht. Heute allerdings war ein außerordentlich wichtiger Tag und...

Miss Jones sah mich an. Sie zog ihre Augenbrauen zusammen. „Mr. Winters, ich verstehe, dass Sie durch die Umstände sehr gestresst sind. Aber lassen Sie das nicht an mir aus! Die Handwerker wurden bereits vor Tagen informiert und kommen heute endlich vorbei!"

Ich starrte meine Sekretärin an. So kannte ich sie gar nicht. Normalerweise schluckte sie derartige Bemerkungen von meiner Seite einfach herunter. Perplex stand ich auf der Schwelle zu meiner Bürotür und suchte nach Worten.

Ich wusste nicht, was ich sagen sollte. Selten zuvor hatte mich Miss Jones so eisern und bestimmt zurechtgewiesen! Gerade wollte ich aufs Neue loswettern, da fügte Miss Jones hinzu: „Die Handwerker müssten jeden Augenblick da sein."

Ich murmelte etwas, das wie „Danke" klang.

Musste ich mich bei meinen Angestellten bedanken, weil sie ihren Job machten? Tat man das heutzutage so?

Bevor ich weiter darüber nachdenken konnte, wurde die Tür zu meinem Vorzimmer geöffnet. Die braunen Locken von Elly, meiner Empfangsdame, zeigten sich. „Miss Jones, hier sind zwei Handwerker. Sie meinten, es sei sehr dringend, daher habe ich sie gleich selbst hochgebracht."

„Danke, Elly", erwiderte Miss Jones und klang, als hätte unsere Auseinandersetzung eben nie stattgefunden.

Zwei Klempner mit Werkzeugtaschen und Ersatzteilkisten kamen herein. Die beiden schienen sofort zu spüren, dass die Atmosphäre im Büro etwas angespannt war, denn der erste von ihnen tippte sich entschuldigend an die Schläfe. „Wir sind ein bisschen spät dran, Verzeihung. Probleme beim ersten Kunden heute und dann auch noch der Verkehr..."

Miss Jones nickte.

Ich sah auf die Uhr. „In einer Stunde habe ich den nächsten Termin. Einen außerordentlich wichtigen Termin. Sind Sie bis dahin fertig?"

„Tja, wenn wir das immer nur so genau sagen könnten..." Der erste Mann, der offensichtlich der Wortführer war, zuckte mit den Schultern. „Heute Morgen dachten wir auch, wir wären schnell fertig. Aber dann gab es unerwartete Komplikationen. Sowas kann immer passieren. Wir müssen uns die ganze Sache erst einmal ansehen. Wir wissen noch nicht einmal, welche Heizkörper in Ihrem Büro verbaut sind."

Ich biss erneut die Zähne zusammen. Das konnte ja heiter werden. Wollte der Mann mir etwa sagen, dass er heute die Heizungsanlage womöglich gar nicht reparieren würde?

„Dürfen wir?“ fragte der zweite Klempner.

Ich nickte und machte eine Handbewegung zu meiner Bürotür. „Die Heizkörper sind hinter der Tür und neben dem Regal.“

Die beiden Handwerker betraten mein Büro. Ich warf noch einen Blick auf Miss Jones. Doch die war in ihre Arbeit vertieft und starrte auf ihren Bildschirm, ohne mich weiter zu beachten. Sollte ich noch etwas sagen? Mich für meinen Ausbruch von vorhin entschuldigen?

Unbehaglich trat ich von einem Fuß auf den anderen.

„Oh verdammt!“ drang da die Stimme eines Klempners aus meinem Büro.

Hastig ging ich nach drinnen, um nachzusehen, was los war.

Die beiden Klempner starrten den Heizkörper an, als wäre er ihr persönlicher Feind. „Was ist denn das für ein Modell?“ sagte der eine anklagend. „Und dieses Teil hier... sowas wird heute nicht mehr verbaut. Wer hat denn das verbrochen? Dieses Gebäude ist doch noch gar nicht so alt, oder?“

Ich schüttelte den Kopf. „Nein, es wurde vor fünf Jahren fertig gestellt.“

Der ersten Klempner schüttelte den Kopf. „Unglaublich. Die müssen damals wirklich gepfuscht haben. Wir müssen ziemlich vorsichtig sein, sonst haben Sie komplett keine Heizung mehr.“

Ich lachte hohl. „Das kann auch keinen Unterschied machen zu jetzt. Ich friere hier drin... das glauben Sie nicht.“

Der zweite Klempner grinste. „Na ja, so ist das eben, wenn man den ganzen Tag nur am Schreibtisch sitzt. Sie sollten mal unseren Job haben. Oder auf dem Weihnachtsmarkt arbeiten. Die stehen in der Kälte.“

„Allerdings können die auch den ganzen Tag Punsch trinken“, warf sein Kollege ein.

Weihnachtsmarkt.

Ich dachte an Deborah.

Kalt war ihr sicher nicht gewesen.

Wie es ihr jetzt wohl ging?

Ich hatte den Weihnachtsmarkt nicht wieder besucht. Es war besser so.

Und es ist auch besser, nicht mehr an Deborah zu denken, Luke. Was interessiert es dich, wie es ihr geht?

Ja, was interessierte es mich?

Es war noch nie vorgekommen, dass ich plötzlich wieder an eine Frau gedacht hatte, mit der ich eine… einen unverbindliche Affäre gehabt hatte. Ich schüttelte den Kopf über mich selbst.

Irgendwie war mir diese Nacht doch nicht bekommen.

Seitdem war ich ständig gereizt und regte mich über Kleinigkeiten auf.

Andererseits…

Das hatte vermutlich nichts miteinander zu tun.

Oder?

Sicher nicht. Schließlich war das alles nur eine… eine heiße Nacht gewesen. Keine Bindung, keine Konsequenzen, nichts.

„Schau dir das hier an", sagte der zweite Klempner jetzt zu seinem Kollegen und riss mich damit aus meinen Gedanken.

Der erste sah hin und schüttelte erneut den Kopf. „Oh Mann." Dann drehte er sich zu mir um. „Wer auch immer das Ding hier installiert hat, hat offensichtlich die Anweisungen des Herstellers nicht ordnungsgemäß befolgt. Wir müssen einen Blick in die Dokumentation werfen. Aber ich wette, es gibt keine."

„Dokumentation?" Ich hatte keine Ahnung, wovon der Kerl sprach. Um solche Dinge kümmerte ich mich nicht. Wenn etwas nicht stimmte, rief ich Miss Jones. Und bei mir Zuhause rief ich den Concierge. Wofür gab es schließlich diese Dienstleistungen?

„Sie müssen die Heizung heute noch reparieren!" drängte ich. „Ich habe Ihnen eben gesagt, dass ich einen wichtigen Termin habe und…"

„Das wird nicht gehen, Sir. Wie gesagt, wir wussten nicht, was auf uns zukommen wird und wir haben keinerlei passende Ersatzteile mit." Der erste Klempner hob bedauernd die Hände.

Ich spürte, wie die Ader an meiner Schläfe anschwoll. Gleich würde mir der Kragen platzen.

Verdammt nochmal!

Nun dauerte es schon ewig, bis man einen Termin für eine Reparatur bekam und dann geschah nicht einmal etwas!

Wie würde ich denn nachher dastehen?

Wie jemand, der sich nicht um so etwas Simples wie die Reparatur der Heizung kümmern konnte!

Und das ausgerechnet heute!

Ich würde in... Ich sah auf die Uhr. In einer knappen halben Stunde würde ich meine neue Co-Chefin kennenlernen. Auch wenn ich nicht vorhatte, mich ihr allzu sehr unterzuordnen, so wollte ich doch einen guten ersten Eindruck machen. Und dazu gehörte im Winter eben eine funktionierende Heizung!

Außerdem würde mein Chef sie begleiten und der hatte mich bereits wegen der Heizung angemeckert. Ich trat von einem Bein aufs andere.

„Sie müssen wenigstens provisorisch etwas hinbekommen", drängte ich. „Es kann doch nicht Ihr verdammter Ernst sein, dass heute nichts mehr geht." Meine Stimme war ein ungehaltenes Grollen.

Der erste Eindruck zählte!

„Leider ist das so, Sir." Der Handwerker blieb fest.

Ich biss die Zähne zusammen.

Miss Jones steckte den Kopf zur Tür herein. „Mr. Winters, ich habe alle Unterlagen für den Termin gerichtet. Die Quartalsberichte, wie verlangt. Soll ich für die letzten beiden Monate noch die Monatsberichte fertig machen?"

Miss Jones dachte mit.

Doch ich schüttelte den Kopf. „Nein. Das sind zu viele Details auf einmal. Die letzten beiden Monate werde ich persönlich mit ihr besprechen."

In den letzten beiden Monaten waren die Gästezahlen gesunken. Ich wollte nicht, dass meine neue Co-Chefin das einfach so in einem Bericht las. Das wollte ich selbst mit ihr besprechen. Ihr alles erläutern, die Hintergründe erklären, Maßnahmen beschreiben, die wir ergreifen konnten und bereits ergriffen hatten...

„Wir gehen dann mal wieder", verkündete da der erste Klempner. „Heute können wir leider nichts mehr tun. Wir haben alles notiert und melden uns, sobald wir Neuigkeiten haben."

„Wie lange denken Sie wird es dauern?" fragte ich.

„Schwer zu sagen." Der Mann zuckte mit den Schultern. „Wie gesagt, wir melden uns."

Ich unterdrückte ein wütendes Schnauben.

Wie konnte man nur so mit seinen Kunden umgehen?

Wahrscheinlich konnte man sich das auch nur leisten, wenn man Klempner war und sich vor Anfragen kaum retten konnte.

Etwas später schloss ich gerade die Datei mit den Quartalsberichten, als es an meiner Bürotür klopfte. Hastig warf ich noch einen letzten Blick auf meinen Schreibtisch, dann erhob ich mich und rückte energisch meine Krawatte zurecht.

„Herein!“ rief ich mit souveräner Stimme.

Dabei fühlte ich mich ziemlich angespannt. Wie die neue Co-Chefin wohl sein würde? Ich wollte einen guten Eindruck machen, obwohl ich mir sicher war, dass ich nicht mehr lange hier arbeiten würde. Andy würde mich bald mit einem vielversprechenden Jobangebot kontaktieren. Da war ich mir ganz sicher.

Aber hier ging es noch um etwas anderes.

Es ging um meine Ehre.

Als sich die Bürotür öffnete, stockte mir für einen Moment der Atem.

Ach du Scheiße!

Was machte sie hier?

„Mr. Mitchell und seine Tochter“, kündigte Miss Jones an.

Was?

„Guten… Guten Tag und herzlich willkommen“, stotterte ich.

Harrison Mitchell betrat das Büro und schaute sich gönnerhaft um. „Luke, wie nett, dass wir uns wieder sehen. Darf ich dir meine Tochter Deborah vorstellen?“

Deborah.

Die Donut-Verkäuferin vom Weihnachtsmarkt.

Die Frau, mit der ich eine heiße Nacht verbracht hatte und der ich dann gesagt hatte, dass das zwischen uns nichts werden konnte.

SIE war Harrison Mitchells Tochter.

Und meine neue Co-Chefin.

Ich blinzelte.

Das konnte doch nicht sein.

Das war Verarsche.

Irgendjemand nahm mich hier gewaltig auf den Arm.

Oder?

Deborah folgte ihrem Vater in mein Büro.

Sie erkannte mich und sah mir in die Augen. Ihr Kiefer verspannte sich, ihre Lippen pressten sich zusammen und ihre Augen wurden eine Spur dunkler. Aus ihren blonden Locken schienen Funken zu sprühen.

„Freut mich“, sagte ich.

Deborah nickte. „Mich auch.“ Ihr Ton war höflich und nichtssagend. Ich schüttelte ihr die Hand und achtete diesmal besonders darauf, nicht zu fest und nicht zu leicht zuzudrücken.

Deborah verzog keine Miene.

Doch zwischen uns floss irgendeine Energie.

Ich hatte keine Ahnung, was das war.

„Ich bin überzeugt, dass ihr beide hervorragend zusammenarbeiten werdet“, verkündete Harrison Mitchell. Dann sah er sich um. „Hier ist es ja immer noch so kalt. Funktioniert die Heizung immer noch nicht?“

Fast war ich dankbar für diese Frage. Sie lenkte mich wenigstens für einen Augenblick ab. „Äh, nein, leider nicht. Die Techniker waren schon da. Aber anscheinend ist das eine etwas komplizierte Sache, es wurde wohl beim Bau des Gebäudes gepfuscht und da...“ Ich hob die Schultern. „Es wird noch dauern.“

„Soso.“ Harrison Mitchell sah mich vielsagend an und ich erinnerte mich daran, wie er mich bei unserer letzten Begegnung zusammengestaucht hatte. Jetzt sagte er nichts weiter. Das hatte ich vermutlich Deborahs Gegenwart zu verdanken.

Deborah trug einen dunkelgrauen Hosenanzug, der die Farbe ihrer Augen betonte.

Und ihre Figur.

Ich schluckte, als ich daran dachte, dass sich unter dieser Bluse die Brüste verbargen, die ich liebkost hatte. An deren Nippeln ich gesaugt hatte, bis Deborah laut stöhnte. Die Hose verhüllte die langen Beine, die sich leidenschaftlich um mich geschlungen hatten.

Meine Gedanken rasten.

Wie konnte das sein?

Deborah war doch Donut-Verkäuferin? Oder etwa nicht?

„Ich freue mich auf die Zusammenarbeit.“ Deborah lächelte mich an. Ob ihr Vater den Unterton hörte, den ich hörte?

Am liebsten hätte ich die Flucht ergriffen.

Wie zur Hölle konnte es sein, dass die Frau, mit der ich vor Kurzem noch wilden Sex gehabt hatte, nun meine neue Co-CEO war und mit mir zusammen das Unternehmen leiten sollte?

Verdammt nochmal.

Musste man denn heutzutage schon eine flüchtige Bekanntschaft nach ihrem vollständigen Namen fragen? Und nach ihrer beruflichen Zukunft?

Entschuldigung, ich möchte ausschließen, dass wir uns noch einmal begegnen...

Ich schüttelte den Kopf.

Lächerlich.

„Ich hoffe, Sie haben keine Probleme mit einer starken Frau an Ihrer Seite, Luke." Harrison Mitchell lachte lauthals über seinen eigenen Witz.

Ich verzog die Lippen, bis ich ein breites Grinsen zustande brachte. „Nicht im Geringsten, Mr. Mitchell", versicherte ich und nickte noch einmal in Deborahs Richtung. „Willkommen im Führungsteam, Ms. Mitchell! Ich freue mich außerordentlich auf eine vertrauensvolle und kollegiale Zusammenarbeit mit Ihnen!"

Deborah nickte.

Ich tat so, als hätten wir uns noch nie gesehen.

Und sie tat ebenfalls so.

„Ich habe natürlich noch viel zu lernen und freue mich schon darauf, von Ihnen in die Geheimnisse der *Elysium Dining Group* eingeweiht zu werden." Deborah lachte. „Bis gestern habe ich tatsächlich einen ganz anderen Job gemacht."

Ja, Donuts verkauft.

Ich biss mir auf die Zunge. Statt eine bissige Bemerkung zu machen, lächelte ich. „In Ihrem Büro funktioniert die Heizung selbstverständlich, Ms. Mitchell. Wenn es sonst irgendein Problem geben sollte, dann lassen Sie mich das gerne wissen. Wir wollen alle, dass Sie sich hier wohl fühlen."

„Das freut mich." Deborahs Augen sprühten Funken. „Ich möchte hier schließlich Wurzeln schlagen. Es soll kein kurzes Intermezzo sein. Keine Begegnung für nur eine Nacht oder wie man so sagen würde."

Für einen kurzen Moment lag eine schier greifbare Spannung in der Luft. Deborah sah mich direkt an.

Das war eine Kampfansage.

Oder?

„Gut, dann hoffe ich, dass ihr beide gut miteinander zurecht kommt.“ Harrison Mitchell nickte von Deborah zu mir und sah uns beide an. „Ich erwarte, dass ihr Probleme selbst löst, die ihr untereinander habt. Mich solltet ihr nur anrufen, wenn es wirklich brennt. Verstanden?“

Ich nickte und ärgerte mich darüber, dass der Kerl uns wie zwei Schulkinder behandelte. Auch wenn er zehnmal stinkreich und jetzt mein Chef war!

Und überhaupt… wieso ging er denn davon aus, dass es Probleme zwischen Deborah und mir geben würde?

„Keine Sorge, Dad“, lächelte Deborah zuckersüß und blickte zu mir hinüber. „Das werden wir schon hinbekommen, stimmt’s, Mr. Winters? Ich bin überzeugt, dass wir uns ganz hervorragend verstehen werden, wenn wir die grundlegenden Dinge erst einmal geklärt haben.“

Die grundlegenden Dinge.

Deborahs Vater nickte jedoch zufrieden. „So ist es richtig. Zuerst muss man die richtigen Grundlagen schaffen. Dann läuft alles wie von selbst.“

Ich erwiderte nichts.

„Ich hoffe, dass sich die Zusammenarbeit auch bald in unseren Umsatzzahlen niederschlagen wird. Wir können da wirklich noch einen Schub gebrauchen.“ Harrison Mitchell nickte nachdrücklich.

„Sicher, das hatten wir ja bereits besprochen.“ Ich nickte.

„Keine Sorge, Dad“, flötete Deborah. „Ich habe viele neue Ideen und ich bin mir sicher, wir werden einige davon so umsetzen, dass am Ende ein echter Gewinn für uns alle herausspringt.“

„Gut!“ Harrison Mitchell nickte zufrieden. „Ich habe dich nicht hierher geschickt, damit du dich langweilst.“

Für einen kurzen Moment huschte ein Ausdruck der Verärgerung über Deborahs Gesicht. Doch sie hatte sich schnell wieder im Griff.

„Ich würde gerne die wichtigsten Dinge mit euch besprechen, aber ich muss jetzt wirklich weiter“, kündigte Harrison Mitchell an. „Wir machen einen Termin für ein Follow-Up-Meeting. Melden Sie sich bei meiner Sekretärin, Winters.“

Ich ließ die versteckte Beleidigung an mir vorüberziehen.

Als ob ich sowas selbst erledigen würde.

Ich hatte schließlich auch eine Sekretärin.

Aber das war nicht der richtige Moment, um über solche Dinge zu diskutieren.

„Debbie", sagte Harrison Mitchell zu seiner Tochter.

Deborah nickte. „Alles klar, Dad. Bis dann."

Harrison Mitchell verschwand und Deborah und ich blieben allein in meinem Büro zurück.

Kaum hatte sich die Tür geschlossen, drehte sich Deborah mit einem gefährlichen Blitzen in den Augen zu mir um. Wütend baute sie sich vor mir auf und stemmte die Hände in die Hüften.

„Na sieh einer an", fauchte sie und senkte ihre Stimme zu einem bedrohlichen Flüstern. „Luke Winters ist also der Mann, der gerne eine Frau für eine Nacht findet und diese dann zu sich mitnimmt. Direkt vom Weihnachtsmarkt. Um sie dann am nächsten Morgen wegzuschicken, weil er sie loshaben will. Nur diesmal läuft das Spielchen anders." Deborah grinste. „So schnell sieht man sich wieder, nicht wahr?"

Ihr Grinsen machte mich wahnsinnig.

„Du scheint die Situation ja richtig zu genießen!" knurrte ich wütend. „Hast du das etwa von Anfang an gewusst? War dir klar, wer ich bin, als du mich gesehen hast?"

Abwartend sah ich Deborah an und verschränkte die Arme vor der Brust.

„Natürlich habe ich nicht gewusst, wer du bist!" Deborah starrte mich empört an. Trotz der Kälte in meinem Büro wurden ihre Wangen rot.

Verflucht, sie sah so sexy aus wie auf dem Weihnachtsmarkt. Am liebsten hätte ich sie schon wieder gepackt und geküsst.

Reiß dich zusammen, Luke. Das war von Anfang an eine schlechte Idee, wie du jetzt siehst.

Und jetzt war es noch eine viel schlechtere Idee.

Aber irgendetwas an Deborah machte mich schlicht wahnsinnig.

„Und warum sollte ich dir glauben?" Ich starrte Deborah an. „Ich glaube dir kein Wort. Dir traue ich alles zu. Sag mir sofort, welches Spiel hier zum Teufel eigentlich gespielt wird!"

Kapitel 13

Deborah

Lukes Worte trafen mich wie ein Schlag ins Gesicht. Fassungslos starrte ich ihn an, während sich meine Wangen vor Zorn röteten. Wie konnte er es wagen, mich derart anzugreifen und solche Behauptungen aufzustellen? Das war zu viel! Vor allem, wenn man bedachte, was sich in den letzten Tagen alles zwischen uns abgespielt hatte.

„Was bildest du dir eigentlich ein?" fauchte ich erzürnt und reckte trotzig das Kinn nach vorne. „ICH soll dir sagen, welches Spiel hier gespielt wird? Du tust gerade so, als hätte ich gewusst, dass ich hier auf dich treffen würde!"

„Genau das meine ich!" Luke machte einen Schritt auf mich zu. Seine Kiefer mahlten, die Ader an seiner Schläfe pulsierte und sein Kinn war nach vorne gereckt.

Mein Gott.

Es sah so sexy aus.

Ich spürte eine unmögliche Regung in meiner Mitte. Auch meine Nippel prickelten. Mein Körper erinnerte sich nur allzu gut an alles, was Luke mit ihm angestellt hatte.

Nicht jetzt, Deborah. Das ist wirklich nicht der Ort und die Zeit. Und schon gar nicht der richtige Mann. Luke hat dir gezeigt, zu was er taugt. Zu NICHTS! Mehr als eine Frau ins Bett zerren und eine Nacht lang vögeln kann er nicht.

„So ein Blödsinn!" zischte ich und warf den Kopf in den Nacken. Dann lachte ich. „Wer glaubst du denn eigentlich, wer du bist? Oder wer ICH bin? Hältst du mich etwa für eine Frau, die mit einem Kerl ins Bett geht, um ihn auszuspionieren? Weil sie weiß, dass sie mit ihm zusammenarbeiten wird?"

Luke schnaubte und öffnete den Mund.

Doch ich ließ ihn nicht zu Wort kommen. Nun war ich so richtig in Fahrt. Irgendetwas hatte dieser Typ an sich, das mich immer wieder bis aufs Blut reizte. „Wahrscheinlich warst DU von Anfang an derjenige, der ein doppeltes Spiel getrieben hat! HA!" Wieder lachte ich auf. „Das, was du mir unterstellst, tust du selbst. Du bist auf den Weihnachtsmarkt gekommen, um MICH auszuspionieren."

Lukes Augen verengten sich zu schmalen Schlitzen. Mit vor Wut bebender Stimme erwiderte er: „Das ist Unfug. Ich habe nichts dergleichen getan! So dumm wäre ich nie, mich mit der Tochter meines neuen Chefs einlassen. DU hast MICH in eine Falle gelockt!"

„In eine Falle gelockt?" lachte ich schrill auf und schüttelte ungläubig den Kopf. „Du spinnst wohl! Ich hatte keine Ahnung, wer du überhaupt bist, als wir uns getroffen haben! Das habe ich doch eben gesagt! Hörst du schlecht?"

Ich trat einen Schritt zurück und atmete tief durch.

Verdammt nochmal.

Wieso konnte ich keine fünf Worte mit Luke wechseln, ohne mich mit ihm zu streiten? Bei beiden Begegnungen auf dem Weihnachtsmarkt war es so gewesen. Am Morgen nach unserer gemeinsamen Nacht. Und jetzt wieder.

„Ich höre sehr gut", gab Luke jetzt zurück. „Aber das heißt noch lange nicht, dass ich alles glaube, was du sagst!"

Das war doch die Höhe. Ich stemmte meine Arme in die Hüften und musterte Luke von oben bis unten. „Willst du damit sagen, dass ich lüge?"

Luke schnaubte. „Wer hat sich denn als Donut-Verkäuferin ausgegeben und ist in Wahrheit Papas kleines Töchterlein?"

„Ich habe mich als gar nichts ausgegeben!" Der Kerl wollte es einfach nicht kapieren! „Ich habe auf dem Weihnachtsmarkt gearbeitet, um einer Freundin zu helfen. Dabei mag ich Donuts nicht mal besonders. Genau wie ich es dir gesagt habe!“ Aufgebracht starrte ich Luke an. Nichts machte mich wütender als der Lüge bezichtigt zu werden.

„Soso.“ Luke lachte. „Das kann jeder behaupten.“

„Ich behaupte nichts, es ist die Wahrheit!“ Mit einem Mal fühlte ich mich in die Defensive gedrängt. Das musste ich dringend ändern.

„Du weißt doch gar nicht, was das ist, Wahrheit“, schoss Luke zurück. „Du solltest die Definition von Wahrheit erstmal im Wörterbuch nachschlagen!“

„Ach ja?“ Ich lachte. Doch selbst in meinen Ohren klang es gekünstelt. Egal. „Hast du denn da auch selbst nachgelesen? Wenn hier einer nicht die ganze Wahrheit sagt, dann bist das doch du! Oder willst du jetzt etwa behaupten, dass du meinen Donut-Stand rein zufällig zweimal angesteuert hast?“ Ich richtete einen Zeigefinger auf Luke.

„Angeblich gibt es da die besten Donuts“, verteidigte sich nun Luke.

Ich hatte die Rollen in unserem kleinen Spiel vertauscht. Sehr gut.

„Angeblich?“ Höhnisch sah ich Luke an. „So ein Quatsch. Ich habe beim ersten Mal deine Bestellung total verkackt. Du hast nicht mal einen Donut bekommen. Das ist ein Grund, um niemals wieder zu kommen. Jeder Kunde würde so handeln. Oder glaubst du etwa, jemand würde ein zweites Mal bei der *Elysium Dining Group* essen, wenn er beim ersten Mal nichts serviert bekommt?“ Ich schüttelte den Kopf.

Luke antwortete nicht.

„Natürlich würde er nicht wieder kommen“, gab ich mir selbst die Antwort. „Du bist wieder aufgetaucht. Um MICH zu sehen. Weil du genau wusstest, wer ich bin.“ Triumphierend blickte ich Luke an. „Wahrscheinlich hat mein Vater erwähnt, dass ich einen idiotischen Nebenjob mache, bis ich anfange. Das hatte ich ihm erzählt. Und du musstest dir mal ansehen, wer ich bin. Jaja, die kleine Donut-Verkäuferin.“ Ich lachte.

„So ein Blödsinn!“ Luke sah mich erhitzt an.

Gott, waren seine dunklen Augen sexy.

Davon darfst du dich nicht aus dem Konzept bringen lassen, Deborah! Seine Augen sind egal! Scheißegal!

Mein Körper sagte etwas anderes. Aber das würde ich jetzt ignorieren.

„Dann hast du geglaubt, leichtes Spiel mit mir zu haben. Du hast mich flachgelegt. Und dann hast du mich am nächsten Morgen rausgeworfen, um mich gefügig zu machen. So wie ihr Männer das gerne mit Frauen macht!" Ich schnaubte verächtlich. „Aber da hast du die Rechnung ohne mich gemacht."

Luke schüttelte entgeistert den Kopf. „Du spinnst ja wohl komplett, Debbie! Warum sollte ich so einen irren Aufwand betreiben und dich flachlegen, nur um hier meine Entscheidungen durchsetzen zu können? Das kannst du unmöglich ernst meinen!"

Drohend baute er sich vor mir auf und deutete mit erhobenem Zeigefinger auf mich. „Hier läuft offensichtlich ein ganz anderes Spielchen ab. Ich vermute eher, dass du von deinem Vater auf mich angesetzt wurdest! Schließlich bietet sich so eine perfekte Gelegenheit, mich richtig schön auszuspionieren und Infos über mich zu sammeln, nicht wahr?"

Entrüstet schnappte ich nach Luft und riss erneut die Augen auf. Wie konnte dieser Kerl es wagen, mir immer wieder derart ungeheuerliche Dinge zu unterstellen? „Du bist völlig von der Rolle, Luke!" fauchte ich aufgebracht. „Soll das etwa heißen, ich würde für meinen Vater mit Männern wie dir anbandeln und ins Bett gehen, nur um ihn mit Informationen zu versorgen? Das ist ja wohl der größte Schwachsinn, den ich jemals gehört habe!"

„Tja, wer weiß?" erwiderte Luke und zuckte mit den Schultern. „Alles ist möglich, oder? Es gibt nichts, was es nicht gibt! Und das ist doch eine ziemlich große Verwandlung, von der Donut-Verkäuferin zur Co-CEO hier..."

Wütend schnaubte ich auf und fühlte, wie erneut glühende Hitze in meine Wangen schoss. Wie konnte dieser Kerl es wagen, mich auf diese Weise zu beleidigen und mir unlautere Absichten zu unterstellen? Mir blieb fast die Luft weg vor Entrüstung.

Und zugleich bebte ich. In diesem Büro war es einfach verdammt kalt. Ich rieb mir die Arme.

Da sah ich Lukes genüssliches Grinsen.

Der Kerl liebte es, dass mir kalt war!

Das war nicht zu fassen!

Mit bebender Stimme trat ich einen Schritt auf Luke zu. „Ich hatte bis heute Morgen keine Ahnung, dass du hier mein Co-CEO sein würdest. Sonst hätte es unsere gemeinsame Nacht nie gegeben!"

Luke biss erneut die Zähne zusammen.

Ich holte tief Luft.

„Wahrscheinlich wäre das besser so. Wenn es diese Nacht nie gegeben hätte, dann würdest du dich heute hier nicht so aufführen." Lukes Stimme klang angriffslustig.

„Wer führt sich denn wie auf?" zischte ich. „Ich bin einfach nur in dieses Büro gekommen und wollte meinen neuen Job antreten und dann sitzt du hier und unterstellst mir eine Gemeinheit nach der anderen."

Plötzlich fühlte ich mich erschöpft.

So konnte ich nicht arbeiten.

So wollte ich nicht arbeiten.

Aber das würde ich mir nicht anmerken lassen.

Debbie! Ganz ruhig! Atme durch.

Ich atmete.

Jetzt brauchte ich dringend etwas Zeit.

„Ich muss mir überlegen, wie wir nun am besten mit dieser Situation umgehen werden", verkündete ich mit ruhiger Stimme. „Überlass das ruhig mir. Du bist anscheinend nicht in der Lage, etwas anderes zu tun, als haltlose Anschuldigungen gegen mich zu erheben. Wir sprechen uns später."

Ich wandte mich um und ging zur Tür.

„Du hast angefangen!" hörte ich Luke hinter mir.

Ich beachtete ihn nicht.

Auf dem Flur angekommen, stieß ich hörbar die angehaltene Luft aus. Verdammt, wie konnte die Situation derartig außer Kontrolle geraten? Und wie konnte mein Körper derartig auf einen Mann reagieren, der mich nach einer gemeinsamen heißen Nacht eiskalt abserviert hatte?

Warum musste ich diesen Kerl auch ausgerechnet hier wiedersehen?

Nachdem ich seine Wohnung verlassen hatte, war ich voller Wut gewesen. Doch dann hatte ich beschlossen, dass jemand wie er es nicht wert war, dass ich mich allzu lange aufregte und dass ich ihn vergessen würde. Der neue Job würde mir dabei helfen. Zumindest hatte ich das geglaubt.

Von wegen!

Kurz blieb ich unschlüssig stehen und überlegte, was ich als Nächstes tun sollte. Dann jedoch schüttelte ich energisch den Kopf. Es brachte nichts, hier auf dem Flur Wurzeln zu schlagen – ich musste schleunigst etwas an dieser heiklen Situation ändern! Also steuerte ich mit zielstrebigen Schritten auf mein neues Büro zu.

Keine Minute später hatte ich mich hinter dem massiven Schreibtisch niedergelassen. Zum Glück war es hier drin wärmer als in Lukes Gefrierschrank.

Ich atmete noch einmal durch.

So konnte das nicht weitergehen.

Ich konnte diesen Job nicht machen.

Am besten regelte ich das gleich. Entschlossen holte ich mein Smartphone hervor, suchte den Kontakt und tippte darauf. Es tutete zwei Mal, dann meldete sich auch schon die Stimme meines Vaters.

„Debbie? Was gibt es denn? Hab ich was vergessen?" wollte mein Vater wissen.

„Nein. Dad, du musst mir einen anderen Job geben", platzte es ohne weitere Vorrede aus mir heraus.

Mist.

Ich hätte mir meine Worte besser überlegen sollen.

Doch nun blieb mir nur, hinzuzufügen: „Mit diesem Luke Winters kann ich wirklich nicht zusammenarbeiten! Der Typ ist einfach viel zu unmöglich und anmaßend. Es wird nie etwas mit uns beiden!"

Mein Vater schwieg einen Moment. Dann räusperte er sich. „So ein Unfug, Debbie. Das kannst du überhaupt nicht wissen. Nach so kurzer Zeit. Ich bin vor zehn Minuten gegangen. Was soll denn das? Du bist jetzt erwachsen und nicht mehr im Kindergarten! Wenn du ein Problem hast, dann löse es gefälligst! Das habe ich dir eben erst gesagt! Ich erwarte, dass du hier auf diesem Posten bleibst. Gemeinsam mit Luke Winters!" Die Stimme meines Vaters ließ keinen Zweifel daran, dass er es ernst meinte.

„Aber Dad...", warf ich aufgebracht ein, doch mein Vater schnitt mir unwirsch das Wort ab.

„Nichts da! Du musst dich mit Luke Winters zusammenraufen, so wie man es eben in der Geschäftswelt macht. Streiten, verhandeln, Kompromisse aushandeln – das gehört alles mit dazu! Ein anderer Job bei mir steht für dich nicht zur Debatte, Debbie. Entweder du arbeitest mit Luke Winters zusammen oder du kannst wieder zu diesem Leopold Andersen, wo du vorher gearbeitet hast. Haben wir uns verstanden?"

„Da gehe ich bestimmt nicht mehr hin!“ Der Kerl würde mich nur noch weiter demütigen. Noch mehr als zuvor, wenn ich wieder zu Kreuze kroch. Das kam überhaupt nicht in Frage.

„Dann sind wir uns ja einig“, erklärte mein Vater zufrieden. „Denk an alles, was ich dir gesagt habe.“

„Ja, Dad“, murmelte ich frustriert. „Ich werde versuchen, mich mit Luke zu arrangieren.“

„Sehr gut!“ erwiderte mein Vater erleichtert. „Dann viel Erfolg.“ Mit diesen Worten beendete mein Vater das Gespräch.

Frustriert ließ ich mich in meinem neuen Bürostuhl zurückfallen und starrte eine Weile ziellos vor mich hin. Die Worte meines Vaters hallten noch immer in meinen Ohren nach.

Du musst dich mit Luke Winters zusammenraufen, so wie man es eben in der Geschäftswelt macht. Streiten, verhandeln, Kompromisse aushandeln – das gehört alles mit dazu!

Leichter gesagt als getan! Wie sollte ich das denn bitte mit jemandem hinbekommen, der die ganze Zeit nur unverschämte Anschuldigungen gegen mich erhob? Jemandem, dessen bloßer Anblick mich derart in Rage versetzen konnte, dass ich ihn entweder küssen oder erwürgen wollte?

Hilflos fuhr ich mir durch die Haare und holte tief Luft. Nein, so konnte das natürlich nicht weitergehen. Ich musste hier einen kühlen Kopf bewahren und die Dinge professionell angehen, egal wie sehr Luke mich provozierte. Allerdings war das nach unserem jüngsten Schlagabtausch leichter gesagt als getan.

Ich brauchte dringend einen neutralen Rat.

Und zwar einen Rat von jemandem, der mich verstand und dem ich alles erzählen konnte. Meinem Vater hatte ich die gemeinsame Nacht mit Luke verschwiegen. Natürlich.

Einer Freundin konnte ich das sagen.

Ich suchte Annabelles Kontakt.

„Hey, Deborah“, meldete sich meine beste Freundin mit ihrer fröhlichen Stimme. „Ich habe gar nicht damit gerechnet, von dir zu hören. Du hast schließlich einen neuen Job. Aber umso besser, da kann ich mich gleich nochmal für deine Hilfe bedanken. Ohne dich wäre ich echt aufgeschmissen gewesen. Wie läuft es denn so bei deinem Vater?“

„Annabelle, ich muss mit dir reden", platzte ich heraus. „Ich bin in einer ganz blöden Situation und weiß wirklich nicht, was ich machen soll!"

„Was ist denn los?" Ich konnte förmlich sehen, wie Annabelle die Stirn runzelte. „Hat dir etwa der neue Boss gleich zu viel Arbeit aufgehalst? Oder denkt der, Frauen seien nur zum Kaffeekochen geboren?"

„Ach was. Schlimmer!" erklärte ich. Dann schilderte ich Annabelle die Ereignisse. Ich erzählte, wie ich Luke vor ein paar Tagen zum ersten Mal auf dem Weihnachtsmarkt gesehen hatte. Wie er wiedergekommen war. Ich berichtete von unserer heißen Nacht und was sich am nächsten Morgen abgespielt hatte. „Und jetzt ist mein neuer Co-CEO niemand anderes ist als dieser Typ!" beendete ich meine Schilderung.

Kurz herrschte betretenes Schweigen am anderen Ende der Leitung. „Ach du Scheiße! Das ist ja ein Schlamassel", sagte Annabelle dann langsam. „Zufälle gibt's, die gibt's gar nicht."

„Er behauptet jetzt auch noch dreist, ich hätte ihn damals schon ausspioniert und abgeschleppt, um an Firmengeheimnisse zu gelangen! Das ist natürlich Unsinn. Aber er macht mich wahnsinnig!" Ich spürte schon bei diesen Worten wieder, wie sich Erregung in mir aufbaute.

„Na na, immer mit der Ruhe!" Annabelle lachte auf. „Es hört sich an, als wäre die... die Spannung zwischen euch immer noch da."

„Hm", gab ich zögernd zurück. „Was soll ich denn jetzt tun? So kann ich doch nicht arbeiten! Das ist einfach unmöglich. Ich muss mir was anderes suchen. Aber bei meinem Vater bin ich da an der falschen Adresse."

„Wieso kannst du nicht mit Luke arbeiten?" wollte Annabelle wissen.

War das nicht offensichtlich?

„Wir... wir waren zusammen im Bett", gab ich zurück.

Annabelle räusperte sich. „Meinst du nicht, dass du da ein bisschen zu sehr in die Opferrolle verfällst, Debbie? Wieso sollst du nicht mehr mit ihm arbeiten, bloß weil ihr zusammen im Bett gelandet seid? Wieso? Luke will doch auch nicht gehen, oder?"

Ich schüttelte den Kopf.

Annabelle schien meine Antwort zu erahnen. „Einem Mann würde so etwas niemals einfallen, das sage ich dir. Und darum solltest du es auch nicht tun. Es wird Zeit, dass du endlich lernst, dich durchzusetzen! Wieso solltest ausgerechnet du kneifen? Du hast die besseren Karten! Dein Vater ist in dem Laden der Oberchef, oder etwa nicht?“

Kleinlaut drückte ich mich tiefer in meinen Bürostuhl.

„Lass dich doch nicht immer so klein machen. Oder mach dich selbst nicht so klein. Hier hast du eine echte Chance, etwas dazuzulernen.“ Annabelle lachte. „Vielleicht verbessert das ja dein Verhältnis zu Männern.“

„Mein Verhältnis zu Männern?“ echote ich ungläubig und zog eine Augenbraue nach oben. „Jetzt hör aber auf! Was soll ich denn hier lernen, außer möglichst heftig zu streiten? Davon bessert sich nichts!“

„Davon rede ich nicht“, erwiderte Annabelle streng. „Du bist immer an Typen wie Draven geraten.“

„Luke ist keinen Deut besser“, zischte ich.

„Genau darum ist er ein ideales Übungsobjekt.“ Annabelle war geradezu begeistert. „Du kannst endlich lernen, mal richtig Grenzen zu setzen und dich nicht immer an der Nase herumführen zu lassen.“

„Ich weiß ja nicht...“, murmelte ich zögerlich. „Ob das hier der richtige Ort ist?“

Und ob Luke der richtige Mann war?

Aber das sagte ich nicht.

„Sicher. Sonst wärst du nicht hier.“ Annabelle klang überzeugt. „Jeder Mann, egal wie ungezogen oder frech er sich aufführt, kann dir etwas beibringen, solange du nur bereit bist hinzuschauen und zu lernen. Vor allem, wenn du gleichzeitig noch in der besseren Position bist als er. Wer hat hier eigentlich die Macht und die Kontrolle? Du oder er?“

Nachdenklich kaute ich auf der Innenseite meiner Wange herum.

„Du... Du hast wohl recht.“ Ich zögerte noch und strich mir eine verirrte Haarsträhne aus der Stirn.

„Sicher habe ich das.“ Annabelle lachte. „Und sieh es mal so: Du bist sogar noch in der glücklichen Lage, dafur bezahlt zu werden, dass du das lernen darfst. Das können nicht viele von sich sagen.“

Ich stimmte in Annabelles Lachen ein.

Mit einem Mal fühlte ich mich leicht und optimistisch.

Wie gut es doch war, eine beste Freundin zu haben, die mir in einer solchen Lage einen Rat geben konnte.

Doch dann dachte ich an Lukes dunkle Augen. „Und wenn... wenn er mich wieder küsst?“ fragte ich.

Annabelle lachte wieder. „Bei Gott. Entweder du hast ein bisschen Spaß oder du sagst ihm, dass er sowas lassen soll. Ganz wie du willst. Nimm es nur nicht so ernst.“

Es nicht so ernst nehmen.

Ich nickte.

„Männer tun das auch nicht“, schob Annabelle hinterher. „Und du kannst das auch. Wir Frauen müssen endlich zeigen, was wir drauf haben.“

Diese Worte lösten etwas in mir aus. Ich setzte mich gerade auf und straffte meine Schultern. „Das stimmt. Du hast recht. So mache ich es. Ich bleibe hier und zeige es ihnen. Allen. Und allen voran Luke Winters.“

Er würde schon sehen, wozu ich fähig war!

Kapitel 14

LUKE

Die Bürotür fiel mit einem satten Knall ins Schloss, als Deborah endlich ging. Wütend und mit zornigem Blick ließ ich mich in meinen Schreibtischstuhl fallen und starrte eine Weile auf meinen Bildschirm. Es gab zahlreiche Dateien, die darauf warteten, von mir bearbeitet zu werden, so unter anderem die Quartals- und Monatsberichte. Aber darauf konnte ich mich jetzt nicht konzentrieren.

Was zum Teufel war das denn eben gewesen? Wie konnte Deborah es wagen, mich derart anzugreifen? Hatte sie denn vollkommen den Verstand verloren, um auf einmal solche haarsträubenden Anschuldigungen gegen mich zu erheben?

Energisch schüttelte ich den Kopf, während ich immer wieder Deborahs gerötetes Gesicht vor mir sah. Diese Frau war der reinste Wahnsinn! Wie konnte sie nur behaupten, ich hätte sie auf dem Weihnachtsmarkt bewusst angebaggert und ins Bett gelockt, nur um sie unter meine Kontrolle zu bringen?

Alleine die Vorstellung war lächerlich!

Was bildete sich Deborah eigentlich ein?

Außerdem war sie es doch gewesen, die sich bereitwillig auf mich eingelassen hatte! Sie hatte mit mir getanzt, war dann willig mitgekommen...

Und nun stellte sie die Dinge so einseitig dar! Energisch ballte ich die Fäuste.

Sie glaubte wohl, sie könnte sich alles erlauben, weil ihr Vater hier der Chef war und im Ernstfall zu ihr stehen würde.

Aber da hatte sie sich gründlich geschnitten!

Ich hatte einige Trümpfe in der Hand.

So einfach konnte sie mich hier nicht rausekeln. Sie brauchte mich. Und ihr Vater brauchte mich auch. ICH hatte schließlich jahrelange Erfahrung in der Branche und kannte die *Elysium Dining Group* in- und auswendig bis ins kleinste Detail! Harrison Mitchell mochte seine Muskeln spielen lassen, aber in Wahrheit kam er gar nicht ohne mich aus. Wenn Deborah alleine das Unternehmen führte, dann würde es schnell untergehen.

Ich grinste.

Hier hatte ich die bessere Position.

Und diese würde ich mir jetzt zunutze machen.

Entschlossen zog ich mein Smartphone hervor und wählte die Nummer von Harrison Mitchell.

Zu meiner Überraschung meldete sich seine Sekretärin. Harrison Mitchell musste seine Anrufe auf sie umgeleitet haben. „Mr. Mitchells Büro, was kann ich für Sie tun?"

„Luke Winters hier. Ich muss dringend Mr. Mitchell sprechen, knurrte ich. „Es ist wirklich dringend."

„Einen Augenblick bitte", erwiderte die Sekretärin leicht pikiert, dann wurde ich in eine permanente Musikkadenz geschaltet, bis endlich Harrison Mitchells brummige Stimme in der Leitung erklang.

„Winters, was gibt es denn?" Harrison Mitchell kam direkt zur Sache. „Wir haben uns doch eben erst gesehen."

Ich holte tief Luft. „Mr. Mitchell, ich habe mich eben mit ihrer Tochter unterhalten. Und ich muss Ihnen jetzt sagen, dass ich unmöglich mit ihr zusammenarbeiten kann. Das geht einfach nicht."

Harrison Mitchell lachte dröhnend.

Was war an dieser verdammten Sache so lustig?

„Ihr beide seid wie füreinander geschaffen“, keuchte Harrison Mitchell und lachte immer heftiger.

„Sicher nicht!“ Hatte mein Chef mir nicht zugehört?

„Oh doch.“ Harrison Mitchell kicherte nun schon fast. „Ihr könnt das beide noch nicht sehen. Aber ihr werdet euch schon noch zusammenraufen.“

„Das ist unmöglich.“ Niemals würde ich mich mit Deborah Mitchell zusammenraufen. Niemals!

„Sie dürfen Deborah nicht so ernst nehmen“, riet mir Harrison Mitchell nun. „Sie war schon immer etwas eigensinnig und hatte Flausen im Kopf.“

Wider Willen lachte ich nun auf. Das war durchaus eine treffende Beschreibung für Deborahs Auftreten. Harrison Mitchell kannte seine Tochter.

„Habe ich recht?“ Harrison Mitchell lachte weiter.

Vielleicht konnte ich meinen Chef doch noch auf meine Seite ziehen. „Das stimmt, Mr. Mitchell, so in etwa lässt sich Deborah wohl am besten beschreiben. Ich will ganz offen zu Ihnen sein. Ich glaube nicht, dass so auf Dauer eine effektive Zusammenarbeit möglich ist. Und kurzfristig auch nicht! Das ist verschwendete Zeit. Und verschwendete Energie!“

Mitchell schnaubte abfällig in den Hörer. „So ein Quatsch. Sie müssen sich mit Deborah zusammenraufen, so wie man es eben in der Geschäftswelt macht. Streiten, verhandeln, Kompromisse aushandeln – das gehört alles mit dazu.“

Dieser Satz klang wie auswendig gelernt.

Ich wünschte, Harrison Mitchell hätte ihn bei Deborah verwendet.

SIE musste so etwas hören.

Nicht ich.

„Natürlich gehört das dazu, da haben Sie völlig recht“, erwiderte ich sachlich. Wenn ich mir Harrison Mitchells Standpunkt zu eigen machte, dann hatte ich vielleicht wirklich eine Chance. Ich holte tief Luft. „Aber es gibt eine Grenze, jenseits derer keine Kompromisse mehr möglich sind. Dann schaden die Streits und die Verhandlungen eher dem Unternehmen als sie ihm nutzen. Sie wollen doch mit der *Elysium Dining Group* auch vorwärts kommen, Effizienz und Umsatz steigern und die Kosten senken. Wenn nicht alle an einem Strang ziehen, dann ist das unmöglich. Und ich glaube, in genau dieser Lage sind wir jetzt.“

„So ein dämliches Gequatsche“, knurrte Harrison Mitchell. „Woher wollen Sie denn das wissen? Sie kennen Deborah keine zehn Minuten und wollen schon aufgeben? Machen Sie lieber einen Vorschlag, wie wir das Problem lösen könnten“, blaffte Harrison Mitchell unwirsch. „Sie wollen eine Führungskraft sein? Also dann seien Sie eine und lassen Sie mal hören. Wie können wir die Sache Ihrer Ansicht nach am besten angehen?“

Für einen kurzen Moment biss ich frustriert die Zähne zusammen, da mir Harrison Mitchell hier ziemlich dreist die Verantwortung zuzuschieben schien. Wieso sollte ICH denn das Problem lösen? ER hatte schließlich seine Tochter hier reingebracht und das war die Wurzel allen Übels.

Doch so schnell würde ich nicht aufgeben. „Tja, Mr. Mitchell, genau wegen dieser Lösung rufe ich Sie an. Schaffen Sie die Zweierspitze wieder ab. Sowas ist nie eine gute Idee, sondern führt immer zu Reibungsverlusten und Streit. Ich habe das Unternehmen bisher erfolgreich geführt, also vertrauen Sie einfach weiter auf meine Expertise.“

Ich verkniff mir den Kommentar, dass wir das bei der Übernahme auch genauso gemeinsam besprochen hatten.

Harrison Mitchell schwieg einen Moment. Ein gutes Zeichen. Denn das hieß, dass er immerhin über meine Worte nachdachte. Rasch nutzte ich die Gunst der Stunde: „Glauben Sie mir, ich will nur das Beste für die *Elysium Dining Group*. Es war bis vor kurzem schließlich mein Unternehmen und ich fühle mich damit immer noch eng verbunden.“

Harrison Mitchell räusperte sich. „Zwei Köpfe denken besser als einer. Vier Augen sehen mehr als zwei. Mein Entschluss steht fest, Winters. Ein Führungsteam IST das Beste für das Unternehmen!“

Nun geriet ich in Rage. Der Kerl wollte mir einfach nicht zuhören. Er war wirklich genau wie seine Tochter. Oder seine Tochter war genau wie er!

„So kann ich nicht arbeiten.“ Meine Stimme klang drohend. „Wirklich nicht.“

„Nun hören Sie mal her.“ Harrison Mitchell wurde wütend. „Jetzt hören Sie mal zu! Ich verlange, dass Sie sich gefälligst Mühe geben und nicht gleich das Handtuch werfen! Entweder Sie arbeiten mit meiner Tochter zusammen oder Sie können gehen und sich einen neuen Job suchen! Die Wahl überlasse ich ganz Ihnen!“

Ich biss die Zähne zusammen.

„Nun versuchen Sie es doch wenigstens." Harrison Mitchell schien bemerkt zu haben, dass er übers Ziel hinausgeschossen war und schlug jetzt einen besänftigenden Tonfall an.

„Sicher", murmelte ich.

Doch ich hatte seine Drohung nicht vergessen.

Dem Mann würde ich es zeigen.

Und seiner Tochter auch.

Wir beendeten unser Telefonat mit einigen höflichen Sätzen.

Gerade als ich mich wieder meiner Arbeit zuwenden wollte, erklang ein leises Ping aus meinem Laptop. Mit gerunzelter Stirn klickte ich auf das kleine Fenster, das sich gerade geöffnet hatte – eine neue Nachricht in meinem Mail-Programm.

Hi Luke,

seit wir das letzte Mal geredet haben, ist einiges ins Rollen gekommen und ich hätte hier eventuell etwas ganz Feines für dich. Ein Unternehmen, das mehrere exklusive Bars in News York und anderen Städten betreibt, sucht einen erfahrenen und energischen Manager an vorderster Front. Ich habe ihnen dein Profil gegeben und sie sind sehr begierig darauf, dich kennenzulernen. Passt dir heute Abend 19 Uhr?

Andy

Ha!

Ich ballte die Fäuste.

Diese Nachricht kam mir wie gerufen!

Eigentlich hatte ich gar nicht damit gerechnet, dass Andy Woodhouse so schnell eine Möglichkeit für mich haben würde. Aber umso besser. Und heute Abend wollte man mich schon unverbindlich kennenlernen? Das sprach für großes Interesse der anderen Seite.

Was für ein Zufall, dass das ausgerechnet heute passierte.

Ich grinste.

Vielleicht würde ich dem alten Mitchell schneller zeigen können als gedacht, dass ich nicht so mit mir umspringen ließ. Bei dieser Aussicht stieg meine Laune sofort um 100%.

Ich tippte eine kurze Antwort.

Hi Andy,

das klingt sehr interessant, ich bin auf jeden Fall dabei für den Termin heute Abend. Schick mir einfach den genauen Ort und ein paar Informationen über die Stelle.

Luke

Nachdem ich diese Nachricht abgeschickt hatte, machte ich mich an die Arbeit. Aber meine Gedanken waren woanders.

Wie würde die Stelle sein?

Wie die Leute?

Ich fühlte mich bei dem Gedanken an den Termin voller Energie. Harrison Mitchell bot mir keine Perspektive und hörte mir noch nicht einmal zu?

Gut.

Dann würde ich mich woanders umsehen.

Es konnte nur besser sein als hier.

Kurz dachte ich an Deborahs blaue Augen, ihre blonden Locken und ihre Wangen, die sich so schnell röteten, wenn sie sich in Rage redete. Doch dann verdrängte ich diesen Gedanken. Davon durfte ich mich nicht ablenken lassen. Sonst verstieß ich am Ende noch gegen meine eigenen Prinzipien.

Normalerweise arbeitete ich immer lange und sah dabei nicht auf die Uhr.

Doch heute konnte ich den Feierabend kaum erwarten.

Pünktlich um 19 Uhr betrat ich die elegante Rooftop-Bar, die zu New Yorks feinsten Adressen gehörte. Im Sommer saß die High Society hier gerne auf der Terrasse und jetzt im Winter waren die Tische hinter den bodentiefen Fenstern meist ausgebucht. Ein Date, eine Besprechung, ein Abend unter Freunden… wer etwas auf sich hielt, lud seine Freunde hierher ein.

Ich sah mich um. Da winkte mir ein grauhaariger Mann von einem Tisch, der sich in einer Nische befand. Jetzt erkannte ich ihn. Mr. Parsons, CEO von *Parsons Finest Bars*. Andy hatte mir ein Foto geschickt, damit ich Mr. Parsons auch erkannte. Neben Mr. Parsons saß ein Mann mittleren Alters.

Also zögerte ich nicht lange und ging zielstrebig auf Mr. Parsons zu, der sich bereits eine Zigarre angesteckt hatte und mich nun mit undurchdringlicher Miene musterte.

„Mr. Winters, wie schön, dass Sie es einrichten konnten zu kommen!" begrüßte er mich und deutete auf den freien Stuhl neben sich. „Das hier ist Lee Hall, der bei mir die Personalabteilung leitet."

Höflich begrüßte ich die beiden und setzte mich dann. „Danke für die Einladung. Ich freue mich sehr, Sie beide kennenzulernen."

Mr. Hall räusperte sich. „Nun, Mr. Winters. Wie es scheint, waren Sie bislang äußerst erfolgreich bei Ihrer aktuellen Anstellung, soweit Mr. Woodhouse uns berichtet hat. Es sind wohl eine Menge unschöner Dinge passiert, die bedingen, dass Sie nun eine neue Herausforderung suchen."

Ich nickte. „So ist es", erwiderte ich knapp.

„Wir suchen eine kompetente Führungskraft, deren Fähigkeiten und Erfahrungen *Parsons Finest Bars* neuen Schwung geben können. Mit Ihrem Background scheinen Sie optimal geeignet. Luxus ist Luxus und Restaurants und Bars haben einige Abläufe gemeinsam. Sehen Sie das nicht auch so?"

Wieder nickte ich. „Auf jeden Fall. Auch die Kundengruppe ist häufig dieselbe. Manchmal sogar am gleichen Abend."

Mr. Hall nickte gewichtig.

Nun schaltete sich Mr. Parsons in das Gespräch ein. „Genau in dieser Hinsicht hoffen wir auf wertvolle Informationen von Ihnen. In Ihrer bisherigen Position haben Sie Zugang zu allem gehabt. Diese Informationen werden uns weiter bringen. Wer zählt zur Kundengruppe? Wie spricht man diese Personen mit Werbung am besten an?"

Wieder nickte ich. Das hörte sich alles sehr gut an. Um nicht zu sagen, perfekt. „Auf diesem Gebiet habe ich langjährige Erfahrung."

Zufrieden nickte Mr. Parsons. „Allerdings sind wir noch an mehr interessiert. Wir wollen uns vergrößern. In die Restaurantbranche expandieren. Wie Sie schon sagten, die Kundengruppen sind oft dieselben. Und mehr Umsatz ist nie schlecht, oder?" Mr. Parsons lachte dröhnend.

Ich begnügte mich mit einem zustimmenden Lächeln.

„Daher…" Jetzt fixierte Mr. Parsons mich eindringlich, „daher würden wir uns wünschen, von Ihnen genauere Informationen zu Harrison Mitchell und seinen weiteren Plänen zu bekommen. Dinge, die er sicher schon mit Ihnen geteilt hat, aber die noch nicht allgemein bekannt sind. Sie verstehen?"

Ich starrte Mr. Parsons an. Langsam ließ ich meinen Blick zu Mr. Hall wandern.

Meinten die beiden das so, wie ich es verstand?

„Sie haben alle Zahlen, alle Daten und ganz sicher hat Harrison Mitchell Sie auch in seine Pläne eingeweiht." Mr. Parsons blinzelte vergnügt. „Also lassen Sie mal hören." Mr. Parsons rieb sich die Hände. „Ich kann es kaum erwarten."

Er wollte Informationen von mir.

Jetzt,

Heute.

Ein bitterer Geschmack stieg in meiner Kehle nach oben.

So ging man im Geschäftsleben nicht miteinander um. Sicher, Harrison Mitchell hatte mich so verärgert, dass ich einen neuen Arbeitgeber suchte.

Aber das war noch lange kein Grund, ihn zu verraten.

Das hier ging zu weit.

Ich schüttelte den Kopf. „Tut mir leid, aber diese Art von Informationen kann ich Ihnen nicht geben. Das würde gegen meine Pflicht zu Loyalität und Verschwiegenheit verstoßen. Natürlich würde ich immer mein Bestes geben, wenn ich die Stelle bei Ihnen übernehmen sollte und all mein Wissen und meine Kenntnisse für Ihr Unternehmen einsetzen. Aber jetzt... Ich fürchte, da haben Sie eine ganz falsche Vorstellung." Vehement schüttelte ich den Kopf.

Mr. Parsons schnaubte. Mit bohrendem Blick beugte er sich nach vorne. „Es ehrt Sie, Mr. Winters, dass Sie so loyal gegenüber Ihrem bisherigen Arbeitgeber sind. Aber meinen Sie wirklich, hier und jetzt sind noch die richtige Zeit und der richtige Ort dafür? Sie suchen eine neue Stelle und man sollte schließlich immer in die Zukunft investieren."

Ich starrte Mr. Parsons an.

Er war höflich und freundlich und seine Worte klangen gut.

Aber es war ganz klar, dass er mich dazu aufforderte, Insiderinformationen herauszugeben.

Dafür würde ich mich nicht einspannen lassen!

Egal wie sehr ich eine neue Stelle wollte.

Loyalität und Ehrlichkeit zu meiner Firma gingen mir über alles.

Unwillkürlich schüttelte ich erneut den Kopf. „Das kann ich Ihnen nicht bieten, tut mir leid."

Mr. Parsons' Gesicht verdunkelte sich. Er hatte seine Gefühle gut im Griff, doch ich konnte sehen, dass er wütend war. Er schien es nicht gewohnt zu sein, dass man ihm seinen Willen verweigerte.

„Ich fürchte, dann wird das nichts mit der Stelle", verkündete er mit leicht drohender Stimme.

Ich zuckte mit den Schultern. Heute Nachmittag hatte ich mich bei der Aussicht auf eine neue Perspektive noch voller Energie gefühlt. Doch die war in den letzten Minuten des Gesprächs verpufft.

„So kommen Sie nicht weit, nirgends“, fügte Mr. Hall hinzu. Er war seinem Chef offensichtlich treu ergeben.

Ich stand auf. „Danke für das Gespräch, meine Herren. Ich glaube, die Möglichkeit, die Sie mir bieten, ist nichts für mich.“

Mr. Parsons und Mr. Hall wechselten einen Blick. Ich wartete. Doch die beiden sahen mich nur an und machten sich nicht die Mühe, mich zu verabschieden.

Auch gut.

Ich würde nicht warten und ihre Blicke deuten.

Also nahm ich meinen Mantel und ging zum Fahrstuhl. Frische Luft würde mir jetzt gut tun.

Verärgert presste ich meine Kiefer aufeinander.

Das hier war ja wohl ein Reinfall.

Wenn alle Jobs so waren und ich nur durch Preisgabe von vertraulichen Informationen an eine neue Stelle kam, dann wollte ich lieber keinen neuen Job. Ich hatte meine Fehler, aber ich war ein ehrlicher Typ. Wenn eine Firma mit solchen Methoden arbeitete, dann würde ich dort auch nicht glücklich.

Dann konnte ich bleiben, wo ich war und versuchen, mich mit Deborah zu arrangieren.

Deborah.

Wieder sah ich ihr Gesicht vor mir. Und ihren Körper. Ich spürte ihre Brüste an meinem Körper, ihre langen Beine, die sich um mich schlangen...

Meine Hose wurde eng. Hastig schüttelte ich den Kopf, um diese Gedanken zu vertreiben.

Aber vielleicht...

Vielleicht konnte ich doch eine gemeinsame Basis mit Deborah finden?

Im Bett war es schließlich auch nicht so schlecht gelaufen.

Ziemlich gut sogar.

Ich grinste.

Eigentlich hatte ich unser Abenteuer nicht wiederholen wollen.

Aber vielleicht...

Sehr vielleicht...

Die Funken sprühten schließlich immer noch zwischen uns und so schnell würde ich keinen anderen Job finden.

Warum also nicht die Gelegenheit ausnutzen, die sich mir bot?

Kapitel 15

Deborah

Es kostete mich einiges an Überwindung, als ich am nächsten Tag die Chefetage der *Elysium Dining Group* betrat. Ich musste wohl oder übel mit Luke zusammenarbeiten, darum kam ich nicht herum. Aber wie sollte ich das hinbekommen?

Mein Vater hatte keine Ahnung, wie kompliziert das war. Ich konnte ihm wohl schlecht beichten, dass ich noch vor Antritt meines Jobs mit Luke im Bett gelandet war und wir eine heiße Nacht zusammen verbracht hatten. Mit einem mulmigen Gefühl dachte ich an Dads Worte zu Draven. Er hatte nichts von ihm gehalten, überhaupt nichts und hoffte, dass ich nun endlich Vernunft annahm. Eine Affäre mit Luke Winters fiel garantiert nicht unter Vernunft. Dad würde mich in der Luft zerreißen. Ich dachte ja nicht einmal selbst, dass das vernünftig war.

Außerdem musste ich auch an Dads Worte denken. Luke Winters war ein Frauenheld, das hatte er mir mehr oder weniger zu verstehen gegeben.

Aber vielleicht stimmte das gar nicht? Mein Vater kannte Luke schließlich nicht.

Und egal wie, mein Körper schrie immer wieder danach, wieder von Luke berührt zu werden. Bei jeder einzelnen Begegnung. Egal wie sehr wir uns stritten. Egal worum es ging, wenn zwischen uns die Fetzen flogen. Ich schluckte. Ehrlich gesagt wollte ich dann noch mehr, dass er mich berührte…

Ich dachte an die Szene am Morgen nach unserer Nacht. Wir hatten uns angefaucht und im nächsten Moment geküsst.

Deborah! Vergiss das! Du musst wohl oder übel irgendwie mit Luke auskommen. Und zwar für eine ziemlich lange Zeit!

Eine ziemlich lange Zeit.

Das war mir noch gar nicht richtig bewusst gewesen.

Leise seufzend schüttelte ich kurz den Kopf, um die zweifelnden Gedanken zu vertreiben. Annabelle hatte gestern zwar versucht, mir neuen Mut zu machen, aber jetzt, wo es Ernst wurde, stiegen die Zweifel aufs Neue in mir hoch.

Ich schüttelte erneut den Kopf und straffte meine Schultern.

Denk an Annabelles Worte, Deborah!

Als erstes würde ich mich mit Luke abstimmen und klären, wer für welchen Bereich verantwortlich war. Dann würden wir uns nicht mehr so oft in die Quere kommen und alles würde besser laufen.

Ich steuerte Lukes Büro an. Das Vorzimmer war leer. Miss Jones kam vermutlich etwas später. Zögernd sah ich die Tür zu Lukes Büro an. Gerade als ich die Hand heben wollte, um anzuklopfen, öffnete sich die Tür und Luke trat heraus.

Er sah mich leicht überrascht an und hob eine Augenbraue.

Verdammt nochmal, war das sexy.

Doch ich ließ mich davon nicht von meinem Ziel abbringen, sondern räusperte mich nur. „Guten Morgen, Luke“, begrüßte ich ihn mit fester Stimme. „Dann legen wir also heute offiziell los. Ich denke, wir sollten uns darüber abstimmen, wie wir die Aufgaben unter uns aufteilen.“

Luke nickte. „Guten Morgen, Debbie. Darüber habe ich mir auch schon einige Gedanken gemacht. Aber zuerst haben wir ein Meeting mit Cecil May. Das heißt… eigentlich habe ich ein Meeting. Aber ich hätte gerne, dass du dabei bist.“

Überrascht starrte ich Luke an. Das waren ja ganz neue Töne. Er wollte mich mit einbeziehen? Er hatte sich Gedanken über unsere Zusammenarbeit gemacht?

Ich bemühte mich, mir mein Erstaunen nicht anmerken zu lassen. Vielleicht würde alles viel einfacher als gedacht und ich hatte mir meine Gedanken umsonst gemacht.

„Worum geht es in dem Meeting?" fragte ich also nur.

„Das neue Menü für *Elysium Excellence*", erklärte Luke.

Elysium Excellence war das luxuriöseste der Luxus-Restaurants meines Vaters.

„Wir haben gute Chancen auf einen Michelin-Stern und ich möchte sicherstellen, dass sich auf der Speisekarte nichts befindet, das unsere Chancen mindert." Luke blickte mich vielsagend an.

Ich nickte. Das klang logisch.

„Luke, wie ich sehe, bist du noch nicht bereit für unser Meeting. Du musst erst noch mit dieser reizenden Lady hier flirten." Eine volle, dröhnende Stimme unterbrach das Gespräch zwischen uns. „Dann bestelle mich bitte das nächste Mal später hierher, ich habe meine Zeit nicht gestohlen."

Ich wandte mich um. Das musste Cecil May sein. Er musterte mich mit undurchdringlicher Miene. Ich biss die Zähne zusammen.

Köche.

Meist waren sie so arrogant wie begnadet in der Küche.

Cecil May musste also ziemlich gut kochen. Hoffentlich besserte sich seine Laune im Laufe des Meetings noch.

„Hallo Cecil", begrüßte Luke den Küchenchef mit fester Stimme. „Lass mich dir Deborah Mitchell vorstellen. Sie ist die Tochter von Harrison Mitchell und wird ab heute hier bei der *Elysium Dining Group* neben mir die Führung übernehmen." Luke machte eine einladende Geste in Richtung der Tür. „Lass uns in mein Büro gehen, dort können wir alles in Ruhe besprechen."

„Du meinst, dort in der Kälte", schnaubte Cecil.

„Die Heizung ist leider noch nicht repariert, aber das wird sich sicher bald klären. Allzu lang dauert unser Meeting bestimmt nicht." Luke blieb ruhig. Ich bewunderte ihn insgeheim dafür. Starköche waren nicht gerade die einfachsten Gesprächspartner, sondern eher launische Diven.

„Na ja, wenn du nicht mal das allein hinbekommst... kein Wunder, dass man dir eine Co-Chefin zur Seite gestellt hat." Cecil ließ sich auf einen Stuhl an dem kleinen Konferenztisch in Lukes Büro fallen, ohne auch nur abzuwarten, ob ich mich zuerst setzen würde.

Luke schüttelte den Kopf. „Cecil, jetzt aber mal langsam. Ich würde an deiner Stelle den Ball flach halten. Außerdem ist völlig egal, wer hier Chef ist. Wir sind hier, um zu besprechen, was sich in Bezug auf das Menü getan hat. Die Tester von Michelin können jeden Tag kommen. Wahrscheinlich eher früher als später, schließlich dauert es nicht mehr lange bis zur endgültigen Vergabe der Sterne. Was hast du denn seit unserer letzten Besprechung für die Speisekarte erarbeitet oder verändert?"

Cecils Augen verengten sich bei Lukes Worten zu schmalen Schlitzen. „Erarbeitet? Verändert? In meiner Speisekarte ändert sich täglich etwas, schließlich lege ich höchsten Wert auf frische Zutaten. Wenn etwas auf dem Markt nicht verfügbar ist oder es nicht in der gewünschten Qualität geliefert wird, dann kommt eben ein anderes Gericht auf die Karte. Das weißt du doch genau. Oder bist du noch nicht lange genug Chef hier?"

Lukes Kiefermuskeln spannten sich an. Doch er überging Cecils hämische Bemerkung. „Natürlich weiß ich das. Davon rede ich auch nicht. Ich rede von der allgemeinen Ausrichtung des Menüs. Dekonstruktion klassischer Geschmackssymphonien oder wie du das wieder nennst. Sowas geht gar nicht!"

„Was soll das heißen, das geht gar nicht? Natürlich geht das. Wer will schon immer den gleichen langweiligen Kram essen? Nur bornierte Amerikaner, die keine Ahnung von Esskultur haben. Am besten jeden Tag Hotdogs und einen Donut!" Cecil May redete sich in Rage

Ich unterdrückte mit Mühe ein Kichern und warf Luke einen unauffälligen Seitenblick zu.

Luke holte tief Luft. „Davon reden wir nicht. Wir reden davon, der Kritik vieler Besucher endlich Rechnung zu tragen! Auf klassischer Linie zu bleiben, ohne unnötige Experimente und kuriose Seitensprünge, aber auf konstantem Topniveau zu kochen!"

Cecil May schnaubte. „Das Thema hatten wir schon. Ich lasse mir in meine Speisekarte nicht reinreden. Schon gar nicht von dir. Du bist nur ein Bürohengst. Und jetzt hast du offensichtlich nur die Hälfte von dem zu sagen, was du vorher zu sagen hattest." Cecil warf mir einen raschen Blick zu und grinste breit. „Was meint denn deine neue Co-Chefin zur ganzen Sache?"

Luke beugte sich mit vor Anspannung gebeugten Fäusten nach vorne und funkelte den Küchenchef wütend an. „Darum geht es doch gar nicht. Es geht darum, wie wir diesen Stern am besten bekommen! Michelin vergibt seine Sterne nicht nach hippen Trends, sondern allein nach den wichtigsten Kriterien wie handwerkliches Können, Leistung und eben Konstanz auf allerhöchstem Niveau. Mit experimentellen Gerichten gewinnen wir hier nichts, sondern gefährden höchstens unseren Status!"

Luke warf mir einen auffordernden Blick zu. Ich räusperte mich. „Nun, ich sehe das Thema aus zwei Perspektiven. Wir müssen an unsere Gäste denken, ja. Die jungen, vermögenden Menschen von heute wollen mehr als nur klassisches Anrichten irgendwelcher altbekannter Gerichte. Ein modernes, frisches Konzept mit neuen Ideen ist also gefragt!"

Lukes Augen weiteten sich überrascht. „Das kannst du nicht einfach so sagen. Bist du dir überhaupt darüber im Klaren, welche Konsequenzen das haben wird?" Erregt sprang Luke auf und ging in seinem Büro auf und ab. „Tradition steht an erster Stelle. Never change a winning team! Wir haben in der Vergangenheit mit unserem Konzept große Erfolge gefeiert, bevor Cecil die Speisekarte in ein Experiment verwandelt hat. Und jetzt willst du das weiter treiben? Du solltest lieber erst einmal lernen, was wir hier tun!" Wütend starrte Luke mich an.

Er glaubte wohl, er konnte hier den großen Macker spielen und mich vor Cecil fertig machen? Das würde ich nicht zulassen. „Lernen? Ich weiß sehr gut, was wir hier tun! Meinem Vater gehört diese Firma, schon vergessen!"

„Aber erst seit kurzem", konterte Luke. „Er hat die *Elysium Dining Group* gekauft und dich hier platziert. Von den gewachsenen Strukturen hast du keine Ahnung. Also misch dich gefälligst nicht in alles ein."

Lukes Augen waren dunkler als je zuvor.

Oh verdammt.

Das war genau der Blick, den er an diesem Morgen gehabt hatte.

Als wir uns geküsst hatten, obwohl wir uns nicht mehr wiedersehen wollten.

Das durfte nicht sein.

Ich musste mich jetzt behaupten. Sonst glaubte der Kerl noch, er müsste mich nur ins Bett zerren, um mich von etwas zu überzeugen.

Meine Wangen röteten sich. „EINMISCHEN?" Meine Stimme stand kurz vor dem Kippen. „Ich bin hier Chefin, genauso wie du. Ich mische mich in gar nichts ein! Ich sage meine Meinung und darauf habe ich ein Recht!"

„Aber deine Meinung ist total unqualifiziert!" Luke schnaubte.

„Unqualifiziert? Nur weil ich nicht so konservativ bin wie du?" gab ich zurück.

„Konservativ? Was soll das heißen? Ich bin offen. Ich werde nur nicht zulassen, dass ihr mit euren Ideen alles aufs Spiel setzt, was ich mir hart erarbeitet habe. Der Michelin-Stern ist die Krönung meiner Laufbahn und ich werde nicht zulassen, dass ihr mir das kaputt macht." Luke ballte die Fäuste.

„Die Krönung DEINER Laufbahn?" mischte sich nun Cecil ein. „Das ist die Höhe. Hier koche immer noch ICH. Aber wenn du nicht aufpasst, dann erledigst du das bald selbst. Und dann werden wir sehen, wer hier noch einen Stern bekommt für die Pampe, die du wahrscheinlich zusammenmischen wirst!"

Die Ader an Lukes Schläfe trat hervor.

Doch Cecil May setzte noch eins drauf. „Außerdem vergeude ich hier nur meine Zeit. Wenn ihr beide euch nicht mal einig seid, welche Richtung das Unternehmen einschlagen soll, dann sehe ich für die Zukunft schwarz. Statt Entscheidungen zu treffen, werdet ihr beide euch nur kloppen wie die Kleinkinder." Cecil lachte meckernd.

Luke schnaubte verächtlich auf.

„Solange ihr euch so verhaltet, ändere ich gar nichts. Oder glaubt ihr, ich mache an einem Tag Pizza und an einem anderen Entenbrust Sous Vide gegart mit Püree vom schwarzen Knoblauch?" Cecil schnaubte. „So treibt ihr alle in den Wahnsinn. Rauft euch erst mal selbst zusammen, bevor ihr andere zum Meeting einladet." Cecil stand auf. „Ich gehe jetzt."

Ohne sich noch einmal umzusehen, ging Cecil zur Bürotür und verließ den Raum. In diesem Moment trat eine seltsame Stille ein.

Ich stand auf und blickte Luke an. „Nun... irgendwie hat er recht." Ich trat von einem Bein aufs andere. „Wir sollten uns nicht derartig streiten, sondern lieber die Bereiche aufteilen und eine gemeinsame grobe Linie festlegen. Nicht zu detailliert, aber klar."

Luke sah mich an. Seine Augen waren dunkel. „Ich habe in den letzten Jahren gute Erfahrungen mit meiner Linie gemacht und werde mir von niemandem etwas anderes sagen lassen."

Ich biss die Zähne zusammen. Am liebsten hätte ich etwas Bissiges erwidert wie eben.

Deborah, reiß dich zusammen und zeig, was du kannst.

Beschwichtigend hob ich die Hände. „Natürlich, niemand zweifelt an deinen Erfolgen der letzten Jahre. Sonst hätte mein Vater die *Elysium Dining Group* doch auch gar nicht gekauft. Aber manchmal ist einfach Zeit, einen neuen Weg einzuschlagen und da kann etwas frischer Wind doch..."

Ich kam nicht weiter.

„Für Experimente und hippe Trends habe ich nichts übrig. Die kommen und gehen. Damit machen wir uns nur zum Gespött!" Luke sah mich abwehrend an.

Ich spürte, wie meine Wangen rot wurden.

„Die Gastronomie ist ein quicklebendiger Markt mit unterschiedlichen Zielgruppen und Vorlieben, die sich ständig verschieben! Wer sich da nicht auf die Strömungen einlässt und mitgeht, der wird ganz schnell untergehen!" Wütend starrte ich Luke an. „Es hat ja wohl einen Grund, warum du bisher keinen Michelin-Stern bekommen hast, oder?"

Luke presste die Kieferknochen zusammen. Herausfordernd starrte ich ihn an. Und seine dunklen Augen schienen mir zu sagen, dass er diese Herausforderung annehmen würde.

Plötzlich änderte sich die Atmosphäre im Büro. Ich fühlte eine ganz neue Art von Anspannung. Die Luft schien mit einem Mal aus dem Raum zu weichen und mein Atem ging in flachen Stößen.

Luke machte einen Schritt auf mich zu und sah mich fest an.

Unwillkürlich leckte ich mir leicht über die Lippen.

„Wenn du dich so aufregst, dann siehst du einfach zum Anbeißen aus." Lukes Stimme war nun ein dunkles Knurren.

Ich schnappte nach Luft. „Willst du etwa vom Thema ablenken?"

Lukes Lippen verzogen sich zu einem kleinen Grinsen. Es war ein sinnliches Grinsen, das sofort alle Erinnerungen an unsere gemeinsame Nacht in mir weckte. Lukes Lippen waren zum Küssen wie gemacht.

Eigentlich hätte ich gehen sollen.

Ich hätte einfach aus dem Büro gehen sollen und Luke stehen lassen, so wie Cecil einfach aus dem Büro gegangen war und uns stehen gelassen hatte.

Wieso diskutierte ich überhaupt mit diesem uneinsichtigen Typen? Wieso?

Er war einfach nur unverschämt, schon seit unserer ersten Begegnung. Und mit jedem Mal wurde es schlimmer!

Doch in meiner Kehle saß ein dicker Kloß, den ich einfach nicht loswurde und meine Füße fühlten sich an, als würden sie wie angenagelt auf dem Teppich stehen. Meine Haut prickelte und gleichzeitig fröstelte ich.

„Ist dir kalt?“ fragte Luke.

Ich versuchte, den Kopf zu schütteln.

Mir war kalt. Die Heizung funktionierte ja nicht.

Und gleichzeitig war mir warm.

Überall.

Es war keine Wärme, die von außen kam.

Sondern von innen.

Von tief in mir.

Es war eine Art von Wärme, die nur Luke in mir ausgelöst hatte.

„Ein Themenwechsel kann nicht schaden, finde ich.“ Lukes Stimme war ein dunkles Flüstern.

Ich rang um meine Fassung, Doch in diesem Moment trat Luke noch näher an mich heran und ich spürte seine Hände an meiner Taille. Er zog mich an sich heran. So nah, dass sich unsere Körper berührten und ich seinen Duft so intensiv wahrnahm wie in unserer gemeinsamen Nacht.

Erregung durchströmte mich.

Was passierte hier?

Es passiert, was dein Körper will, Deborah.

Bevor ich auch nur eine weitere Sekunde überlegen konnte, legte Luke einen Zeigefinger unter mein Kinn und hob es leicht an. Für eine ewig scheinende Sekunde sahen wir uns in die Augen. Dann pressten sich Lukes Lippen begierig auf meine.

Dieser Kuss hatte nichts Sanftes.

Ich wollte Luke.

Und er wollte mich.

Sofort vergrub er beide Hände in meinem Haar und presste mich hart an sich. Er kitzelte mit seiner Zunge meine Lippen und ich öffnete meinen Mund bereitwillig. Unsere Zungen fanden einander und begannen einen leidenschaftlichen Tanz. Lustvoll keuchte ich in Lukes Mund, als ich seine harten Muskeln an meinen Brüste spürte.

Lukes Hand wanderte zu meinem Po.

Oh Gott.

Gleich würden wir die Kontrolle verlieren.

Das ging nicht.

Ich lehnte mich nach hinten. „Wir sind im Büro", wisperte ich und presste meine Handflächen gegen Lukes Brust.

Luke löste sich von mir. Schwer atmend starrte ich ihn an.

Ich musste hier raus, bevor ich endgültig die Beherrschung verlor. „Ich... ich habe ein Meeting", stotterte ich. „Ich muss los."

Ohne Lukes Antwort abzuwarten drehte ich mich um und ging zur Bürotür.

Sie war nur angelehnt. Cecil musste sie vorhin nicht richtig geschlossen haben.

Und vor der Tür stand jemand. Das konnte ich von hier aus sehen. Und das hieß, dass diese Person uns auch sehen konnte.

Cecil?

Hatte er uns beobachtet?

Hastig riss ich die Tür ganz auf. Das hier war nicht Cecil. Vor mir stand eine Frau mit langen roten Haaren, einer spitzen Nase und tiefgrünen, weit auseinander stehenden Augen. Sie war ziemlich aufreizend angezogen.

Was machte sie hier?

Die Frau musterte mich herablassend.

Ich hatte keine Ahnung, wer sie war. Aber offensichtlich arbeitete sie hier.

Verdammt.

Wenn sie uns gesehen hatte, dann hatte ich mich ja gleich richtig gut vorgestellt.

Die Frau sagte nichts.

„Hallo, ich bin Deborah Mitchell und die neue Co-CEO. Wir kennen uns noch nicht." Ein Angriff nach vorne war immer die beste Lösung.

Luke trat hinter mich. Ich konnte seine Wärme spüren. „Das hier ist Brittany Angels. Sie arbeitet in unserer Marketingabteilung", stellte er die Frau vor.

„Freut mich." Brittany klang leicht abschätzig und musterte mich erneut. In ihrem Blick blitzte etwas auf, das ich nicht genauer einordnen konnte.

Es sah aus wie Eifersucht.

Das konnte nicht sein.

Oder?

„Wir werden in Zukunft sicher eng zusammenarbeiten." Ich lächelte.

Brittany nickte höflich. „Oh, darauf freue ich mich. Neue Impulse von außen sind immer gut." Die junge Frau sagte genau das richtige. Aber etwas in mir blieb auf der Hut.

Brittany fügte hinzu: „Und ich freue mich auch, wenn es mehr Frauen im Unternehmen gibt." Sie lachte.

Es klang unecht.

Aber ich stimmte in ihr Lachen mit ein.

Vielleicht war ihr Lachen einfach so.

Und mein Misstrauen war völlig unbegründet.

Ich holte tief Luft. Jetzt galt es, so gelassen wie möglich zu bleiben.

Und auf gar keinen Fall würde ich mich weiter auf Luke Winters einlassen.

Jetzt noch weniger.

In der Firma durfte es keine Gerüchte über uns geben.

„Wir sehen uns sicher bald", verabschiedete ich mich von Brittany.

Luke ignorierte ich.

Auch wenn mein Körper nach wie vor prickelte.

Kapitel 16

Deborah

An diesem Wochenende hatte der Winter voll und ganz in New York Einzug gehalten. Am Freitag hatte es den ganzen Tag geschneit. Dicke Schneeflocken waren vom Himmel herabgewirbelt und hatten die Stadt in eine weiche, weiße Pracht gehüllt.

Freitag Abend hatte ich einen Anruf von Scarlett erhalten. „Debbie, siehst du das?“ hatte meine Freundin gejauchzt. „Das Wetter ist ideal zum Snowboarden. Morgen soll die Sonne strahlen und all dieser frische Schnee...“

Ich hatte innerlich aufgestöhnt. Doch hatte mir auf die Lippe gebissen und mich zusammengerissen. „Snowboarden?“ war meine gedehnte Frage gewesen. „Das muss ich wirklich nicht haben. Ich habe dafür kein Talent.“

„Unfug.“ Scarlett hatte meine Einwände beiseite gewischt. „Du hattest nur einen schlechten Tag. Du kannst das lernen. Schließlich hast du sogar gelernt, die Donut-Maschine zu bedienen. Da hast du auch behauptet, du könntest es nicht.“

Okay. Damit hatte Scarlett nicht unrecht. „Aber du willst nicht mal etwas Zeit mit deiner Familie verbringen?“ Das war mein letzter Versuch, Scarlett von ihrem Vorhaben abzubringen.

Scarlett hatte gelacht. „Garrison will Elijah auf ein Männer-Wochenende mitnehmen. Vater und Sohn. Keine Ahnung, was die beiden da so planen. Aber auf jeden Fall brauchen sie mich nicht. Ich bin sogar unerwünscht." Scarlett lachte wieder. „Umso besser, nun kann ich was für mich tun."

„Hm." Ich war nicht gerade enthusiastisch.

„Los Debbie, dieses Mal wird's besser, vertrau mir!" Scarlett hatte nicht aufgegeben. „Wir nehmen noch eine Stunde bei Jake. Du machst bestimmt Fortschritte. Manchmal dauert das eben etwas länger. Jeder hat sein eigenes Tempo."

Davon war ich nicht überzeugt. Jake hatte mich bei meiner ersten Stunde für einen hoffnungslosen Fall gehalten. Und jeder hatte sein eigenes Tempo, aber nicht jeder hatte für alles Talent. Das war einfach so.

Andererseits... die Aussicht, das Wochenende über entweder zu arbeiten oder daheim zu sitzen und zu versuchen, NICHT an Luke Winters zu denken, war auch nicht gerade verlockend.

Lukes dunkle Augen gingen mir einfach nicht mehr aus dem Kopf.

Seit dem Kuss im Büro war ich ihm aus dem Weg gegangen.

Aber auf Dauer würde ich das nicht so handhaben können.

Grübeleien brachten mich allerdings auch nicht weiter.

„Also gut, ich bin dabei", hatte ich mich sagen hören.

Und nun standen Scarlett und ich erneut vor der Ski- und Snowboardschule, bei der wir bereits bei unserem ersten Ausflug die Ausrüstung geliehen und die Stunde mit Jake gebucht hatten. Plötzlich erschien mir das ganze doch keine so gute Idee mehr. Vielleicht wäre es doch besser, ich säße daheim und würde arbeiten.

Ich lächelte gequält und erinnerte mich an meinen letzten, desaströsen Versuch, das Snowboarden zu meistern.

„Was für ein herrliches Wetter", strahlte Scarlett neben mir.

Ich nickte.

„Na, da sind ja meine Snowboard-Häschen! Zurück auf der weißen Pracht, was?" begrüßte uns eine gut gelaunte Stimme. Jake war neben uns getreten. „Heute herrschen beste Bedingungen, also nichts wie los zum Übungshang. Wir sollten keine Zeit verschwenden." Jake zwinkerte mir schelmisch zu. „Mach dir keine Sorgen, Deborah. Heute wirst du den Dreh rauskriegen, wie man sich auf dem Board hält. Heute ist ein neuer Tag und wir machen einen neuen Anfang. So einfach gebe ich nicht auf!"

Ich schluckte und biss den Kiefer zusammen.

Schon mit wenigen Worten trieb Jake mich in den Wahnsinn. Ich war nicht sein Snowboard-Häschen.

Vorsichtig schielte ich zu Scarlett. Doch die lachte nur. Vielleicht war ich einfach nur zu empfindlich, wegen meiner blamablen letzten Stunde. Ich hatte mehr im Schnee gelegen als auf dem Board gestanden und nicht die kleinsten Fortschritte gemacht. Am besten sagte ich nichts. Schließlich war ich irgendwie auf Jake angewiesen.

Wenig später stieß sich Scarlett mit einem freudigen Jauchzen ab und glitt den Übungshang hinunter. Mit leicht gespreizten Beinen und genau der richtigen Körperspannung brachte sie ihre ersten Schwünge hin.

Es sah so leicht aus!

Wieso bekam ich das nicht hin?

Alle anderen schienen es zu können!

„Also, Deborah. Die Piste wartet nur auf dich. Keine Angst. Heute wird alles besser. Dein Körper wird sich an das erinnern, was er beim letzten Mal gelernt hat." Jake lachte und deutete auf das abschüssige Gelände.

Mein Körper würde sich an das erinnern, was er beim letzten Mal gelernt hatte?

Er hatte nichts gelernt.

Außer hinfallen.

Doch ich nickte und machte mich fertig. Dann holte ich tief Luft und fuhr los.

Körperspannung.

Gleichgewicht.

Knie.

Wieso musste man an so viele verdammte Dinge auf einmal denken?

Dabei musste man ja hinfallen.

Du schaffst es, Deborah!

Ich wackelte.

Das ist normal, du bist Anfängerin.

„Arme!" brüllte Jake von oben.

Oder?

Der Ruf brachte mich nur für einen Moment aus dem Konzept. Doch das genügte. Mit wildrudernden Armen kämpfte ich mich weiter den Hang hinab. Dann drehte ich mich und fuhr rückwärts.

Oh Gott.

Wie bekam ich das wieder hin?

Jake machte wilde Bewegungen mit den Armen, die an Kreise erinnerten.

Ich sollte mich drehen?

Zack!

Ich verlor das Gleichgewicht und knallte der Länge nach in den Schnee.

„Hey Debbie, was machst du denn für Sachen? Das sieht wirklich witzig aus." Scarlett stand neben mir und reichte mir eine Hand.

Ich ergriff sie. „Ach, ich dachte, ich beginne mal mit einer Show-Einlage." Lässig wischte ich meinen Sturz beiseite.

„Das war doch schon ganz gut", ermunterte mich Scarlett.

Ich lächelte gequält.

Dann stapften wir zu dem kleinen Lift und fuhren wieder nach oben.

„Noch einmal", forderte Jake.

Ich seufzte, tat aber wie geheißen.

Nach einer halben Stunde konnte ich nicht mehr zählen, wie oft ich schon in den Schnee gefallen war. Irgendwann schüttelte Jake nur noch den Kopf.

„So kriegst du das niemals hin, Deborah!" seufzte er und half mir zum x-ten Mal auf die Beine. „Versuch doch einfach mal, locker und entspannt zu bleiben. Keine Hektik und keine zu wilden Bewegungen, sondern ganz cool und gelassen die Kurven nehmen. Gleiten."

Wie bereits zuvor nickte ich und biss die Zähne zusammen, bevor ich es erneut versuchte. Aber es half alles nichts. Nach einer weiteren halben Stunde war ich nicht einen Deut besser als zuvor!

Ich würde aufgeben. Es nutzte alles nichts. Ich war eine Niete in dieser Sportart. Hoffnungslos. Damit musste ich mich abfinden.

Erschöpft kam ich oben am Hang an. Dieses ständige Hinfallen machte mich völlig fertig. Scarlett wirkte dagegen frisch und munter und glitt weiter den Hang hinab.

Ich würde einfach hier stehenbleiben und warten. Für einen Moment schloss ich die Augen.

Da spürte ich eine Bewegung unter mir.

Oh verdammt!

Mein Board glitt davon.

Mit mir.

Ich ruderte wild mit den Armen, doch auch diesmal verlor ich das Gleichgewicht. Mit einem überraschten Aufschrei fiel ich der Länge nach in den tiefen Pulverschnee. Rasch versuchte ich, mich aufzurappeln. Doch so sehr ich mich auch abmühte, ich schien mich nur noch tiefer in die Eiseskälte zu vergraben. Hilflos lag ich da und konnte mich nicht mehr aus eigener Kraft aufrappeln. Nicht mal meine elementarsten Bewegungsabläufe schienen noch zu funktionieren!

Ich schloss erneut die Augen und schob meine Skibrille nach oben. So konnte ich wenigstens den Sonnenschein genießen. Nur für einen Moment.

„Na wen haben wir denn da!"

Hinter mir hörte ich eine Stimme.

Eine männliche Stimme.

Aber das war nicht Jake.

Ich öffnete die Augen wieder und sah direkt in das Gesicht von Draven. Er trug einen Helm, hatte aber seine Brille hochgeschoben.

„Deborah Mitchell wie sie leibt und lebt. Wie ein Eisbär im Schnee." Draven lachte gehässig. In diesem Moment näherte sich mit einem schnellen, eleganten Schwung eine zweite Person. Dravens ultradünne, platinblonde Freundin, die leicht und grazil auf ihrem Board dahinglitt, als hätte sie in ihrem Leben nie etwas anderes getan.

„Neues Hobby, Deborah?" Draven grinste höhnisch. „Sieht aber nicht so aus, als würde dir das besonders liegen. Oder... vielleicht willst du ja gar nicht Snowboarden, sondern Schnee essen? Dann bist du in der Position natürlich genau richtig." Draven lachte und machte keinen Versuch, mir aufzuhelfen.

Die platinblonde Frau kicherte belustigt.

Empört blinzelte ich einige Schneeflocken von meinen Wimpern und musterte meinen arroganten Ex-Freund abschätzig. „Halt die Klappe, Draven", zischte ich.

„Frustriert?" Draven lachte ungeniert. „Na ja, an deiner Stelle wäre ich das auch." Draven kicherte. „Swetlana hier ist ein Naturtalent beim Snowboarden, aber natürlich kann nicht jede Frau ihre Gaben haben. Aber mach dir keine Sorgen, Debbie, für jeden gibt es einen Platz, sogar auf der Piste. Du bist eben das Hindernis für andere." Draven lachte laut über seinen eigenen Scherz.

Ich wünschte, ich hätte etwas erwidern können.

Doch mein Hirn war wie leergefegt.

Warum war das bei Draven so?

Bei Luke war ich um eine schlagfertige Antwort nie verlegen.

Plötzlich wünschte ich mir, Luke wäre hier.

„Debbie!" Scarlett kam neben Draven zum stehen. „Alles okay? Hast du dir weh getan?"

„Nanu?" Draven blickte Scarlett an. „Du bist in Begleitung deiner charmanten Freundin hier? Wie kommt das? Wo ist denn dieser Typ, mit dem du auf dem Weihnachtsmarkt so ungeniert rumgemacht hast? Ist die kleine Affäre mit ihm etwa schon wieder vorbei, oder brauchte er einfach mal Pause von dir?"

Jetzt reichte es mir.

Ich ergriff Scarletts ausgestreckte Hand und zog mich daran nach oben. Mit zitternden Fingern bürstete ich mir den Schnee von der Jacke, baute mich vor Draven auf und warf ihm einen kühlen Blick zu.

„Also wirklich, Draven! Hast du noch nie zwei Frauen gesehen, die sich amüsieren?" erwiderte ich spitz. „Affären hast vielleicht du. Aber nicht ich. Ich habe eine ernsthafte Beziehung und freue mich schon darauf, Luke heute Abend wiederzusehen. So wie sich Scarlett auf Garrison freut."

Hochmütig starrte ich meinen Ex an. Er sollte bloß nicht glauben, dass er mich hier demütigen konnte.

Draven schnaubte.

„Komm schon", schnauzte er dann seine Swetlana an.

Die beiden stießen sich ab und verschwanden mit perfekten Schwüngen den Hang hinab.

Scarlett sah mich überrascht an. „Eine ernsthafte Beziehung?" hakte sie nach und zog eine Augenbraue hoch. „Seit wann denn das? Und wer zum Teufel ist Luke? Das hast du eben nur erfunden, um Draven zu vergraulen, oder?"

Peinlich berührt starrte ich in den Schnee. „Eigentlich nicht. Also Luke... ich hab dir schon mal von ihm erzählt."

„Das wüsste ich aber. Hast du nicht, Deb." Scarlett schüttelte den Kopf.

„Doch“, widersprach ich. „Er ist der arrogante Typ vom Weihnachtsmarkt, den ich beim letzten Mal hier erwähnt habe.“

„WAS?“ Scarlett schrie so laut, dass einige vorbeifahrende Snowboarder den Kopf wandten und zu uns herübersahen.

„Pscht!“ machte ich und sah Scarlett verärgert an. Ich wollte auf keinen Fall, dass Draven mitbekam, was ich Scarlett gerade erzählte.

„Ja okay.“ Scarlett senkte ihre Stimme zu einem Flüstern. „Tut mir leid. Also, du hast Luke wiedergesehen. Aber wie kam denn das?“

„Na ja, er kam wieder an den Stand und dann hat er mich eingeladen und wir haben die Nacht zusammen verbracht“, fasste ich die Ereignisse in Kurzform zusammen. Mehr wollte ich nicht sagen. Bei der Erinnerung an die Nacht mit Luke zog sich meine Mitte leicht zusammen.

„Und nun seid ihr ein Paar!“ freute sich Scarlett und lachte. Sie umarmte mich. „Wie schön, Deb. Herzlichen Glückwünsch. Darauf müssen wir gleich einen trinken. Lass uns in die Bar gehen.“

„Na ja…“ Ich löste mich aus Scarletts Umarmung. „Ganz so einfach ist es nicht.“

„Was ist nicht so einfach?“ Scarlett stieß mich an. „Erzähl mal, ich muss jetzt wirklich alles hören!“

Seufzend stellte ich mich etwas bequemer hin. „Am nächsten Morgen hat er mir gesagt, dass er mich nicht mehr wiedersehen will.“ Das Geständnis war mir peinlich. Aber wem konnte ich das sagen, wenn nicht meiner besten Freundin.

„Was?“ Scarlett schrie nicht so laut wie zuvor, aber die Fassungslosigkeit war ihr deutlich anzuhören. „Wieso denn das?“

„Das übliche“, winkte ich ab. „Ich will keine Beziehung, ich muss mich auf meine Arbeit konzentrieren, bla bla bla. Du weißt ja, wie Männer heutzutage so sind. Man findet gar nichts anderes mehr.“

„Das ist nur am Anfang so, Debbie. Dinge können sich entwickeln. Denk an Garrison und mich.“ Scarlett lächelte. „Hast du diesen Luke denn wiedergesehen oder ihn kontaktiert?“

„Er ist mein neuer Co-CEO“, platzte ich heraus.

„W…?“ Diesmal blieb das „Was“ in Scarletts Hals stecken. Einen Moment lang schwieg sie, dann lachte sie laut auf. „Oh mein Gott, das ist ja eine absolut irre Geschichte. Total unglaublich. Und so hast du ihn wiedergesehen?“

Ich nickte.

„Und jetzt herrscht professionelle Distanz? Oder wie?“ Fragend sah Scarlett mich an.

„Er treibt mich einfach in den Wahnsinn“, zischte ich. „Jedes Mal könnte ich an die Decke gehen. Und dann… dann küsst er mich und…“ Ich schwieg. Ich wusste wirklich nicht, wie ich schildern sollte, welche Gefühle Luke in mir auslöste.

„Das könnte man direkt verfilmen.“ Scarlett lachte. „Was für eine Geschichte. Und wie romantisch.“

„Romantisch?“ Ich starrte Scarlett an. Zwischen Luke und mir flogen die Fetzen. Romantisch konnte man das wirklich nicht nennen.

„Natürlich ist das romantisch.“ Scarlett lächelte. „So viele Zufälle. Das zeigt einfach, dass ihr füreinander bestimmt seid.“

Ich starrte meine Freundin an. Das war typisch Scarlett. Sie hatte ein Faible für Liebesromane. Und ganz eindeutig hatte sie in ihrem Leben zu viele davon gelesen. Sie sah überall Romantik. Dabei war das moderne Dating-Leben eine äußerst unromantische Angelegenheit. Das wusste doch jeder, der schon mal eine Dating-App ausprobiert hatte. Ja, bei Scarlett und Garrison war alles total anders gelaufen. Aber das war eine Ausnahme. Nicht die Regel.

„Ich sehe schon das Happy End vor mir.“ Scarlett lächelte. „Mensch, Debbie, ich freue mich so für dich.“

Happy End?

Scarlett hatte wohl nicht richtig verstanden, was ich sagte.

Ich schüttelte den Kopf. „Da gibt es kein Happy End. Ich meine… wir arbeiten zusammen. Das ist echt heikel. Wir sind hier nicht in Hollywood. Oder in einem deiner Liebesromane.“

Doch Scarletts Worte berührten etwas in mir.

Etwas, das ich in der Nacht mit Luke verspürt und dann wieder vergraben hatte.

Vielleicht hatte Scarlett eben meine geheimsten Träume ausgesprochen.

Ein Happy End.

Doch das sprach ich nicht aus. Stattdessen sagte ich: „Eigentlich sollte ich mich von ihm fernhalten und mich nur auf meinen Job konzentrieren. Da gibt es einiges zu tun und es macht mir mehr Spaß als ich erwartet habe.“

„Von ihm fernhalten? Nun sei doch nicht so… so vernünftig. Du hast doch Gefühle für ihn, oder?“ Auffordernd streckte Scarlett mir die Hand entgegen.

Vernünftig?

Mich von Luke fernzuhalten war das vernünftigste, das ich tun konnte.

Die Sache einfach beenden.

Aber…

Erstens war das zwischen Luke und mir nichts Offizielles. Es war noch nicht mal eine Affäre. Es war einfach… Es war etwas, das es gar nicht gab. Also gab es auch nichts zu beenden.

Und zweitens kribbelte mein Körper bei der ganzen Unterhaltung wie verrückt. Jedes Mal, wenn Lukes Name fiel.

Kapitel 17

Deborah

Die Wintersonne schien hell durch die großen Fenster, als ich das Büro betrat. Mit einem Becher aromatischen Kaffees in der Hand machte ich mich auf den Weg zu Lukes Büro. Heute stand ein Meeting zur Übergabe der Marketingleitung an mich auf dem Programm. Luke und ich hatten uns geeinigt, dass ab jetzt ich für den Bereich Marketing zuständig sein sollte. In dem Meeting würde er mir zeigen, was bisher gemacht wurde und mir den Plan für die nächsten Monate erläutern, dessen Umsetzung ich dann begleiten sollte.

Umsetzen würde den Plan ausgerechnet Brittany, die ich bereits vor Lukes Bürotür getroffen hatte. Ich seufzte.

Na dann.

Einfach war es in keinem Job.

Ich betrat Lukes Büro. Luke und Brittany waren bereits anwesend.

„Guten Morgen allerseits!" begrüßte ich die beiden fröhlich.

Luke nickte mir zu. „Hallo Deborah."

Brittany versuchte ein strahlendes Lächeln. „Ah, Ms. Mitchell, wie schön, Sie endlich richtig kennenzulernen“, rief sie erfreut.

„Nennen Sie mich gerne Deborah“, bot ich an und setzte mich. Ich überlegte kurz, ob ich Brittany auch das „Du“ anbieten sollte, verschob diese Entscheidung aber auf später.

Brittany schwieg. Auch Luke sagte nichts.

„Ich freue mich, heute alles über die Marketingstrategie der *Elysium Dining Group* zu erfahren“, eröffnete ich das Meeting. Erwartungsvoll sah ich Brittany an.

Brittany deutete auf einen Stapel Unterlagen, der vor mir auf dem Tisch lag. „Hier habe ich einige Grafiken zu unseren letzten Aktivitäten vorbereitet“, erklärte sie.

Ich nickte. „Das ist sehr interessant, Brittany, und ich schaue es mir gerne an. Viel mehr interessiert mich aber der Plan für das kommende Quartal und die Aufteilung des Budgets.“

Brittany stockte kurz. „Nun, darüber ist noch nicht endgültig entschieden. Das wollten wir heute besprechen. Sie finden in den Unterlagen auch meinen Vorschlag.“

Ich warf einen genaueren Blick auf die Blätter vor mir. „Wow, da ist ja ziemlich viel Geld ins Marketing geflossen. Und wie waren denn die Ergebnisse?“

Brittany seufzte. „Die Resonanz war mäßig. Kaum jemand hat sich für unseren Newsletter angemeldet. Dabei war das im letzten Quartal unser erstes Ziel.“

„Und welche Maßnahmen wurden dazu ergriffen?“ fragte ich.

„Nun, wir haben Anzeigen geschaltet, aber die wurden kaum geklickt.“ Brittany hörte sich etwas unglücklich an.

„Anzeigen? Was wurde denn versprochen, wenn man sich zum Newsletter anmeldet?“ wollte ich wissen.

„Versprochen?“ echote Brittany.

„Na ja, ein Rabatt, ein Gutschein für ein Getränk in einem unserer Restaurants... sowas.“ Ich sah Brittany an.

Luke schaltete sich in das Gespräch ein. „Solche Aktionen fahren wir nicht.“

„Das ist offenbar ein Fehler, wie man an den Zahlen sieht.“ Ich nahm kein Blatt vor den Mund. „Wir sollten es mal damit probieren. Und auch sonst neue Wege gehen. Kooperationen mit Influencern zum Bespiel. Ich kann nicht erkennen, dass so etwas bisher versucht wurde.“ Ich deutete auf die Unterlagen vor mir.

„Influencer?“ schnaubte Luke prompt und rollte mit den Augen. „Du willst doch nicht ernsthaft ein paar Teenager engagieren, die unsere Restaurants anpreisen. Die haben doch nie und nimmer das Geld, sich ein Essen bei uns leisten zu können. Das ist total unglaubwürdig.“

„Unglaubwürdig?“ erwiderte ich und beugte mich etwas näher zu Luke. „Das sehe ich anders. Es hängt nur davon ab, welche Influencer wir auswählen. Und wenn wir mit dieser Methode auch nur eines unserer Restaurants tiefer in den Köpfen der jüngeren Zielgruppe verankern können, ist das doch ein Erfolg!“

„So ein Quatsch! Für so einen Mist geben wir kein Geld aus!“ blaffte Luke zornig und pochte mit der Faust auf seine Unterlagen. „Alles, was wir damit erreichen, sind erhebliche Kosten und null Resonanz. Genau wie mit diesen Social Media Anzeigen, die wir für den Newsletter geschaltet haben. Das sagt doch schon alles.“

„Das lag doch wohl eher an der falschen Umsetzung“, gab ich zurück und verschränkte die Arme vor meiner Brust. „Das haben wir eben besprochen. Sowas ist kein Grund, die Flinte ins Korn zu werfen. Dann muss man die Dinge eben ein wenig anpassen. Ich bestreite nicht, dass die *Elysium Dining Group* in der Vergangenheit mit Social Media keine Erfolge erzielen konnte. Aber die Zeiten ändern sich ständig und neue, jüngere Zielgruppen kommen nach. Gerade diese hippen In-Leute lassen sich doch super über Influencer erreichen!“

„Wir brauchen keine jungen, hippen In-Leute in unseren Restaurants. Die lesen auf der Speisekarte zuerst die Preise, anstatt sich einen Abend lang einfach mal was zu gönnen!“ Lukes Augenbrauen zogen sich zusammen.

Brittanys Blick huschte zwischen mir und Luke hin und her. Sie wusste offensichtlich nicht, wie sie mit der Situation umgehen sollte. Das konnte ich ihr nicht einmal verdenken.

Streite nicht schon wieder mit Luke, Deborah!

„Die ältere Zielgruppe, die viel Geld hat, liest Lokalmagazine und sonstige Zeitschriften sehr genau und lässt sich gerne von den Werbeanzeigen inspirieren. Printwerbung dort, DAS wird uns mehr Gäste bringen. Und mehr Umsatz. In der Vergangenheit haben wir damit schon Erfolge erzielt." Luke sah mich entschlossen an.

Oh Gott.

Wenn er diesen Blick drauf hatte, wirkte er einfach so sexy.

So verdammt sexy.

Aber davon durfte ich mich nicht beeinflussen lassen. Ich musste daran denken, was das Beste für die *Elysium Dining Group* war.

„Oh, wirklich? Und wo genau willst du diese Werbekampagne für die ältere Generation denn aufziehen?" spottete ich und reckte ebenfalls leicht das Kinn. „Sollen wir neben Anzeigen für Rollatoren und Inkontinenz-Windeln werben? Das wäre richtig passend, oder?"

Der ironische Unterton in meiner Stimme war nicht zu überhören.

Wie konnte man nur so stur und borniert sein?

Wer nicht mit dem Fortschritt mithielt, der blieb am Ende auf der Strecke!

Printanzeigen, das konnte doch nicht Lukes Ernst sein!

„Mach doch nicht alles lächerlich, sondern denk einfach mal nach!" Lukes Stimme wurde lauter. „Rollatoren. So ein Blödsinn. Du könntest selbst darauf kommen, dass Magazine, die von wirklich einkommensstarken Bürgern gelesen werden, das ideale Umfeld für unsere Werbung sind. Wie wäre es mit der Mitgliederzeitschrift des Golfclubs?"

Ich starrte ihn an.

Mitgliederzeitschrift des Golfclubs.

Selbst die gab es mittlerweile digital. War das noch nicht zu Luke vorgedrungen?

Doch bevor ich etwas sagen konnte, meldete sich Brittany zu Wort. „Oh ja, das ist eine exzellente Idee!" rief sie aufgeregt. „Die Leute aus den teuren Stadtbezirken und die Clubmitglieder sind definitiv die perfekten Zielgruppen für unsere Restaurants. Das wäre der richtige Ort für unsere Anzeigenkampagne."

Luke grinste.

Brittanys Zustimmung schien ihm zu gefallen.

Ungläubig starrte ich zwischen Luke und Brittany hin und her. Diese beiden Dickschädel wollten doch tatsächlich auf Biegen und Brechen an ihrer antiquierten Printwerbung festhalten!

„Oh Mann", stöhnte ich genervt und schüttelte verzweifelt den Kopf. „Werbekampagnen in Golfermagazinen? Was bringt uns denn das, wenn wir eine neue Zielgruppe erschließen wollen und mehr Umsatz machen? Die Leute, die diese Magazine lesen, essen doch ohnehin schon bei uns. Wir brauchen sie nicht überzeugen, unsere Kunden zu werden."

„Du kannst hier nicht so einfach deinen Kopf durchsetzen!" Luke sah mich hitzig an.

Ich starrte ihn an. „Ach nein? Kann ich nicht? Was haben wir denn besprochen? ICH bin hier für die Marketingstrategie zuständig, ab sofort!" Nun klopfte ich mit der Faust auf die Unterlagen vor mir.

„Das heißt aber nicht, dass du einfach machen kannst, was du willst!" Lukes Augen zogen sich zusammen. „Wir haben ebenfalls vereinbart, wichtige Dinge miteinander abzustimmen!"

„Das tun wir doch gerade", erwiderte ich und sah Luke erbost an. „Allerdings kann ich nicht feststellen, dass ihr mir überhaupt zuhört oder offen für neue Impulse seid."

Luke holte tief Luft. Da schaltete sich plötzlich Brittany in die Diskussion ein. Bisher hatte sie weitgehend geschwiegen. „Ich kann verstehen, dass Deborah neue Impulse setzen will", flötete sie und spitzte ihre Lippen. „Das will doch jeder Chef am Anfang. So etwas ist natürlich. Man muss sich zeigen und zeigen, was man kann."

Ich starrte Brittany an.

Was war das?

Vorsichtig warf ich Luke einen Blick zu. Doch er hob nur die Augenbrauen. Auch er schien keine Ahnung zu haben, was Brittany im Schilde führte.

„Allerdings sollte man dabei schon auf die Mitarbeiter hören. Sie bringen schließlich die meiste Erfahrung in dem Bereich mit." Brittany lächelte süßlich. „Sie können mir vertrauen, Deborah. Ich arbeite schon einige Jahre hier im Marketing und habe daher die entsprechende fachliche Kompetenz. Außerdem weiß ich genau, was funktioniert und was nicht. Haben Sie denn überhaupt schon einmal eine Marketingabteilung geleitet? Oder etwas anderes gemacht als Videos mit ein paar Influencern anzuschauen?“

Sprachlos starrte ich Brittany an.

„Vielleicht wäre es am besten, wenn Sie sich zunächst an meine fachlichen Empfehlungen halten.“ Brittany klimperte affektiert mit ihren Wimpern. Ihre Nase sah spitzer aus denn je.

Empört zog ich die Augenbrauen zusammen.

Wie konnte sie es wagen, meine berufliche Kompetenz in Frage zu stellen? Für wen hielt sie sich?

„Für jemanden, der bisher keinen Erfolg mit seinen Kampagnen hatte, nehmen Sie den Mund ganz schön voll!“ Meine Stimme klang wütend. „Ihre fachliche Kompetenz hat der *Elysium Dining Group* bisher keine besonderen Resultate eingebracht, würden Sie das nicht auch sagen?“

Brittany lief rot an.

„Also werde ich mich ganz sicher nicht an Ihre Vorschläge halten, sondern an das, was ich als die Fachfrau für angemessen erachte!“ Meine Worte klangen wie Pistolenschüsse.

„Das ist ein Fehler“, zischte Brittany. „Denkst du nicht auch, Luke?“

Luke räusperte sich.

In mir ballte sich ein Klumpen Wut zusammen.

Nun würde auch noch er hier seinen Senf dazu geben.

Wie immer!

Doch Luke überraschte mich.

„Brittany, du solltest dir deine Worte gut überlegen“, sagte er mit fester Stimme und sah dabei wie beiläufig zu mir herüber. „Es ist reichlich unkollegial und auch nicht gerade höflich, sich derart über Deborahs Vorschläge zu äußern. Ich mag nicht mit allen ihren Ideen einverstanden sein. Aber Deborah ist die Chefin. Und darum wirst du dich an ihre Anweisungen halten. So etwas erwarte ich einfach, und zwar von allen meinen Mitarbeitern. Alles andere ist unprofessionell!“

Brittany klappte der Mund auf, doch kein Laut kam heraus. Ungläubig starrte sie zwischen Luke und mir hin und her.

„Deborah hat völlig recht, wenn sie sagt, dass unsere Kampagnen vielleicht nicht optimal umgesetzt waren. Das haben wir beide sogar schon besprochen.

Ich finde es überaus sinnvoll, hier Deborahs Vorschläge einzuarbeiten. Dafür solltest du offen sein.“ Lukes Ton war ruhig und sachlich.

Ich starrte ihn an.

Hörte ich recht?

Er unterstützte hier gerade meine Position! Er verteidigte mich!

Vielleicht war er doch nicht so stur, wie ich vermutet hatte?

Brittany schnappte nach Worten wie ein Fisch auf dem Trockenen. Ihr Gesicht war puterrot angelaufen und sie schien völlig perplex.

„Am besten setzt ihr beide euch nächste Woche zusammen, um die Einzelheiten zu besprechen. Bis dahin ist aller Input aus dem heutigen Meeting verdaut und du kannst eine aussagekräftige Präsentation mit Vorschlägen für Deborah vorbereiten“, schlug Luke vor und erhob sich.

Brittany nickte nur beklommen. „Sicher, Luke.“ Dann sah sie mich an. „Tut mir leid, wenn ich übers Ziel hinausgeschossen bin. Ich hatte nur das Wohl der Firma im Auge.“

Ich nickte. „Wir sprechen uns nächste Woche.“ Ich bemühte mich um einen versöhnlichen Ton. Am liebsten hätte ich Brittany ordentlich die Meinung gesagt. Aber ich durfte mich jetzt nicht von meinen Emotionen leiten lassen.

Und schon gar nicht durfte ich mir anmerken lassen, dass ich mich immer noch gedemütigt fühlte.

Brittanys Worte saßen wie ein Stachel in meinem Inneren.

Doch sie hatte sich eben entschuldigt.

Ich musste ihr eine Chance geben.

Das war meine Pflicht als Chefin.

Brittany nahm ihre Sachen und verließ das Büro.

Luke und ich blieben allein zurück.

Ich holte tief Luft.

Ohne Luke wäre das eben richtig schief gegangen. Ich mochte mich mit ihm gestritten haben, er mochte mich oft in den Wahnsinn treiben, aber gerade eben hatte er ein völlig anderes Gesicht gezeigt.

Ich wandte mich mit einem dankbaren Lächeln an ihn. „Danke, dass du mir gerade so deutlich den Rücken gestärkt hast“, sagte ich und sah ihm in die Augen. „Das hat mir wirklich viel bedeutet.“

Luke erwiderte meinen Blick mit einem verschmitzten Grinsen. „Aber keine Ursache, Deborah. Was Brittany da eben abgezogen hat, ging wirklich nicht. Führungskräfte müssen bei diesem Verhalten zusammenhalten statt sich gegeneinander auszuspielen. Und ich unterstützte dich gerne. Es war mir ein Vergnügen. Schließlich habe ich dich schon auf dem Weihnachtsmarkt unterstützt."

Ich lachte.

Plötzlich dachte ich daran, wie Luke mir gegen Draven beigestanden hatte.

Hatte ich mir nicht genau darum beim Snowboarden gewünscht, Luke wäre bei mir?

Jetzt hatte er es wieder getan.

Er hatte mir wieder beigestanden.

Meine Mitte zog sich leicht zusammen.

„Das stimmt. Du bist mein Held, mein Retter", erwiderte ich leicht scherzhaft. Fröstelnd rieb ich mir über die Arme. „Hier drin ist es genauso kalt wie damals auf dem Weihnachtsmarkt."

Luke seufzte. „Diese Heizung ist wirklich eine unendliche Geschichte", brummte er. Kurz zuckte Ärger über sein Gesicht.

Mit einer eleganten Bewegung zog er sein Sakko aus und legte es mir um die Schultern. „Hier, damit wird es dir hoffentlich etwas wärmer", sagte er.

Plötzlich stand er nah vor mir.

So nah wie schon lange nicht mehr.

Unwillkürlich erinnerte ich mich an unsere gemeinsame Nacht.

Und an den Kuss hier im Büro.

Luke sah mich an. Seine Augen wurden dunkel. Er rückte noch ein wenig näher an mich heran.

Ich schluckte.

Plötzlich spürte ich nichts mehr von der Kälte des Büros. Im Gegenteil. Mir wurde warm. Sehr warm. Eine brodelnde Hitze stieg in mir auf, die nichts mit Temperatur um mich herum zu tun hatte. Mein Atem ging plötzlich schneller und schwerer.

Luke strich mir eine Haarsträhne aus dem Gesicht und fuhr dann langsam mit seinem Daumen über meine Wange.

Sanft.

Ganz sanft.

Automatisch schloss ich die Augen und genoss die zärtliche Berührung.

Beim letzten Mal hatten wir uns gefetzt und dann geküsst.

Das hier war anders.

Luke war so nah.

Seine Hände umfassten meinen Kopf und er zog mich noch näher zu sich. Vorsichtig platzierte er seine Lippen auf meinen. Für eine Sekunde war die Berührung sanft, ganz sanft. Doch dann presste sich Lukes Mund leidenschaftlich auf meinen.

Oh Gott.

Mein Körper erinnerte sich nur allzu gut an das, was sich bereits zwischen uns abgespielt hatte.

Ich öffnete meine Lippen und unsere Zungen trafen einander. Hungrig umschlangen sie sich. Ich legte eine Hand auf Lukes Brust und genoss das Spiel seiner Muskeln. Dann spürte ich Lukes Zunge plötzlich an meinem Hals, während das Sakko von meinen Schultern glitt und seine Hände an meiner Bluse zerrten.

Ich presste mein Becken an Lukes Hüften. Er war steif.

Schon zerrte er an meiner Bluse, während ich begann, sein Hemd aufzuknöpfen.

Meine Bluse flog auf den Boden. Lukes Hand glitt unter meinen BH. Mit Daumen und Zeigefinger rieb er über meine Nippel und zwickte sie ganz leicht.

Ich stöhnte laut und warf meinen Kopf in den Nacken. Meine Hände glitten wieder nach unten und ich streichelte Lukes prallen Schwanz durch seine Hose. Dann machte ich mich an seinem Gürtel zu schaffen.

„Ich helfe dir“, flüsterte Luke. Nach wenigen Sekunden hatte er sich seiner Hose und seiner Boxershorts entledigt.

Ein Gedanke durchzuckte mich: Was, wenn jetzt jemand in Lukes Büro kam?

Ich schüttelte den Kopf.

„Wir sind allein“, flüsterte Luke und machte sich an meinem BH zu schaffen. Dann beugte er sich über meine Brüste und leckte mit seiner Zunge über meinen Nippel.

Nur ganz kurz.

Ich stöhnte.

Wieder ein kurzes Lecken.

Und wieder.

Und wieder.

Oh verdammt.

Das war heißer als alles andere.

Ich spürte, wie ich feucht wurde.

Sehr feucht.

Meine Hände vergruben sich in Lukes Haaren, während er lustvoll an meinen Nippeln saugte. Plötzlich löste er sich von mir. Keuchend schob er meinen Rock nach oben und zog meine Strumpfhose und mein Höschen nach unten. Dann setzte er mich auf den Schreibtisch.

Seine Augen waren dunkler als ich es je gesehen hatte.

Leicht drückte er meinen Oberkörper nach hinten, bis ich ausgestreckt vor ihm lag. Dann war sein Schwanz in mir.

Oh ja.

Endlich.

Er füllte mich ganz aus.

Wie sehr hatte ich mir das gewünscht.

„Gott, ich liebe deine Nässe", stöhnte Luke und stieß in mich.

Wieder.

Und wieder.

Mit jedem Stoß trieb er seinen Schwanz tiefer in mich.

Ich stöhnte laut auf.

Meine Mitte zog sich zusammen. Ich hob mein Becken leicht nach oben, so dass Luke genau den richtigen Punkt in mir treffen konnte.

Luke packte mich an der Hüfte.

Wieder stieß er in mich.

Ich stöhnte.

Mein Körper bebte vor Lust.

Gleich.

Gleich würde ich kommen.

Luke beugte sich über mich und bedeckte mit einer Hand meinen Mund, während er mich weiter vögelte.

Ich stöhnte lauter.

„Ja!"

In mir explodierte etwas.

Ich biss in Lukes Hand, um nicht laut zu schreien.

„JA!“

Ich kam.

Luke nahm seine Hand weg.

Dann stieß er erneut in mich.

Mit einem tiefen Keuchen kam auch er.

Wie benommen lag ich nach dem Orgasmus auf dem Schreibtisch.

Luke beugte sich über mich und küsste mich leicht. „Daran könnte ich mich direkt gewöhnen“, grinste er.

Ich auch.

Aber das behielt ich für mich.

Kapitel 18

Luke

Mit einem tiefen Seufzer ließ ich mich in den Ledersessel hinter meinem Schreibtisch sinken und fuhr mir durch die Haare.

Verdammte Scheiße, hatten Deborah und ich gerade eben wirklich Sex in meinem Büro gehabt? Ich hatte ja schon viel erlebt, aber das…

Tief atmete ich nochmals durch. Deborah auf meinem Schreibtisch zu vögeln hatte mich doch mehr aufgewühlt, als ich es selbst für möglich gehalten hätte. Noch immer kribbelte die glühende Erinnerung an ihre Lippen auf meiner erhitzten Haut.

Was genau war da vorhin nur über mich gekommen?

Ich hatte in meinem Büro gefickt! Zwar hatte ich Deborah versichert, dass uns niemand ertappen würde. Aber ich hatte wirklich nicht sicher sein können. Meine Tür war jederzeit offen, für jedermann. Aber in dem Moment hatte ich einfach an nichts anderes denken können als an Deborahs Körper.

So wie schon die ganzen Zeit, seit wir uns wiedergesehen hatten.

Und jetzt hatte ich sie haben müssen.

Wenn sie noch hier wäre, dann würde ich sie jetzt wahrscheinlich gleich wieder…

Ich spürte eine unmögliche Regung in meinem Lendenbereich. Meine Hose wurde eng.

Verdammt.

Sollte ich Deborah unter einem Vorwand hier ins Büro bitten und sie gleich noch einmal...

Du darfst die Kontrolle nicht verlieren, Luke.

Aber das fiel mir schwerer als gedacht.

Da klingelte mein Handy.

Gerne hätte ich mich weiter meinen Fantasien hingegen oder sie gar in die Tat umgesetzt.

Aber es war besser so. Ich griff nach dem Smartphone.

Das Display zeigte mir einen Anruf von Andy Woodhouse an. Ich runzelte die Stirn. An diese Sache hatte ich gar nicht mehr gedacht. Ob mein Recruiter eine neue vielversprechende Stelle für mich in Aussicht hatte?

„Andy?" fragte ich und räusperte mich dann. Meine Stimme klang nicht ganz so fest wie gewöhnlich.

„Hey Luke, gut, dass ich dich erwische", klang Andys Stimme an mein Ohr. Er schien nichts ungewöhnliches an meiner Stimme zu finden. Aufgeregt verkündete er: „Ich habe gute Nachrichten. Mr. Parsons und Mr. Hall von *Parsons Finest Bars* haben sich sehr positiv über dich geäußert."

Was?

Ich hob eine Augenbraue.

Positiv über mich geäußert? Nach diesem Vorstellungsgespräch?

Das konnte ich kaum glauben.

„Willst du mich verarschen?" fragte ich. „Wir sind nicht eben als Freunde auseinander gegangen. Mr. Parsons wollte mir den Job nur geben, wenn ich Harrison Mitchell für ihn ausspioniere. Und das konnte ich mit meinem Gewissen nicht vereinbaren. Also bin ich gegangen."

Ich rieb mir mit der Hand übers Gesicht. In den Tagen seit dem Gespräch hatte ich kein einziges Mal daran zurückgedacht. Erstens war ich überzeugt gewesen, dass sich die Angelegenheit erledigt hatte. Mr. Parsons und ich hatten uns nichts mehr zu sagen. Und zweitens war mein Hirn vollauf damit beschäftigt gewesen, an Deborah zu denken.

„Die beiden haben mir gesagt, du hättest wirklich Rückgrat bewiesen und würdest nicht einfach einknicken, nur weil man dir droht oder verlockende

Angebote macht. Das hat sie wirklich für dich eingenommen. Genauso einen Mann wollen sie in ihrem Unternehmen", erklärte mir Andy.

Was?

Ich traute meinen Ohren nicht. Mr. Parsons wollte mich in seinem Unternehmen, nur weil ich in diesem dämlichen Bewerbungsgespräch zu meinen Prinzipien gestanden hatte? Darum sollte ich eingestellt werden?

Ich dachte an das Gespräch zurück. Mr. Parsons hatte mir keine einzige Frage zu meiner Kompetenz gestellt. Woher konnte er überhaupt wissen, dass ich der richtige Mann für ihn war?

„Das ist... das ist eine ziemliche Überraschung", stotterte ich. „Damit habe ich wirklich nicht gerechnet." Ich lehnte mich in meinem Stuhl zurück und schloss kurz die Augen.

Was hatte das zu bedeuten?

Was sollte ich jetzt tun?

„Willst du gar nichts Genaueres wissen?" fragte Andy. „Die haben ziemlich interessante Konditionen."

„Klar", erwiderte ich. „Ich bin ganz Ohr."

„Dein jetziges Gehalt wird verdoppelt." Andy grinste, das konnte ich durch die Leitung förmlich spüren. „Du bekommst zwei Firmenwagen deiner Wahl, egal welche Klasse. Außerdem natürlich Aktienbeteiligungen und sonst noch ein paar Kleinigkeiten. Für alle Bezüge, die du jetzt hast, bieten sie das Doppelte." Andy pfiff kurz durch die Zähne. „Du musst die echt beeindruckt haben, Kumpel."

„Wow." Mehr brachte ich nicht heraus. Natürlich war es beeindruckend, dass man so viel bot, um mich einzustellen.

Aber... konnte ich diesem Angebot wirklich vertrauen?

Warum bot Mr. Parsons so viel?

Glaubte er am Ende, er könnte mich weichkochen, sobald ich im Unternehmen wäre und ich würde ihm die gewünschten Insider-Informationen zu Harrison Mitchell liefern?

Ich schüttelte den Kopf.

Da war er bei mir an der falschen Adresse.

„Steckt da was dahinter?" fragte ich Andy. „Will er sich damit Informationen erkaufen oder was?"

Ich starrte aus dem großen Panoramafenster auf die New Yorker Skyline und schluckte. Vielleicht zahlte Mr. Parsons so viel, damit ich niemandem von seiner merkwürdigen Vorgehensweise erzählte.

Andy lachte. „Natürlich nicht. Er will einfach nur dich."

Einfach nur mich.

Und ich?

Wollte ich überhaupt noch kündigen?

Ich dachte an Deborah und daran, wie sich ihre Haut unter meinen Händen anfühlte. Daran, wie es sich anfühlte, mit ihr zu streiten. Mit einem Mal wusste ich, wenn ich die *Elysium Dining Grou*p verließ, dann würde mir das fehlen.

Ich schüttelte den Kopf.

Welche Gedanken hatte ich denn da?

„Ich... ich weiß nicht, ob es wirklich das Richtige für mich ist", murmelte ich.

„Du meinst, das Angebot ist zu niedrig?" wollte Andy wissen. „Da ließe sich noch nachverhandeln, ich bin mir sicher. Für sowas habe ich ein Gespür, ich bin lange genug in der Branche." Andy lachte. „Das wird für uns beide ein gutes Geschäft, Luke."

„Vielleicht will ich das gar nicht mehr", erwiderte ich. „Also gehen."

„Nicht mehr?" Andy lachte. „Aber Luke, dort hättest du keinen Co-CEO. Du wärst der alleinige Chef."

Ich lachte kurz auf. „So ein Unfug, ich hätte den alten Mr. Parsons, dem ich Bericht erstatten würde."

„Aber keinen Co-CEO. Und wenn Parsons dir erst mal mehr vertraut, dann hättest du völlig freie Hand", lockte Andy. „Ich denke auch, dass Parsons sich nach und nach zurückziehen wird. Er ist nicht mehr der jüngste. Dafür hat er eine junge Frau geheiratet, die ihn auf Trab hält. Wenn du verstehst, was ich meine." Andy lachte anzüglich.

Ich versuchte mich ebenfalls in einem Lachen.

„Keine ständigen Diskussionen und Meinungsverschiedenheiten mehr, keine nervigen Kompetenzkonflikte und blöden Eifersüchteleien! Du könntest endlich wieder nach deinen eigenen Prinzipien führen", beschrieb Andy mir meine Stelle.

„Klingt gut.“ Doch meine Antwort kam mehr automatisch als aus vollem Herzen.

Irgendwie kam es mir so vor, als hätte ich meine Auseinandersetzungen mit Deborah… als hätte ich mich daran gewöhnt? Oder würde sie sogar mögen? Genießen?

Da war eine unbestreitbare Energie zwischen uns.

„Hör mal, Luke, so eine Chance bekommst du so schnell nicht wieder. Mit dem Gehalt! Überleg es dir also gut, klar?“

„Sicher, Andy. Ich werde mir das überlegen. Die Stelle klingt verlockend“, erwiderte ich und bemühte mich, etwas Enthusiasmus zu zeigen. „Ich glaube, ich brauche einfach noch etwas Zeit, um zu entscheiden, ob ich diesen Job hier aufgeben will. Und ob die Stelle *Parsons Finest* Bars wirklich das Richtige für mich ist. Das Bewerbungsgespräch hat mich nicht eben überzeugt.“

„Alles klar, Kumpel.“ Andy lachte. „Melde dich einfach, wenn du soweit bist.“

„Mache ich.“ Mit diesen Worten beendete ich das Gespräch.

Grübelnd fuhr ich mir mit den Fingern durchs Haar und starrte ins Leere. Dann legte ich mein Smartphone beiseite und sah auf.

Die Bürotür war geöffnet. Vor mir stand Brittany.

Ich zuckte zusammen. Stand sie etwa schon lange hier? Hatte sie mein Gespräch mit angehört? Dann wüsste sie von meinen Plänen, die *Elysium Dining Group* zu verlassen. Dabei wollte ich das streng geheim halten. In diesem Moment wusste ich ja selbst nicht, was ich eigentlich wollte.

„Brittany, was gibt's?“ blaffte ich ärgerlich und fixierte meine Mitarbeiterin streng. „Hab ich dir nicht gesagt, du sollst anklopfen, wenn du etwas willst?“

„Doch. Ich habe ja auch angeklopft. Aber du hast nicht geantwortet.“ Brittany klimperte mit den Wimpern und kicherte kurz.

„Das hatte dann wohl seine Gründe.“ Ich blieb kurz angebunden. Brittany sollte ruhig merken, dass sie eine Grenze überschritten hatte. Das war heute schon das zweite Mal. Ich dachte an ihr Verhalten Deborah gegenüber. Auch das war völlig unangemessen gewesen. Was bildete Brittany sich eigentlich ein?

Brittany stand wie festgenagelt auf der Türschwelle.

„Was ist denn nun?“ wollte ich wissen.

„Ach nichts Schlimmes, nichts Wichtiges!“ wehrte Brittany hastig ab und schüttelte den Kopf. „Ich wollte fragen, ob ich die Kampagne noch weiterlaufen lassen soll. Dazu haben wir heute Morgen nichts entschieden.“

Sie kam mir mit DIESER Frage?

„Da musst du dich an Deborah wenden“, erwiderte ich kühl. „Sie ist dafür zuständig.“

Ich musterte Brittany eingehend. Ihre grünen Augen sahen aus wie immer. Nichts wies darauf hin, dass sie etwas von meinem Gespräch mit Andy mitbekommen hatte.

„Ach so.“ Brittany wirkte enttäuscht. „Ja, dann frage ich mal Deborah.“

„Mach das.“ Ich wollte Brittany so schnell wie möglich loswerden.

Sie lächelte mich an. Dann fuhr sie sich mit der Zungenspitze über die Lippen und zupfte sich am Ohrläppchen.

„Ist noch was?“ murrte ich.

„Nein, nein“, versicherte Brittany. Dann klimperte sie mit den Wimpern, wandte sich um und schloss die Tür.

Brütend starrte ich ihr nach.

Hatte sie etwas gehört oder hatte sie nicht?

Und was sollte ich mit dem Angebot machen?

Später am Abend fuhr ich seufzend auf den Parkplatz vor der Indoor-Eiskartbahn. Wie beim letzten Mal erwartete mich Ellison schon. Ein Treffen mit ihm und ein Abend im Kart war jetzt genau das richtige, um die Energie loszuwerden, die sich in mir angestaut hatte.

„Alles klar, Mann?“ Ellison schlug mir zur Begrüßung auf die Schulter.

„Hm“, machte ich. Wir gingen zu dem flachen Gebäude. Ellison zog die gläserne Eingangstür auf. Schon hörten wir das surrende Dröhnen der rasanten Karts, die über die vereisten Bahnen jagten.

„Heute hatten wir leider nicht so viel Glück wie beim letzten Mal“, bedauerte Ellison. „Eine Bahn für uns allein gibt es nicht.“

„Passt schon“, murmelte ich. Mit meinen Gedanken war ich noch nicht wirklich hier.

„Hey, du hast jetzt Feierabend“, grinste Ellison und stieß mich an. „Lass deine Gedanken draußen und lass uns eine Runde drehen, das wird dir gut tun. Ich habe mir eine Revanche verdient.“

„Revanche?“ Geistesabwesend blickte ich Ellison an.

Der schüttelte nur den Kopf. „Mann oh Mann, du bist echt nicht bei der Sache. Hast du dich verliebt?“

„Verliebt?“ Ich dachte an Deborah.

„Die geheimnisvolle Frau vom Weihnachtsmarkt?“ Ellison lachte, als hätte er einen Scherz gemacht. „Dir traue ich alles zu.“

Damit hatte Ellison voll ins Schwarze getroffen, ohne es zu ahnen.

Doch darüber wollte ich jetzt nicht reden. „Lass uns fahren“, erwiderte ich nur.

Kaum zehn Minuten später saßen wir bereits in den Sitzschalen unserer Karts und ließen die Motoren aufheulen. Ein angeregtes Kribbeln durchströmte mich, als ich das Gaspedal mit der Fußspitze antippte.

Los.

Ich fixierte die Eisbahn vor mir.

Plötzlich wurden mein Kopf und mein Blick wieder klar.

Ich gab richtig Gas. Das Kart raste los. Ich beschleunigte weiter.

Ellison wollte eine Revanche? Dem würde ich es zeigen!

Mein bester Freund war knapp hinter mir, als ich eine enge Haarnadelkurve nahm und dabei gefühlvoll auf die Bremse trat. Der pfeifende Laut meiner Reifen auf dem spiegelglatten Untergrund erfüllte mich mit berauschendem Hochgefühl.

Ich schaffte es auf dieser Runde, mich ein wenig von Ellison abzusetzen.

Andere Fahrer hatten sowieso keine Chance.

Weiter ging es in die nächste Runde. Ich nahm eine Kurve in leicht überhöhtem Tempo.

Es ging gut.

Ein breites Grinsen stahl sich auf mein Gesicht.

Ja!

Ellison holte plötzlich auf und wollte überholen. Doch ich blockierte ihn. Er sollte nur nicht glauben, dass ich ihm das Gewinnen so einfach machen würde.

Wir drehten Runde um Runde, bis unsere Zeit um war.

Ellison stieg aus seinem Kart und nahm den Helm ab. „Das war eben nicht ganz fair, Buddy“, beschwerte er sich.

„Stimmt“, gab ich grinsend zu. „Manchmal ist das Leben nicht besonders fair.“ Ich lachte.

„Du klingst schon besser als vorhin." Ellison musterte mich zufrieden.

Ich nickte.

„Was ist denn nun mit dieser Frau?" wollte Ellison wissen.

Mein bester Freund hatte ein untrügliches Gespür. Ich konnte ihm einfach nichts vormachen oder verschweigen. Aber das wollte ich auch gar nicht.

Und so erzählte ich.

Von meinem Wiedersehen mit Deborah auf dem Weihnachtsmarkt, von unserer gemeinsamen Nacht und dem Abschied.

Ellison stöhnte auf. „Mann Buddy, wieso hast du sie rausgeworfen? So schlecht klingt sie doch nicht. Du kannst doch noch gar nicht wissen, ob sie zu dir passt, nach einer einzigen Nacht. Du gibst wirklich keiner Frau auch nur annähernd die Chance, dir nahe zu kommen."

„Ich bin noch nicht fertig", erwiderte ich, ohne auf das Problem einzugehen, das Ellison eben angeschnitten hatte. Damit wollte ich mich wirklich nicht beschäftigen. Denn insgeheim wusste ich, dass Ellison nur allzu recht hatte.

„Nein?" Ellison zog eine Augenbraue hoch.

Ich erzählte weiter. Wie ich Deborah wiedergesehen hatte.

In meinem Büro.

„Sie ist deine Co-Chefin?" Ellison lachte sich kaputt.

Ich nickte.

„Und jetzt?" wollte Ellison wissen.

Ich zuckte mit den Schultern. „Wir streiten oft. Aber sie ist verdammt heiß und wir haben heute in meinem Büro..." Ich beendete den Satz nicht.

Ellison lachte noch lauter. „Na endlich. Na endlich kannst du mal die Finger nicht von einer Frau lassen."

Ich schüttelte den Kopf. „Ich werde es beenden. Das ist total unvernünftig. Ich meine, wir ARBEITEN zusammen. Das gibt nur Ärger." Dann kratzte ich mich am Kopf. „Wobei, beenden. Das hört sich an, als wären wir zusammen oder so. Sind wir nicht."

Ellison sah mich aufmerksam an.

„Außerdem habe ich ein neues Jobangebot", erzählte ich und berichtete Ellison von meinem Kontakt mit Mr. Parsons und Andys Anruf. „Wenn ich annehme, erledigt sich die Sache von alleine." Ich zuckte mit den Achseln. „Das ist vermutlich das Beste."

Ellison sah mich streng an. „Ich sage es dir nochmal: Hör endlich auf, immer und überall davonzurennen. Lass Nähe zu und benutze nicht diesen neuen Job als Ausrede, um vor Deborah zu fliehen."

„Ich fliehe nicht", protestierte ich. Aber selbst in meinen Ohren klang das lahm.

Ich sah Deborahs nackten Körper vor mir.

Meine Hose wurde eng.

Ich wollte zu ihr.

Aber das wäre wirklich das Unvernünftigste, das ich je getan hatte.

Und irgendwie schien ich es gerade darum zu wollen.

Unter anderem.

Kapitel 19

Deborah

Ich betrat das Vorzimmer zu Lukes Büro und schluckte dabei leicht. Seit wir hier Sex gehabt hatten, hatte ich das Büro nicht mehr betreten. Schon gar nicht allein. Ich hatte es auch sonst vermieden, mit Luke allein zu sein.

Nicht weil ich es nicht wollte.

Natürlich wollte ich es.

Mein ganzer Körper sehnte sich danach.

Aber…

War das wirklich eine gute Idee? Ich wusste immer noch nicht, was Luke wirklich von mir hielt. Wir fetzten uns bei jeder Gelegenheit und waren über kein einziges Thema der gleichen Meinung. Zumindest schien es so. Ja, Luke hatte mir beigestanden, als Brittany sich so unmöglich aufgeführt hatte. Das war allerdings selbstverständlich. Führungskräfte hatten einander immer beizustehen. Das sagte nichts über seine Gefühle mir gegenüber aus.

„Mr. Winters kommt gleich. Er hat mir gesagt, Sie sollen ruhig schon rein gehen und drin auf ihn warten." Miss Jones hob ihren Kopf und sah hinter ihrem Monitor hervor. Sie lächelte mich an. „Er scheint Sie zu mögen."

Ich fühlte, wie meine Wangen rot wurden.

„Wenn sich das herumspricht…“ Miss Jones zwinkerte mir zu.

Herumspricht?

Gab es schon Gerüchte über Luke und mich?

Das konnte ich auf keinen Fall zulassen!

„Wahrscheinlich ist eher das Gegenteil der Fall“, behauptete ich und schnitt eine leichte Grimasse. „Oder würden Sie jemand in ein eiskaltes Büro mit einer kaputten Heizungsanlage setzen, wenn Sie diese Person sehr mögen?“

Miss Jones lachte. „Das ist auch wieder wahr.“

„Dann geht die Heizung noch nicht?“ wollte ich wissen.

„Leider nein.“ Miss Jones hob bedauernd die Schultern. „Aber lange kann es nicht mehr dauern. Die Firma ist wohl noch auf der Suche nach einem Ersatzteil. Sobald sie das haben, startet die Reparatur.“

„Das haben die doch vor zwei Wochen auch schon gesagt“, murrte ich. „Wir sollten die Besprechung einfach in mein Büro verlegen. Dort werde ich wenigstens nicht zum Eiszapfen und kann klar denken.“ Ich sah Miss Jones an.

„Soll ich Mr. Winters ausrichten, er möge in Ihr Büro kommen?“ fragte Miss Jones hilfsbereit.

Ich nickte. „Ja, das ist eine gute Idee. Danke, Miss Jones.“ Ich nickte Lukes Sekretärin zu und ging wieder nach draußen.

Kurz darauf saß ich an meinem Schreibtisch und vertiefte mich ein weiteres Mal in die Unterlagen. Da wurde die Tür unvermittelt aufgerissen.

„Was soll das, halten wir Besprechungen jetzt nicht mehr am vereinbarten Ort ab?“ Luke stand vor mir. Seine dunklen Augen hatten etwas Wildes an sich.

„Ich habe den Ort geändert. Mein Büro ist so gut wie deins.“ Ich sah von meinen Unterlagen auf.

„Du hast nicht einmal einen Besprechungstisch“, beklagte sich Luke.

„Dann machen wir eben den Schreibtisch zum Besprechungstisch.“ Ich verstand nicht, wo das Problem war. „Ich habe wirklich keine Lust, mir schon wieder den Arsch abzufrieren, bloß weil diese beschissene Heizung anscheinend nicht zu reparieren ist.“ Schon der Gedanken an die Eiseskälte in Lukes Büro ließ mich frösteln.

Luke schnaubte. Doch dann nickte er knapp. „Also gut, wenn du meinst.“

„Du kannst dir die Präsentation auch gleich hier am Monitor anschauen." Mit einer Handbewegung lud ich Luke ein, hinter meinen Schreibtisch zu kommen.

Mit zwei geschmeidigen Schritten trat er hinter mich. Ich atmete ein und nahm seinen herben männlichen Duft wahr. Dabei dachte ich unwillkürlich an seine festen Hände, an die Muskeln unter Lukes Hemd, daran, wie sich seine Berührungen anfühlten, wie seine Lippen auf meinen lagen...

„Also, was hast du dir ausgedacht?" fragte Luke und unterbrach meine Gedanken.

Ich sprang auf und stellte mich neben Luke. „Ausgedacht?" Empört blitzte ich ihn an. „Das hört sich an, als sei ich ganz allein dafür zuständig, das Problem zu lösen."

Luke runzelte die Stirn. „Dein Vater hat dich doch genau darum hierhergeschickt, oder etwa nicht?"

„Er hat mich hierher geschickt, damit wir das Problem ZUSAMMEN lösen!" erwiderte ich.

Luke schnaubte.

„Schließlich stimmen die Umsatzzahlen schon seit einer Weile nicht. Ich habe mir alles genau angesehen und das angestrebte Wachstum wurde in keinem der letzten Quartale erreicht. Noch nicht einmal im letztem Jahr. Oder im Jahr davor." Ich deutete auf den Monitor. „Hier, in dieser Präsentation ist das ganz deutlich zu sehen."

„Ja und?" Luke verschränkte die Arme vor der Brust. „Wir sind immer noch der Star der Branche. Und unser Umsatz ist gewachsen. Nur nicht ganz so stark wie prognostiziert. Das ist unbefriedigend, ja. Mehr aber auch nicht. Alles andere ist reine Panikmache. Es gibt keinen Grund zur Unruhe.

„Keinen Grund zur Unruhe?" Ich schüttelte den Kopf. „Nun spiel die Sache nicht so herunter. Erstens sind die Umsätze in den letzten Monaten gesunken. Und zweitens, die Konkurrenz schläft nicht. Ganz im Gegenteil. Sie wächst schneller als wir. Wenn wir nicht gegensteuern, sind wir bald nicht mehr die Nummer Eins der Branche. So kann das nicht weitergehen." Ich beugte mich vor, tippte auf die Tastatur und rief ein anderes Diagramm auf. „Hier, siehst du."

„Ich kenne diese Zahlen auch." Lukes Stimme klang gefährlich ruhig. „Du erzählst mir nichts Neues. Ich arbeite seit Jahren hier und weiß darüber genauestens Bescheid."

Ich schluckte. Lukes Tonfall war nicht gerade höflich. Seine herablassende Art trieb mir unwillkürlich die Zornesröte ins Gesicht. Wie überheblich dieser Mann sein konnte!

Aber ich wollte mich nicht schon wieder mit ihm streiten.

„Wenn du das alles so genau weißt, dann hast du bestimmt schon eine Strategie erarbeitet, wie du neue Kunden gewinnen willst", sagte ich so ruhig ich konnte.

Ich war stolz auf mich, weil ich die Situation nicht eskalieren ließ.

„Das haben wir doch besprochen. Wir schalten neue Anzeigen, wir..."

Nun konnte ich mich nicht mehr zurückhalten.

„Anzeigen sind keine Strategie", unterbrach ich Luke. „Das sind höchstens Mittel, um eine Strategie umzusetzen. Das weiß doch jeder."

Luke schnaubte. „Willst du mich etwa beleidigen? Glaubst du, ich wüsste das nicht?"

Der Kerl bekam aber auch wirklich alles in den falschen Hals.

„Doch, ich denke, dass du das durchaus weißt. Darum will ich auch deine Pläne kennen." Ich biss die Zähne zusammen und starrte Luke an.

Er starrte zurück.

Wenn diese dunklen Augen bloß nicht so sexy ausgesehen hätten.

Was er jetzt wohl dachte?

Ich hätte einiges gegeben, um es zu erfahren.

Aber wahrscheinlich würde Luke mir höchstens irgendeine Ausrede auftischen, wenn ich ihn fragte.

Nun gut.

Ich räusperte mich. „Da du mich zuerst nach meinen Ideen gefragt hast, will ich mal nicht so sein und sie mit dir teilen." Ich konnte nicht verhindern, dass meine Stimme ein wenig sarkastisch klang.

Ich holte tief Luft.

Ruhig bleiben, Deborah, nicht provozieren.

„Ich bin der Meinung, dass wir neue Wege gehen müssen", begann ich.

„Das sagtest du bei den Anzeigen bereits", erwiderte Luke.

„Ja, aber ich meine das viel radikaler. NEUE Wege. Wir müssen neue Kunden finden und Menschen anlocken, die bisher nicht bei uns gegessen haben. Wir müssen unsere Preispolitik überdenken, um auch weniger zahlungskräftige Menschen anzulocken. Vielleicht bietet sich ein günstiges Mittagstisch-Menü in hoher Qualität als Einstieg an. Ich habe hier mal ein paar Ideen vorbereitet und auch ein paar Zahlen, denn die Mittagstische der Konkurrenz erfreuen sich höchster Beliebtheit." Ich beugte mich nach vorne und öffnete eine andere Präsentation auf meinem Bildschirm.

„Du willst Linseneintöpfe für die Massen servieren? Oder Burger für die Touristen?" Lukes Stimme klang entsetzt.

„So ein Quatsch." Ich schnaubte. „Aber selbst wenn, was wäre denn so schlimm daran? Wenn ich mich recht erinnere, dann isst du sehr gerne Burger. Oder vielleicht eher Hot Dogs. Und Donuts." Ich grinste Luke an. DAS konnte er wohl kaum leugnen, jedenfalls nicht bei mir.

„Na und?" knurrte Luke. „Das ist mein persönlicher Geschmack, damit kann ich es ja wohl halten, wie ich will!"

Ich hob abwehrend die Hände. „Ich habe nichts anderes behauptet."

„Darum finde ich aber noch lange nicht, dass das ein passendes Menü für unsere Restaurants wäre. Wir sind die *Elysium Dining Group* und nicht McDonald's!" Lukes Augen wurden noch eine Spur dunkler. Er fuhr sich durch die Haare.

„Das sage ich doch auch gar nicht!" Jetzt wurde ich doch wütend. Wieso musste Luke so ein verdammter Dickkopf sein und immer alles schwarz-weiß sehen? Ich holte tief Luft, um mich zu beruhigen. „Natürlich sollen wir uns nicht auf ein stilloses Billigniveau begeben. Aber wir könnten durchaus günstigere Gerichte anbieten. Schau dir doch einfach mal an, was die Konkurrenz so macht. Das können wir auch, sogar besser."

Luke schüttelte den Kopf. „Du verstehst nicht! Wir haben so etwas nicht nötig. Wir sind die *Elysium Dining Group*."

„Aber nach den letzten Zahlen haben wir das durchaus nötig!" hielt ich dagegen. Ich sah Luke an.

War er vorhin schon so nahe bei mir gestanden?

Unsere Gesichter schienen nur noch Zentimeter auseinander.

„Dann verlieren wir unsere Stammkunden. Die kommen schließlich, weil wir exklusiv sind. Und nicht so ein Schuppen, in dem sich die Massen auf die

Füße treten. Verstehst du das nicht oder willst du das nicht verstehen?" Lukes Blick wurde so hitzig, dass mir warm wurde.

Sehr warm.

Oh verdammt.

Diese Wärme kannte ich.

Bevor ich etwas dagegen unternehmen konnte, hatte sie sich über meinen gesamten Körper ausgebreitet. Meine Haut prickelte und in meiner Brust zog sich etwas zusammen. Meine Mitte begann, leicht zu brennen.

Ich spürte Lukes Blick.

Und dann spürte ich seine Lippen auf meinem Mund.

Ich stöhnte leise.

Ja.

Hingebungsvoll schlang ich meine Arme um Lukes Nacken und zog ihn an mich. Lukes Hände glitten meinen Rücken hinab, während seine Zunge Einlass begehrte. Ich öffnete meinen Mund. Dabei entfuhr mir ein erregtes Keuchen.

Genau das hatte ich vermeiden wollen.

Und genau das hatte ich mir heimlich gewünscht.

Luke biss leicht in meine Unterlippe und ich spürte, wie meine Nippel steif wurden.

Verdammt, ich wollte diesen Mann küssen. Immer und überall. Ich hatte genug von diesem dämlichen Versteckspiel, von...

Ich erstarrte.

Was dachte ich da?

„Was ist los?" Luke spürte, dass etwas nicht stimmte und ließ von mir ab.

Wir standen immer noch so nahe beieinander, dass ich seinen Atem spüren konnte.

In diesem Augenblick wurde die Tür zu meinem Büro aufgerissen. „Debbie, ich... oh."

Ich fuhr herum.

Vor mir stand mein Vater.

Oh Gott.

Wie sah ich aus? War mein Haar zerzaust? Saß mein Kleid noch gerade? War mein Lippenstift verschmiert? Konnte man mir irgendwie ansehen, was gerade zwischen Luke und mir passiert war?

Mein Vater sah mich an. Sein Blick wanderte von Luke zu mir und wieder zurück.

Luke und ich standen wie zwei ertappte Teenager nebeneinander.

Ich fühlte, wie mir die Röte ins Gesicht stieg und fühlte mich mit einem Mal tatsächlich wieder wie ein Teenager. Vor meinem inneren Auge sah ich den Moment, in dem mein Vater mich dabei ertappt hatte, wie ich mit einem Freund in meinem Zimmer knutschte statt Hausaufgaben zu machen.

„Hi Dad." Meine Stimme war nur ein Krächzen. Ich räusperte mich. „Das... das ist ja eine Überraschung, dich hier zu sehen. Wir haben doch gar keinen Termin?"

Ich versuchte, so normal wie möglich zu wirken. Doch selbst in meinen eigenen Ohren klang ich nicht besonders glaubhaft.

Für einen endlosen Augenblick herrschte peinliche Stille, dann räusperte sich mein Vater. „Ja, sieht ganz so aus, als ob ich dich... euch... überrascht hätte." Mein Vater sah mich mit undurchdringlicher Miene an, die Lippen zu einem schmalen Strich zusammengepresst. Sein Blick wanderte noch einmal von Luke zu mir und wieder zurück, während ich krampfhaft nach einer überzeugenden Ausrede suchte.

Oder nach irgendetwas, das ich sonst sagen konnte.

Doch mir fiel nichts ein.

Und auch Luke neben mir sagte nichts. Ich hörte nur seinen regelmäßigen Atem

„Wir haben gerade eine Besprechung", erklärte Luke dann doch nach einem schier endlos scheinenden Moment.

„Besprechung, soso", murmelte mein Vater. Vielsagend blickte er mich an. Ob er auch gerade an dem Moment dachte, in dem er mich beim Knutschen ertappt hatte statt bei den Hausaufgaben?

Doch Lukes Worte hatten mir Mut gegeben. Ich nickte bekräftigend. „Ja, wir haben über ein neues Konzept für eine neue Kundengruppe gesprochen. Dazu habe ich hier auf dem Monitor ein paar Zahlen zusammengestellt. Wenn du auch einmal herumkommen und es dir ansehen willst..." Ich machte eine einladende Geste.

Mein Vater winkte ab. „Nein danke. Ich glaube, ich habe genug gesehen." Finster sah er mich an.

Früher hatte das geheißen, dass ich mich auf eine Standpauke gefasst machen konnte.

Aber jetzt?

Ich war kein Teenager mehr. Wenn mein Vater mir Vorschriften über mein Leben machen würde, dann... Innerlich schüttelte ich den Kopf. Das würde ich einfach nicht zulassen. Ich hatte das meinem Vater gesagt, als ich den Vertrag unterschrieben hatte. Und daran würde ich mich halten.

Vielleicht wusste mein Vater das und beschränkte sich darum auf ein paar finstere Blicke. Ich hatte mir niemals etwas von ihm sagen lassen.

„Deborah hat ein paar wirklich unkonventionelle Vorschläge", ließ sich Luke da vernehmen.

Ich warf ihm einen Blick zu. Luke schüttelte fast unmerklich den Kopf und zog ganz leicht eine Augenbraue nach oben. Seine Botschaft war klar: Spiel einfach mit, egal was kommt!

„Allerdings sind wir uns dabei nicht immer einig." Luke lachte leicht.

Mein Vater nickte langsam, doch der Argwohn auf seinem Gesicht wollte nicht so recht weichen.

„Gerade hat sie vorgeschlagen, in einem unserer Restaurants eine Tanzfläche einzurichten", ergänzte Luke betont lässig und deutete auf den Raum um uns herum. „Als Hauptattraktion, sozusagen. Ein Novum natürlich, aber wer wagt, der gewinnt!"

Luke lachte auf. „Ein Unding, wenn Sie mich fragen." Er sah meinen Vater um Zustimmung heischend an.

Eine Tanzfläche?

Ich hatte ja viel vorgeschlagen, aber das nun doch nicht.

Schon öffnete ich den Mund, um zu protestieren, da erinnerte ich mich an Lukes Blick von vorhin und schloss meinen Mund wieder.

Mein Vater sah mich an. Ich nickte. „Ja, das stimmt. Ich habe diesen Vorschlag gemacht", hörte ich mich selbst sagen. „Das... stell dir einfach mal vor, wie viele Gäste tanzen. Zwischen dem Hauptgang und dem Dessert. Danach bestellen sie noch eine Extrarunde und..."

„Ich glaube das nicht." Luke lachte. „Ich denke eher, dass die Tanzfläche unsere anderen Gäste stören wird, die in Ruhe essen wollen. Schließlich müssen wir für den Tanz auch Musik spielen und..."

„Es könnte allerdings klassische Pianomusik sein. Wir könnten einen Flügel aufstellen, der gut zur Atmosphäre bei uns passt und…" Allmählich fand ich Gefallen an diesem merkwürdigen Spiel. Auch wenn ich keine Ahnung hatte, worauf Luke überhaupt hinauswollte.

„Da wir uns in dieser Frage nicht ganz einig waren", fuhr Luke ungerührt fort und musterte mich mit einem unmerklichen Zwinkern, „habe ich mir die Freiheit genommen, Deborah zum Tanz aufzufordern. Einfach, um die Sache einmal zu testen und eine entsprechende Atmosphäre zu schaffen. Damit wir sehen, ob uns danach zumute ist, anschließend noch ein Dessert zu essen." Luke lachte.

Ich stimmte mit ein. Dann sah ich meinen Vater an. Seine Miene war unbewegt.

„Was denkst du, Dad?" fragte ich. „Könnte eine Tanzfläche für unsere Gäste nicht durchaus reizvoll sein?"

Mein Vater runzelte die Stirn. Dann schüttelte er den Kopf. „Wenn ihr euch mit solchen Dingen beschäftigt, dann ist es kein Wunder, dass der Umsatz weiter stagniert. So kann das ja nichts werden."

Ich biss mir auf die Lippen.

Mein Vater hatte schon immer diese Art gehabt, seine Abneigung gegen etwas auszudrücken.

„Ihr solltest euch lieber mit Zahlen, Daten und Fakten beschäftigen", empfahl er.

Doch er wirkte beschwichtigt.

Der Argwohn von vorhin war aus seinem Blick verschwunden.

„Was… was wolltest du denn eigentlich hier, Dad?" fragte ich nun.

Mein Vater schüttelte den Kopf. „Nicht so wichtig. Ich hatte in der Gegend zu tun und wollte mal sehen, wie es bei dir so läuft. Das habe ich ja nun getan."

„Ach so." Ich nickte. „Sicher, ja."

„Dann will ich mal weiter. Ich habe noch einige andere wichtige Termine", verkündete mein Vater.

Wieder nickte ich. „Dann bis ein anderes Mal."

Dad wandte sich ohne ein Wort um und verließ das Büro.

Ich atmete auf. Eine Welle der Erleichterung durchflutete mich, als die Tür sich hinter meinem Vater schloss.

Eine Weile standen Luke und ich angespannt und still da, bis sich der angestaute Druck in mir löste und ich nervös zu kichern begann.

Luke trat einen Schritt von mir zurück und grinste schief. „Also ich weiß ja nicht, wie es dir ging, aber ich habe mich wie ein Teenager gefühlt, der beim Knutschen ertappt wurde."

Ich kicherte noch mehr. „Absolut. Ich auch."

Dann stupste ich Luke in die Seite. „Das mit der Tanzfläche war aber nicht schlecht. Eine echt gute Ausrede. Du hast wirklich was drauf."

Dann prusteten wir beide los.

Luke und ich lachten gemeinsam und das fühlte sich unendlich gut an.

Doch plötzlich wurde Luke wieder ernst und streckte seine Hand zu mir aus. „Vielleicht sollten wir wirklich eine kleine Kostprobe wagen und unsere soeben kreierte Tanzfläche testen. Darf ich bitten?" Luke grinste mich an.

Meine Kehle schnürte sich leicht zu und ich ergriff seine Hand.

Kapitel 20

Luke

Mein Smartphone klingelte. Ich griff neben mich und warf einen Blick auf das Display. Gerade war ich mit den Zahlen beschäftigt, die Deborah mir bei unserem letzten Meeting gegeben hatte. Leider musste ich zugeben, dass sie in allen Punkten recht hatte. Die Umsätze der *Elysium Dining Group* wuchsen einfach nicht so rasch wie sie sollten. Und das konnte uns durchaus zum Verhängnis werden. Denn unsere Konkurrenten wuchsen schneller und wenn sich das erst weiter herumsprach, dann würden noch weitere Kunden abwandern. Wir mussten den Trend stoppen.

Das Display zeigte einen Anruf von Privat.

Privat?

Ich wollte das Handy schon wieder zur Seite legen. Mit jemandem, der seine Identität nicht preisgab, wollte ich nicht sprechen. Es konnte in dem Fall auch nicht sonderlich dringend sein. Wer seine Nummer unterdrückte, wollte keinen Rückruf.

Da durchzuckte mich eine Vorahnung.

Es war nichts, das ich mit Sicherheit wusste.

Aber etwas, das ich schon einmal gehört hatte.

Der Guide Michelin rief mit unterdrückter Nummer an.

Mein Herz klopfte laut und ich schluckte, als ich über das Display wischte, um das Gespräch anzunehmen. Plötzlich fühlten sich meine Hände leicht feucht an. Ich hielt das Smartphone an mein Ohr und fuhr mir mit der freien Hand durch die Haare. Nur mühsam unterdrückte ich den Impuls, aufzuspringen.

„Luke Winters hier, hallo", begrüßte ich den unbekannten Gesprächspartner und versuchte dabei, so beiläufig wie möglich zu klingen.

Bloß nicht so wirken, als hätte ich auf diesen Anruf nicht schon Monate oder Jahre gewartet. Ich atmete tief durch und straffte die Schultern.

„Guten Tag Mr Winters. Hier spricht Don Salomon", meldete sich eine feste Männerstimme.

Don Salomon!

Er war es tatsächlich.

Jeder kannte ihn. In Restaurantkreisen war er legendär. Er hatte praktisch schon immer für den Guide Michelin in Amerika gearbeitet.

Mein Atem ging ein wenig flacher.

Don Salomon rief an.

Das konnte nur eins bedeuten.

Denn in den letzten Jahren hatte ich nie einen Anruf erhalten.

Kein Anruf, kein Stern.

Und jetzt bekam ich einen Anruf.

„Ich freue mich sehr, Ihnen mitteilen zu können, dass Ihr Restaurant *Elysium Essence* in Manhattan sich ab heute mit einem Michelin-Stern schmücken darf. Ihr Küchenchef Cecil May hat unsere Tester mit seinen Kochkünsten zu verschiedenen Gelegenheiten wirklich überzeugt." Don Salomon lachte. „Herzlichen Glückwünsch, Mr. Winters. An Sie, an Cecil May und an die gesamte *Elysium Dining Group*."

Yes!

Ich ballte eine Hand zur Faust und stieß sie in die Luft. Dann sprang ich vom Stuhl und ging in meinem Büro auf und ab.

Wir hatten es geschafft!

Wir hatten es tatsächlich geschafft!

Ich hatte diesen Stern!

„Das… das freut uns natürlich sehr, dass uns heute diese Ehre zuteil wird“, sagte ich mit leicht belegter Stimme.

Im Stillen fragte ich mich, wann die Tester wohl das *Elysium Essence* besucht hatten und was Cecil ihnen vorgesetzt hatte. Doch das würde ich wohl nie erfahren. Der ganze Ablauf war streng geheim und die Details wurden besser gehütet als das Bankgeheimnis in der Schweiz.

Das war er also. Der Moment, auf den ich so lange hingefiebert hatte.

Ich sah aus dem großen Panoramafenster. New York wirkte wie immer. Das Empire State Building und die ganze Skyline dahinter standen unbeeindruckt vor dem fahlblauen Winterhimmel. Ich schluckte. Irgendwo mussten doch jetzt die Lichter angehen? Zur Feier des Tages?

„Sie stehen nun in einer Reihe mit den angesehensten Gastronomen der Welt“, gratulierte mir Don Salomon erneut.

„Ich… ich danke Ihnen von ganzem Herzen“, stotterte ich. „Ich… ich weiß gar nicht, was ich sagen soll.“

Verdammt, Luke, du hättest für diesen Moment ruhig eine Rede vorbereiten können.

Aber daran hatte ich nicht gedacht.

Vielleicht weil ich mich nicht damit beschäftigen wollte, wie es wäre, die Rede vorbereitet zu haben und sie in meine Schreibtischschublade stopfen zu müssen, wenn wir keinen Stern bekamen.

Don Salomon und ich wechselten noch einige Worte, bevor wir das Gespräch beendeten. Ich konnte mich an kein einziges mehr erinnern. Meine Gedanken überschlugen sich. Ehe ich mich versah, riss ich die Tür zu meinem Büro auf, stürmte an einer überraschten Miss Jones vorbei und rannte den Gang entlang.

Das hier war die Krönung meiner Arbeit.

Ich musste den Sieg mit Deborah teilen.

Atemlos riss ich die Tür zu ihrem Büro auf. Ans Anklopfen dachte ich in dieser Situation nicht.

„Luke!“ Deborah sah überrascht hinter ihrem Monitor hervor. Ihre blauen Augen blinzelten erstaunt. Ich erinnerte mich daran, wie wir zu zweit hier getanzt hatten.

Ein magischer Moment.

Jetzt gab es einen weiteren magischen Moment.

DEN Moment.

„Wir haben ihn!“ rief ich und reckte triumphierend eine Faust nach oben. „Den Stern!“

Deborah sah mich ungläubig an. Dann begriff sie, was ich gerade gesagt hatte. „Wirklich? Das kann kaum wahr sein!“

„Es ist wahr!“ Ich strahlte Deborah an. „Don Salomon hat mich persönlich angerufen. Es war genau, wie sie immer sagen. Ein Anruf von einer privaten Nummer.“ Immer noch leicht ungläubig schüttelte ich den Kopf.

Jetzt sprang auch Deborah auf. „Das ist ja Wahnsinn.“ Sie lachte.

In diesem Augenblick hätte ich sie nur zu gerne in die Arme genommen. Aber nach der Begegnung mit ihrem Vater ließ ich das lieber sein. Auch jetzt konnte uns jederzeit jemand überraschen.

Verdammt, wie sehr ich diese Heimlichtuerei hasste!

Ich wollte Deborah umarmen und küssen, wann mir danach war.

Überrascht hielt ich inne.

Was hatte ich da gerade gedacht?

Das konnte nicht sein.

Ich schob den Gedanken erst einmal beiseite.

„Wir müssen dringend meinem Vater Bescheid sagen“, holte mich Deborah denn auch auf den Boden der Tatsachen zurück. „Wenn wir ihm diese Neuigkeiten vorenthalten, wird er uns nie verzeihen.“ Sie lachte und griff zum Telefon.

„Deborah, was gibt’s?“ erklang wenig später Harrison Mitchells leicht mürrische Stimme aus dem Lautsprecher.

„Dad!“ sprudelte Deborah los. „Wir haben es geschafft! Wir haben einen Stern!“ Ihre Stimme überschlug sich fast und erst jetzt bemerkte ich, dass ihr der Stern mindestens genauso viel zu bedeuten schien wie mir.

Ich runzelte die Stirn.

Die *Elysium Dining Group* war Deborah ebenso wichtig wie mir.

„Stern? Das wurde aber auch Zeit.“ Harrison Mitchell schnaubte. „Na endlich, sag ich da nur.“

Deborah sah mich an, verdrehte die Augen und machte eine Geste, die mir sagen sollte, dass diese Reaktion wohl nichts Ungewöhnliches für ihren Vater war und dass ich mir nichts dabei denken sollte.

„Danke, Dad.“ Deborah klang sarkastisch.

„Schon gut, schon gut. Herzlichen Glückwunsch. Das sind wunderbare Neuigkeiten." Harrison Mitchell lachte. „Nun lass mich doch meinen Spaß haben. Du weißt doch, dass ich dich hin und wieder gerne etwas aufziehe."

Deborah hob die Augenbrauen. „Sicher, Dad."

„Es ist fantastisch. Zufrieden?" Harrison Mitchell schien durchaus an Deborahs Wohlwollen gelegen zu sein. „Denke bitte daran, allen Mitarbeitern zu danken. Das ist schließlich zu einem großen Teil ihr Verdienst."

„Sicher, Dad, das machen wir. Luke und ich." Deborah nickte.

„Ah ja, Luke", brummte Harrison Mitchell. Deborah hatte vergessen zu erwähnen, dass ich mich im Raum befand. „Auch an ihn meinen herzlichsten Glückwunsch." Mein Boss klang direkt versöhnlich. „Hat er ganz gut gemacht."

Deborah sah mich mit einem unterdrückten Grinsen an. „Ich denke, wir sollten das ein wenig feiern, Dad, meinst du nicht auch? So eine kleine Feier für die Mitarbeiter, das wäre doch etwas."

„Gute Idee." Harrison Mitchell schwieg kurz. „Morgen", bestimmte er dann.

„Morgen? Aber Dad, das ist wirklich ein total schlechter Termin. Übermorgen müssen alle wieder arbeiten", argumentierte Deborah.

„Dann sollen sie ein wenig später anfangen oder weniger trinken", befahl Harrison Mitchell ungehalten. „Es ist der einzige freie Abend in meinem Terminkalender in diesem Monat."

„Okay, dann morgen. Das ist aber nicht allzu viel Zeit, um alles zu organisieren. Das ist dir sicher bewusst?" Deborah runzelte die Stirn.

„Na und? Das wird doch irgendjemand in der Firma wohl hinkriegen. Ruf mich an, sobald ihr eine Location habt. Bis später." Ohne Deborahs Antwort abzuwarten, legte Harrison Mitchell auf.

Deborah sah mich an. „Na dann..." Sie hob die Schultern.

„Ruf Brittany an", riet ich. „Sie soll sich um die Location und alles weitere kümmern. Das bekommt sie schon hin." Ich grinste. „Da dein Vater kein Budget gesetzt hat, kann sie richtig Geld ausgeben. Das wird sie doch gerne tun."

Deborah brummte etwas.

„Was?" wollte ich wissen.

„Wenn die Anweisung von dir kommt, dann gibt Brittany das Geld noch lieber aus“, wiederholte sie.

Ich grinste. „Mag sein. Aber du bist für Marketing zuständig. Das hab mittlerweile sogar ich gelernt.“

Deborah sah mich mit finsterem Blick an und ich machte, dass ich zur Tür hinaus kam.

Ich grinste.

Was für ein Tag.

Eine Discokugel drehte sich über der Tanzfläche im großen Ballsaal von Mr. Mitchells größtem Hotel. Wie sich herausgestellt hatte, war es einfacher als gedacht gewesen, eine Location zu finden. Brittany hatte nur ein paar Anrufe getätigt und schon hatte unser Mutterkonzern uns gerne den Saal zur Verfügung gestellt. Die Feier war bisher gar nicht so schlecht verlaufen. Mr. Mitchell hatte eine Ansprache gehalten. Das hatte ich ihm überlassen. Zuerst war ich verärgert gewesen, doch dann sah ich es positiv: So kam ich darum herum, Cecil selbst allzu sehr loben zu müssen. Der Kerl hätte mir sonst noch dreimal erzählt, das er recht gehabt hatte mit seinem Konzept. Wahrscheinlich eher dreihundert Mal. Aber heute war mir das egal.

Wir hatten den Stern. Das war die Hauptsache.

Der Ballsaal war voller Mitarbeiter in Abendgarderobe, die lachten und tranken.

Natürlich.

Wer ließ sich so etwas schon entgehen, auf Kosten der Firma?

Vor allem verbunden mit dem Angebot, morgen, an einem normalen Arbeitstag, auszuschlafen.

Egal, Luke. Es geht um den Stern. Du solltest feiern.

Ich sah mich um.

Wo war Deborah?

Sie hatte angekündigt, ein wenig später zu kommen und ich hatte sie den ganzen Abend noch nicht gesehen.

Eine opulente Bar erstreckte sich über die gesamte linke Wand, an der ein halbes Dutzend Barmänner bereits eifrig Drinks ausschenkte. Auf der Bühne im hinteren Bereich gab eine fünfköpfige Band enthusiastisch Coversongs zum Besten. Und mitten im Saal befand sich die großzügige Tanzfläche, über der sich die Discokugel drehte. Einige Kollegen tanzten bereits.

Harrison Mitchell winkte mir von weitem zu.

Ich winkte zurück.

Und da sah ich Deborah, die bei ihm stand.

Grüßend erhob ich die Hand.

Deborah nickte mir zu.

Verdammt.

Schon einmal hatte es mich gestört, dass wir so tun müssten, als wären wir nur... Kollegen.

Jetzt störte es mich noch mehr.

Ich wollte mit Deborah feiern, mit ihr trinken, mit ihr lachen, mit ihr ausgelassen sein. Ich wollte meine Freude mit ihr teilen und sie küssen und...

Meine Hose wurde eng.

„Na, zufrieden mit der Feier?" Eine bekannte Stimme drang an mein Ohr.

Ich wandte mich um. „Ah, Brittany."

Brittany kicherte. „Genau. Du hast mich doch eben gesucht, oder?"

Hatte ich nicht.

Aber das musste ich Brittany ja nicht sagen.

Brittany trug ein hautenges Abendkleid, das zur Farbe ihrer Augen passte. Normalerweise wäre sowas ein Hingucker. Aber Brittany wirkte in diesem Grün einfach nur wie ein Fisch. Ihre weit auseinander stehenden Augen betonten diesen Eindruck nur noch. Bedauernd sah ich über die Schulter zu Deborah, die in ihrem türkisfarbenen Abendkleid einfach atemberaubend aussah.

„Ich habe dich nicht wirklich gesucht", erwiderte ich wahrheitsgemäß. „Auch wenn ich mich bei dir natürlich noch für die gute Organisation bedanken wollte. Das hast du wirklich toll gemacht, vor allem, weil so wenig Zeit war."

Brittany lachte. „Luke, verdammt, du bist doch der gleiche wie immer. Deine Komplimente sind immer so... besonders." Brittany streckte ihre Hand aus und berührte leicht mein Jackett. Dabei lachte sie girrend.

Ich wich zurück.

„Nun komm schon, ein Tänzchen kannst du mir doch nicht verwehren!" Brittany war nicht so leicht abzuschütteln.

Ich stöhnte.

„Wenn du nicht mit mir tanzt, dann werde ich dich den ganzen Abend damit nerven", drohte Brittany, packte meinen Arm und zog mich hinter sich her auf die Tanzfläche.

Ich stöhnte. Doch bei der Musik hörte das niemand, noch nicht einmal Brittany.

Deborah warf mir einen Seitenblick zu und ich rollte mit den Augen.

Dann folgte ich Brittany auf die Tanzfläche. Dort legte ich ihr einen Arm auf die Schulter und eine Hand auf die Hüfte.

„Wusste ich doch, dass du mit mir tanzen willst", schrie Brittany gegen die Musik an und grinste leicht.

So konnte man das natürlich auch nennen.

Ich versuchte, Brittany auf Abstand zu halten.

Doch sie drängte sich immer weiter an mich heran, bis ihre Brüste sich in meine Muskeln bohrten. Darauf nahm ich Abstand. Worauf Brittany mir wieder auf die Pelle rückte.

Ein merkwürdiger Tanz.

Ich fühlte, wie sich ein leichter Schweißfilm auf meiner Stirn bildete.

Hoffentlich war dieser verdammte Song bald vorbei. Gefühlt schien das eine Ewigkeit zu dauern.

„Luke, noch ein Tanz", schrie Brittany mir da ins Ohr.

„Ähm… ich muss dringend etwas mit Mr. Mitchell besprechen", stammelte ich und versuchte, mich aus Brittany Händen zu befreien.

„Unsinn, was willst du denn hier besprechen?" Brittany lachte girrend. Anzüglich leckte sie mit ihrer Zunge über ihre Lippen.

Dann formte sie einen Kussmund. „Ich habe schon die ganze Zeit über fantasiert, was geschehen wird, wenn du und ich zusammen tanzen und den Rest des Abends zusammen verbringen und…" Brittany streckte mir auffordernd ihre Brüste entgegen.

„Ich… ich habe diesen Tanz Deborah versprochen." Abrupt ließ ich Brittany los und stieß sie von mir. Jetzt war mir wirklich egal, was sie von mir dachte. Ich wollte nur weg von dieser aufdringlichen Person.

Sie schien nicht kapieren zu wollen, dass sie bei mir keine Chance hatte.

Ohne mich nach ihr umzusehen, verließ ich die Tanzfläche.

Da.

Aus dem Augenwinkel sah ich das türkisfarbene Abendkleid. Hastig drängte ich mich durch die Menge. Ich hatte Glück. Deborah stand zum ersten Mal heute Abend für eine Minute da, ohne dass jemand mit ihr redete.

„Du siehst heute Abend wunderschön aus. Du bist die schönste Frau im ganzen Saal“, flüsterte ich Deborah ins Ohr.

Sie fuhr herum. „Luke!“

Ich grinste. „Na wer würde dir denn sonst solche Komplimente machen? Ich hoffe, niemand.“

Deborah lachte. „Mir nicht. Aber Brittany sieht so aus, als würde sie darauf hoffen, dass du ihr dieses Kompliment machst.“

Ich machte eine wegwerfende Handbewegung. „Ach, Brittany. Die hat heute Abend wohl ein bisschen viel getrunken. Das darfst du nicht ernst nehmen. Sie weiß sehr gut, dass sie nicht mein Typ ist.“ Ich grinste. Ich wollte Deborah nicht beunruhigen und daher würde ich ihr nicht erzählen, wie Brittany sich an mich herangeworfen hatte. Das würde ich schon selbst regeln.

„Und wer ist dann dein Typ?“ Kokett legte Deborah ihren Kopf schief und sah mich an. Ihre blauen Augen blitzten und funkelten, ihre vollen Lippen waren zu einem leichten Lächeln verzogen und ihre Wangen waren ein wenig rot. Genauso wie ich es an ihr liebte.

Ich lachte wieder. „Na du natürlich.“

Deborah schien mir heute verführerischer und anziehender als je zuvor.

„Deborah, kann ich dich kurz sprechen?“ Harrison Mitchell erschien hinter uns.

„Gleich Dad. Ich habe Luke eben diesen Tanz versprochen. Wenn es so lange warten kann...“ Deborah blinzelte mir zu. Ohne die Antwort ihres Vaters abzuwarten hakte sie sich bei mir ein und wir gingen gemeinsam zur Tanzfläche.

„Das ist wirklich fies“, flüsterte ich Deborah ins Ohr, als wir uns im Rhythmus der Musik zu bewegen begannen.

„Was?“ Deborah sah mich mit großen Augen an.

„Ich würde zu gerne mit DIR anstoßen. Und mit DIR feiern. Und mit DIR...“ Ich beendete meinen Satz nicht.

Deborah lächelte. „Ja. Ich auch mit dir.“

In meiner Brust wurde etwas eng.

Etwas zog sich zusammen, das sich sonst nie zusammengezogen hatte.

Deborah erschien mir die schönste Frau, die ich je gesehen hatte.

Und die begehrenswerteste.

Zu gerne hätte ich mit ihr eng umschlungen getanzt.

Ich wollte sie haben.

Jetzt und hier.

Doch das konnte ich nicht.

Also neigte ich mich wieder nach vorne und murmelte an Deborahs Ohr: „Ich möchte mit dir anstoßen. Nur mit dir. Nachher. Wenn all das hier vorbei ist."

Wir tanzten.

Deborahs Kopf bewegte sich.

Es war ein ganz leichtes Nicken.

Kapitel 21

Deborah

Die Feier war endlich vorbei.

Endlich.

Ich hatte den Abend genossen. Aber jetzt hatte ich genug. Außerdem hatte ich die ganze Zeit darauf gewartet, mit Luke allein sein zu können. Seine Ankündigung, mit mir – und zwar nur mit mir – allein anstoßen zu wollen, hatte meinen Körper in Flammen versetzt. Meine Haut hatte geprickelt, sobald ich auch nur zu Luke hingeschaut hatte.

Und jetzt war es soweit.

Sogar die lästige Brittany war nach Hause gegangen. Sie war unter den letzten Gästen gewesen. Vermutlich hatte sie auf einen Moment gelauert, in dem sie Luke allein abpassen konnte. Ihre Flirtversuche während der Party waren nicht zu übersehen gewesen. Doch irgendwie hatte Luke es geschafft, sie abzuwimmeln und sie nach Hause zu schicken. Dass Brittany ziemlich viel getrunken hatte, war sicherlich von Vorteil gewesen. Wer sich kaum noch auf den Beinen halten konnte, hatte nicht mehr die Kraft, Annäherungsversuche zu starten.

Nun waren nur noch er und ich da. Auch mein Vater war nach Hause gegangen. Zum Glück. Ich hatte mich ein weiteres Mal wie ein Teenager gefühlt. Oder schlimmer sogar. Wann war ich das letzte Mal auf einer Party mit meinem Vater gewesen? Ich meine, auf einer richtigen Party, auf der ich mich amüsieren wollte?

Noch nie.

Wir besuchten zusammen unsere Verwandten und „feierten" deren Geburtstage. Das waren aber alles eher zahme Veranstaltungen, bei denen es im Wesentlichen um Essen und Trinken ging. Mehr nicht. Ganz sicher war dort niemand, der...

Der mich dermaßen anzog wie Luke.

Und schon gar nicht war dort jemand, mit dem ich ein paar heiße Nächte verbracht hatte, was ich dann aber vor meinem Vater verstecken musste.

Luke und ich verließen Seite an Seite das Hotel und schlenderten durch die kühlen, nächtlichen Straßen Manhattans. Die Luft war kalt, doch nach der stickigen Atmosphäre in dem Ballsaal tat mir das gut.

„Man, bin ich froh, dass dieser Abend endlich rum ist", brummte Luke und lockerte seine Krawatte. Dann entschied er sich, sie ganz auszuziehen und steckte sie in seine Manteltasche. „Brittany hat mich echt auf Trab gehalten mit ihren ständigen Anmachversuchen. Die hatte wohl zu viel getrunken!"

Ich verdrehte die Augen. „Ja, das hat wohl jeder mitbekommen. Sie hat sich ziemlich peinlich aufgeführt."

Luke grinste schief. „Tja, so eine Person gibt es wohl auf jeder Party. Die sich so unmöglich benimmt, dass sie sich am nächsten Tag dafür schämt. Obwohl... bei der Menge an Alkohol, die sie zu sich genommen hat, erinnert sich Brittany wahrscheinlich nicht mal mehr an das, was sie getan hat. Und wenn es ihr jemand sagt, dann wird sie es nicht glauben." Luke lachte.

„Ach, sei still!" lachte ich und stieß ihm leicht in die Seite. Heimlich musste ich grinsen beim Gedanken an Brittanys unverhohlene, aber erfolglose Flirtversuche. Luke hatte sie ein ums andere Mal abblitzen lassen und Brittany hatte es immer wieder versucht. Ein wenig tat sie mir fast leid.

Für einen Moment schlenderten wir schweigend nebeneinander her und genossen es, ganz unter uns zu sein. Um diese Tageszeit – oder besser gesagt Nachtzeit – war es ruhiger als sonst in New York. Der Verkehrslärm war gedämpft. Irgendwo links von uns bellte ein Hund, während einige Straßen entfernt die Sirene eines Krankenwagens zu hören war. Weiter vorne spielte Musik, die aus einer Bar kommen musste.

Ich dachte an den Abend, den ich mit Luke im Irish Pub verbracht hatte.

„Weißt du, an was ich gerade denke?“ unterbrach Luke die Stille zwischen uns.

„Nein, an was denn?“ Gespannt sah ich Luke an. Ja, was dachte er wohl? Frauen fragten sich ständig, was Männer dachten. Nun würde ich eine Antwort bekommen.

„An einen schönen Chocolate Frosted Donut“, verkündete Luke.

Ich prustete los.

Es stimmte also.

Während Frauen glaubten, Männer würden sich über die Zukunft Gedanken machen oder zumindest an tiefgreifende Dinge denken, dachten die Männer in Wahrheit an... Essen. Oder an andere profane Sachen.

„Was ist daran so lustig?“ wollte Luke wissen.

Ich winkte ab. „Ach nichts. Wirklich nichts.“

Luke stupste mich an. „Hey, du verschweigst mir was.“

Ich schüttelte den Kopf und lachte weiter.

„Ich will auch mitlachen“, beschwerte sich Luke.

„Ach...“, stieß ich hervor und lachte weiter. „Das erzähle ich dir später.“ Ich hakte mich bei Luke unter. „Lass uns lieber überlegen, wo du um diese Zeit noch einen Donut herbekommst. Der Weihnachtsmarkt hat schon längst geschlossen. Sonst würde Annabelle dir noch einen Donut machen.“

Jetzt lachte Luke. „Ach, das ist nett, dass du dir solche Gedanken machst. Ich weiß natürlich, wo ich mitten in der Nacht noch einen Donut herbekomme.“ Luke grinste. „Darin bin ich Experte.“

„Ja?“ Gespannt sah ich Luke an.

„Lass uns hier links gehen.“ Luke zog mich in eine Seitenstraße. „Da vorn.“ Er deutete auf einen kleinen Laden, dessen Fenster auch um diese Zeit noch hell waren. „Die haben rund um die Uhr auf. Und sie machen Donuts.“

Ich stöhnte leicht, was aber nur gespielt war. „Was findest du nur an diesen klebrigen Dingern? Hast du heute denn noch nicht genug Zucker gegessen? Auf der Party gab es alles Mögliche an Dessert.“

„Aber keine Donuts“, erwiderte Luke.

„Das wäre wohl auch nicht ganz passend", antwortete ich. „Hier ging es schließlich um einen Michelin-Stern."

„Stimmt", gab Luke zu. Dann zuckte er mit den Schultern. „Wie dem auch sei, ich brauche jetzt einen Donut. Das heute Abend war der pure Stress. Brittany, dein Vater… ich muss meinen Energiespeicher wieder auffüllen. Und das geht bei mir am besten mit Donuts."

„Dann lass uns gehen." Ich deutete auf den Laden. „Aber ich werde keinen Bissen von den Dingern essen", warnte ich Luke.

„Das solltest du dir gut überlegen", antwortete Luke. „Die Chocolate Frosted Donuts dort sind wirklich außergewöhnlich gut."

Ich schüttelte den Kopf. „Ich habe so viele von den Dingern hergestellt, das reicht für immer. Schon vor dem Job für Annabelle habe ich keine Donuts gemocht. Jetzt erst recht nicht."

Luke zog mich an der Hand zu dem kleinen Laden. Ich folgte willig. So langsam wurde es draußen auf der Straße nämlich doch kalt.

Wir traten ein. Eine wahre Welle von süßlichen Düften schlug uns entgegen. Hinter der Theke stand ein dünner Typ mit dunklen Haaren, der uns leicht mürrisch ansah.

„Hallo", nickte Luke. „Ich hätte gerne zwei Chocolate Frosted Donuts."

„Zwei?" zischte ich. „Ich esse nichts davon, das hab ich dir doch gesagt."

Luke grinste. „Das schaffe ich auch alleine."

Ich verdrehte nur kurz die Augen.

Wie konnte man so scharf auf diese Dinger sein? Doch ich verkniff mir eine Erwiderung. Heute wollte ich bestimmt nicht mit Luke streiten.

„Chocolate Frosted?" Verständnislos sah der Mann hinter der Theke zu Luke.

„Chocolate Frosted", bestätigte Luke.

„Was sein?" fragte der Mann. Offensichtlich sprach der nur gebrochen Englisch.

„Chocolate." Luke zeigte auf das Schild hinter dem Mann.

Der kratzte sich am Kopf. „Noch nie gemacht. Aber ich versuche."

Ich kicherte leicht. „Der ist wohl neu hier."

Luke brummte etwas Unverständliches. Dann flüsterte er: „Hoffentlich kriegt er das hin. Ich freue mich schon die ganze Zeit auf diese Donuts."

Der Mann hantierte hinter der Theke. Er schien sich genauso wenig mit der Donut-Maschine auszukennen wie ich an meinem ersten Tag. Ich empfand Mitleid für ihn, als er verzweifelt die Knöpfe studierte.

„Ich nicht wissen“, sagte er dann.

Ich machte mich von Luke los und ging hinter die Theke. „Hier“, sagte ich und legte meinen Finger auf einen Knopf. „Und hier.“

Nun begann die Maschine, zu rattern und ihre Arbeit zu tun.

Der Mann strahlte mich an. „Danke. Vielen Dank.“

„Gerne.“ Ich lächelte ihn an und hätte ihm zu gern erzählt, wie sehr ich ihn verstand. Doch dafür war sein Englisch wirklich nicht gut genug.

Luke grinste mich an, als ich wieder hinter der Theke hervorkam. „So komme ich also doch noch in den Genuss von Chocolate Frosted Donuts, die du gemacht hast.“

Ich lachte. „So kann man das auch sehen. Auch wenn ich nur einen Knopf gedrückt habe.“

Wenig später verließen Luke und ich den Laden mit einem Karton, in dem die beiden frischen Donuts waren.

„Debbie, ich weiß, dass es schweinekalt ist. Aber ich muss diese Donuts jetzt unbedingt gleich probieren. Die riechen so verführerisch, ich halte das nicht aus. Lass uns da um die Ecke gehen, da ist ein kleiner Park mit einer Bank“, bat mich Luke.

„Also gut.“ Ich zuckte mit den Schultern. Im Laden war es ziemlich heiß gewesen, so dass mir nicht mehr kalt war.

Keine Minute später saßen wir nebeneinander auf der Bank. Luke öffnete den Karton. Darin lagen zwei Donuts mit Schokoladenglasur. Ich beäugte sie etwas skeptisch. „Also wirklich, Luke“, seufzte ich erneut, „ich verstehe nicht, was du an den Dingern so toll findest.“

Luke biss in einen Donut und stöhnte vor Wohlbehagen auf. Dann leckte er sich genüsslich die Schokostreusel von den Lippen. „Hey, unterschätze Donuts nicht! Das ist pure Nahrung für die Seele, weißt du? Ganz besonders diese hier.“ Er biss erneut herzhaft in den Donut und kaute zufrieden. „Mmmmh, einfach perfekt! Du musst unbedingt probieren, Debbie“, drängte er und hielt mir den Donut direkt vors Gesicht.

„Igitt, nein danke!“ Ich rümpfte die Nase und schob seine Hand weg. „Behalt dein Fett- und Zuckergebäck für dich alleine!“

„Oh komm schon, sei kein Spielverderber." Luke zwinkerte mir zu und stupste mich neckisch mit dem Donut an. „Nur einen kleinen Bissen!"

Ich schüttelte entschieden den Kopf und musste grinsen bei seinem herzerwärmenden Blick. „Vergiss es, Luke! Ich hab auf dem Weihnachtsmarkt eine Überdosis abbekommen. Und überhaupt mochte ich Donuts noch nicht mal als Kind."

Luke lachte.

„Wirklich. Meine Oma hat vergeblich versucht, mir das Zeug schmackhaft zu machen." Ich grinste. „Sie war aber auch nicht besonders gut im Kochen."

„Was? Ich dachte, alle Omas können kochen?" Luke lachte.

„Meine nicht." Ich schüttelte den Kopf. „Wahrscheinlich war ich auch darum so ein hoffnungsloser Fall an der Donut-Maschine auf dem Weihnachtsmarkt. Ich hatte einfach keinerlei Vorbilder."

Luke stimmte in mein Lachen mit ein. „Also, hoffnungslos würde ich nicht sagen. Heute Abend hast du das doch ganz ordentlich hinbekommen. Irgendwas hast du also gelernt."

„Ja, ja, schon klar", winkte ich ab.

„Dann solltest du jetzt auch mal probieren." Luke hielt mir den Karton hin. Eigentlich hasste ich es, wenn jemand so beharrlich war. Aber nun musste ich über Lukes drängelnde Art lachen.

„Na gut, du Nervensäge! Aber nur einen kleinen Bissen", gab ich schließlich nach und rutschte etwas näher zu ihm. Vorsichtig riss ich ein Stück von einem Donut ab und betrachtete es misstrauisch, bevor ich es in den Mund steckte.

Die süße Füllung und der leicht ölige Geschmack explodierten förmlich auf meiner Zunge.

Mhm.

Hatte das schon immer so geschmeckt?

Sicher nicht.

Überrascht kaute ich einen Moment und musste dann zugeben: „Mhm, tatsächlich, das ist gar nicht mal so übel!"

Luke strahlte. „Ha, was hab ich dir gesagt? Donuts sind einfach Balsam für die Seele."

„Besser als meine Donuts ist das allemal." Ich kaute weiter.

Dann riss ich noch ein Stück ab.

„Ich wusste, dass du auf den Geschmack kommen würdest“, triumphierte Luke. Er stupste mich in die Seite.

Ich lachte. „Du bist wohl Hellseher, oder?“

„Niemand kann Donuts widerstehen“, entgegnete Luke überzeugt.

Ich lachte noch mehr.

„Also auch wenn deine Fähigkeiten als Donut-Produzentin vielleicht noch ausbaufähig sind, ich wollte dir sagen, dass ich finde, dass... dass du dich als Co-CEO ganz ausgezeichnet machst“, verkündete Luke da überraschend.

Ich starrte ihn an. „Ernsthaft?“

Bisher waren Luke und ich in allen Punkten unterschiedlicher Meinung gewesen.

„Ja, ernsthaft.“ Lukes Augen schimmerten dunkel im Licht der Straßenlaterne. Ich konnte sehen, dass er nicht scherzte. „Du bringst wirklich frischen Wind in die Firma und das... nun sagen wir, es gefällt mir besser, als ich gedacht habe.“

Ich war sprachlos über das unerwartete Kompliment.

„So wie dir der Donut besser schmeckt als gedacht“, ergänzte Luke.

Wir sahen uns an.

Dann prusteten wir beide los.

In diesem Moment fühlte ich mich einfach nur unbeschwert und glücklich.

Hier.

Auf einer viel zu kalten Parkbank, mit einem viel zu süßen Donut in der Hand.

Mitten in New York.

Neben Luke.

So schwiegen wir einfach nur einen Moment lang.

„Ich habe noch eine Überraschung vorbereitet“, sagte Luke dann. „Bei mir.“

„Bei dir?“ Als ich diese Worte wiederholte, kribbelte es sofort verführerisch in meiner Magengegend.

Bei Luke.

Ich erinnerte mich nur allzu genau an alles, was passiert war, als wir das letzte Mal bei Luke waren.

Und ich wollte, dass es wieder passierte.

Luke nickte.

„Dann lass uns gehen“, antwortete ich. Luke ergriff meine Hand und zog mich von der Bank nach oben. Für einen kurzen Moment standen wir einfach nur voreinander, die Körper nah beieinander. Lukes Wärme und sein vertrauter Duft umwehten mich.

Luke nahm meine Hand und zog mich mit sich. Wir waren nicht weit von seinem Penthouse entfernt. Zumindest glaubte ich das. So genau hatte ich nicht darauf geachtet, wo er wohnte. Auch jetzt hätte ich nicht genau sagen können, durch welche Straßen wir gingen. Zu sehr war ich mit der knisternden Spannung zwischen Luke und mir beschäftigt. Meine Haut prickelte, über meinen Rücken liefen wohlige Schauer und meine Mitte zog sich leicht zusammen.

Als wir Lukes Penthouse betraten, hielt ich wieder die Luft an. Der Blick von hier oben war einfach atemberaubend.

„Einen Moment.“ Luke verschwand hinter mir und ich stand allein in seinem Wohnzimmer. Mein Blick wanderte über den großen Tisch, über die Ledercouch, über den teuren Teppich und die sorgfältig ausgewählten Gemälde.

Luke erschien wieder. In der einen Hand trug er einen Eiskübel mit einer Champagnerflasche und in der anderen Hand zwei Champagnerflöten.

„Oh“, machte ich.

Luke grinste. „Ich habe dir doch gesagt, dass ich mit dir anstoßen will. Dann sollte ich besser auch etwas zum Anstoßen haben.“

Ich lachte. „Das stimmt wohl.“

Luke stellte den Eiskübel und die Gläser auf den Tisch. „Ich kann es immer noch nicht glauben, dass wir ab jetzt einen Michelin-Stern haben.“

„Das hast du dir redlich verdient“, sagte ich und sah Luke fest an.

Er grinste. „Das lass bloß Cecil nicht hören. Der dreht durch und wird dir gleich sagen, dass ER es verdient hat.“

Ich winkte ab. „Ach, er scheint zufrieden. Er war doch den ganzen Abend ruhig.“

„Das stimmt“. Luke entkorkte die Champagnerflasche mit einem lauten „Plopp“ und goss die prickelnde Flüssigkeit in zwei Gläser.

„Auf unseren gemeinsamen Sieg“, sagte Luke, hob sein Glas und zwinkerte mir zu, als wir anstießen. Der Champagner perlte kühl und fruchtig über meine Lippen und hinterließ ein kribbelndes Prickeln auf meiner Zunge.

Luke sah mich an.

Und da breitete sich das Prickeln wieder über meinen ganzen Körper aus.

Luke rückte näher an mich heran. „Weißt du… ich wünschte mir, du hättest mich so angeflirtet und nicht Brittany.“

Ich lachte, um meine Verlegenheit zu überspielen. „Ach ja?“

„Ja.“ Luke nahm mir das Champagnerglas aus der Hand und stellte es auf den Tisch. Mit einer einzigen fließenden Bewegung zog er mich an sich und begann, meinen Hals mit federleichten Küssen zu bedecken.

„Bei Gott, auf diesen Moment habe ich schon den ganzen Abend gewartet“, murmelte er zwischen zwei Küssen.

Ich stöhnte leicht auf. Lukes zarte Küsse entflammten eine Hitze in mir, wie ich sie noch nie gespürt hatte. Ich legte meine Hände auf seine Schultern, ließ sie nach vorne gleiten und machte mich an den Knöpfen von Lukes Hemd zu schaffen. Endlich spürte ich seine nackte Haut unter meinen Fingern.

Luke zog mich an sich und seine Hände glitten meinen Rücken hinab. „Das Kleid ist der Hammer. Aber ohne bist du noch schöner“, brummte er rau, als er nach dem Reißverschluss tastete. Wenig später glitt mein Kleid zu Boden.

Und endlich fanden Lukes Lippen meine. Zuerst kitzelte er meinen Mund nur mit seiner Zunge. Ganz zart, ganz beiläufig. Leicht stöhnend streckte ich mich Luke entgegen, denn ich wollte mehr. Luke küsste mich kurz und rasch.

Wieder.

Und wieder.

Dann trafen sich unsere Münder zu einem tiefen, leidenschaftlichen, gierigen Kuss. Unsere Zungen begannen einen wilden Tanz, während Luke nach dem Verschluss meines BHs tastete und ich mich an seinem Gürtel zu schaffen machte. In meinem Kopf drehte sich alles.

Schließlich standen wir splitterfasernackt voreinander.

Luke beugte sich nach vorne und küsste meinen Nippel. So zart und beiläufig, wie er vorhin meine Lippen geküsst hatte.

Ich schnappte nach Luft.

Lukes Zunge umkreiste meinen Nippel, während seine Hand mit leichten Liebkosungen über meinen Bauch nach unten glitt, bis sie an meiner intimsten Stelle landete.

Ich war nicht feucht.

Ich war nass.

Luke brummte. Seine Finger liebkosten alle Falten.

Ich stöhnte laut.

„Komm." Luke ließ von mir ab und zog mich mit sich.

In sein Schlafzimmer.

Ohne ein Wort zu verlieren, drängte Luke mich dort rückwärts auf die weichen Laken und beugte sich über mich. Seine heiße Erektion presste sich fordernd an meinen Oberschenkel, als sich unsere Körper miteinander verschlangen. Ein aufregendes Prickeln jagte durch meine Adern, als Luke begann, mich hingebungsvoll zu liebkosen und mit Küssen zu übersäen.

Mein Atem ging stoßweise, als Lukes Lippen sich ihren Weg über meine Brüste und meinen Bauch bis zu meiner intimsten Stelle bahnten.

Oh Gott.

Lukes Zunge liebkoste meine Perle.

Zuerst sanft.

Dann ein wenig fester.

Er umkreiste meine Perle, er saugte ganz leicht daran, er...

Ich stöhnte und wand mich vor Lust. Meine Finger krallten sich in die Laken und meine Mitte zog sich zusammen.

Jetzt.

Ich spürte es

„Luke!" keuchte ich atemlos.

Dann kam ich. Mit einem lauten, ekstatischen Schrei.

Noch während ich von dem überwältigenden Höhepunkt durchflutet wurde, positionierte Luke sich geschickt über mir und drang mit einer einzigen geschmeidigen Bewegung in mich ein. Ich stöhnte vor Lust und Befriedigung auf.

Endlich war ich wieder voll und ganz ausgefüllt.

Das hatte ich mir gewünscht.

„Oh Luke!“ keuchte ich atemlos und krallte meine Finger in seine Schultern, als er begann, sich rhythmisch in mir zu bewegen. Ich hob meine Hüften und kam Luke entgegen.

Unsere Körper fanden rasch einen gemeinsamen Rhythmus und so schaukelten wir uns gegenseitig zu neuer Ekstase.

Lukes Schwanz berührte genau den richtigen Punkt in mir und ich spürte schon, wie sich meine Mitte erneut zusammenzog. In mir baute sich eine neue Welle auf.

„Schau mich an, Baby“, flüsterte Luke.

Ich sah in seine dunklen Augen und alles in mir zog sich noch stärker zusammen.

„Ja, Baby“, keuchte Luke.

„Luke!“ Die Welle in mir brach und überschwemmte mich von den Zehenspitzen bis zu meinen Haaren.

In diesem Moment stöhnte Luke laut auf und trieb seinen Schwanz ein letztes Mal tief in mich, bevor er sich in mir ergoss.

Minutenlang lagen wir einfach nur da, unsere bebenden Körper fest ineinander verschlungen. Lukes Atem strich in warmen Stößen über meine erhitzte Haut. Mein Herz raste und mein Puls dröhnte in meinen Ohren. Ich holte tief Luft, um mich zu beruhigen.

„Das war unbeschreiblich“, flüsterte Luke und strich mir eine feuchte Haarsträhne aus dem Gesicht. Seine Augen wirkten so dunkel wie nie zuvor.

Ich lächelte zufrieden. „Das war es.“

Luke streichelte meinen Körper. „Ich hab diese Heimlichtuerei satt. Ich möchte dich küssen, wann immer ich will. Keine Versteckspiele mehr.“ Lukes warmer Atem kitzelte an meinem Ohr.

Mein Herz zog sich zusammen.

„Das... das möchte ich auch“, erwiderte ich. Dann lachte ich. „Ich möchte dich nämlich auf einer Party so unverschämt anflirten wie Brittany es vorhin getan hat.“

Luke lachte leise. „Und wenn du es tust, dann möchte ich darauf eingehen.“

Vorhin auf der Parkbank war ich glücklich gewesen.

Doch jetzt war es mehr.

Jetzt war ich etwas, für das es keine Worte gab.

Unvermittelt umarmte mich Luke so stürmisch, dass mir beinahe die Luft wegblieb. Doch ich drückte mich ebenso fest an ihn und vergrub mein Gesicht an seinem muskulösen Oberkörper.

„Jetzt muss ich nur noch überlegen, wie ich das meinem Vater beibringe“, lachte ich.

Luke grinste. „Das überlasse ich dir. Du kennst ihn besser als ich.“

Plötzlich fühlte sich alles verdammt offiziell an.

Und das war verdammt gut.

Ich lächelte zufrieden und kuschelte mich noch enger an Luke.

Kapitel 22

Deborah

Am nächsten Morgen ging ich gedankenverloren zur Arbeit.

Vor kurzem hatte ich Lukes Penthouse verlassen.

Allein.

Das musste heute noch einmal sein.

Aber es würde das letzte Mal sein.

Ich würde mit meinem Vater sprechen. Luke wollte zu mir stehen. Und ich zu ihm. Bereits in unserer ersten Nacht hatte ich gespürt, dass uns etwas ganz Besonderes verband. Und Luke auch. Das hatte er mir heute Morgen gestanden. Und dass ihm genau das riesige Angst gemacht hatte und er deshalb Schluss gemacht hatte, bevor die Dinge richtig begonnen hatten.

Doch nun war er bereit.

Ich lächelte. Das hatte ich auf jeder Ebene gespürt. Die Nacht war einfach unbeschreiblich gewesen – voller Leidenschaft und Vertrautheit. Ich hatte mich richtig fallen lassen können. Mehr noch als beim ersten Mal.

Ich lächelte.

Jetzt musste ich es nur noch meinem Vater sagen.

Nur noch.

Ich biss mir auf die Unterlippe. Das würde nicht leicht werden. Natürlich würde ich mir alle Worte vorher zurecht legen. Aber mein Vater war einfach strikt gegen Beziehungen am Arbeitsplatz. Das war sein Prinzip. Daran würde er festhalten, egal welche Worte ich fand. Außerdem hielt er Luke für einen Frauenhelden. Wie falsch er damit lag.

Tief in Gedanken verloren ging ich den Bürgersteig entlang. Ich war eben bei mir Zuhause vorbeigangen und hatte mein Partykleid gegen praktische Kleidung fürs Büro eingetauscht. Schließlich durfte noch niemand wissen, dass ich letzte Nacht nicht nach Hause gegangen war, sondern diese im Bett meines Co-CEOs verbracht hatte.

Erst wenn ich Dad alles gesagt hatte.

Dann.

Du kannst dir noch so viele Gedanken machen, Deborah, am Ende kannst du nicht kontrollieren, was Dad tun wird. Du musst es einfach geschehen lassen. Und heute kannst du sowieso nicht mit Dad reden. Er ist unterwegs, bei einem seiner zahlreichen Termine.

Ich konnte also genauso gut an die Arbeit denken, die sich auf meinem Schreibtisch stapelte. Seufzend strich ich mir eine Haarsträhne aus der Stirn und überlegte, welche Meetings mir heute bevorstanden.

„Na wen haben wir denn da?" Eine bekannte Stimme drang an mein Ohr.

Hatte ich nicht genau diese Worte erst gehört, auf dem Weihnachtsmarkt?

Ich sah auf.

„Draven." Innerlich stöhnte ich auf. Nicht auch das noch. Der Kerl hatte mir gerade noch gefehlt. „Was willst du?" fragte ich brüsk.

Draven hob abwehrend die Hände. „Hey, sei doch nicht gleich so... so angriffslustig."

„Angriffslustig?" Ich lachte. „Du hast gut reden. Vielleicht erinnerst du dich noch an unsere letzten beiden Begegnungen? Da warst du nicht gerade nett zu mir. Man könnte sagen, dass du mich angegriffen hast." Ich schnaubte. „Aber weißt du was? Das müssen wir gar nicht mehr besprechen. Wir sind nämlich nicht zusammen und es gibt auch keinen Grund, aus dem wir Kontakt haben oder miteinander sprechen sollten."

Ich verschränkte meine Arme vor der Brust.

Statt einer Antwort trat Draven einen Schritt auf mich zu und rieb sich fahrig über das Kinn, wobei sein Blick kurz zur Seite huschte. Er wirkte, als hätte er die ganze Nacht kein Auge zugemacht. „Also... ich bin ganz froh, dich hier zufällig zu sehen. Ich wollte sowieso mir dir reden, weil..."

Draven hielt inne.

Misstrauisch musterte ich meinen Ex. Was hatte ich einst bloß an dem Kerl gefunden? Ich hatte einmal geglaubt, ich würde den Rest meines Lebens mit ihm verbringen. Doch jetzt fühlte ich rein gar nichts mehr. Und auch das, was ich damals gefühlt hatte... es kam mir so unecht und nichtssagend vor gegen alles, was ich bei Luke fühlte.

Zum Glück war die Sache mit Draven in die Hose gegangen.

Noch vor nicht allzu langer Zeit hatte ich das nicht so gesehen.

Aber jetzt schon.

Und der Kerl sagte mir nun, er wollte mit mir reden?

Worüber denn?

„Zwischen uns ist alles gesagt." Ich wollte mich an Draven vorbei drängen. Es war nicht gerade warm und ich hatte weder Zeit noch Lust, so lange auf einer kalten Straße herumzustehen.

„Debbie." Draven fasste mich am Arm. Ich riss mich los. „Es... es tut mir leid, okay? Ich war ein verdammter Idiot."

Verblüfft hob ich die Augenbrauen und verschränkte die Arme noch fester vor der Brust. „Was ist denn jetzt auf einmal in dich gefahren?" entgegnete ich kühl. „Wenn ich mich recht erinnere, hast du eine neue Freundin. Und zwar eine, die nicht nur besser Snowboarden kann als ich, sondern auch auf allen anderen Gebieten besser ist."

Ich schnaubte.

„Das habe ich gesagt, das stimmt!" Draven fuhr sich fahrig durch die Haare und starrte mich mit verzweifelten Augen an. „Aber... in Wahrheit hab ich dich die ganze Zeit über vermisst. Swetlana ist einfach nicht die richtige Frau für mich. Das ist nur Ablenkung, weil... weil ich so verzweifelt war. Alles, woran ich denken konnte, warst du!"

Trotz aller Verblüffung schnaubte ich abfällig. „Ach ja? Hat man dir aber nicht angemerkt. Und gesagt hast du das auch nicht."

„Das war ganz schön blöd von mir", murmelte Draven und ein gequälter Ausdruck huschte über sein Gesicht. „Aber bitte glaub mir, Deborah, das war alles ein riesiger Fehler. Ich wusste es damals schon, aber jetzt weiß ich es wirklich. Wirklich, wirklich, wirklich."

Ich starrte meinen Ex an. Er klang… anders als sonst.

Sollte er das wirklich ernst meinen?

Bedauerte er es wirklich, mich verlassen zu haben?

Nicht dass ich ihn zurückwollte. Aber es fühlte sich verdammt gut an, von ihm zu hören, dass… dass er unrecht gehabt hatte. Während unserer ganzen Beziehung waren ihm diese Worte nicht ein einziges Mal über die Lippen gekommen.

Ich verkniff mir ein Grinsen.

„Debbie, ich… können wir das nicht alles einfach hinter uns lassen? Und nochmal von vorne anfangen?“ Flehend blickte mich Draven an.

Was?

Ich hörte wohl nicht recht.

„Ich meine, ich weiß, du hast jemanden gefunden. Aber ich weiß auch, dass du mich sicherlich auch vermisst und…“

Ich lachte auf. „Ach ja? Woher weißt du denn das? Kannst du Gedanken lesen?“ Ich stemmte meine Hände in die Hüften. „Hör zu, Draven, mag ja sein, dass diese Swetlana nicht die richtige Frau für dich ist. Schön und gut. Das weißt du besser als ich. Aber für uns beide ist es zu spät. Es war die richtige Entscheidung, alles zu beenden. Wir waren nicht gut füreinander. Daran hat sich nichts geändert.“ Meine Stimme war fest.

Ich hatte keine Zweifel.

Meine Zukunft hieß Luke.

„Das… das kannst du doch nicht ernst meinen.“ Draven sah mich an. „Du willst alles wegwerfen, was wir uns gemeinsam aufgebaut haben.“

„Ich werfe nichts weg“, erklärte ich geduldig. „Da ist nichts mehr. Wir haben nichts aufgebaut. Und jetzt lass mich bitte weitergehen. Ich muss zur Arbeit.“

Ich machte einen Schritt, um an Draven vorbeizugehen.

„So einfach kommst du mir nicht davon!“ Draven packte mich am Arm.

„Hey! Was soll das?“ Ich versuchte, mich loszumachen. Doch Dravens Griff war fester als erwartet. „Verdammt, lass mich los! Ich will nichts mehr von dir, hast du das noch nicht verstanden?“

Ich biss die Zähne zusammen. So war Draven schon immer gewesen. Wenn etwas nicht nach seinem Kopf ging, dann schaltete er auf stur und versuchte, mit Gewalt zu bekommen, was er wollte.

Draven drückt mich mit einem groben Ruck an die nächstbeste Hauswand. Erschrocken rang ich nach Luft, als sich sein Körper drohend über mir aufbäumte und mein Kinn mit einer Hand hochzwang. „Du wirst mir jetzt zuhören, ist das klar?“

Panik wallte in mir auf bei seinem aggressiven Auftreten. Ich leistete Widerstand, doch Draven schien das nicht einmal zu spüren.

„Draven, lass mich los! Was ist denn in dich gefahren?“ keuchte ich und bemühte mich um einen giftigen Ton, auch wenn meine Stimme leicht zitterte.

Draven beugte sich nach vorne.

Seine Lippen näherten sich meinem Mund.

„Hilfe!“ schrie ich so laut ich konnte. „Polizei!“

Einige Passanten blieben stehen.

Draven ließ mich los. „Blöde Nutte!“ beschimpfte er mich. „Zuerst machst du mich an und dann, wenn du bekommen kannst, was du willst, dann zierst du dich.“ Er sprach so laut, dass alle Passanten ihn hören konnten. Gleichzeitig rückte er einen Schritt von mir ab. Die Gefahr schien gebannt. Die Passanten gingen weiter.

„Ich will dich nicht!“ stieß ich angewidert hervor. „Und du willst mich auch nicht. Wahrscheinlich sehnst du dich nur nach dem Leben, das du bei mir hattest. Du hast ja nicht einmal arbeiten müssen.“ Ich fixierte Draven. „Ich fehle dir bestimmt nicht so sehr wie du behauptest. Aber mein Geld schon, oder?“

Draven presste seine Kiefer aufeinander. „Na und wenn es so wäre? Jeder trägt einen Teil zu einer Beziehung bei und das war eben dein Teil.“

Ich lachte höhnisch auf. „So kann man das auch nennen. Aber ist auch egal. Damit ist es vorbei. Du musst jetzt dein eigenes Geld verdienen. Such dir einen Job. Oder eine andere, die dich aushält.“

Ich wandte mich ab.

Draven konnte mich mal.

Von seinen Drohungen würde ich mich nicht beeindrucken lassen. Dahinter steckte sowieso nicht viel. Wie bei allem an ihm. Er hatte schöne Worte, machte große Versprechen, hatte Pläne, wollte sich bessern… aber wenn es darum ging, das alles in die Tat umzusetzen, dann konnte er sich urplötzlich an nichts mehr erinnern.

Als ich weitergehen wollte, hörte ich Dravens Stimme. „He, nicht so schnell, Süße!“ rief er gehässig. „Ich an deiner Stelle würde nicht so einfach abhauen, sondern mir zuhören. Sonst wirst du noch dein blaues Wunder erleben.“

Ich schüttelte den Kopf.

„Sonst bist du deinen Neuen schneller wieder los als du schauen kannst“, drohte Draven jetzt.

Ich hatte eigentlich weitergehen wollen und Draven krakeelen lassen. Doch nun drehte ich mich doch um. „Draven, du nervst!“ blaffte ich. „Von mir kriegst du nichts, merk dir das endlich!“

Ein gehässiges Grinsen huschte über Dravens Züge und er leckte sich provozierend die Lippen. „Ach ja? Na das werden wir noch sehen. Ich hab da so meine Methoden…“ Draven grinste. „Sagen wir doch mal so: Was ist es dir wert, wenn ich großzügigerweise davon absehe, ein paar schmutzige kleine Details über uns auf Social Media zu verbreiten? Mit Bildern und allem Drum und Dran. Das interessiert die Leute doch immer.“ Draven kicherte gehässig.

Ich starrte ihn sprachlos an.

Wie konnte er es nur wagen?

So ein niederträchtiger Mistkerl!

„Das wird überall aufgegriffen werden… Die heiße Deborah, die alles mit sich machen lässt…“ Draven kicherte. „Vielleicht wird dein Neuer sich noch ein paar Ideen holen können… Aber kann auch gut sein, dass er dich nicht mehr will, wenn er erst hört, was ich alles mit dir gemacht habe…“

„Das ist doch erstunken und erlogen!“ Wütend starrte ich Draven an.

Draven hob die Schultern. „Das weiß aber niemand. Und die Leute glauben immer alles, das weißt du doch selbst.“ Er kicherte. „An dir wird auf ewig ein Makel haften. Kein Mann wird dich mehr ansehen können, ohne zu denken… oh ja… das ist eine willige Bettsklavin. Eine richtige kleine Schlampe!“

„Du elender Bastard!“ zischte ich. „Denkst du ernsthaft, dass dir jemand deine lächerlichen Märchen abkaufen würde? Du bist so was von durchschaubar, Draven! Der eifersüchtige Ex, der nicht damit klarkommt, dass seine Verflossene weitergezogen ist.“

Draven musterte mich einen Moment lang amüsiert, bis sich sein Grinsen vertiefte. „Na na na, nicht so angriffslustig, meine Kleine. Vielleicht denken das andere. Aber was wird dein Liebster erst denken, wenn er hört, welche versauten Sprachnachrichten du mir geschickt hast, um mich heiß zu machen und mich ins Bett zu bekommen?“ Draven grinste. „Welche eindeutigen Textnachrichten, mit denen du mich rumkriegen wolltest, weil du genau wusstest, dass ich gehe, wenn ich im Bett nicht bekomme, was ich will?“

Ich erstarrte.

So war es nicht gewesen.

Aber es stimmte, dass Draven es leicht so aussehen lassen konnte. Seine kontrollierende Art, die ich immer wieder zu beschwichtigen versucht hatte…

Doch damit war jetzt endgültig Schluss!

Ich straffte meine Schultern und richtete mich auf. Meine Stimme klang ruhig. Und eiskalt. „Was du hier abziehst, ist nicht nur erbärmlich, sondern strafbar! Glaubst du ernsthaft, ich lasse zu, dass du solche widerlichen Lügen über mich in die Welt setzt?“

Einen Moment lang musterte Draven mich abwartend, als würde er darauf warten, dass ich weitersprach. Als ich jedoch schwieg und lediglich die Kiefer zusammenpresste, breitete sich ein diabolisches Grinsen auf seinem Gesicht aus.

„Natürlich nicht, Deborah. Natürlich wirst du das nicht zulassen“, sagte Draven scheinheilig und tätschelte meine Wange in einer Art, die mich würgen ließ. „Darum wirst du mir auch eine angemessene Entschädigung für mein Schweigen zahlen. Sagen wir… hunderttausend sollten es schon sein. Immerhin geht es hier um deinen Ruf und dein Leben. Da ist das noch eine geringe Summe.“

Es dauerte einen Moment, bis ich meine Sprache wiederfand. „Was? Du glaubst doch nicht im Ernst, dass ich mich von dir erpressen lasse, oder?“

Draven zuckte nur unbekümmert mit den Achseln. „Was weiter passieren wird, ist deine Entscheidung. Ich würde das nicht Erpressung nennen. Ich biete dir lediglich eine Wahl. Und du kannst mich beeinflussen. Wenn du angemessen zahlst. Überleg es dir gut.“

Ich lachte auf. „Ach Draven, was bist du naiv. Wirklich naiv.“ Ich zog meine Augenbrauen nach oben. „Was glaubst du denn, das passieren wird, wenn ich meinem Vater erzähle, was du hier abziehst? Dann hast du im Nu nicht nur einen Anwalt am Hals. Sondern sehr viele. Und zwar die besten. Die, die sich auf Cybermobbing, Erpressung und ähnliches spezialisiert haben.

Hunderttausend werden dir wahrscheinlich gar nicht reichen, um aus dieser Sache relativ unbeschadet wieder rauszukommen. RELATIV unbeschadet."

Ich hasste es eigentlich, mit meinem Vater zu drohen. Doch jetzt genoss ich meine Worte regelrecht.

Draven starrte mich an. „Du miese Schlampe", war alles, was er hervorbrachte.

Ich lachte. „Du kannst von mir denken, was du willst. Solange du dich benimmst, passiert dir nichts. Und du musst nicht mal was dafür zahlen."

Ich lachte.

Es fühlte sich so gut an, Draven auszukontern.

„Das wirst du noch bereuen", zischte Draven. Sein Gesicht war zu einer hässlichen Fratze verzogen.

Ich zuckte mit den Schultern und ging weiter.

Draven blieb ruhig.

Er kam mir nicht nach.

Vorsichtig sah ich mich um.

Er war weg.

Ich atmete tief durch, um mich zu beruhigen.

Alles war gut gegangen.

Nichts war passiert.

Noch einmal sah ich mich um.

Da kniff ich die Augen zusammen. Diese Frau auf der anderen Straßenseite... Das war doch... das war doch nicht Brittany?

Ich sah noch einmal hin.

Sie war es.

Oder?

Ich blinzelte und schloss kurz die Augen. Als ich sie wieder öffnete, war die Frau verschwunden. War es Brittany gewesen? Hatte an der Stelle überhaupt eine Frau gestanden?

Kopfschüttelnd beschloss ich, den vermeintlichen Vorfall zu vergessen. Vermutlich hatte mich der ganze Stress mit Draven so sehr mitgenommen, dass ich Gespenster gesehen hatte.

Seufzend ging ich weiter und atmete tief.

Am besten ich vergaß das alles so schnell wie möglich.

Es war meine Zeit, Aufmerksamkeit und Energie nicht wert.

Kapitel 23

Luke

Ich saß in meinem Büro und lächelte. Ich lächelte tatsächlich einfach nur so vor mich hin.

Wann war mir das zum letzten Mal passiert?

Ich konnte mich nicht erinnern. Vielleicht war mir das noch gar nicht passiert.

Und wenn, dann schon gar nicht wegen einer Frau.

Luke, du bist zum Arbeiten hier.

Ich straffte meine Schultern. Auf meinem Schreibtisch stapelten sich die Dinge, um die ich mich kümmern musste. Nur weil ich glücklich war, hieß das noch lange nicht, dass ich meinen Job vernachlässigen konnte.

Ich sah zu dem großen Panoramafenster hinaus. Dunkle Wolken türmten sich über der New Yorker Skyline auf.

Richtig.

Für heute war ein Schneesturm vorhergesagt.

Zum Glück saß ich hier drin wohlig im Warmen.

Wohlig im Warmen?

Ich erstarrte.

Tatsächlich.

Erst jetzt bemerkte ich es: Die Heizung in meinem Büro funktionierte wieder. Um mich herum herrschte eine angenehme Temperatur, bei der es sich gut arbeiten ließ. Im Vergleich zu den letzten Tagen und Wochen konnte ich wirklich sagen, hier herrschte eine wohlige Wärme.

Ich hatte gar nicht mitbekommen, dass Handwerker hier gewesen waren. Miss Jones musste das alles arrangiert haben und zwar so diskret, dass die Reparatur während einer meiner zahlreichen Besprechungen oder Termine erledigt wurde. Wahrscheinlich gestern... Abend?

War Miss Jones auf der Feier gewesen?

Ich konnte mich nicht mehr erinnern, denn ich hatte nur Augen für Deborah gehabt.

Ein schlechtes Gewissen beschlich mich bei dem Gedanken, wie unhöflich ich wegen der Heizung zu meiner Sekretärin gewesen war. Miss Jones hatte all meine Beschwerden über sich ergehen lassen müssen, obwohl sie doch gar nichts für die Unfähigkeit der Handwerker konnte.

Ich musste es wieder gut machen.

Das war ich ihr schuldig.

Rasch stand ich auf, durchquerte mein Büro und öffnete die Tür zu meinem Vorzimmer.

„Miss Jones?“ fragte ich.

Meine Sekretärin saß wie immer hinter ihrem PC. Sie hob ihren Kopf und sah mich fragend an. Sicherlich rechnete sie mit weiteren Anweisungen. Oder gar mit weiteren Beschwerden meinerseits. Ich musste mich wirklich bemühen, ein wenig netter zu ihr zu sein.

„Mr. Winters. Was kann ich für Sie tun?“ wollte Miss Jones wissen.

Ich trat neben Miss Jones und lächelte sie entschuldigend an. „Ähm... Ich... also...“ Verflixt, es war verdammt schwer, Worte zu finden für meine Entschuldigung.

Miss Jones blickte mich abwartend an.

Ich holte tief Luft und gab mir einen Ruck. „Ich wollte mich bei Ihnen für mein Verhalten in den letzten Wochen entschuldigen. Ich war ungeduldig und aufbrausend und habe so getan, als wäre es Ihre Schuld, dass die Heizung nicht funktionierte. Das war nicht richtig." Ich räusperte mich. „Wie ich sehe, haben Sie ganze Arbeit geleistet und die Heizung funktioniert wieder. Vielen Dank."

Miss Jones musterte mich für einen Moment durchdringend. Dann stahl sich ein kleines Lächeln auf ihre Züge. „Danke, Mr. Winters. Ihre Worte bedeuten mir wirklich viel."

Ich nickte und trat unbehaglich von einem Bein aufs andere. „Ja... Dann nochmals vielen Dank für Ihren unermüdlichen Einsatz. Wer weiß, wann die Heizung sonst repariert worden wäre."

Jetzt lachte Miss Jones.

Das erleichterte mich.

Wenn eine Frau lachte, dann war alles in Ordnung.

„Ich habe den Handwerkern etwas Druck gemacht, sagen wir mal so", erklärte Miss Jones. „Dann ging plötzlich alles ganz schnell."

Ich grinste. „Ich wusste doch, dass Sie ein paar Geheimwaffen in den Schreibtischschubladen haben."

Erleichterung überkam mich, weil ich diese unangenehme Situation nun geklärt und alles aus der Welt geschafft hatte. Ich kehrte an meinen Schreibtisch zurück und ließ mich in meinen Executive Chair sinken. Aus den dicken dunklen Wolken fielen nun große Schneeflocken, die im Wind umherwirbelten. Die Wettervorhersage stimmte. Da draußen braute sich ein Schneesturm zusammen, wie er im Buche stand.

Das war mir egal.

Wirklich egal.

Ich grinste zufrieden. In meinem Leben lief alles nach Plan. Ich fühlte mich so aufgekratzt und beschwingt wie schon seit Ewigkeiten nicht mehr.

Und der Grund dafür war Deborah.

Ich dachte daran, wie ich Ellison für verrückt erklärt hatte, weil er mir geraten hatte, mir endlich eine Frau zu suchen und sesshaft zu werden. Ich sollte mich binden. Womöglich gar eine Familie gründen. Nun, Familie, daran war weiter nicht zu denken.

Aber alles andere...

Seit ich Deborah gefunden hatte, schien mir der Gedanke, mich zu binden, gar nicht mehr so schrecklich. Im Gegenteil. Es erschien mir sogar ziemlich erstrebenswert. Ich wollte Deborah endlich meine Zuneigung offen zeigen, sie küssen, wann mir danach war.

Und jede Nacht mit ihr verbringen.

Bei der bloßen Vorstellung regte sich etwas in meiner Lendengegend und meine Hose wurde eng. Meine Daumen begannen wie von selbst über die Armlehne zu reiben, als würde ich Deborah erneut in meine Arme schließen und ihr Freude bereiten.

Das wollte ich.

Auch wenn sie stur sein konnte wie ein Esel.

Ich grinste, als ich daran dachte, wie wir uns stritten. Wie heiß Deborah dann aussah. Wie sie mich in genau diesen Momenten einfach um den Verstand brachte. In Zukunft würde ich sie einfach mitten in jedem Streit küssen.

Deborah war...

Sie war einfach Deborah.

Niemand war so wie sie, keine einzige Frau auf der ganzen Welt. Sie löste etwas in mir aus und berührte einen Punkt in mir, den noch niemand je berührt hatte.

Du bist verliebt, Luke Winters.

Noch vorgestern hätte ich das energisch bestritten.

Aber nun gestand ich es mir selbst ein.

Ich war verliebt.

Und das fühlte sich einfach verdammt gut an.

Es fühlte sich RICHTIG an. Als ob genau das passieren sollte.

Ich lächelte.

In diesem Augenblick ertönte ein ungeduldiges Klopfen an der Tür und riss mich aus meinen angenehmen Gedanken. Unwillig sah ich auf.

„Ja?“ Das war nicht Miss Jones’ Klopfen. Es musste jemand anders sein. Ich blickte auf die Uhr.

Richtig. Miss Jones machte gerade Kaffeepause und so war es für jeden Besucher ein Leichtes, einfach in mein Büro zu spazieren.

„Herein.“ Jetzt war ich ohnehin schon gestört worden.

Die Tür wurde aufgerissen. „Luke, ich muss dringend mit dir reden. Es ist wirklich wichtig!“

Vor mir stand Brittany. Sie wirkte aufgelöst. Auf ihren Wangen zeigten sich hektische rote Flecken und ihre Augen blickten irgendwie merkwürdig drein. Aber vielleicht dachte ich das auch nur, weil Brittany durch ihre weit auseinander stehenden Augen diesen stechenden Blick hatte.

Ich seufzte. „Was ist denn los, Brittany? Geht es um die Kosten für das Fest? Das verbuchen wir separat, ich schreibe noch eine Mail, dass man in der Buchhaltung ein neues internes Konto anlegt. Es geht nicht von deinem Budget ab."

Brittany schüttelte wild den Kopf. „Nein, nein, nicht die Arbeit! Es ist... es geht um Deborah."

„Um Deborah?" Entgeistert blickte ich Brittany an. Dann schüttelte ich langsam den Kopf. „Brittany, Deborah ist jetzt deine Chefin. Wenn du ein Problem mit ihr hast, dann musst du ihr das selbst sagen."

„Ich habe sie heute Morgen mit einem Mann gesehen!" platzte Brittany heraus. „Die beiden... die schienen sehr vertraut miteinander. Als ob sie sich SEHR gut kennen würden. SEHR SEHR gut. Wenn du verstehst, was ich meine." Brittany blickte mich vielsagend an.

Mit einem Mann?

Deborah?

Mit einem Mann, mit dem sie auf vertrautem Fuß stand?

Ich runzelte erst die Stirn und biss dann die Zähne zusammen.

Luke! Brittany hat sich gestern an dich rangeworfen. Sie steht bestimmt nur hier, weil sie intrigieren will. Irgendwelche Gerüchte verbreiten. Sicher sagt sie nicht die Wahrheit. Sie will einfach nur herausfinden, ob zwischen Deborah und dir irgendwas läuft. Du darfst ihr nicht die Genugtuung geben, auf ihr intrigantes Gehabe reinzufallen.

Ich holte tief Luft.

„Na und?" Gelassen blickte ich Brittany an. „Warum erzählst du mir das?"

Ein verunsicherter Ausdruck huschte über Brittanys Gesicht. „Ich... ich dachte, das würde dich interessieren. Ihr beide scheint ja... irgendwie miteinander verbunden."

Ich sah Brittany an. Dann prustete ich los. „Brittany. Also wirklich! Lass das. Erstens geht dich das gar nichts an, mit wem ich zusammen bin. Ich habe bemerkt, dass du dich gestern an mich rangeworfen hast. Und davor auch schon. Aber du bist einfach nicht mein Typ."

Schmerz zuckte über Brittanys Gesicht.

Sie tat mir ein wenig leid.

Aber ich sagte ihr das jetzt nicht zum ersten Mal. Nur wollte sie es einfach nicht hören. Vielleicht würde sie es wenigstens jetzt verstehen.

„Du solltest hier nicht so intrigieren", ermahnte ich Brittany versöhnlich. Mein Lachen von eben tat mir ein wenig leid. Es war schließlich nicht die einfachste Situation, in jemanden verliebt zu sein, der diese Zuneigung nicht erwiderte. „Du bist eine hübsche Frau, Brittany. Aber nicht mein Typ, wie gesagt. Daran ändern solche Behauptungen auch nichts."

Ich wollte noch etwas hinzufügen, doch ich unterließ es. Auf keinen Fall wollte ich bei Brittany den Anschein erwecken, als gäbe es doch noch eine Möglichkeit, dass ich mich für sie entscheiden würde.

Das gab es nicht.

Das hatte es noch nicht einmal gegeben, bevor ich Deborah kennengelernt hatte.

Brittanys Blick verfinsterte sich und sie presste die Lippen zu einem schmalen Strich zusammen.

„Bestimmt findest du irgendwo noch den richtigen Mann, der für dich bestimmt ist." Versöhnlich lächelte ich Brittany an.

Brittany musterte mich mit undurchdringlicher Miene. Sie presste ihre Kiefer zusammen und warf ihren Kopf leicht in den Nacken. Dann schnaubte sie. Mit einer ruckartigen Bewegung zog sie ihr Smartphone aus der Tasche und entsperrte es.

„Du glaubst mir also nicht, ja?" fragte sie mit belegter Stimme und trat direkt vor meinen Schreibtisch. „Und ich bin nicht gut genug für dich, egal, was andere machen? Dann sieh selbst!"

Mit fahrigen Wischbewegungen scrollte sie auf ihrem Handy herum, bis sie offenbar das gefunden hatte, wonach sie suchte. Brittany drehte das Display in meine Richtung und begann zu sprechen, während ich ungläubig auf das Foto starrte.

„Hier, das habe ich heute Morgen aufgenommen. Gar nicht so weit weg von hier!" Leiser Triumph schlich sich in Brittanys Stimme. „Glaubst du mir jetzt?"

Ungläubig starrte ich auf das Bild, das Brittany mir unter die Nase hielt. Es zeigte Deborah und einen Mann aus einer seitlichen Perspektive. Der Mann hob Deborahs Kinn an und näherte seine Lippen den ihren. Er wollte sie küssen. Wahrscheinlich hatte er sie geküsst, nachdem das Bild entstanden war. Deborah sah zu dem Mann auf und auch wenn die Aufnahme aus der Ferne entstanden war, wo hätte ich schwören können, dass Deborah den Kerl erwartungsvoll anblickte.

Sie wollte von ihm geküsst werden.

„Du kannst dir ja denken, was danach kam“, drang Brittanys Stimme an mein Ohr. „Sie haben sich auf offener Straße geküsst, so innig, dass man schon geglaubt hat, sie würden es gleich vor allen Leuten miteinander treiben.“

Ich starrte auf das Bild.

Der Mann kam mir bekannt vor. Auf eine eigenartige Weise vertraut. Ich kniff meine Augen zusammen und betrachtete das Bild genauer.

Er war es.

Deborahs Ex. Der Kerl, der sie auf dem Weihnachtsmarkt so blöd angemacht hatte! Ich hatte ihr zur Seite stehen wollen, sie retten, ihr helfen… und sie warf sich hinter meinem Rücken diesem Idioten wieder an den Hals.

Obwohl ich ihr mein Herz zu Füßen gelegt hatte.

Obwohl er eine andere hatte. Deborah hatte mir von Draven erzählt, von seiner unangenehmen Art, seiner Eifersucht und seinem Kontrollwahn. Sie hatte so erleichtert gewirkt, diesen Alptraum endlich hinter sich gelassen zu haben.

Nichts davon war die Wahrheit gewesen.

Wie dumm war ich eigentlich?

Ich hatte Brittany vorhin nicht geglaubt und ein Teil von mir wollte es immer noch nicht glauben.

Aber dem Bild musste ich glauben.

Oder?

Vielleicht war es ein altes Bild.

„Ich habe das heute Morgen fotografiert. Auf dem Weg hierher.“ Brittany schien meine Gedanken gelesen zu haben. Sie nahm das Smartphone und tippte darauf herum. „Hier.“ Sie hielt mir die Bildinformationen unter die Nase.

Heute Morgen.

Gar nicht so lange, nachdem Deborah mein Penthouse verlassen hatte.

Gar nicht so lange, nachdem sie mein BETT verlassen hatte.

Wir hatten über eine gemeinsame Zukunft gesprochen, darüber, dass wir zueinander stehen wollten…

In mir gefror alles zu Eis. Mein Herz, meine Gedanken, meine Gefühle – alles erstarrte schockartig zu einem einzigen, unförmigen Klumpen.

Wie konnte das sein?

Eben hatte ich noch geglaubt, verliebt zu sein!

Brittany hielt mir erneut ihr Smartphone unter die Nase. „Hier, falls du es immer noch nicht glaubst."

Ich blickte erneut auf das Bild.

Verdammt.

Ich wollte es nicht mehr sehen.

Ich wollte allein sein.

Wie hatte ich mich nur so in Deborah täuschen können?

Oder hatte er sie wieder erobert? Ich dachte daran, wie er mir auf dem Weihnachtsmarkt gedroht hatte. Damals hatte ich das nicht ernst genommen. Aber vielleicht hätte ich es tun sollen. Er hatte Deborah wieder erobert, um mir eins auszuwischen.

Egal, Luke. Wie es auch war, das ändert nichts.

Heute Morgen war ich noch der zufriedenste Mann der Welt gewesen und jetzt... Das schien eine Ewigkeit her zu sein.

„Ich weiß, das ist sicher hart für dich..." Brittanys Stimme klang wie von weither an mein Ohr.

Ich blickte auf. Doch ich nahm nichts mehr wahr. „Ich... ich habe noch zu tun, Brittany. Geh jetzt bitte, ich muss mich dringend auf einen Termin vorbereiten." Selbst in meinen Ohren klang meine Stimme hohl.

Ich wollte allein sein.

Ganz allein

Für einen kurzen Moment schien Brittany zu zögern. Dann jedoch nickte sie knapp, drehte sich ohne ein weiteres Wort um und verließ mein Buro.

Wie erstarrt saß ich an meinem Schreibtisch und starrte auf das offene Dokument auf dem Bildschirm vor mir, ohne auch nur einen einzigen Buchstaben wahrzunehmen.

War am Ende alles nur gespielt gewesen?

Nur gelogen?

Hatte Deborah mich benutzt, um ihren Ex eifersüchtig zu machen und ihn zurückzugewinnen?

Verzweifelt vergrub ich das Gesicht in den Händen und rang nach Luft.

Draußen schneite es unvermindert weiter. Wie blind starrte ich aus dem großen Panoramafenster. Von der New Yorker Skyline war nichts mehr zu sehen. Ich hätte genauso gut irgendwo sitzen können.

Am liebsten wäre ich woanders gewesen.

Weit weg.

Sehr weit weg.

Ich hatte keine Ahnung, was ich jetzt tun sollte.

Oder wie es weitergehen sollte.

Ich hatte mir heute Morgen vieles ausgemalt.

Sehr vieles.

Aber nicht das.

Kapitel 24

Deborah

Die dicken Schneeflocken wirbelten unablässig an den Fenstern meines Büros vorbei. Das waren die Vorboten des Schneesturms, der für heute angekündigt war. Die Welt wurde dann weiß und ruhig. Normalerweise konnte ich aus meinem Fenster einen Teil der New Yorker Skyline sehen. Doch jetzt waren die Wolkenkratzer hinter dichtem Nebel versteckt. Es gab nur noch mich und den Schnee. Jedenfalls kam es mir so vor.

Ich wandte meinem Aufmerksamkeit wieder meinem PC zu. Schon seit einiger Zeit saß ich an meinem Schreibtisch und starrte auf den Computerbildschirm, ohne wirklich etwas von den Zahlenkolonnen und Diagrammen wahrzunehmen.

Ich dachte an letzte Nacht.

An Luke.

An den Mann, der mich von Beginn an in den Wahnsinn getrieben und zugleich fasziniert hatte. Schon bei unserer ersten Begegnung war da etwas gewesen, das ich sonst nicht gespürt hatte. Nicht bei Draven und auch bei sonst niemandem.

Draven.

Ich schüttelte den Kopf.

Der Typ war wirklich ein noch viel größerer Idiot, als ich geglaubt hatte. Wie konnte er es wagen, mich derartig zu belästigen? Ich hoffe, dass er seine Lektion gelernt hatte und sich ab jetzt von mir fern halten würde.

Sonst würde ich Maßnahmen ergreifen.

Ich musste mich schützen und ich musste meine Beziehung zu Luke schützen.

So einfach war das.

Meine Prioritäten hatten sich geändert.

Ein Lächeln stahl sich auf mein Gesicht. Ob Luke und ich uns heute Abend sehen würden? Wir könnten gemeinsam Essen gehen oder etwas Schönes kochen. Vielleicht nicht gerade Donuts.

Ich unterdrückte ein Kichern.

Auch wenn ich wirklich zugeben musste, dass die Dinger überraschend gut geschmeckt hatten. Ich könnte mich daran gewöhnen.

Ein Klopfen an der Tür riss mich aus meinen Gedanken.

„Ja?" rief ich. Einen Termin hatte ich heute nicht. Aber ich legte großen Wert darauf, stets für meine Mitarbeiter erreichbar zu sein. Das hatte ich allen gesagt, als ich mich vorgestellt hatte.

Bedauernd schob ich die Gedanken an Luke zur Seite.

Nicht für lange, Deborah. Du kannst bald immer an ihn denken.

Ich lächelte.

Das stimmte wohl.

Die Tür öffnete sich und eine spitze Nase schob sich herein.

Brittany.

„Entschuldigung, Deborah, ich will nicht stören. Aber ich habe da etwas... es ist eine etwas delikate Angelegenheit. Kann ich einen Moment hereinkommen?" druckste meine Mitarbeiterin herum.

Ich nickte und bedeutete Brittany mit einer Handbewegung, dass sie eintreten sollte. „Natürlich, Brittany. Ich habe gesagt, dass ich immer da bin, wenn etwas ist."

Brittany trat ein und schloss sorgfältig die Tür hinter sich. Sie hielt ein paar Papiere in der Hand. Ihre Wangen waren gerötet und ihre Augen wirkten leicht geschwollen. Hatte sie geweint? Oder war das der Rest des Katers von gestern Abend?

Im Stillen hoffte ich, dass Brittany sich nicht mehr daran erinnerte, wie sie Luke angemacht hatte.

Vielleicht hatte sie etwas Aufmunterung und Zuspruch nötig. Eine Abfuhr war schließlich für niemanden einfach, auch wenn sie sich unmöglich verhalten hatte. „Wir können uns übrigens gerne duzen“, bot ich an.

Brittany nickte. Doch mein Angebot schien sie nicht zu interessieren. Irgendetwas beschäftigte sie.

„Geht es um die Kosten für die Feier?“ erkundigte ich mich. „Das werden wir separat verbuchen, ich kümmere mich noch darum. Ich habe aber schon mit Mr. Winters gesprochen, dass er die Buchhaltung entsprechend anweist.“

Brittany schüttelte hastig den Kopf. Eine rote Haarsträhne fiel ihr ins Gesicht. „Nein, darum geht es nicht. Es... es geht um Mr. Winters. Also um Luke, meine ich.“

Luke.

Bei der Erwähnung seines Namens kribbelte es unvermittelt in meiner Magengegend.

Luke, an den ich vorhin noch gedacht hatte und auf den ich mich schon freute. Ich würde nachher in seinem Büro vorbeigehen und fragen, ob wir uns heute Abend sehen wollten.

„Was ist denn?“ wollte ich wissen.

Brittany schluckte hörbar. Die Zettel in ihren Händen zitterten leicht. „Ich... ich weiß nicht genau, ob es richtig ist, das so zu erzählen. Aber andererseits kann ich es auch nicht für mich behalten und ich denke, Sie... du... du hast ein Recht, es zu erfahren. Es ist wirklich wichtig.“

Irritiert musterte ich meine Mitarbeiterin. Sie sprach in Rätseln. „Was ist denn los?“

„Mr. Winters... er sucht einen neuen Job“, platzte Brittany heraus. „Er hat einen Recruiter kontaktiert und hat ein Angebot erhalten. Ich denke, er will bald kündigen. Wahrscheinlich ist er nur noch hier, um einige Insider-Infos abzugreifen, die er dann mitnehmen kann.“

Ich starrte Brittany an. „Was redest du denn da?“

Hatte sie noch zu viel Restalkohol von gestern im Kopf?

„Ich sage die Wahrheit, wirklich“, beteuerte Brittany.

Ich schüttelte den Kopf. „Wahrscheinlich war es umgekehrt, Brittany, und du hast da was verwechselt. Jeder wird ab und zu mal von einem Recruiter kontaktiert. Das ist völlig normal als Führungskraft. Luke kann durchaus das ein oder andere Angebot erhalten haben. Das hat gar nichts zu bedeuten,"

Brittany öffnete den Mund, schien es sich aber anders zu überlegen. Stattdessen legte sie die Papiere, die sie in der Hand hielt, vor mir auf den Tisch. „Ich... ich hab das hier eher zufällig im Drucker gefunden. Ich wollte es eigentlich gar nicht lesen, aber dann... Mr. Winters muss es vergessen haben. Ich habe es erst in meinem Büro bemerkt. Zuerst wollte ich das wegwerfen, aber ich denke... ich denke, du solltest es auch lesen."

Mit klopfendem Herzen nahm ich die Papiere und ließ meinen Blick darüber gleiten.

Es war eine E-Mail.

Mit einem Jobangebot.

Man nahm Bezug auf ein Bewerbungsgespräch, bei dem man Luke kennengelernt hatte.

Luke sollte sich alles gut überlegen.

Jetzt zitterten die Papiere auch in meiner Hand.

Das war nicht nur irgendein Angebot, wie sie zu tausenden immer mal wieder ins Haus flatterten. Hier ging es um etwas Ernsthaftes. Wenn Luke bereits bei einem Gespräch gewesen war, dann...

Dann hatte Brittany recht.

Luke wollte weg.

Er suchte einen neuen Job.

Fassungslos starrte ich auf die Mail.

Wieso tat er das?

Ohne mir auch nur ein Wort davon zu sagen?

„Ich... ich habe schon mal ein Telefonat mit angehört, bei dem es um etwas Ähnliches ging", gestand Brittany da. „Da dachte ich schon, dass er kündigen will. Aber dann habe ich mir gesagt, ich bilde mir das nur ein. Aber jetzt, mit der Mail..."

Ich sah Brittany an.

Sie erwiderte meinen Blick. Ihre grünen Augen wirkten ehrlich.

Mein Magen verknotete sich und mein Herz zog sich zusammen.

„Ich... ich wollte keine Scherereien machen..." Brittany schien unsicher, wie es weitergehen sollte. „Aber ich dachte, ich sollte Ihnen... dir... das sagen. Es könnte schließlich ein Problem für die *Elysium Dining Group* werden."

Nicht nur für die *Elysium Dining Group*.

Auch für mich.

„Ich arbeite so gerne hier und mag meinen Job und ich will nicht, dass... dass irgendwas passiert, das die Firma gefährdet." Brittany klang aufrichtig.

Ich nickte mechanisch. In diesem Moment war ich einfach unfähig, irgendwas zu denken.

„Danke, Brittany", brachte ich hervor und nickte ihr knapp zu. „Du hast richtig gehandelt. Mach dir keine Sorgen. Ich werde der Sache auf den Grund gehen."

Brittany nickte erleichtert.

Dann kam mir noch ein letzter Gedanke. „Haben... haben wir uns heute Morgen zufällig auf der Straße gesehen? Ich meine, du warst auf der anderen Seite und..."

Brittany starrte mich erstaunt an. „Heute Morgen? Nein, ganz sicher nicht. Eine Freundin hat mich hergefahren und mich direkt vor dem Eingang abgesetzt. Ich war nirgends auf der Straße."

Dann hatte ich mir das alles also auch nur eingebildet.

Wieder nickte ich.

„Ich... ich gehe dann mal wieder." Brittany trat von einem Fuß auf den anderen.

„Sicher. Und... danke." Mehr brachte ich nicht mehr heraus.

Als Brittany die Tür hinter sich schloss, presste ich meine Finger gegen die Schläfen.

Ich fühlte mich müde und niedergeschlagen.

Ratlos blickte ich auf den Ausdruck vor mir.

Und plötzlich fühlte ich Ärger in mir aufwallen.

Was bildete Luke sich eigentlich ein? Wie konnte er es wagen, hinter meinem Rücken die Fühler nach einem neuen Job auszustrecken und mir kein Wort davon zu sagen? Hatte die Nacht, die wir gestern so leidenschaftlich miteinander verbracht hatten, für ihn denn überhaupt keine Bedeutung? Zählten seine Versprechen für ihn gar nichts?

Bei der bloßen Erinnerung an Lukes zärtliche Liebkosungen und die Worte, mit denen er mich heute Morgen verabschiedet hatte, wurde meine Brust eng. Wie konnte ein Mann mich derart täuschen? Mir ins Gesicht lügen, während er heimlich schon die Koffer packte, um sich aus dem Staub zu machen?

Ich ballte meine Fäuste.

Das würde ich nicht mit mir machen lassen.

Da war er bei mir an der falschen Adresse!

Aber an der ganz falschen!

Und das würde ich ihm jetzt sagen!

Ich sprang auf und riss die Tür zu meinem Büro auf.

Mit vor Zorn geballten Fäusten lief ich den Flur entlang.

Kapitel 25

Luke

Vor wenigen Minuten hatte ich noch meinen Kopf verzweifelt in meinen Händen geborgen. Doch jetzt spürte sich, wie sich Ärger in mir breit machte. Ich hatte mich schon einige Male über Deborah geärgert. Aber das war nichts gegen das, was ich jetzt fühlte.

Wer glaubte sie eigentlich zu sein?

Was bildete sie sich ein?

Sie konnte nicht alle an der Nase herumführen, bloß weil ihrem Vater diese Firma hier gehörte!

Sie...

Ich biss die Zähne zusammen und ballte meine Fäuste.

So ließ ich mich nicht behandeln!

Das würde ich ihr sofort sagen!

So nicht!

Nicht mit mir!

In diesem Augenblick wurde die Tür meines Büros ohne Ankündigung oder Anklopfen aufgerissen und Deborah stürmte herein. Ihre Wangen waren hochrot. Ja, ihr ganzes Gesicht war hochrot. Ihre Lippen waren zu einem schmalen Strich zusammengepresst und ihre Nasenflügel bebten aufgeregt, als sie mit raschen Schritten auf meinen Schreibtisch zukam.

„Du glaubst wohl, dass du dir alles erlauben kannst!" herrschte sie mich an.

„Alles erlauben?" Ich starrte Deborah an.

Wovon redete sie?

Was war das?

Griff sie mich an, um von ihrem eigenen Verhalten abzulenken?

Deborah schnaubte abfällig. „Du weißt genau, was ich meine!"

„Nein, das weiß ich nicht!" Ich stand auf und sah Deborah aufgebracht an.

„Tu nicht so unschuldig. Und wage es ja nicht, mich anzulügen! Ich habe Beweise!" Deborahs Stimme wurde lauter und lauter.

„Beweise?" Ich lachte. „Ach ja? Ich habe nicht einmal eine Ahnung, wovon du sprichst. Aber gut, du hast Beweise. Soll ich dir was sagen? Ich auch!"

Deborah machte eine wegwerfende Handbewegung. „Lenk nicht ab. Ich suche keinen neuen Job hinter dem Rücken von anderen. Du schon!"

„Na und? Das ist doch wohl mein gutes Recht. Seit wann ist das denn verboten?" Ich dachte kurz daran, dass ich das Angebot von Mr. Parsons absagen musste. Dort würde ich auf keinen Fall arbeiten. Ich war nur noch nicht dazu gekommen, mich weiter darum zu kümmern, weil Deborah mich so in Anspruch genommen hatte und all meine Gedanken bei ihr gewesen waren.

Aber in diesem Moment dachte ich… vielleicht würde sich das noch als Segen erweisen.

Vielleicht brauchte ich das Angebot noch.

„Es ist nicht verboten." Deborah knallte ein paar Papiere, die sie in der Hand hielt, mit solcher Wucht auf meinen Schreibtisch, dass mein Montblanc-Füller umhersprang. „Es ist hinterfotzig! Du machst mir Versprechen, redest von einer gemeinsamen Zukunft und dabei willst du dich in Wahrheit aus dem Staub machen!"

Ich sah auf die Papiere. Es war ein Ausdruck des Jobangebots, das Andy mit gemailt hatte. „Woher hast du das?"

Deborah schnaubte wieder. „Wenn du so dumm bist, diese Dinge im Drucker zu vergessen… Das nächste Mal solltest du dich vielleicht lieber in deiner Freizeit um andere Jobangebote kümmern, dann merkt das hier drin keiner." Deborahs Stimme troff vor Ironie. „Wenn man schon illoyal ist, sollte man sich wenigstens nicht dabei erwischen lassen."

Ich lachte kalt. „Erwischen? Du hast mir hinterherspioniert, so war es doch wohl eher! Wahrscheinlich machst du das mit allen Männern so, die du in dein Bett zerrst."

„In mein Bett zerren? DU hast mich doch angemacht! DU hast mich auf dem Weihnachtsmarkt geküsst und mich anschließend abgeschleppt." Deborahs Stimme klang schrill.

Sie war sauer.

Ich genoss es.

Das geschah ihr recht.

„Und du hast nur zu gern mitgemacht." Ich grinste Deborah höhnisch an. „Wahrscheinlich hätte ich dich schon im Fahrstuhl haben können. Du wirfst dich wohl gerne Männern auf offener Straße an den Hals, hm? Weil dir niemand etwas bedeutet."

Mein Herz tat weh bei dem Gedanken, dass Deborahs Liebesschwüre, ihr Lachen, ihre Flirterei nur gespielt gewesen waren.

Ihre Leidenschaft im Bett auch?

Vielleicht.

Am Ende war das aber auch egal.

„ICH werfe mich Männern an den Hals?" Deborah lachte. „Du verwechselst mich wohl mit Brittany. Aber das kann ich verstehen. Ihr Männer habt es gerne, wenn sich eine Frau euch an den Hals wirft, nicht?"

„Hier geht es nicht um Brittany!" zischte ich. „Du knutschst auf offener Straße mit deinem Ex, nachdem du eine Nacht mit mir verbracht und mir tolle Versprechen gemacht hast. Und dann marschierst du hier rein und wirfst mir unter irgendeinem Vorwand Illoyalität vor, statt einfach zu dem zu stehen, was du getan hast."

„Ich habe nichts getan!" Deborah stemmte ihre Hände in ihre Hüften. Ihre Haare schienen wie elektrisiert, ihre Augen funkelten und ihr Mund stand leicht offen.

Selbst jetzt konnte ich den Gedanken nicht unterdrücken, dass sie unglaublich sexy war.

Luke! Es ist vorbei. Du hast mit eigenen Augen gesehen, dass Deborah dich hintergangen hat. Eine Entschuldigung würde alles gut machen, aber stattdessen beschuldigt sie jetzt dich!

„Er hat mich angemacht und ich habe ihn weggeschickt!“ Deborah starrte mich empört an.

Kurz durchzuckte mich der Gedanke, dass sie mir womöglich die Wahrheit sagte.

„Aber darum geht es jetzt nicht“, fuhr Deborah fort, bevor ich den Gedanken weiter verfolgen konnte. „Es geht um dich und dein Stellenangebot von der Konkurrenz. Erfinde nicht irgendwelche Geschichten, um vom Thema abzulenken. So wie ihr Männer das nur zu gern macht.“ Deborahs Stimme klang kühl und sie hob leicht den Kopf.

„Jeder bekommt mal Stellenangebote. Das ist nichts besonderes.“ Ich sah Deborah von oben herab an. „Na ja, du bekommst vielleicht keine, außer dein Vater macht sie dir. Aber ich kann dir versichern, dass jede Führungskraft, die den Titel auch wert ist, regelmäßig Angebote von anderen erhält. Und da in diesem Land Freiheit herrscht, kann ich diese Angebote selbstverständlich sondieren. Ich wüsste nicht, dass das verboten wäre.“

So kühl und beherrscht wie Deborah konnte ich auch sein. Auch wenn die Wut und Enttäuschung dermaßen in mir tobten, dass ich am liebsten losgebrüllt hätte. Oder meine Faust auf den Schreibtisch gedonnert.

Deborah ballte die Fäuste. „Du zweifelst an meiner Kompetenz? Dann waren die schönen Komplimente von gestern also auch nur ausschweifendes Gerede, mit dem du mich in dein Bett locken wolltest.“ Sie schnaubte. „Wie gut, dass mir das klar wird, bevor ich wie versprochen mit meinem Vater über uns rede.“ Sie schüttelte den Kopf. „Ich war ganz schön dumm, daran auch nur gedacht zu haben!“

Ich biss die Zähne zusammen. Wenn ich jetzt etwas sagte, würde ich mich vergessen.

Deborahs Augen verengten sich zu schmalen Schlitzen. „Aber eins sage ich dir, Luke Winters! Ich kann nicht verhindern, dass du dich mir gegenüber wie ein Schuft, wie ein Player, wie ein…“ Deborah schienen die Worte auszugehen.

Ich grinste.

„Dass du dich wie ein überheblicher Besserwisser benimmst“, schrie Deborah da. „Aber ich werde verhindern, dass du dieser Firma schadest. Das ist meine Aufgabe, mit der mein Vater mich betraut hat." Sie holte tief Luft. „Er hat dir von Anfang an nicht vertraut. Und ich Idiotin habe ihm nicht geglaubt. Dabei hätte ich es besser wissen müssen. Aber in Zukunft werde ich auf sein Urteil vertrauen."

Ich lachte. „Ach ja. Das kleine Mädchen wird Daddy um Rat fragen, bevor es eine Entscheidung trifft. Mach das ruhig, Deborah. Mach das."

Wütend funkelte sie mich an. „Halt die Klappe, Luke Winters. Du vergisst wohl, dass diese Firma meinem Vater gehört, Du bist hier bloß ein stinknormaler Angestellter, weiter nichts."

„Ein stinknormaler Angestellter! Ich habe hier alles aufgebaut! Alles! Ohne mich gäbe es die *Elysium Dining Group* nicht!" Wie konnte Deborah es wagen, mich einfach so ins Abseits zu schieben?

„Aber jetzt gehört dir die Firma nicht mehr. Du hast sie verkauft. Und das ganz freiwillig!" Hämisch lachte Deborah mich an. „An meinen Vater. Und darum habe ich hier mehr zu sagen als du."

„Mehr als ich?" Ich lachte. „So ein Quatsch. Du hast den Job, weil Daddy dir irgendwas zu tun geben musste. Etwas, wo deine Inkompetenz nicht zu sehr auffällt. Was kannst du denn schon? Es reicht ja nicht mal zur Donut-Verkäuferin!"

Deborah taumelte einen Schritt zurück.

Ich musste sie wirklich getroffen haben.

Für einen Augenblick verspürte ich Reue. Doch dann verbot ich mir das Gefühl.

Nein.

Es war gut so.

Ich WOLLTE sie treffen.

„Weißt du was?" presste Deborah zwischen zusammengedrückten Zähnen hervor und reckte drohend den Zeigefinger in meine Richtung. „Du bist nicht besser als Draven! Genauso ein rücksichtsloser, eingebildeter Mistkerl wie er! Vielleicht bist du ein besserer Schauspieler, oh ja. Du täuschst die große Liebe vor, aber Anstand hast du Null."

Bebend vor Zorn schnappte ich nach Luft und ballte die Fäuste. „Schauspieler? Wer war denn diejenige, die gestern Nacht noch von Frühstück und gemeinsamen Zukunftsplänen gefaselt hat? Und dann ihren Ex geküsst hat?

Das warst du, Deborah! Und jetzt willst du mir hier Lügen und Illoyalität vorwerfen?“

Deborahs Augen weiteten sich entsetzt, dann schnappte sie zornig nach Luft und stemmte ihre Hände in die Hüften. Ihr Gesicht wurde purpurrot vor Zorn und ihre Nasenflügel bebten gefährlich. Sie sah aus, als würde sie gleich in die Luft fliegen.

„Du tischst mir hier eine Lüge nach der anderen auf und um davon abzulenken, machst du mir nichts als Vorwürfe.“ Sie schüttelte sich vor Zorn. „Aber das wirst du noch bereuen! Ich werde meinen Vater anrufen und dafür sorgen, dass du hier auf der Stelle rausfliegen wirst!“ Ihr Atem ging stoßweise vor Erregung.

Ich lachte. „Ach ja, auch das muss Daddy richten. Sein Töchterlein kann nicht mal selbst Schluss machen. Auch dazu hat sie nicht die Kompetenz oder Befugnis. Aber Chefin darf sie sich nennen.“ Ich grinste Deborah an.

Deborah ballte ihre Fäuste. „Dir werde ich zeigen, wer hier das Sagen hat. Wer zuletzt lacht, lacht am besten. Ich will dich nie wieder auch nur einen Fuß in dieser Firma setzen sehen, hast du mich verstanden?“

Deborah glaubte wohl, sie könnte mich damit treffen. Aber da hatte sie sich getäuscht. Ich verschränkte meine Arme und grinste sie an. „Tatsächlich? Na das ist kein Problem für mich. Tatsächlich liegt mir ein neues Jobangebot vor. Hast du ja selbst gesehen.“

Deborah sah aus, als würde sie gleich explodieren, also schob ich genüsslich hinterher: „Und dir ist sicher nicht entgangen, dass man mir dort ein erstklassiges Gehalt bietet. Weit mehr als ihr je zahlen wollt. Also wenn du willst, dass ich gehe... kein Problem.“ Ich hob lässig die Hände und lachte. „Eben hast du dich noch aufgeregt, weil ich ein Angebot von der Konkurrenz habe, nun schickst du mich praktisch selbst hin... du weißt wohl auch nicht, was du gerade willst?“ Ich lachte lauter. „Das sind ja großartige Aussichten für die Zukunft der Firma.“

Wutschnaubend kam Deborah einen Schritt auf mich zu. Nun stand sie tatsächlich so nahe vor mir, dass ich sie hätte küssen können. „Natürlich, wenn du glaubst, dass du es dort besser hast, dann geh doch zu deinem ach so tollen neuen Arbeitgeber!“ fauchte sie bissig. „Aber wenn du dann rausfindest, dass nicht alles Gold ist, was glänzt, dann glaub nur ja nicht, dass dir hier wieder eine Tür offen steht, klar?“

Ich zog meine Augenbrauen in die Höhe. „Ach, du hoffst heimlich darauf, dass ich wieder vor der Tür stehe? Tut mir leid, aber da muss ich dich enttäuschen, Deborah. Das wird nicht passieren. Ich bin ja froh, dass ich mich bald nicht mehr von dir herumkommandieren und ankläffen lassen muss."

Deborah wurde bleich. „Ankläffen", murmelte sie kaum hörbar.

„Wie du dich sicher erinnerst, wollte ich dich schon nach unserer ersten gemeinsame Nacht nie wieder sehen. Das habe ich dir klar gesagt. Oder etwa nicht?" Ich zog meine Augenbrauen noch höher.

Deborah konnte wohl kaum behaupten, dass ich ihr in der Hinsicht etwas vorgespielt hatte. Ich war absolut ehrlich gewesen.

Ein Ausdruck der Verwirrung und dann des Entsetzens huschte über Deborahs Züge, als sie verstand, worauf ich anspielte. Ihre Wangen färbten sich noch dunkler vor Scham und Zorn. Doch dann warf sie den Kopf in den Nacken. „Klar. Und dann bin ich gegangen. Oder etwa nicht?"

Ich grinste. „Ja. Aber du hattest es auf mehr abgesehen. So wie das alle Frauen haben. Du bist nicht anders als sie. Heimlich hast du wahrscheinlich schon von der Hochzeit in Weiß geträumt und dir einen Verlobungsring ausgesucht?" Ich lachte dröhnend. „Vielleicht solltest du eher mal zum Psychiater. Wenn man solche Fantasien hat, obwohl der Kerl vor einem klar sagt, dass es hier nur um Sex geht, dann stimmt wohl etwas nicht."

Deborahs Lippen kräuselten sich. „Psychiater? Da solltest wohl eher du mal hin! Wie verdorben muss man sein, um Frauen als reine Betthäschen zu betrachten? Wahrscheinlich stimmt eher mit dir irgendwas nicht und du machst andere dafür verantwortlich."

Ich zuckte mit den Schultern. „Mein Leben ist in Ordnung, ich habe keine Probleme. Das sind nur die Frauen, die sich einbilden, ich hätte Probleme." Ich grinste. „Habe ich aber nicht. Wir haben uns dann wieder gesehen, ja. Natürlich habe ich mich daran erinnert, was für ein heißes Eisen du bist. Eine Furie im Bett." Ich leckte mir mit der Zunge über die Lippen. „Also habe ich mir gesagt, dass ich mir die Gelegenheit nicht entgehen lassen werde, dich nochmal nach allen Regeln der Kunst durchzuvögeln und mich so richtig von dir verwöhnen zu lassen."

Jetzt wollte ich Deborah weh tun.

Sie küsste ihren Ex und scherte sich einen Dreck um mein Herz?

Dann geschah es ihr nur recht, wenn sie glaubte, dass sie mir nie etwas bedeutet hatte.

„Du bist einfach... widerlich..." Deborahs Worte kamen nur mühsam.

Ich hob die Hände. „Widerlich? Also ehrlich Deborah, ich mache dir wenigstens nichts vor. Du hast mir all diese Zuneigung vorgespielt und dann deinen Ex auf offener Straße abgeknutscht. Das ist widerlich."

„Aber das ist doch überhaupt nicht wahr", schrie Deborah laut.

„Ich habe Beweise gesehen. Fotos lügen nicht." Voller Abscheu sah ich Deborah ins Gesicht. Konnte sie nicht wenigstens zu dem stehen, was sie getan hatte? Dann hätten wir alles in Frieden beenden können.

Aber so...

„Das ist aber auch egal", fügte ich hinzu. „Ich habe nichts für dich empfunden. Es war nur Sex."

Die Worte hingen schwer in der Luft zwischen uns.

Deborah zuckte zusammen, als hätte ich sie geohrfeigt. Wütend bohrte sie ihren Blick in meine Augen. Ich grinste sie an. Plötzlich wandelte sich ihr Gesichtsausdruck. Das Funkeln verschwand aus ihrem Blick und ihre Wangen waren nicht mehr rot, sondern bleich.

Stumm starrte sie mich an.

Dann drehte sie sich ohne ein weiteres Wort um und rannte wie von Furien gehetzt aus dem Büro.

Mit einem lauten Knall fiel die Tür hinter ihr zu.

Ich sank in meinen Stuhl zurück.

Wie ich mich fühlte, hätte ich gar nicht sagen können.

Erschöpft.

Wütend.

Enttäuscht.

Fassungslos.

Deborah gab es in meinem Leben nicht mehr.

Und das war gut so.

Daran musste ich mich erinnern, auch wenn mir einmal Zweifel kamen.

Es war besser so.

Die Entscheidung, die ich nach unserer ersten Nacht getroffen hatte, war die richtige.

Und sie würde es immer bleiben.

Kapitel 26

Deborah

Die Luft brannte eiskalt in meinen Lungen, als ich wie von Furien gehetzt aus dem Bürogebäude stürmte.

Weg.

Nur weg.

Das war alles, was ich denken konnte.

Weg von diesem elenden Schmerz, der in meinem Inneren tobte und brannte und sich schlimmer anfühlte als alle Wunden, die ich je erlitten hatte.

Luke war ein Idiot!

Ein Arschloch.

Ich rannte. Der Wind blies mir den Schnee ins Gesicht, so stark, dass ich kaum etwas sehen konnte. Der Winterdienst kam mit dem Räumen kaum nach und auf dem Bürgersteig hatte sich bereits eine schmierige Schicht gebildet. Mein Schuh fand keinen Halt und ich geriet ins Trudeln. Hilflos ruderte ich mit den Armen und schaffte es gerade noch im letzten Moment, mein Gleichgewicht zu halten.

Oh verdammt.

Wie hatte ich nur so dumm sein können?

Die schneidend kalte Winterluft zerrte an meinen Haaren und plötzlich kam mir zu Bewusstsein, dass ich ohne Mantel draußen war. Ich trug nur einen dünnen Blazer. Heute Morgen war ich schnell bei mir Zuhause vorbei gegangen, um mein Kleid gegen etwas zu tauschen, das tauglicher für einen Tag im Büro war.

Doch mein Mantel… der hing nun an der Garderobe in meinem Büro.

Egal.

Ich würde nicht zurückgehen.

Keine zehn Pferde würden mich dahin bringen.

Ich wollte Luke nie wieder sehen.

Mit einem Mal kamen alle angestauten Emotionen in mir nach oben und ich brach in Tränen aus. Eisige Tropfen rannten langsam und unaufhaltsam über meine Wangen.

Dieser Mistkerl!

Ich hatte ihm blind vertraut und ihm mein Herz geschenkt. Und jetzt riss er es aus meiner Brust und trampelte darauf herum. Ich hatte ihm nie etwas bedeutet.

Nie.

Es war nur Sex gewesen.

Doch das Schlimme war… er hatte recht. Er hatte wirklich recht. Das hatte er mir vom ersten Augenblick an gesagt. Er hatte mir nichts vorgemacht und nie gesagt, dass er nun mehr für mich empfand.

Aber er hatte es mir gezeigt!

War es verwunderlich, dass ich ihm mein Herz geöffnet hatte?

Er war so verständnisvoll gewesen, so charmant und aufmerksam. Doch das war alles nur eine Masche gewesen, um mich ins Bett zu bekommen?

Ich schluchzte weiter. Mein Körper verkrampfte sich, doch ich hätte nicht sagen können, ob vor Trauer oder vor Kälte.

Ich musste mich bewegen. Dringend.

Aber wohin ging ich?

Wo war ich überhaupt?

Schneeflocken wirbelten in undurchdringlichen Schwaden durch die Luft und verschleierten meine Sicht. Ich legte den Kopf in den Nacken und versuchte, eines der bekannten Wahrzeichen von Manhattan zu erkennen. Sie halfen mir immer, mich zu orientieren. Wenn ich das Empire State Building sehen konnte, würde ich wissen, wo ich war. Doch über mir war nur eine weiße Wand aus Schnee.

Eine Gestalt kam mir entgegen. Ich hätte nicht sagen können, ob Mann oder Frau, so dicht schneite es.

„Entschuldigung, wo geht es denn hier lang? Ich habe mich verlaufen und…“ Weiter kam ich nicht.

„Lass mich in Ruhe, du blöde Kuh.“ Ein Atemstoß, der nach Alkohol roch, traf mein Gesicht.

Angewidert wich ich zurück.

Dann lief ich weiter.

Schimpfworte hallten hinter mir her.

Ich beschleunigte meine Schritte. Dann geriet ich wieder ins Rutschen.

Oh verdammt.

Hilflos ruderte ich mit den Armen. Doch diesmal konnte ich den Fall nicht abfangen. Ich fiel. Mein Körper traf hart auf das kalte Pflaster. Aber irgendwie hatte diese Kälte etwas Tröstliches. Etwas Endgültiges. Sie fühlte sich genauso an wie mein Inneres.

Gefroren.

Am liebsten wäre ich einfach liegengeblieben.

Das geht nicht, Deborah. Dann erfrierst du. Du musst weiter. Du musst dringend ins Warme.

Doch noch dringender als Wärme brauchte ich ein paar aufmunternde Worte. Eine Schulter zum Anlehnen.

Ich brauchte… Annabelle.

Mühsam rappelte ich mich auf. Ich musste zum Weihnachtsmarkt. Doch wo war der?

Ich sah mich um, doch ich hatte so wenig einen Anhaltspunkt, wo ich mich befand wie vorhin.

Meine Finger waren vor Kälte bereits steif gefroren und auf meinem Gesicht hatten sich kleine Eisklumpen gebildet.

Meine gefrorenen Tränen.

Langsam ging ich weiter. Ich konnte nicht mehr rennen. Gar nichts konnte ich mehr. Ich konnte nur noch hoffen, dass ich mich in die richtige Richtung bewegte.

Plötzlich drang etwas an mein Ohr.

Musik.

Ich schnupperte. Es roch nach Fett und... nach Punsch und...

Es roch nach Weihnachtsmarkt.

Ich blinzelte und tatsächlich sah ich nun Lichter und festliche geschmückte Buden aus dem Schneetreiben auftauchen. Besucher waren nur wenige unterwegs. Aber die Buden hatten etwas Heimeliges. Sie versprachen Wärme und Trost. Genau das, was ich jetzt brauchte.

Ich ging weiter und suchte den Stand, hinter dessen Theke ich einige Tage zugebracht hatte.

Das schien eine Ewigkeit her.

Es kam mir vor, als gehörte es in ein anderes Leben.

Ein Leben vor Luke.

Schließlich stieg mir der unverkennbare Geruch von frischen Donuts in die Nase. Mein Magen zog sich zusammen.

„Annabelle." Ich trat an die Theke.

Meine Freundin stand in einer dicken Jacke hinter der Donut-Maschine und trat von einem Bein auf andere. Es tat so gut, ein vertrautes Gesicht zu sehen.

„Deborah? Was machst du hier? Ohne Jacke und Mütze? Bei der Kälte und bei dem Schnee?" Annabelle starrte mich an.

„Ich..."

Bevor ich mehr sagen konnte, hatte Annabelle die seitliche Tür des Stand geöffnet und war zu mir getreten. Sie schlang ihre Arme um mich und drückte mich fest an sich. Meine Freundin schien mir angesehen zu haben, dass etwas nicht stimmte.

„Was ist denn los?" murmelte sie an meinem Haar.

Ich blieb stumm. Annabelle packte meine Hand und zog mich in den Stand. Ich atmete erleichtert auf. Hier drin war ich vor Wind und Schnee geschützt und es war deutlich wärmer.

Dank der verflixten Donut-Maschine.

Ich hätte nicht geglaubt, dass ich einmal dankbar für dieses Ding sein würde.

„So, hier drinnen ist es zumindest etwas wärmer. Hier, nimm erstmal meine Jacke". Ohne auf eine Antwort zu warten, schlang Annabelle mir ihre dicke Daunenjacke um die Schultern. Dabei musterte sie mich mit fragendem

Blick. „Was ist denn passiert, Schätzchen? Du siehst ja fürchterlich aus mit deinen verweinten Augen."

Ich zitterte am ganzen Leib und schlang die Arme noch fester um meinen Körper, als wollte ich mich selbst zusammenhalten. „Luke...", brachte ich mit brüchiger Stimme hervor und schluchzte auf. „Es... es ist vorbei zwischen uns. Er... er hat mich so furchtbar beleidigt und..." Ich brach ab, denn ich konnte nicht weitersprechen.

Annabelles Miene verfinsterte sich. „Oh je. Du hast dein Herz doch verschenkt", sagte sie und legte mir mitfühlend eine Hand auf den Arm.

Ich nickte.

„Dabei hätte ich es besser wissen sollen", stieß ich hervor und war mit einem Mal sogar wütend auf mich selbst.

Dann erzählte ich Annabelle alle Einzelheiten und berichtete, was sich heute zugetragen hatte.

Annabelle seufzte tief. „Na ja. Jeder bricht sich mal das Herz. Gebrochene Herzen heilen auch wieder", sagte meine Freundin tröstend.

„Aber es ist nicht nur das", schluchzte ich. „Ich... ja, ich bin auf einen Mistkerl reingefallen. Aber ich habe mich auch völlig lächerlich gemacht."

„Quatsch. Sowas ist schon fast jeder Frau schon mal passiert. So gut wie allen." Annabelle tätschelte meinen Arm. „Dafür musst du dich nicht schämen. Du hast nichts falsch gemacht, hörst du?"

„Vielleicht." Ich lächelte Annabelle dankbar an. Aber es war ein dünnes Lächeln. Ich mochte nichts falsch gemacht haben, ja. Aber... „Wenn das rauskommt", jammerte ich. „Ich habe mich in der Firma völlig unmöglich gemacht. Was sollen denn die Mitarbeiter von mir denken? Ich komme gerade erst neu und dann fange ich gleich ein Liebesdrama mit dem Chef an! Wo allen immer gepredigt wird, bei Beziehungen am Arbeitsplatz vorsichtig zu sein. Was bin ich denn für ein Beispiel? Alle werden hinter meinem Rücken über mich lachen und denken, ich wurde vom Chef an der Nase herumgeführt."

Annabelle runzelte die Stirn. „Hey, hey, immer mal langsam!" Meine Freundin stupste mich leicht an. „Erstens wissen die Leute nicht zwangsläufig von euch. Und selbst wenn, dann kann niemand dir die Schuld geben. Es müssen eher alle Mitgefühl mit dir haben, wenn sie rauskriegen, was für ein Idiot Luke war."

Sie lächelte mich aufmunternd an. „Du hast nichts falsch gemacht, Deborah. Wir sind alle nur Menschen und machen mal den einen oder anderen Fehler. So ist das eben."

„Aber mein Vater", jammerte ich. „Wenn er das rauskriegt, dann bin ich bei ihm für immer unten durch."

„Erstens muss er das nicht rauskriegen." Annabelle sah mich an. „Ich meine, was denkst du, wird Luke jetzt tun?"

Ich dachte nach. „Er wird kündigen", antwortete ich dann.

Annabelle nickte. „Das denke ich auch. Luke weiß, dass er keine Zukunft bei der *Elysium Dining Group* hat. Du wirst ihn also nie wieder sehen. Dein Vater wird nichts herausfinden. Wenn du wieder in die Firma kommst, hat Luke sicher unter einem Vorwand seine Kündigung eingereicht und seinen Schreibtisch wahrscheinlich schon geräumt."

Ich dachte an Lukes leeren Schreibtisch und mein Herz zog sich zusammen.

Vergiss ihn, Deborah.

„Hey, schmust ihr zwei da rum oder verkauft ihr Donuts?" Ein großer, untersetzter Mann kam an den Stand.

Annabelle wandte sich um. „Oh, natürlich gebe ich Ihnen gern ein paar Donuts. Frische sind leider aus."

„Klar, weil ihr die ganze Zeit quatscht." Der Mann zog die Nase hoch.

Annabelle hob die Schultern und maß den Mann mit einem kühlen Blick. „Na und? Bei Ihnen ist wohl Freundlichkeit aus und das ist viel schlimmer."

„Unverschämtheit", regte sich der Mann auf.

Annabelle zuckte mit den Schultern.

„Bei Ihnen kaufe ich nichts", drohte der Mann.

„Das ist sicher auch besser so." Annabelle blieb gelassen.

Wütend ging der Mann davon.

„Siehst du?" Ich deutete mit dem Kopf in die Richtung, in die der Mann verschwunden war. „Es gibt nur solche Männer. Sie sind alle gleich. Egal ob sie Luke oder Draven heißen. Untendrunter sind sie alle gleich."

„Na na", machte Annabelle. „Es gibt schon noch andere."

„Ja, die sind verheiratet", schoss ich zurück. Mutlos zuckte ich mit den Schultern. „Ich glaube, es ist besser, wenn ich mich für immer von Männern fern halte. Dann mache ich wenigstens keine Fehler und breche mir nicht das Herz."

„Nun nimm dir doch erst mal etwas Zeit für dich, Süße." Annabelle drückte meinen Arm. „In ein paar Wochen sieht die Welt schon wieder ganz anders aus."

„Warum war ich bloß so dumm und hab mich auf ihn eingelassen? Ich hätte die Sache beenden sollen, bevor sie richtig angefangen hat." Meine Stimme zitterte und ich schüttelte bitter den Kopf. „Mein Leben ist im Eimer."

„Dein Leben ist NICHT im Eimer", widersprach mir Annabelle energisch. „Ganz und gar nicht. Verdammt, Deborah, du hast gerade ein paar Probleme, ja, aber die kriegst du doch wieder in den Griff. Die Welt geht nicht unter für dich."

Energisch drehte sie sich um und öffnete den Deckel der Donut-Maschine, um eine neue Ladung Teig einzufüllen.

Unwillkürlich musste ich an Luke denken. „Ich kann diese blöden Dinger nicht mehr sehen!"

„Ach?" Annabelle grinste mich an. „Warum nicht? Donuts, meine Liebe, werden dich niemals betrügen oder enttäuschen. Die halten, was sie versprechen. Im Gegensatz zu manch einem Kerl."

Mir entschlüpfte ein Lachen.

„Mensch, Debbie. Du hast einen Job. Ja, in der Firma wird es erst mal drunter und drüber gehen ohne Luke, aber das schaffst du. Du hast auch das hier mit der Donut-Maschine hingekriegt. Würdest du etwa lieber wieder das machen?"

„Um Gottes Willen", wehrte ich ab. „Bloß nicht." Ich stockte. „Ich meine, so schlimm ist es nicht und ich weiß, dass es dir Spaß macht..."

„Schon gut", winkte Annabelle ab. „Ich will bloß sagen, so schlecht ist dein Leben nicht, auch wenn dein Herz gebrochen ist. Du hast einen Job und eine Wohnung. Und immerhin hast du recht früh gemerkt, dass Luke ein Idiot ist, der nichts taugt. Manche Menschen bemerken das erst nach Jahren."

Schuldbewusst nickte ich.

„Stell dir vor, du hättest mit dem Kerl Kinder bekommen und...", fuhr Annabelle fort.

„Oh Gott“, unterbrach ich sie. „Dann würden wir uns jetzt um das Sorgerecht streiten und wie man sie richtig erzieht und...“ Bei der Vorstellung drehte sich mir der Magen herum.

Nein, Annabelle hatte schon recht.

Es war besser so wie es war.

Mit Luke hätte ich keine Zukunft gehabt und wenn ich das früh wusste, dann... Dann hatte ich umso weniger Zeit und Energie in ihn investiert.

Umso besser.

Mein Hirn glaubte das.

Die Vernunft sagte mir das.

Aber an der Stelle, an der sich mein Herz befand, war noch immer ein großes Loch.

Ein Loch, das nur Luke heilen konnte.

Nein, Deborah. Nein.

„Miss, ich hätte gern einen Chocolate Frosted Donut.“ Eine helle Jungenstimme unterbrach uns.

Ich sah auf.

Ein Schüler stand vor der Theke.

Chocolate Frosted.

Lukes Lieblingssorte.

Die Sorte, die wir zusammen gekostet hatten.

Die gar nicht so schlecht geschmeckt hatte.

Würde ich sie je wieder essen?

Und mit wem?

Kapitel 27

Deborah

Drei Wochen später.

Neben mir klingelte der Wecker.

Stöhnend öffnete ich die Augen. Normalerweise war ich schon lange wach, bevor das nervige Ding mich daran erinnerte, dass ich den Tag beginnen musste. Aber nicht heute. Und gestern auch nicht. In den letzten Tagen hatte ich schlecht geschlafen. Abends hatte ich mich lange hin und her gewälzt und versucht, nicht an Luke zu denken.

In den letzten Wochen hatte ich mich in die Arbeit gestürzt. Es gab viel zu tun, vor allem jetzt, da ich die *Elysium Dining Group* allein führen musste. Luke war tatsächlich einfach gegangen. Er hatte ein Kündigungsschreiben auf meinem Schreibtisch hinterlassen, in dem er erklärte, dass es sicher in beiderseitigem Interesse war, wenn er sofort ging, da er in Kürze einen Job bei der Konkurrenz annehmen würde. Dad hatte sich zuerst furchtbar aufgeregt, sich dann aber schnell wieder beruhigt. Er hatte Luke ohnehin nie leiden können und ihm nicht getraut.

Jetzt saß ich am Ruder.

Bisher hatte ich mir nur einen groben Überblick über alles verschaffen können.

Der Wecker piepste erneut.

Stöhnend stemmte ich mich von der Matratze nach oben. Am liebsten wäre ich einfach liegen geblieben. Um diese Jahreszeit war es morgens ohnehin noch dunkel und es fiel mir schwerer als sonst, den Tag mit Energie und Lebenslust zu beginnen. Aber ich konnte nicht liegen bleiben. Heute hatte ich viele Meetings, in denen meine Anwesenheit dringend erforderlich war. Wie jeden Tag.

Ich brauchte dringend einen Kaffee.

Kaffee.

Plötzlich überkam mich ein derartig heftiger Brechreiz, dass ich hastig die Hand vor den Mund presste, schnell aufsprang und ins Bad rannte. Dort beugte ich mich über die Toilette und würgte. Ich würgte und würgte, bis ich mich endlich leer fühlte.

Was zur Hölle war das?

Bereits gestern und vorgestern war das so gewesen.

Direkt nach dem Aufstehen.

Ohne Vorwarnung.

Ich hatte nichts gegessen und nichts getrunken.

Vorsichtig ließ ich mich auf den Boden sinken und lehnte mich gegen die kühle Badewanne. Das Badezimmer drehte sich um mich. Ich schloss die Augen und versuchte, möglichst gleichmäßig zu atmen.

Ein.

Aus.

Ein.

Aus.

Heute Morgen würde ich lieber Tee trinken.

Vorsichtig umfasste ich den Rand der Badewanne und zog mich daran wieder nach oben. Meine Beine fühlten sich so wackelig an, als hätte ich gerade einen Marathon absolviert. Auf meiner Stirn hatte sich ein leichter Schweißfilm gebildet.

Ich drehte am Waschbecken das Wasser auf, ließ mir das kühle Nass über die Handgelenke laufen und spritzte es mir ins Gesicht.

Das half.

Bestimmt hatte ich nur etwas Falsches gegessen. Oder mein Immunsystem kämpfte gegen einen der zahlreichen Krankheitserreger, die im Winter überall lauerten und gegen die man sich kaum schützen konnte. Aber ich konnte es mir jetzt nicht leisten, krank zu werden. Die *Elysium Dining Group* brauchte mich, mehr denn je.

Oder…

Die ganze Sache war psychosomatisch. Es war der Schmerz über Luke, der auf diese Weise aus mir herauskam. Mein Magen zog sich erneut zusammen.

Nein. Das ist Unsinn, Deborah. Natürlich gibt es psychosomatische Beschwerden, aber doch nicht solche. Außerdem ist Luke das gar nicht wert. Der Typ ist ein Idiot und du solltest ihn einfach vergessen.

Tagsüber gelang mir das ganz gut. Ich rannte von einem Meeting ins nächste, las Berichte, forderte Zahlen an, traf Entscheidungen. Aber abends, wenn ich allein im Bett lag… dann kamen die Erinnerungen an Luke wieder. Die guten Erinnerungen. Ich kämpfte dagegen an, indem ich mir Lukes Fehler und seine Verlogenheit vor Augen hielt.

Das half.

Aber nur für einen Tag.

Langsam fühlte ich mich etwas besser und ging auf noch leicht wackligen Beinen in meine Küche. Bedauernd blickte ich die Kaffeemaschine an. Heute würde ich auf mein liebstes Getränk verzichten müssen. Schon allein der Gedanke daran genügte, damit sich mein Magen wieder schmerzhaft zusammenzog.

Seufzend öffnete ich den Küchenschrank. Gestern hatte ich rasch eine Packung Kamillentee besorgt. Der würde meinem Magen sicher helfen.

Und in ein paar Tagen wäre der ganze Spuk vorbei, wenn mein Körper sich erfolgreich gegen den Erreger gewehrt hatte, der mein Immunsystem gerade auf die Probe stellte.

Zwei Stunden später saß ich in meinem Büro und sah konzentriert auf den Bildschirm. Ich hatte leichte Kopfschmerzen und massierte mir mit den Fingern die Schläfen.

Was sollten wir nur mit dem *Elysium Excellence* tun?

Eigentlich war dort dieses Jahr eine Renovierung fällig. Aber das würde bedeuten, dass das Restaurant für eine Weile geschlossen bleiben würde.

Ausgerechnet jetzt!

Wo wir den Michelin-Stern gewonnen hatten!

Ich überlegte, ob es besser war, die Renovierung ins nächste Jahr zu verschieben. Wir würden den Stern dann hoffentlich behalten. Aber es wäre keine Neuerung mehr und...

In diesem Moment klopfte es an meiner Bürotür.

„Ja?“ rief ich.

Noch hatte ich keine Sekretärin. Sicher, Miss Jones arbeitete nun nach meinen Anweisungen und nicht mehr nach Lukes. Aber ich saß nach wie vor in meinem alten Büro. Ich hatte es einfach nicht über mich gebracht, in Lukes Büro einzuziehen. Es war, als würde ich seinen Weggang damit endgültig machen. Außerdem wollte ich nicht dort arbeiten, wo er und ich...

Zumindest nicht jetzt.

Vielleicht später.

Miss Jones hatte ich nur gesagt, dass momentan dringendere Dingen anstanden als mein Umzug in ein anderes Büro.

Jedenfalls konnten Angestellte nach wie vor direkt an meine Tür klopfen.

„Hey Deborah!“ Ein brauner Haarschopf schob sich zur Tür herein.

Überrascht blickte ich auf. „Scarlett! Was machst du denn hier?“

Meine Freundin lächelte. „Ich war gerade zufällig in der Gegend für ein paar Einkäufe und da dachte ich, ich schaue mal nach, wie es dir geht. Vielleicht kannst du etwas Aufmunterung gebrauchen.“

Ich hatte mich nach dem Bruch mit Luke zuerst bei Annabelle ausgeheult.

Und dann bei Scarlett.

Meine Freundinnen wussten Bescheid und hatten mir alle Hilfe angeboten, die ich brauchen konnte.

„Ach, es ist eigentlich alles in Ordnung“, erwiderte ich. Dann lächelte ich auch. „Aber es ist sehr nett, dich zu sehen.“

Scarlett musterte mich kritisch. Sie betrat mein Büro und schloss die Tür hinter sich. „Du siehst aber gar nicht gut aus, Deborah. Richtig bleich und hohlwangig. Isst du auch genug?“

Ich winkte ab. „Ich hab mir irgendwas eingefangen. So einen blöden Virus. Am besten bleibst du nicht lange und hältst Abstand, dann stecke ich dich wenigstens nicht an.“

„Oh je." Scarlett sah mich mitfühlend an. „Dann solltest du aber lieber Zuhause im Bett sein und nicht hier bei der Arbeit."

„Zu viel zu tun. Ich kann es mir nicht leisten, krank zu sein." Vage deutete ich auf meinen Monitor. „Außerdem… tagsüber ist es gar nicht so schlimm. Morgens ist es am schlimmsten. Da wird mir gleich nach dem Aufstehen richtig schlecht, ohne jeden Grund. Danach wird es meist besser." Ich seufzte. „Ich schlafe nur so schlecht und Kaffee vertrage ich nicht mehr…" Hilflos hob ich die Schultern.

„Und sonst?" wollte Scarlett wissen. „Hast du noch andere Symptome? Ein Spannen in den Brüsten oder so?"

Verblüfft sah ich meine Freundin an. „Ja, tatsächlich. Woher weißt du das? Bist du etwa auch krank?"

Scarlett holte tief Luft. „Nein, ich bin nicht krank. Aber genau diese Symptome hatte ich auch schon mal. Morgendliche Übelkeit, Spannen in den Brüsten, gewisse Dinge habe ich nicht mehr vertragen…" Vielsagend blickte mich Scarlett an.

Als ich nichts sagte, erklärte meine Freundin: „Ich war schwanger, Deborah."

„Schwanger?" Ich zuckte zusammen.

Dann erinnerte ich mich. Natürlich. So war es damals gewesen.

Doch ich schüttelte energisch den Kopf. „Unsinn. Das kann nicht sein. Ich bin nicht schwanger."

„Sicher?" Scarlett zog die Augenbrauen nach oben.

„Ich hatte in der letzten Zeit einfach ein bisschen viel Stress. Hier bei der Arbeit, die Sache mit Luke… da wird man eben anfälliger für Beschwerden und Infekte." Ich verschränkte die Arme vor meinen Brüsten.

Verdammt.

Die spannten wirklich unangenehm.

„Sicher, dass du nicht schwanger sein kannst?" hakte Scarlett nach.

„Ich hab mir die Dreimonatsspritze geben lassen, kurz bevor mit Draven Schluss war. Ich kann nicht schwanger sein." Ich schüttelte den Kopf. Meine Kopfschmerzen wurden stärker.

Verdammt, konnte Scarlett nicht einfach Ruhe geben?

„Auch die Dreimonatsspritze ist nicht zu 100 % sicher“, beharrte Scarlett. „Etwa 60 von 1000 Frauen, die damit verhüten, werden schwanger. Das hat man dir sicher auch gesagt.“

Ich stöhnte. „Ja, hat man. Aber das ist doch nun wirklich ein geringes Risiko.“

„Außerdem können bestimmte Medikamente die Wirksamkeit beeinträchtigen. Antibiotika zum Beispiel. Hattest du nicht einen Infekt, kurz bevor du Annabelle mit dem Donut-Stand ausgeholfen hast?“ Scarlett blickte mich abwartend an.

Ich hielt die Luft an

Doch.

Ich war krank gewesen.

Und ich hatte ein Antibiotikum nehmen müssen.

Ich fühlte, wie auch noch der letzte Rest Farbe aus meinen Wangen wich und der Boden unter mich wegzusacken schien.

Verdammte Scheiße.

Scarletts Worte hallten in meinem Kopf wieder, während ich wie erstarrt auf meinem Bürostuhl saß.

„Ich denke, wir sollten uns Gewissheit verschaffen.“ Scarlett sah mich an. Sie trat neben mich und legte mir eine Hand auf die Schulter.

Ich versuchte, meine Lippen zu einem Lächeln zu verziehen, doch das gelang mir nicht.

„Hey Debbie. Das wird schon alles. Vielleicht hab ich auch Unrecht. Ich hab vor zwei Monaten auch geglaubt, ich wäre wieder schwanger und dann war es falscher Alarm. Garrison war ganz schön enttäuscht.“ Scarlett gab ihr Bestes, um mich aufzumuntern. „Und dann war es nur eine Magen-Darm-Sache.“

Ich nickte schweigend.

„Ich sag dir was, ich geh jetzt und kauf dir einen Test. Da unten ist doch gleich an der Ecke eine Apotheke.“ Scarlett übernahm die Regie.

Und ich war ihr dankbar dafür.

Ich hatte keine Ahnung, was ich jetzt tun sollte.

„In spätestens zwanzig Minuten bin ich wieder da. Und bis dahin solltest du dich nicht verrückt machen. Das Ganze ist keine Gewissheit, sondern nur eine Möglichkeit.“ Scarlett drückte ein letztes Mal meine Schulter. „Arbeite noch ein bisschen, ja? Lenk dich ab und grüble nicht.“

Scarlett ließ meine Schulter los und verschwand.

Nicht grübeln.

Das war leichter getan als gesagt.

Obwohl ich Scarlett tatsächlich genau diesen Rat gegeben hatte, als sie selbst ungeplant schwanger gewesen war. Ohne Mann.

Aber das war eine andere Situation gewesen. Zwischen Garrison und Scarlett hatte es Missverständnisse gegeben, die sie voneinander getrennt hatten. Das hatte sich geklärt.

Bei Luke lag die Sache anders.

Er war ein Arschloch, der mich nur benutzt hatte.

Da gab es nichts zu klären.

Das ließ sich nicht wieder gut machen.

Ich lehnte mich in meinem Bürostuhl zurück und versuchte, tief zu atmen. Genau wie ich es heute Morgen in meinem Bad getan hatte.

Ein.

Aus.

Ein.

Aus.

Dann barg ich den Kopf in meinen Händen.

Es durfte einfach nicht wahr sein.

Es durfte nicht.

Es war ja nicht so, dass ich keine Kinder haben wollte oder der Sache gänzlich abgeneigt gegenüber stand. Aber eben nicht jetzt. Und schon gar nicht ohne Mann an meiner Seite. Ich hatte mir immer vorgestellt, dass ich einmal einen Menschen treffen würde, mit dem ich den Rest meines Lebens verbringen wollte. Gemeinsam alt werden. Und mit diesem Menschen würde ich dann eine Familie gründen und Kinder bekommen, die wir gemeinsam groß ziehen würden.

So wie Scarlett und Garrison es taten.

Aber alleinerziehende Mutter…

Ich musste arbeiten. Die *Elysium Dining Group* brauchte mich mehr denn je.

Durchatmen, Deborah. Noch ist nichts sicher. Denk dran, was Scarlett gesagt hat. Mach dich nicht verrückt.

Ich richtete meine Aufmerksamkeit wieder auf den Bildschirm und scrollte durch diverse Meldungen und E-Mails. Doch ich konnte mich nur schwer konzentrieren und meine Hand zitterte leicht.

Eine gefühlte Ewigkeit später klopfte es leicht an meiner Bürotür.

Ich sah auf.

Scarlett öffnete die Tür, ohne mein „Herein“ abzuwarten. Sorgfältig schloss sie die Tür und zog dann eine blaurosa Packung aus ihrer Tasche. „Hier. Der beste Schwangerschaftstest auf dem Markt.“

Ich starrte auf die Packung. „Dann muss ich morgen früh...“

„Nein“, unterbrach mich Scarlett. „Den Test kannst du gleich machen. Heute sind die Tests viel sensibler und das mit dem Morgen gilt nicht mehr so streng wie früher.“

„Jetzt gleich?“ Ich sah zu Scarlett auf.

„Na ja, wann willst du denn sonst Gewissheit, wenn nicht gleich?“ Scarlett zog die Augenbrauen nach oben.

Ja.

Sie hatte recht.

Und doch hätte ich nichts dagegen gehabt, die ganze Sache noch ein wenig hinauszuzögern.

„Es ist ziemlich einfach. Du nimmst den Test, pinkelst auf den Stab, wartest drei Minuten und du hast das Ergebnis. Nichts großes. Kannst du auf jeder Toilette machen.“ Scarlett machte eine vage Handbewegung in Richtung Flur.

„Du meinst ich soll hier...?“ Ich starrte Scarlett an. „Aber was, wenn mich jemand sieht?“

Scarlett seufzte. „Du versteckst den Test in deiner Tasche. Wie einen Tampon. Den trägst du ja auch nicht offen herum, wenn du mal einen brauchst. Wer sollte dich also sehen?“

Das Argument war nicht von der Hand zu weisen.

Ich stand langsam auf. Meine Beine fühlten sich noch wackliger an als heute Morgen. Alles schien aus Gummi zu bestehen. „Gut, dann werde ich mal...“

„Das wird schon, Debbie. Jetzt mach dir keinen Kopf. Dafür ist hinterher noch Zeit genug." Scarlett blieb gelassen.

Kunststück.

Es war ja auch nicht SIE, die schwanger sein könnte.

Oder SIE, die auf ein Arschloch reingefallen war.

Sie war nach einer Reihe von Missverständnissen glücklich verheiratet.

Scarlett klopfte mir aufmunternd auf die Schultern, als ich an ihr vorbei ging und die Tür zum Flur öffnete. „Ich würde ja mitkommen, aber ich glaube, es ist unauffälliger, wenn du allein gehst."

Damit hatte meine Freundin natürlich recht.

Wenig später saß ich auf der Toilette und studierte die Anweisungen auf der Packung. Tatsächlich klang alles denkbar einfach. Ich riss die Packung auf. Pinkelte auf den Stab.

Dann schloss ich die Augen und wartete mit pochendem Herzen.

Drei Minuten.

Wie elend lang konnten drei Minuten sein?

Du musst nicht hier warten, Deborah.

Der Gedanke kam mir nach etwa dreißig Sekunden.

Vorsichtig wickelte ich den Test in ein Stück Toilettenpapier, wusch mir schnell die Hände und ging rasch zu meinem Büro zurück. Dabei versuchte ich auszusehen, als wäre alles wie immer.

Als ich die Tür öffnete, sah Scarlett mich erwartungsvoll an. Ich legte das Toilettenpapier mit dem Teststab darin auf meinen Schreibtisch. „Die Zeit... ist noch nicht um. Ich glaube, ich habe noch eine halbe Minute."

Scarlett nickte.

Die Sekunden zogen sich wie Kaugummi. Nervös sah ich immer wieder auf das Toilettenpapier, das den Stab noch verdeckte. Scarlett wirkte ruhig und gefasst.

Dann ging sie zu meinem Schreibtisch. „Wir schauen nach, oder?"

Ich holte tief Luft.

Oh Gott.

Aber ich nickte.

Es brachte nichts, den Kopf in den Sand zu stecken und so zu tun, als wäre nichts. Davon wurden Probleme nicht gelöst, sondern nur größer.

Scarlett hob das Toilettenpapier vom Teststab und hielt ihn mir entgegen.

Ein Smiley blinkte mich auf der Digitalanzeige an.

„Positiv." Meine Stimme war tonlos.

Sofort legte Scarlett ihren Arm um mich. Leicht wiegte sie mich hin und her.

„Du bist schwanger", murmelte sie und bei diesen Worten fühlte ich mich, als wäre das Ergebnis jetzt endgültig.

In meinen Ohren hämmerte es. Ich stöhnte gequält auf. „Verdammte Scheiße, was mache ich denn jetzt nur?"

Scarlett drückte mich an sich. „Ruhe, Debbie, erst mal Ruhe bewahren. Es braucht Zeit, um sich an so eine Veränderung zu gewöhnen und..."

Ich unterbrach meine Freundin. „Du verstehst nicht. Das ist eine absolute Katastrophe. Was wird mein Vater sagen? Ich kann ihm das doch nicht verschweigen. Er wird mich enterben. Und Luke? Ich meine... was wird er sagen? Oder soll ich ihm das überhaupt sagen? Wahrscheinlich interessiert ihn die ganze Sache gar nicht. So wie ich ihn nie interessiert habe."

Ich lachte auf.

So hatte ich mir den Moment, in dem ich erfuhr, dass ich mein erstes Kind erwartete, wirklich nicht vorgestellt.

„Am besten wandere ich aus", murmelte ich verzweifelt. „Bahamas. Australien. Irgendwohin, wo mich keiner kennt."

Scarlett drückte mich mitfühlend an sich.

„Das stellt mein ganzes Leben auf den Kopf." Ich war verzweifelt.

Dann sah ich auf die Uhr und stöhnte. „Und in zehn Minuten hab ich auch noch dieses verdammte Meeting mit der Bank. Das kann ich nicht absagen. Jetzt nicht mehr."

Scarlett tätschelte mich. „Du machst dich ein bisschen frisch. Dann gehst du in dein Meeting. Und heute Abend rufst du mich an, dann reden wir über alles. Du wirst sehen, für alles findet sich eine Lösung. Ganz bestimmt."

Ich nickte.

Aber tief drinnen konnte ich Scarletts Optimismus nicht teilen.

Kapitel 28

Deborah

Wie in Trance schüttelte ich die Hände der drei älteren Herren in Anzug und Krawatte.

„Wir freuen uns so sehr auf die weitere Zusammenarbeit mit Ihnen, Ms. Mitchell, und sind sicher, dass wir mindestens so gut zurecht kommen werden wie mit Mr. Winters, wenn nicht sogar besser. Wir unterstützen die *Elysium Dining Group* seit Jahren und freuen uns, wenn wir es weiter tun dürfen", erklärte einer der drei Herren zum Abschied.

Ich hatte seinen Namen schon vergessen.

Und was wir genau besprochen hatten, das konnte ich auch nicht sagen.

Während des Meeting hatte ich einfach nur da gesessen und mich bemüht, die Fassade der coolen Geschäftsfrau aufrecht zu erhalten. Ich hatte so getan, als wüsste ich genau, worum es ging und würde allen Ausführungen aufmerksam lauschen.

Doch die Zahlenkolonnen und Finanzierungskonzepte waren nur so an mir vorbeigerauscht.

„Selbstverständlich werden wir alle Unterlagen mailen", ergänzte ein anderer Herr.

„Ich mache das Protokoll bis spätestens morgen fertig“, erklärte Miss Jones, die mit mir in dem Meeting gewesen war.

Ich versuchte ein Lächeln. Tatsächlich war ich dankbar für Miss Jones’ Anwesenheit. Ohne sie hätte ich vermutlich wie eine merkwürdig abwesende Chefin gewirkt. Im Protokoll würde ich alle wichtigen Punkte nachlesen und dann die nächsten Schritte in die Wege leiten können. Ein paar weitere Abschiedsworte wurden gesprochen und dann verschwand Miss Jones mit den drei Herren und Richtung Fahrstuhl. Sie würde sie nach unten bringen.

Und ich war endlich allein.

Tief holte ich Luft.

Von den Gedanken an Luke hatte ich mich mit Arbeit ablenken können. Aber jetzt funktionierte das nicht mehr.

Es gab andere Gedanken.

Schwanger.

Ich erwartete ein Kind.

In mir tobte es.

Was sollte ich nur tun?

Wie würde meine Zukunft aussehen?

Ich stellte mir vor, wie ich mit einem Kind im Garten spielte. Über uns schien die Sonne und wir lachten gemeinsam.

Wie sollte das gehen?

Ich musste ein Kindermädchen einstellen, das sich um alles kümmerte, während ich arbeiten ging. Immerhin hatte ich ein gutes Gehalt, mit dem ich mir das leisten konnte. Im Gegensatz zu vielen andere Frauen. Ich sollte also dankbar sein.

Aber ein Kind brauchte auch seine Mutter. Ich wollte schließlich kein Kind bekommen, das ich nur sah, wenn es schon schlief. Oder mal an einem Wochenende.

Und das Kind brauchte nicht nur eine Mutter. Es brauchte auch einen Vater.

Den konnte ich ihm wirklich nicht bieten.

Den gab es nicht.

Er war weg.

Und das war wahrscheinlich sogar besser so.

Welches Kind sollte schon mit einem Vater als Beispiel aufwachsen, der seine Mutter gar nicht mochte und nur zum Sex benutzt hatte?

Vorsichtig legte ich eine Hand auf meinen noch flachen Bauch und ging den Flur hinab in Richtung meines Büros. In mir wuchs ein neues Leben. Ein Kind, das bald mit mir durch die Flure toben und lachen würde. Das mich nachts aufwecken würde, weil es Hunger hatte. Oder mich einfach brauchte. Ein Kind, für das ich die Verantwortung trug.

Wie sollte ich allein damit fertig werden?

Ich schüttelte den Kopf.

Dann bemerkte ich, dass meine Kehle trocken war.

Ich schluckte.

Wie lange hatte ich nichts getrunken?

Das konnte ich mir nicht mehr erlauben. Ich musste jetzt gut auf mich achten.

Ja, ich würde mir einen Tee kochen. Das war eine gute Idee. Ein heißes Getränk munterte Körper und Geist auf und die Zubereitung hatte fast etwas Meditatives, das half, die Nerven genauso sehr zu beruhigen wie das langsame Trinken.

Die Tür zu Teeküche war nur angelehnt.

„Ja, unsere neue Chefin spielt sich ganz schön auf." Ein Kichern ertönte.

Wer war das?

Die Stimme kam mir bekannt vor.

Ich blieb stehen. Von drinnen konnte man mich nicht sehen. Eigentlich wollte ich nicht lauschen.

Aber...

Wollte nicht jeder wissen, was über ihn geredet wurde?

Das war doch ganz natürlich.

Außerdem ging es hier nicht um irgendetwas.

Das hier war MEIN Unternehmen und wenn es hier Gerüchte, Unzufriedenheit oder sonst etwas gab, dann musste ich das wissen. Denn nur dann konnte ich etwas dagegen unternehmen.

Natürlich hatte ich allen Mitarbeitern gesagt, dass ich jederzeit ein offenes Ohr für sie hatte. Aber nur wenige trauten sich, tatsächlich mit mir zu reden. Stattdessen klatschte man lieber hinter dem Rücken anderer in der Teeküche.

Nicht gerade produktiv.

Aber so waren die Dinge in vielen Firmen.

Ich wollte das ändern, aber es ging nicht von heute auf Morgen.

„Was meinst du, Brittany?“ fragte eine andere Stimme, die ich nach einem kurzen Moment als die unserer Grafikerin Clara erkannte.

Brittany.

Ich holte tief Luft. Das Kichern und die hämische Stimme gehörten zu Brittany.

„Ich finde Deborah eigentlich ganz nett, sie scheint offen und wirklich daran interessiert, dass wir gerne hier arbeiten.“ Das war wieder Clara.

„Das ist doch nur Show.“ Brittany kicherte. „Ich kenne das, so fangen alle Chefs an. Später ändert sich das, dann zeigen sie ihr wahres Gesicht.“

„Manche Leute sind auch anders. Du kannst doch einfach mal an das Gute im Menschen glauben.“ Clara holte tief Luft.

„Außerdem na ja, Deborah glaubt, dass sie den Laden hier im Griff hat. Aber sie hat doch keine Ahnung, was hier wirklich abgeht.“ Brittany beachtete Claras Worte gar nicht und kicherte noch lauter als vorhin. „Chefs eben. Wenn die wüssten.“

Wovon redete Brittany?

Auch Clara schien die Sache ein Rätsel zu sein. „Ich weiß nicht, was du meinst.“ Clara klang nicht sonderlich interessiert.

„Na ja, Deborah und Luke. Das war doch deutlich, dass die beiden ineinander verschossen waren. Sie ist hier aufgekreuzt und hat gemeint, sie kann die große Tussi spielen, die sich den Chef angelt und dann auch noch allen Befehle erteilt. Aber da hab ich ihr gleich mal einen Strich durch die Rechnung gemacht.“ Brittany schien gar nicht mehr aufhören zu können mit dem Kichern.

Es war ein boshaftes Kichern.

„Du?“ Clara klang erstaunt.

Ich hielt den Atem an.

Einen Strich durch die Rechnung gemacht? Brittanys Geschichte zog mich so in ihren Bann, dass ich für einen Moment sogar vergaß, dass ich schwanger war.

Was wurde hier gespielt?

„Als ich das erkannt habe, bin ich ihr gefolgt. Sie hat eine Nacht beim Chef verbracht.“ Brittany klang nun aufgebracht.

„Na und wenn schon. Sowas kommt in vielen Firmen vor. Warum auch nicht unter Chefs? Wenn die beiden sich mögen, dann ist das doch toll für sie.“ Clara klang immer noch nicht sonderlich interessiert.

„Am nächsten Morgen kam sie aus dem Haus und ein Typ hat sie bedrängt. Ich hab es genau gesehen und ein Foto gemacht. Das hab ich dann Luke gezeigt.“ Brittanys Stimme klang triumphierend.

„Sag mal, hast du nichts Besseres zu tun, als dich in anderer Leute Angelegenheiten einzumischen?“ Claras vorwurfsvolle Stimme drang genauso deutlich durch die Tür wie Brittanys hämische.

„Was heißt hier anderer Leute Angelegenheiten? Ich kann doch nicht zulassen, dass sie ihn hintergeht!“ Brittany schnaubte empört.

„Man hintergeht niemanden, bloß weil man auf der Straße angemacht wird. Das ist doch jeder Frau schon mal passiert. Bei dir piept's wohl.“ Clara stellte eine Tasse ab.

Ich zog mich vorsichtig ein Stückchen zurück.

Die beiden durften mich auf keinen Fall entdecken.

Doch Brittany sprach einfach weiter. „Ich wollte, dass er sauer auf sie wird. Stinksauer. Also hab ich behauptet, sie hätte sich dem Typen an den Hals geworfen. Ja, das war gelogen. Aber ich hab es nicht ausgehalten. Ich grabe seit Ewigkeiten an ihm rum und tue alles für ihn. Aber nichts geht. Und dann kommt sie und legt sich einfach in sein Bett. Das ist nicht fair.“ Jetzt klang Brittany fast beleidigt.

„So ist das Leben manchmal. Menschen suchen sich selbst aus, mit dem sie eine Nacht verbringen. Bei Gott, Brittany, der Boss ist doch nicht der einzige Mann auf der Welt. Und wie sollte das je gut gehen, wenn sich etwas entwickeln würde, das am Ende nur auf einer Lüge basiert?“

„Ich will nur eine faire Chance.“ Brittany schien einen Flunsch zu ziehen.

Mein Herz pochte so laut, dass ich glaubte, Brittany und Clara müssten es in der Teeküche hören. Ich zog mich noch ein Stück zurück.

In diesem Augenblick sah ich, wie weiter vorne Fanny aus der Buchhaltung aus einer Tür trat und auf mich zukam.

Verdammt.

Fanny würde mich sicher grüßen.

Und dann würden Clara und Brittany wissen, dass ich hier stand und lauschte.

Was sollte ich tun?

Ich wollte unbedingt die Fortsetzung der Geschichte hören.

Fanny kam auf mich zu.

Hastig öffnete ich die Tür in meinem Rücken und trat ein.

„Deborah!“ Es war das Büro von Marla, der Personalchefin. „Haben wir ein Meeting?“

Ich holte tief Luft. Meine Knie zitterten. „Ich... nein, wir haben kein Meeting. Sorry, Marla, ich war total in Gedanken und...“

Marla lachte. „Ach so. Sowas ist mir auch schon passiert.“ Meine Personalchefin musterte mich. „Du siehst ein bisschen blass aus, Deborah. Ich glaube, du solltest dir mal eine Pause gönnen. Ich verstehe, dass hier viel zu tun ist, gerade nach Lukes Weggang. Aber wenn du solange arbeitest, bis du umfällst, dann hilft das hier drin auch keinem. Im Gegenteil.“

Unbehaglich trat ich von einem Fuß auf den anderen.

Marla hatte recht.

Und auch wieder nicht.

Aber ich konnte ihr wohl unmöglich erzählen, warum ich so angegriffen wirkte.

Dann würde die Gerüchteküche in dieser Firma vollends überkochen.

Ich gab Marla mit einem Nicken recht. Das schien am einfachsten. Ich wollte so schnell wie möglich aus Marlas Büro raus. Fanny musste inzwischen vorbei gegangen sein und ich wollte nicht zu viel von Brittanys Geständnis verpassen.

Innerlich schüttelte ich über mich selbst den Kopf.

Dass ich einmal an Türen lauschen würde, hätte ich auch nicht geglaubt.

„Du hast recht, Marla“, sagte ich rasch. „Aber ich habe jetzt wirklich keine Zeit, darüber zu reden. Das sollten wir später tun.“ Ich lächelte meine Personalchefin an.

Marla nickte. „Gut. Machen wir das. Ich bin froh, dass du deine Gesundheit ernst nimmst.“

Wieder nickte ich. „Ich muss weiter.“

Eine halbe Minute später stand ich endlich wieder draußen im Gang und schloss die Tür zu Marlas Büro von außen.

Dann spitzte ich die Ohren.

Hoffentlich hatte ich nicht zu viel verpasst.

Brittanys und Claras Stimme drangen noch aus der Teeküche.

Ich atmete auf.

Die beiden waren nicht weg.

„Das ist aber alles andere als fair, was du da tust. Luke solche Sachen zu erzählen." Das war Claras Stimme. Sie schien nicht willig, Brittany für ihre Taten zu bewundern.

Wenigstens war nicht mein ganzes Team so intrigant wie Brittany.

Und die beiden schienen nach wie vor beim gleichen Thema zu sein. Ich könnte höchstens ein paar Einzelheiten verpasst haben.

„Fehlt nur noch, dass du Deborah erzählst, Luke hätte sie mit dir betrogen." Clara klang vorwurfsvoll.

Brittany blieb still. Dann sagte sie nachdenklich. „Das wäre gar keine so schlecht Idee. Du hast Potenzial, Clara." Brittany kicherte. „Darauf bin ich gar nicht gekommen. Ich hab nur zufällig mit angehört, wie Luke mit einem Recruiter telefoniert hat. Und dann habe ich ein Jobangebot im Drucker gefunden. Damit bin ich zu Deborah und hab ihr weisgemacht, dass Luke so gut wie auf dem Sprung ist. Die dumme Kuh ist voll drauf reingefallen."

Brittany prustete laut los.

Ich hielt den Atem an vor Schreck.

Was für eine intrigante Schlange!

„Echt, Brittany, das geht zu weit. Du musst das wieder gut machen. Du solltest Deborah die Wahrheit sagen. Sonst muss ich es tun. Ich kann solche Intrigen nicht mitspielen." Eine Hand klopfte auf die Theke in der Küche. Ich nahm an dass es Claras Hand war.

„Untersteh dich!" zischte Brittany da. „Wenn du das tust, dann werde ich dafür sorgen, dass man dir kein Wort glaubt und am Ende du als die Intrigantin da stehst, die mich hier rausekeln wollte, um meinen Job zu bekommen."

In meinem Kopf drehte sich alles.

Brittany war keine loyale Angestellte, die mich vor Lukes drohendem Verrat warnen wollte. Sie war eine intrigante, verliebte, manipulative Frau, die mit Lügen an ihr Ziel kommen wollte.

Und das Ziel war offensichtlich, die Beziehung zwischen Luke und mir zu sabotieren und zu zerstören.

Das hatte sie geschafft.

Luke und ich hatten uns gestritten.

Wie immer.

Aber nur viel, viel heftiger.

Viel zerstörerischer.

Wut wallte in mir auf. Am liebsten wäre ich in die Teeküche gestürzt und hätte Brittany gepackt und ihr meine Meinung ins Gesicht gesagt.

Am liebsten hätte ich sie sofort gefeuert.

Ich wollte diese Kuh nie wieder sehen.

Ruhig, Deborah, ruhig. Es geht hier nicht mehr nur um dich.

Ich atmete tief ein und legte eine Hand auf meinen noch flachen Bauch.

Da drin wuchs ein Kind.

Mein Kind.

Lukes und mein Kind.

Luke war... Luke hatte mich nicht verraten. Er war wütend und enttäuscht gewesen, weil Brittany ihm einen Haufen Lügen aufgetischt hatte. Und ich war ebenfalls wütend und enttäuscht gewesen, weil Brittany mir einen Haufen Lügen aufgetischt hatte.

Was auch immer ich jetzt tat, es musste ein kluger Schachzug sein.

Ich würde nicht zulassen, dass Brittany mein Leben zerstörte.

Und das meines ungeborenen Kindes.

Brittany kicherte hämisch.

Sie hatte meine Anwesenheit immer noch nicht bemerkt.

Vorsichtig schlich ich davon.

Ich hatte genug gehört.

Kapitel 29

LUKE

Ich stand auf und starrte aus dem Fenster. Die Stadt lag heute unter einem fahlblauen Winterhimmel, wie so oft in den letzten Tagen. New York wirkte jeden Tag gleich und doch immer wieder anders.

In meiner Hand hielt ich eine Tasse Kaffee aus dem Vollautomaten in meiner Küche. Die Haushälterin hatte heute frei. Und gestern auch. Und vorgestern. Ich hatte ein wenig Zeit für mich gebraucht und allein sein wollen.

Wirklich ganz allein.

Nachdenklich setzte ich mich auf die schwarze Ledercouch und sah auf das blank polierte Parkett aus edlem Holz.

Bald würde ich mein Leben neu starten.

Nächste Woche würde mein neuer Job bei Mr. Parsons beginnen. Nach dem Streit mit Deborah hatte ich rasch und entschlossen gehandelt. Die wenigen privaten Dinge, die ich in meinem Büro hatte, waren schnell zusammengepackt. Ich hatte selbst die IT angerufen und gebeten, alle meine Zugänge zu sperren, damit ich nicht in Verdacht geriet, Firmengeheimnisse mit zu Mr. Parsons zu nehmen. Dann hatte ich Andy informiert, dass ich das Angebot annehmen wollte, aber noch etwas Zeit für mich brauchte und daher erst in einem Monat anfangen konnte. Diese Forderung war ohne Murren akzeptiert worden.

So leicht war es, von einem Leben in ein anderes zu marschieren.

Manche Leute zögerten monatelang, machten sich Gedanken und wurden mit ihren Gefühlen nicht fertig.

Ich handelte.

Ich ging.

Die Zukunft wartete auf mich. Ein neuer Job, ein neues Leben und ganz sicher würde ich bald auch eine neue Frau finden, die mir nur zu gerne alle meine Wünsche erfüllte.

Nicht dass ich mich auf etwas Festes einlassen wollte.

Das hatte ich nie gewollt.

Und jetzt wollte ich es noch weniger.

Ich schüttelte verärgert den Kopf, denn mit einem Mal war mir, als würde ich Deborahs Gesicht vor mir sehen.

Das passierte mir nicht zum ersten Mal.

Sie war einfach überall.

In den vergangenen Tagen und Wochen hatte ich immer wieder geglaubt, sie zu sehen. Auf dem Bürgersteig kam mir eine Frau entgegen, die von weitem wie sie aussah. Die neue Verkäuferin am Empfang der Kartbahn hatte die gleiche Haarfarbe und auf einer Party trug jemand ein Kleid in genau der gleichen türkisen Farbe, die Deborah so sehr liebte.

Deborah, Deborah, Deborah.

Warum konnte ich sie nicht vergessen?

Die Sache war vorbei.

Ein gigantischer Irrtum, der mich am Ende sogar meine Firma gekostet hatte.

Ich nahm einen Schluck Kaffee und verzog mein Gesicht. Es wurde höchste Zeit, dass mein neuer Job begann. Dann würde ich keine Zeit mehr haben, um an Deborah zu denken.

An ihre funkelnden blauen Augen. Ihre gerade Nase, die sich leicht kräuselte, wenn Deborah lachte. Ihre vollen Lippen, die immer zum Küssen einluden und so wundervoll, wundervoll, wundervoll schmeckten. Ihre Stimme, die mal empört, mal schmeichelnd, mal lustig klang und dabei immer faszinierend war. Ihre Wangen, wenn sie rot vor Ärger waren. Oder vor Lust.

Deborahs Brüste, die sich mir entgegen reckten. Ihre langen Beine, die sich um mich schlangen. Ihr Stöhnen.

Mein Hose wurde eng.

Luke!

Ich stellte die Kaffeetasse auf den Wohnzimmertisch und sprang auf.

So etwas durfte ich nicht denken.

Unter keinen Umständen.

Deborah war tabu, tabu, tabu. Es mochte sein, dass ich es noch nicht ganz geschafft hatte, sie aus meinem Herzen zu reißen.

Aber das würde mir schon noch gelingen.

Ich biss die Zähne zusammen.

Bisher war es mir immer gelungen, also würde ich es auch diesmal schaffen.

Und ab jetzt würde ich mich strikt an meine Prinzipien halten.

Keine emotionalen Verstrickungen.

Ich griff nach meiner Jacke. Etwas frische Luft würde mir jetzt gut tun. Draußen war es eisig kalt, wie so oft in einem typischen New Yorker Winter.

Genau das brauchte ich jetzt.

Luft, die alle Gedanken aus meinem Hirn blasen würde.

Ich öffnete die Tür.

„Was...?“ Erstaunt starrte ich auf die weibliche Gestalt, die vor mir stand.

Was machte sie hier?

Ich blinzelte.

Doch.

Sie war es wirklich.

„Mr. Winters.“ Schüchtern blickte mich Clara Cunningham an. „Ich wollte zu Ihnen, aber ich war mir nicht sicher, ob ich einfach klingeln kann. Hoffentlich störe ich nicht?“ Clara sah mich entschuldigend an.

„Nein, Sie stören nicht, Clara.“ Ich schüttelte langsam den Kopf.

Was machte sie hier?

Clara Cunningham war Designerin bei der *Elysium Dining Group* und arbeitete in Brittanys Team. Sie erstellte Anzeigen und anderes nach Brittanys Vorgaben. Außerdem teilte sie sich seit einiger Zeit ein Büro mit Brittany, da wir etwas knapp an Platz waren.

Clara war Brittanys beste Freundin. Zumindest hatte ich diesen Eindruck gehabt. Die beiden hatten stets zusammen Mittag gegessen, zusammen Kaffeepause gemacht, waren zusammen zum Wasserspender gegangen... Gerade noch, dass sie nicht gemeinsam die Toilette aufgesucht hatten.

Misstrauisch musterte ich Clara.

Hatte Brittany sie geschickt?

Ich wollte von ihr nichts mehr hören, genauso wenig wie von Deborah.

Mit meiner alten Firma hatte ich abgeschlossen.

„Ich muss Ihnen etwas Wichtiges sagen", platzte Clara jetzt heraus. „Kann ich reinkommen?"

Ich ließ meinen Blick über Claras Gesicht gleiten. Ihre Augen blinzelten mich an. Sie wirkte ehrlich. Und sie war nervös, denn sie trat von einem Bein aufs andere. „Es ist wirklich wichtig", fügte sie jetzt hinzu.

Meine Neugier siegte. „Also gut", brummte ich und öffnete die Tür etwas weiter, um Clara hereinzulassen. Dann legte ich meine Jacke beiseite. „Wie haben Sie mich überhaupt gefunden?" wollte ich wissen.

Clara lachte nervös. „Jeder weiß, wo Sie wohnen. Und dem Concierge unten habe ich erzählt, Ich wäre ihre Cousine und..." Clara zuckte mit den Schultern.

Meine Cousine?

Ich musste wohl mal ein ernstes Wörtchen mit dem Concierge reden. Es konnte nicht sein, dass er eine Frau einfach so zu mir nach oben ließ, ohne mir Bescheid zu geben, bloß weil sie behauptete, sie wäre mit mir verwandt.

„Hat Brittany Sie geschickt?" wollte ich wissen.

Clara schüttelte den Kopf. „Nein, Brittany weiß nicht, dass ich hier bin."

Ich zog die Augenbrauen hoch.

„Ich... Sie müssen mir glauben, Mr. Winters! Ich habe von der ganzen Sache nichts gewusst. Brittany hat mir erst heute alles erzählt und... und da habe ich mir gesagt, dass ich Ihnen das sofort sagen muss. Sobald ich konnte, habe ich mich unter einem Vorwand aus dem Büro verabschiedet und bin hierher gekommen." Clara klang immer aufgeregter.

„Was hat Brittany Ihnen erzählt?" fragte ich.

„Es geht..." Clara holte tief Luft und wedelte mit den Händen.

„Nun beruhigen Sie sich erst mal." Freundlich sah ich Clara an. „Soll ich Ihnen ein Glas Wasser holen?"

Stumm schüttelte Clara den Kopf. In ihr arbeitete es sichtlich.

„Brittany ist in Sie verliebt", erklärte sie dann.

Ich lachte leise, auch wenn mir danach gar nicht zumute war. „Das ist mir bekannt." Ich seufzte. „Sie hat alles Mögliche versucht, um sich an mich ranzuwerfen. Aufgeknöpfte Blusen in Besprechungen, zufälliges Stolpern, dann auf der Party... das hat wahrscheinlich die ganzen Firma mitbekommen." Ich zuckte mit den Schultern. „Ich habe ihr mehrere Male klar gemacht, dass zwischen uns nichts ist und auch niemals sein wird."

Clara nickte. „Das... das hat sie nie richtig verstanden. Sie hat jede Abfuhr nur als weiteren Ansporn gesehen, es noch härter zu versuchen. Sie hat mir selbst gesagt, dass sie Sie schon irgendwie rumkriegen würde, Mr. Winters."

Ich zuckte zusammen. „Das klingt eher zwanghaft als verliebt", murmelte ich dann.

Sicher, jeder litt unter einer Abfuhr und der Drang war groß, der ganzen Sache ein anderes Ende zu geben. Verspürte ich nicht selbst ähnliches bei Deborah?

Aber ich war auch vernünftig.

Erwachsen.

Man ließ die Menschen gehen, die einem klar zu verstehen gaben, dass sie einen nicht wollten. Und dann suchte man sich andere Menschen.

Nicht so Brittany.

„Daran ist ganz sicher etwas Zwanghaftes", gab Clara zu. „Brittany hatte in ihrem Leben ein paar Mal Pech mit Männern und ich glaube, dass sie das alles nicht so richtig verdaut hat."

„Das ist eine Erklärung für derartiges Verhalten. Aber keine Entschuldigung." Ich musterte Clara. „Wenn Sie hierher gekommen sind, um mir das zu sagen, dann muss ich Ihnen jetzt mitteilen, dass es nichts ändert. Ich werde Brittany nicht aus Mitleid anrufen und ihr helfen, ihre Vergangenheit aufzuarbeiten. Das muss sie schon selbst tun."

„Nein. Darum bin ich nicht hier." Clara schüttelte den Kopf. Sie holte tief Luft.

Was auch immer sie mir zu sagen hatte, es musste...

Ich konnte nicht weiter denken.

„Brittany war sich sicher, dass Sie eine Affäre mit Deborah haben", erklärte Clara da überraschend.

„Was?“ Ich starrte Clara an. Deborah und ich hatten uns redlich bemüht, unser Verhältnis geheim zu halten. Und ich hatte mir eingebildet, dass uns das auch recht gut gelungen war.

„Ich weiß nicht genau, wie Brittany zu der Gewissheit gelangt ist. Aber jedenfalls hat sie… sie hat versucht, Sie und Deborah auseinander zu bringen, Mr. Winters.“

Ich lachte auf.

Das hatten Deborah und ich schon ganz allein geschafft.

Ohne Brittanys Hilfe.

Doch den Gedanken behielt ich für mich.

„Brittany hat Deborah nachspioniert und als sie von einem Typen bedrängt wurde, hat sie das fotografiert und ist mit dem Bild zu Ihnen gegangen, Mr. Winters“, berichtete Clara jetzt.

Ich starrte die junge Frau an.

„Was?“

Meine Gedanken überschlugen sich.

Das Foto, das Brittany mir gezeigt hatte…

Deborah war bedrängt worden?

Sie hatte sich Draven gar nicht an den Hals geworfen?

„Brittany hat Deborah nicht geholfen oder Hilfe gerufen, sondern sie einfach… sich selbst überlassen.“ Claras Augen funkelten empört. „Und dann hat sie sich eingeredet, dass sie Sie schützen wollte, Mr. Winters, vor einer Frau, die sich auf der Straße anderen an den Hals wirft.“

Und ich hatte ihr diese Aussage geglaubt.

Mir wurde ein wenig schlecht.

„Aber das ist noch nicht alles“, sagte Clara.

Ich unterdrückte ein Stöhnen und biss die Zähne zusammen.

Was denn noch?

Fragend sah ich Clara an.

Sprechen konnte ich nicht.

„Brittany hat gewusst, dass Sie einen anderen Job suchen, Mr. Winters. Sie hat Deborah davon erzählt und ihr auch einen Ausdruck gezeigt, den sie aus dem Drucker geklaut hatte.“ Clara sah zu Boden und biss sich auf die Lippen.

Ich ballte die Fäuste.

Und ich hatte mich schon gewundert, wo der Ausdruck geblieben war.

Diese hinterhältige Schlange!

Dieses Biest!

Wie konnte sie nur!

„Es fällt mir wirklich nicht leicht, Ihnen das zu sagen… Und ich hoffe, Sie denken nicht schlecht von mir… Ich will Brittany nicht verraten, aber das… das konnte ich wirklich nicht für mich behalten.“ Clara schluckte. „Ich habe es bis heute nicht gewusst. Aber in der Kaffeepause hat Brittany es mir erzählt und…“

Ich holte Luft.

In meinen Ohren summte es.

„Hat Brittany Sie geschickt?“ Ich hatte die Frage schon einmal gestellt. Aber bei so vielen Lügen… Misstrauisch sah ich Clara an.

„Was?“ Clara hob ihren Kopf und blickte mich erschreckt ein. „Nein, das hat sie nicht, das müssen Sie mir glauben, Mr. Winters. Brittany würde mich wahrscheinlich umbringen, wenn sie wüsste, dass ich hier bin. Oder na ja, vielleicht nicht gleich umbringen. Aber zumindest feuern.“ Clara Blick bekam etwas Flehendes. „Mr. Winters, ehrlich. Ich bin hierhergekommen, weil ich nicht mit ansehen kann, wie das Glück anderer zerstört wird. Ich meine, Sie und Ms. Mitchell… sie schienen sich schon ziemlich gut zu verstehen… und man weiß ja nicht… so etwas kann sich weiterentwickeln oder nicht… aber was Brittany getan hat, das ist nicht richtig.“

Ich war wie betäubt.

In diesem Moment hätte ich nicht sagen können, was ich fühlte.

„Danke, Clara“, nickte ich.

„Dann glauben Sie mir also?“ Clara schluckte merklich.

Ich nickte. „Ja, ich denke schon.“

„Und… was werden Sie jetzt tun?“ wollte Clara wissen.

„Ich weiß nicht.“ Ich hob die Schultern.

So ruhig ich äußerlich wirkte, so sehr tobte es in mir.

Am liebsten hätte ich Brittany auf der Stelle zur Rede gestellt und sie…

Das bringt nichts, Luke.

Ich fühlte mich wie ein Roboter, als ich mich von Clara verabschiedete.

Mechanisch schloss ich die Tür.

Alles war gelogen.

Deborah hatte mich nicht hintergangen.

Stattdessen hatte Brittany Deborah weisgemacht, dass ich illoyal wäre und mit einen anderen Job suchte.

Brittany hatte mich sabotiert.

Manipuliert.

Und wenn ich eines nicht mochte, dann dieses Gefühl.

Ich ballte die Fäuste.

Das Klingeln meines Handys riss mich aus meinen Gedanken. Rasch sah ich aufs Display.

Ellison.

Der einzige Mensch, mit dem ich jetzt reden wollte.

„Luke, Buddy", begrüßte mich Ellison, kaum dass ich das Gespräch angenommen hatte. „Alles ready? Bereit für den neuen Job?

Ich schüttelte den Kopf.

Der neue Job schien mir plötzlich ziemlich fern.

„Diese falsche Schlange hat mich angelogen", platzte ich heraus.

„Was? Wovon redest du?" wollte Ellison wissen.

Ich erzählte meinem besten Freund von Claras Besuch.

„Oh Mann, das ist ja ein Ding! Und du bist ganz sicher, dass nicht die Kleine, die eben bei dir war, dich angelogen hat?" Ellison stöhnte leise, als ich meinen Bericht beendet hatte.

„Ganz sicher. Sie ist vertrauenswürdig. Du hättest sie sehen sollen. Sie war richtig erschüttert, wie jemand so etwas tun kann. Und dann... es ergibt alles Sinn. Alles passt gut zusammen."

Claras Story ergab mehr Sinn als alles, was Brittany mir erzählt hatte.

Und doch hatte ich Brittany geglaubt.

Statt Deborah zuzuhören.

Ich biss meine Zähne zusammen.

Meinen Fehler einzugestehen tat weh.

„Was wirst du tun?" fragte Ellison.

„Nichts. Es ändert nichts, wenn ich mit diesem intriganten Biest rede. Sie wird doch alles leugnen." Die Ader an meiner Schläfe pulsierte, wenn ich nur an Brittany dachte.

„Ich meine, was wirst du in Bezug auf Deborah tun?" stellte Ellison klar.

Deborah.

Wieder stand ihr Bild so klar vor meinen Augen, als wäre sie hier bei mir im Raum.

Das hatte ich mir die ganze Zeit über heimlich gewünscht.

Jetzt kam der Wunsch wieder.

Diesmal verdrängte ich ihn nicht.

„Ich…“ Ich sprach nicht weiter.

Ich wollte sie sehen.

„Warte nicht zu lange“, riet mir Ellison.

„Womit?“

„Oh Buddy, ich kenne dich lange genug. Ich weiß, dass du zu ihr willst. Also geh schon.“ Ellison lachte leise.

Mein bester Freund hatte recht.

Wie immer.

Ich wollte zu Deborah.

Aber wie konnte ich wieder aufbauen, was ich zerstört hatte?

Würde Deborah mir verzeihen?

Oder mir überhaupt zuhören?

Kapitel 30

Luke

Ich hastete in die Tiefgarage.

Schneller, schneller, schneller.

Deborah, Deborah, Deborah.

Ihr Name tönte rhythmisch in meinem Kopf, passend zum Klang meiner Schritte auf dem harten Betonboden.

Mein Atem ging stoßweise.

Schnell.

Ich würde den Ferrari nehmen und nicht zum ersten Mal wünschte ich mir, dass ich seine Power auf den Straßen von Manhattan voll ausfahren könnte. Doch niemals war es mir so dringend erschienen wie heute.

Was würde ich Deborah sagen, wenn ich sie sah?

Ein Teil von mir wollte so dringend zu ihr wie ich noch nie etwas gewollt hatte. Und ein anderer Teil... der wollte auch zu ihr. Aber er war vorsichtig. Er wollte alles richtig machen. Schließlich hatte ich bisher alles falsch gemacht, was man nur falsch machen konnte.

Tausende Gedanken schwirrten unaufhörlich durch meinen Kopf. An Brittany durfte ich nicht denken. Sonst kochte ich über vor Zorn.

Wie hatte ich nur so dumm sein können und auf ihre Intrige hereinfallen?

Ich sah Deborahs Gesicht bei unserer letzten Begegnung vor mir. Ihre Wangen waren gerötet und sie kochte vor Wut. Aber da war auch ein gequälter und verwirrter Ausdruck in ihren Augen. Das hatte ich damals nicht erkannt.

Ich fuhr aus der Tiefgarage und presste meine Kiefer aufeinander. Dann lenkte ich den Ferrari auf den vertrauten Weg.

Zur *Elysium Dining Group*.

Wie lange war das mein Weg zur Arbeit gewesen?

Jedes Jahr, jeden Tag war ich durch diese Straßen gefahren. Entlang der Fifth Avenue, immer ein Stück weiter ins Herz Manhattans hinein. Ich kannte den Weg in- und auswendig. Doch heute erschien er mir so lange wie sonst nie.

Deborah hatte nichts mit ihrem Ex.

Ich schluckte trocken.

Am liebsten hätte ich meine Worte von damals zurückgenommen. Oder die Zeit zurückgedreht. Doch das war unmöglich.

Da vorne war der Wolkenkratzer, in dem die *Elysium Dining Group* ihren Sitz hatte. Seit meiner Kündigung hatte ich diesen Abschnitt von Manhattan gemieden. Wie ich überhaupt alles gemieden hatte, was mit meinem ehemaligen Job zu tun hatte.

Mein Herz pochte.

Ich hatte alle meine Schlüssel, den Chip und die Karten abgegeben und darum gebeten, dass meine Zugangscodes gesperrt wurden.

Nun wünschte ich, ich hätte nicht so übereilt gehandelt. Dann hätte ich einfach in der Tiefgarage parken, mit dem Lift nach oben fahren und mich in Deborahs Büro schleichen können. Ob sie mittlerweile in mein ehemaliges Büro umgezogen war? Sie war jetzt schließlich die alleinige Chefin. Mein Büro bot eine bessere Aussicht, hatte das Vorzimmer mit Miss Jones und war ein Statussymbol. Sicher arbeitete Deborah jetzt dort. In einer Firma ging das Leben jeden Tag weiter. Man durfte nicht allzu viel Zeit mit der Erinnerung an frühere Chefs verbringen, sonst ging man unter.

Doch ein Teil von mir wünschte, Deborah hätte mich nicht so schnell vergessen.

Ein Teil von mir wünschte, sie hätte jeden Tag an mich gedacht, so wie ich jeden Tag an sie gedacht hatte.

Aber Frauen machten das mit der Trauer um vergangene Beziehungen anders.

Oder?

Ich ballte die Faust.

Es war nicht vergangen.

Es sollte nicht vergangen sein.

Ich hatte Deborah immer gewollt.

Und auf keinen Fall durfte diese Schlange Brittany mit ihrer Intrige gewinnen.

Ich lenkte meinen Wagen auf einen der Besucherparkplätze direkt vor dem Gebäude der *Elysium Dining Group*. Das war sogar noch besser als die Tiefgarage. Direkt vor der Tür.

Ich stieg aus, schlug den Kragen meines Mantels nach oben und ging auf die gläserne Karusselltür zu. Dann betrat ich das Foyer.

Deborah hatte ganze Arbeit geleistet.

Ein riesiges Plakat hing unter der Decke.

Willkommen im Haus des Michelin-Sterns.

Ich unterdrückte ein Lächeln.

„Mr. Winters?" Eine aufgeregte Stimme ertönte rechts von mir.

Ich wandte meinen Kopf und ging zu dem langen Empfangstresen aus hellem Holz, der von unten und von hinten elegant beleuchtet wurde. Darüber hing das Logo der *Elysium Dining Grup*. Rechts und links davon standen Grünpflanzen. Auch das war neu.

Ich nickte unwillkürlich.

Gute Idee.

Es verlieh allem eine etwas freundlichere Note.

„Elly." Ich lächelte meine Empfangsdame an. „Wie schön, Sie wieder zu sehen. Ich habe mich so oft gefragt, wie es Ihnen geht."

Elly erwiderte mein Lächeln nicht. „Was... was machen Sie hier?" Sie sah mich unsicher an.

„Nun, ich wollte Ms. Mitchell einen Besuch abstatten und da ich alle meine Karten, Schlüssel und den Chip abgegeben habe, musste ich wohl oder übel durch die Vordertür kommen." Ich lachte heftig, um meine Nervosität zu überspielen.

„Ich muss Sie bitten, wieder zu gehen." Elly sah mich fest an.

„Wie bitte?“ Ich schüttelte den Kopf. Ich musste mich verhört haben.

„Ich muss Sie bitten, wieder zu gehen“, wiederholte Elly.

„Aber warum?“ fragte ich. „Ich möchte wirklich nur mit Ms. Mitchell sprechen. Es dauert nicht lange. Aber ich habe wichtige Informationen für Sie. Ich glaube, sie wird dankbar sein, wenn ich ihr das alles sage.“ Ich lächelte Elly so charmant an wie ich nur konnte.

Am liebsten hätte ich meiner ehemaligen Angestellten befohlen, mich einfach hereinzulassen. Jahrelang hatte Elly meine Anweisungen entgegen genommen, mich ehrerbietig gegrüßt, wenn ich die Firma betreten hatte, mich beklatscht, wenn ich eine Rede gehalten hatte...

Und jetzt warf sie mich raus?

Aus meiner eigenen Firma?

Ich unterdrückte ein Schnauben.

Bloß nicht sauer werden, Luke. Das bringt dich jetzt nicht weiter.

Elly hob den Kopf. „Sie haben hier keinen Zutritt mehr, Mr. Winters. Und Ms. Mitchell will Sie sicher nicht sehen.“

Ich lächelte immer noch und fühlte mich, als wären meine Mundwinkel am oberen Ende meiner Wangen festgetackert. „Wie können Sie das denn wissen? Sie haben Deborah ja noch gar nicht gefragt, ob Sie mich sehen will. Vielleicht könnten Sie sie kurz anrufen und fragen? Das wäre sehr nett.“

Elly schüttelte den Kopf. „Ms. Mitchell will Sie sicher nicht sehen. Nach ihrem Weggang hat sie Ihren Namen auf die Liste der unerwünschten Personen setzen lassen.“ Elly sah mich an und ich glaubte, in ihrem Blick eine Spur Mitgefühl erkennen zu können. Doch das verschwand rasch. Meine Empfangsdame zog es vor, professionelle Distanz zu wahren.

Die Liste der unerwünschten Personen!

Darauf standen alle, die keinen Zutritt zur *Elysium Dining Group* erhalten sollten.

Konkurrenten.

Ehemalige Spitzenköche.

Menschen, die uns nur ausspionieren wollten.

Reporter, die ohne jeden Grund schlecht und bösartig über uns geschrieben hatten.

Und jetzt auch ich.

Ich stand auf der schwarzen Liste in meiner ehemaligen Firma.

Deborah selbst hatte mich darauf setzen lassen.

Ich schluckte.

„Bitte gehen Sie jetzt, Mr. Winters." Elly redete leise. Sie wollte keine Aufmerksamkeit erregen.

Ich sah mich um. Die Lobby war leer.

„Aber...", begann ich.

Elly schüttelte den Kopf.

Ich blickte zu den beiden Fahrstühlen, die sich an der linken Seite des Empfangstresens befanden. Jeder von ihnen würde mich in Sekundenschnelle nach oben bringen. Zu Deborah.

Aber man brauchte einen Mitarbeiterausweis, um überhaupt in den Fahrstuhl zu gelangen.

Und ich hatte keinen mehr.

Ich biss die Zähne zusammen.

Der Gedanke, dass Deborah nur einige Etagen über mir saß und dennoch unerreichbar war, war einfach unerträglich. Ich konnte nicht nach oben. Ich konnte sie nicht anrufen, denn ich hatte ihre Handynummer gelöscht. Firmenanrufe würden bei Elly landen. Oder bei Miss Jones, die mir vermutlich die gleiche Abfuhr erteilen würde wie Elly.

Ich ballte die Fäuste.

Ich musste sie sehen!

Ich musste einfach!

„Ms. Mitchell will Sie nicht sehen, Mr. Winters." Elly blickte mich vielsagend an. „Sie meinte, es sei gar nicht so unwahrscheinlich, dass Sie nochmal hier aufkreuzen und auf diesen Fall sollten wir gefasst sein."

Ich holte tief Luft. „Das kann ich verstehen. Aber Sie können Deborah sagen, dass sie sich getäuscht hat. Und das, was ich jetzt zu sagen habe, das will sie ganz bestimmt hören."

Ich sah Elly bittend an. „Bitte, Elly, um der alten Zeiten willen."

Elly schüttelte den Kopf. „Nein, tut mir leid. Ich kann meinen Job nicht riskieren. Wenn ich mich nicht an die Anweisungen halte, werde ich gefeuert."

Frustriert fuhr ich mir mit einer Hand durch die Haare.

Was sollte ich nur tun?

Dann sah ich zu den Sofas hinüber. „Gut. Dann warte ich dort. Wenn Deborah kommt, kann ich mir ihr reden und..."

„Nein, Mr. Winters. Ich fürchte, Sie haben mich nicht verstanden. Ich muss Sie bitten, zu gehen. Verlassen Sie das Gebäude." Elly blieb fest.

„Aber ich will doch nur warten", protestierte ich. „Ich tue niemandem was, ich werde mit niemandem reden, ich gehe nicht nach oben, ich nehme nichts mit... Ich bin keine Gefahr, für niemanden." Meine Stimme klang schon fast flehend.

„Gehen Sie." Elly blieb fest. Sie sah mich nicht mehr an.

Ich würde nicht gehen.

Zu lange hatte ich auf den Moment gewartet.

„Gibt es hier ein Problem?" Eine tiefe Stimme ließ mich herumfahren. Vor mir stand ein muskulöser Kerl in einer Uniform.

Security-Personal.

Seit wann hatten wir so etwas?

„Mr. Winters hier... er muss dringend gehen, aber er möchte nicht." Elly wies auf mich.

Hatte sie die Security gerufen?

Ich starrte meine ehemalige Mitarbeiterin an. „Seit wann gibt es hier einen Sicherheitsdienst?"

„Seit wir den Stern bekommen haben. Da kamen einige hässliche Briefe und daher haben wir das für notwendig erachtet, zu unserer aller Sicherheit." Elly sprach leise und vermied es, mich anzusehen.

„Kommen Sie bitte mit, Sir. Ich zeige Ihnen, wo der Ausgang ist." Der Security-Mann packte mich am Oberarm.

Ich wand mich in seinem Griff. „Nein, Sie verstehen nicht. Ich bin der ehemalige Chef hier. Ich habe die ganze Firma aufgebaut und..."

„Das interessiert heute aber keinen mehr." Der Mann verstärkte seinen Griff um meinen Arm.

„Lassen Sie mich los. Ich kann Ihnen das alles erklären." Ich wand mich weiter und schließlich gelang es mir, einen Ellbogen zwischen den Rippen des Mannes zu platzieren.

„Au!" Der Mann ließ mich los.

Ich machte einen Schritt von ihm weg.

In diesem Augenblick fühlte ich mich wie ein Idiot.

Wo sollte ich jetzt hin?

Ich konnte nirgends hin!

Warum hatte ich mich gewehrt?

Eine Hand packte mich am Kragen. „Sir, kommen Sie mit nach draußen. Ich muss Sie jetzt darauf hinweisen, dass wir die Polizei rufen werden, wenn Sie weiter Widerstand leisten." Der Security-Mann schob mich in Richtung der gläsernen Karusselltür.

Ich wusste, wann ich verloren hatte und so ließ ich mich nach draußen schieben. Ein eisiger Wind empfing uns.

„Ich empfehle Ihnen, hier nicht wieder aufzutauchen und unsere Mitarbeiter auch sonst in Ruhe zu lassen." Der Security-Mann ließ mich los. „Und kommen Sie bloß nicht auf die Idee, hier vor der Firma herumzulungern und jemandem aufzulauern. Auch das haben wir im Auge."

Ich schluckte.

„Ich werde Elly Johnson anweisen, sofort die Polizei zu rufen, wenn ihr etwas verdächtig vorkommt oder sie auch nur noch einmal eine Haarspitze von Ihnen sieht." Der Security- Mann sah mich warnend an.

Verzweifelt blickte ich auf meine Schuhspitzen.

Deborah schien unerreichbarer denn je.

„Was ist denn hier los? Alles okay, Frankie?" Eine dröhnende Stimme in meinem Rücken ließ mich herumfahren.

Harrison Mitchell.

Deborahs Vater.

Mein Ex-Boss.

„Mr. Mitchell, wie gut, dass Sie kommen." Erleichtert atmete ich auf. „Ich muss dringend mit Deborah sprechen. Können Sie ihr ausrichten, dass..."

Weiter kam ich nicht.

„Ich werde ihr gar nichts ausrichten. Wirklich nichts. Du hast hier alles hingeschmissen. Wundert es dich jetzt, dass wir nichts mehr von dir wissen wollen? Mach dich vom Acker, aber dalli. Und wage es nur ja nicht, hier wieder aufzutauchen!" Harrison Mitchell sah mich voller Verachtung an.

Er duzte mich jetzt.

Vorher hatte er mich gesiezt.

Ein größeres Zeichen, dass ich in seiner Achtung gesunken war, konnte es nicht geben.

„Das war alles ein riesengroßes Missverständnis. Ich habe mich geirrt und bin auf eine Intrige reingefallen und Deborah auch und…“, setzte ich erneut an.

Harrison Mitchell lachte höhnisch auf. „Intrige nennst du das? Mann, du hast einen anderen Job. Haben sie dich dort schon wieder rausgeworfen, dass du hier stehst, Männchen machst und an der Tür kratzt? Das hättest du dir alles vorher überlegen sollen. Glaubst du, ich kann hier einen Boss brauchen, der unüberlegt und emotional handelt? Wir sind froh, dass wir dich los sind. Deborah mehr als alle anderen. Sie hat dir nichts mehr zu sagen.“

„Aber Mr. Mitchell, Deborah und ich…“ So leicht würde ich nicht aufgeben.

„Deborah und ich, Deborah und ich“, äffte mich Mr. Mitchell nach. „Junge, Deborah hat in den letzten Jahren einen sehr schlechten Geschmack in punkto Männer bewiesen. Wenn irgendwo ein untauglicher Typ rumlief, dann hat sie sich unter Garantie in genau den verliebt. Und das waren genau solche Typen wie du. Ich bin nur froh, dass sie diesmal so schnell zur Vernunft gekommen ist und sich von dir fernhält.“ Harrison Mitchell sah mich verächtlich an. „Ich habe schon bemerkt, wie sie dich angesehen hat. Auch wenn ihr immer glaubt, die Alten merken nichts.“

Ich holte tief Luft.

„Wenn du nicht gehst, dann holte ich die Polizei, klar?“ Mr. Mitchell schnaubte. „Und meinen Anwalt hast du auch gleich an der Backe. Geh anderswo betteln, wenn es mit deinem neuen Job nicht funktioniert. Hier hast du nichts mehr zu suchen. Wenn dein Auto nicht in zehn Minuten weg ist, dann steht der Abschleppdienst hier. Und die werden deinen kostbaren Ferrari nicht gerade pfleglich behandeln. Dafür werde ich selbst sorgen.“

Die Drohungen ließen mich kalt.

Aber ich wusste, ich hatte verloren.

Verzweifelt blickte ich an der gläsernen Fassade des Wolkenkratzers empor.

Dort oben saß Deborah.

Und ich konnte nicht zu ihr.

Ich biss die Zähne zusammen.

Dann würde ich gehen.

Aber ich würde nicht aufgeben.

Ich würde Deborah finden und mit ihr reden.

Koste es, was es wolle.

Aber wo sollte ich sie suchen?

Ich hatte keine Ahnung, wo sie lebte.

Was sie in ihrer Freizeit machte.

Was ihre Lieblingsplätze waren.

Erst jetzt wurde mir schmerzhaft bewusst, wie wenig ich wirklich von Deborah wusste.

Aber ich wollte sie finden.

Meine Zukunft hing davon ab.

Kapitel 31

Deborah

Wie betäubt saß ich im nächsten meiner vielen Meetings.

Schon bei den drei Herren von der Bank hatte ich nicht allzu viel mitbekommen. Doch jetzt war es noch schlimmer. Ich konnte an nichts anderes denken als an Brittany und Clara in der Teeküche. Beide saßen vermutlich inzwischen an ihren Schreibtischen und hatten das Gespräch längst vergessen.

Ich hatte nichts vergessen. Brittanys Worte hallten immer noch in meinen Ohren wider.

Die Dokumente vor mir verschwammen zu einem einzigen Grau. Ich sah keine schwarze Schrift auf weißem Papier mehr, nur noch Schlieren.

„Was meinen Sie zu dem Konzept, Ms. Mitchell?" fragte eine Dame, die ein rotes Kostüm trug.

Ich rang mir ein Lächeln ab. „Oh, sehr interessant, wirklich sehr interessant. Ich... es fällt mir schwer, im Moment eine klare Aussage zu treffen. Ich muss mir das durch den Kopf gehen lassen und mir etwas Zeit nehmen. Ich denke, Ihr Konzept verdient das."

„Das freut uns zu hören." Der Begleiter der Dame nickte heftig.

Ich konnte nicht einmal mehr sagen, von welcher Firma die beiden kamen. Oder warum sie hier waren.

Miss Jones blickte mich von der Seite an. Meine Sekretärin schien zu spüren, dass heute bei mir etwas nicht stimmte. Doch sie sagte nichts. Derart indiskret hätte sie sich nie verhalten.

„Ich… es tut mir leid, aber ich muss zum nächsten Termin." Ich lächelte entschuldigend. „Heute ist hier einiges passiert, das völlig unerwartet kam und daher…" Ich hob die Achseln.

Die Dame in Rot und ihr Begleiter lächelten verständnisvoll.

Wieder kamen die üblichen Abschiedsfloskeln.

Und wieder brachte Miss Jones die Besucher nach unten.

Ich ging den Gang entlang in Richtung meines Büros. Vorsichtig warf ich einen Blick in die Teeküche. Sie war leer. Doch allein der Anblick reichte, damit mein Atem stoßweise ging. Ich musste mich zusammenreißen, um die Fassung zu bewahren und nicht laut aufzuschreien. Brittany hatte mich und Luke also die ganze Zeit nur schamlos belogen und gegeneinander ausgespielt! Bei dem Gedanken ballte sich meine Hand zur Faust.

Ich war so leichtgläubig gewesen!

So einfach zu manipulieren!

Hätte ich damals nur einen Moment innegehalten und Luke zugehört, statt mich von Brittanys Schwindel blenden zu lassen… Frustriert schloss ich die Augen und rang nach Luft.

Ich wollte nichts lieber als Brittany zur Rede stellen. Sie sollte für ihre Taten büßen! Sie sollte die Schmerzen erleiden, die ich erlitten hatte!

Halt Deborah!

Von solchen Gedanken durfte ich mich jetzt nicht ablenken lassen.

Es gab wichtigere Dinge.

Ich legte eine Hand auf meinen noch flachen Bauch.

Luke war der Vater meines Kindes.

Da drin wuchs UNSER Kind heran.

Das hatte ich selbst erst vor wenigen Stunden erfahren.

Um mich herum schien sich alles zu drehen. Es war einfach zu viel auf einmal. Innerhalb von nicht einmal einem halben Tag hatte sich mein Leben komplett gewendet und alles, was ich in den vergangenen Wochen geglaubt hatte, hatte sich als unwahr erwiesen. Ich schloss die Augen und lehnte mich kurz an die Wand.

Plötzlich war mir, als stünde Luke vor mir und würde mich berühren. Ich konnte fühlen, wie er sanft über meine Haut strich. Sein Geruch umgab mich und ich sah seine dunklen Augen vor mir, die mich mit einer Mischung aus Zorn und Erleichterung anblickten. Aber er war mir nicht lange böse und ich konnte mich in seine Arme fallen lassen. Dort war ich sicher.

Ich schlug die Augen wieder auf.

Von Luke war nichts zu sehen.

Ich musste zu ihm.

Jetzt.

Ich konnte keine Minute warten. Zu lange und zu oft hatte ich in den letzten Tagen und Wochen meine Gefühle für ihn verdrängt und mich in die Arbeit gestürzt.

Nun kam alles wieder nach oben, mit einer Intensität, die meine Knie weich werden ließ.

Luke.

Ich hatte ihn verdrängt. Aber ich hatte es nicht geschafft, ihn zu vergessen. Das wollte ich auch nicht.

Ich wollte zu ihm.

Das hatte ich bereits gewollt, als ich von der Schwangerschaft erfahren hatte.

Und vorher.

Ich hatte es immer gewollt.

An jedem einzelnen der vergangenen Tage.

Entschlossen setzte ich mich in Bewegung. Ich würde zu ihm fahren.

Jetzt.

Die Sache konnte keinen Augenblick mehr warten.

Sonst wurde ich platzen.

Ich eilte auf den Fahrstuhl zu und drückte ungeduldig auf den Rufknopf. Mein Herz hämmerte aufgeregt und meine Gedanken drehten sich.

Was würde Luke sagen?

Würde er mir glauben?

Würde er sich freuen, mich zu sehen?

Und was würde er zu unserem Kind sagen?

Diese Nachricht hatte sogar mich überrascht. Luke würde sie umso mehr überraschen.

Mein Handy vibrierte in meiner Tasche. Ich ignorierte es. Anrufe konnte ich jetzt nicht gebrauchen. Ich wollte zu Luke.

Kurz dachte ich darüber nach, ihn anzurufen. Dann schüttelte ich den Kopf.

Das war keine gute Idee.

Ich musste es ihm persönlich sagen.

Die Fahrstuhltüren öffneten sich.

„Deborah, gut dass ich dich hier sehe." Mein Vater trat aus dem Fahrstuhl.

„Dad!" Ich starrte meinen Vater an. „Was... was machst du denn hier?"

„Ach, ich hatte in der Nähe zu tun und wollte einfach mal nach dem Rechten sehen. Läuft alles?" Mein Vater musterte mich und in seinen Augen lag etwas, das ich nicht näher deuten konnte.

„Alles okay, Dad", versicherte ich und hoffte, dass mein Vater mir nicht anmerkte, wie ich mich fühlte.

Wie fühlte ich mich überhaupt?

Verwirrt.

Überwältigt.

Wütend.

Alles auf einmal.

„Ich wollte mich auch vergewissern, dass Winters hier nicht wieder aufgetaucht ist", dröhnte mein Vater. „Angeblich wurde er unten gesehen, wie er dort rumlungerte."

„Wirklich?" Ich sah meinen Vater an. „Wann denn das?"

Vielleicht war Luke jetzt dort unten.

Ganz nahe.

Mein Herz schlug schneller.

Mein Vater winkte ab. „Unwichtig. Ist schon eine Weile her."

Enttäuscht nickte ich.

„Lass uns in dein Büro gehen und...", setzte mein Vater an.

Ich schluckte. In mein Büro. Das würde ewig dauern. Das konnte ich jetzt nicht gebrauchen. Außerdem würde ich mich so wenig konzentrieren können wie in den beiden Meetings zuvor. Das würde mein Vater merken. Ihm konnte ich nichts vorspielen.

„Dad, ich wollte gerade los, zu einem Kundentermin. Ist wirklich wichtig. Können wir uns ein anderes Mal unterhalten?“ fragte ich.

„Kundentermin?“ Mein Vater musterte mich mit wachen Augen und ich fühlte mich, als hätte er meine Lüge schon durchschaut. „Da kann ich doch mitkommen.“

Mitkommen?

Entsetzt weiteten sich meine Augen. „Das... das geht leider nicht.“

„Und warum nicht?“ wollte mein Vater wissen. „Das sind auch MEINE Kunden.“

„Ich... es...“ Fieberhaft suchte ich nach einer Ausrede. „Es handelt sich um so ein Frauennetzwerk, die ihre Tagungen bei uns abhalten wollen. Zu den Terminen sind nur Frauen zugelassen. Sie haben uns auch ausgewählt, weil... ja weil ich eine Frau bin. Wenn ich dich mitbringe, bekommen wir den Auftrag nicht.“ Ich lächelte meinen Vater an.

An meinem Haaransatz spürte ich einige Schweißperlen.

„Ach so. Dann will ich mal wieder.“ Dad sah mich an. „Kommst du mit nach unten?“

Ich schüttelte den Kopf. „Ich will nur eine Etage tiefer. Ich muss noch ein paar Unterlagen abholen“, log ich. „Und ich glaube, ich nehme die Treppe. Ich bewege mich im Alltag sowieso zu wenig.“

In Wahrheit wollte ich nicht zusammen mit meinem Vater das Gebäude verlassen und dabei Gefahr laufen, von ihm weitere Fragen gestellt zu bekommen. Dann müsste ich weitere Lügen erfinden und würde mich womöglich selbst verraten.

Als sich die Fahrstuhltüren hinter meinem Vater schlossen, atmete ich erleichtert auf.

Wenig später eilte ich durch die Lobby. Rasch wandte ich meinen Kopf von links nach rechts, doch von meinem Vater war nichts mehr zu sehen.

Gut so.

Ich musste zu Luke.

Wenn dort alles gut ging...

Wenn...

Dann würde ich später einen Weg finden, meinem Vater alles zu erklären.

Mein Herz klopfte so wild, dass ich glaubte, mein Brustkorb müsste zerspringen.

„Ms. Mitchell! Ms Mitchell!“ Elly, meine Empfangsdame, sprang hinter dem Tresen auf und gestikulierte wild.

Ich winkte ihr zu und lächelte. „Hallo Elly.“ Dann deutete ich auf die gläserne Karusselltür, zum Zeichen, dass ich nach draußen wollte.

„Ms. Mitchell, ich muss Ihnen etwas sagen. Es ist wirklich wichtig.“ Elly gestikulierte weiter.

In diesem Augenblick schlug ich mir mit der Hand vor die Stirn. Normalerweise kam ich zu Fuß, aber heute hatte ich das Auto genommen. Es stand in der Tiefgarage. Ich musste weiter nach unten. Hastig wandte ich mich um und rannte zurück zu den Fahrstühlen.

„Ms. Mitchell, es ist etwas Merkwürdiges passiert.“ Elly ließ nicht locker. „Sie sollten sich das unbedingt anhören.“

Ich hielt kurz inne. „Elly, das ist gut, dass Sie so aufmerksam sind. Nur ich habe jetzt wirklich keine Zeit und so dringend wird es dann sicher doch nicht sein. Meinen Termin kann ich jedenfalls nicht aufschieben.“ Ich eilte weiter.

„Ms. Mitchell.“ Jetzt trat mir der bullige Security-Mann in den Weg, den ich angeheuert hatte. „Heute gab es einen Vorfall und ich bin der Meinung, dass Sie darüber informiert sein sollten.“

„Dann lassen Sie uns morgen reden. Ich habe genug freie Termine. Reservieren Sie einen bei Miss Jones. Jetzt kann ich nicht.“ Ich quetschte mich an dem Security-Mann vorbei.

Wie war noch einmal sein Name?

Ich runzelte die Stirn.

Miss Jones würde es wissen.

„Ms. Mitchell, es geht um Mr…“ Elly näherte sich von hinten.

Vor mir öffneten sich die Fahrstuhltüren. „Nicht jetzt“, unterbrach ich Elly knapp. „Ich bin in Eile, das habe ich doch gesagt.“

Elly und der Security-Mann versuchten weiter, auf mich einzureden und meine Aufmerksamkeit zu bekommen. Doch die Fahrstuhltüren schlossen sich langsam.

Ich atmete auf.

Es war sicher wichtig.

Aber nicht so wichtig wie das, was ich jetzt vorhatte.

Ich legte eine Hand auf meinen flachen Bauch. „Wir beide, wir haben einen Termin bei deinem Vater“, flüsterte ich. „Und davon wird uns niemand abhalten.“

Langsam beruhigte sich mein Puls wieder. Doch ich fühlte mich nach wie vor angespannt. All die Aufregung heute war wirklich zu viel gewesen.

Mein Wagen parkte in der Tiefgarage gleich vorne. Zumindest ein Vorteil, den es mit sich brachte, hier die Chefin zu sein. Ich öffnete ihn mit einem Druck auf die Fernsteuerung und stieg ein.

Tat ich wirklich das Richtige?

Nicht zögern, Deborah. Handeln. Nur Handeln bringt Klarheit. Mit Denken kommst du hier nicht weiter.

Entschlossen startete ich den Motor und fuhr aus der Tiefgarage. Blinzelnd sah ich nach der Dunkelheit in das fahle Winterlicht.

Luke wohnte eigentlich gar nicht so weit entfernt. Ein paar Häuserblocks und dann weiter nach Osten Richtung Central Park.

Oder?

Hier musste ich abbiegen. Dann vorne an der Ecke wäre das kleine Café, in dem ich einmal mit Scarlett und Annabelle gefrühstückt hatte. Das war mir bei einer Fahrt zu Lukes Penthouse aufgefallen.

Ich fuhr.

Doch vorne an der Ecke war kein Café, sondern ein Nagelstudio.

Verdammt.

Hatte ich mich jetzt auch noch verfahren?

Hier links?

Oder rechts?

Wo war der Central Park?

Ich ging eindeutig zu viel zu Fuß. Im Auto hatte ich keine Orientierung. Vorsichtig spähte ich aus dem Fenster. Gab es irgendwo eine Parklücke, die ich nutzen konnte, um kurz anzuhalten und die Route in mein Smartphone einzugeben?

Doch neben mir stand ein Auto nach dem anderen. Nicht der kleinste freie Parkplatz war zu sehen. Das war typisch für New York um diese Tageszeit.

Ich stöhnte.

Warum hatte ich mir vorhin nicht die Zeit genommen, die Route einzugeben?

Jetzt verlor ich wertvolle Minuten.

Vielleicht würde ich für immer in Manhattan herumfahren.

Nie ankommen.

Unsinn, Deborah!

Da erspähte ich das Café.

Erleichtert atmete ich aus.

So weit war ich also gar nicht entfernt gewesen.

Ich hatte nur Panik bekommen.

Ich fuhr weiter. Da vorne war schon der Wolkenkratzer, in dem Luke lebte.

Ganz oben.

Natürlich gab es auch hier keinen Parkplatz.

Egal.

Ich würde hier in der zweiten Reihe halten.

Wenn mich jemand abschleppte, war mir das auch egal.

Ich stieg aus, bevor ich es mir anders überlegen konnte.

Nun war ich hier.

Ich konnte nicht mehr zurück.

„Wir schaffen das", flüsterte ich und legte wieder eine Hand auf meinen Bauch.

Mein Herz schlug bis zum Hals als ich mit energischen Schritten die Eingangshalle betrat und auf den Empfangsbereich zusteuerte. Der ältere Concierge hinter dem Tresen blickte bei meinem Erscheinen überrascht auf und musterte mich für einen Moment argwöhnisch.

„Zu Mr. Winters, bitte", verlangte ich.

Der Concierge runzelte die Stirn. „Mr. Winters? Der ist leider nicht Zuhause."

Enttäuscht machte ich einen Schritt zurück.

Nicht Zuhause?

Damit hatte ich nicht gerechnet.

„Ich... ich muss ihn unbedingt sprechen. Wann kommt er denn wieder?" fragte ich.

Der Concierge räusperte sich betont und schüttelte verneinend den Kopf. „Tut mir leid, aber das kann ich Ihnen nicht sagen."

Können oder wollen?

„Sind Sie sicher?“ Ich setzte meinen bittenden Blick auf. „Ich meine… vielleicht ist Mr. Winters wieder gekommen, ohne dass Sie das bemerkt haben. Ich… es ist wirklich dringend. Können Sie nicht oben anrufen und sehen, ob er da ist?“ Flehend sah ich den Mann an.

Der Concierge sah mich unschlüssig an.

„Das wäre sehr freundlich von Ihnen!“ schob ich nach und versuchte meine Anspannung hinter einem dünnen Lächeln zu verbergen.

Ich musste ihn sehen.

Ich musste einfach.

Jetzt war ich bereits hier!

Der Concierge seufzte und griff nach einem der Apartmenttelefone. Er wählte und lauschte konzentriert in den Hörer. Nach einigen Momenten schüttelte er erneut den Kopf und legte wieder auf. „Wie gesagt, Mr. Winters ist nicht da. Tut mir sehr leid, ich kann Ihnen wirklich nicht weiterhelfen.“ Er zuckte mit den Schultern. „Sie können ihm gerne eine Nachricht hinterlassen. Ich leite alles umgehend an ihn weiter, sobald er zurück ist.“

Eine Nachricht.

Ich stellte mir für einen Moment vor, wie ich Luke schrieb, dass ich schwanger war.

Doch ich schüttelte nur den Kopf und lächelte dankend. „Sehr freundlich, aber was ich zu sagen habe, muss ich Mr. Winters wirklich persönlich sagen.“

Der Concierge nickte nur und vertiefte sich wieder in die Unterlagen vor ihm.

Ich drehte mich um und ging wieder auf den Ausgang zu.

Sollte ich Luke anrufen?

So konnte ich immerhin erfahren, wo er war?

Ich wollte die Sache eigentlich nicht am Telefon klären, aber mir schien keine andere Wahl zu bleiben. Mit fahrigen Bewegungen zog ich mein Smartphone aus der Jackentasche und scrollte zu Lukes Nummer. Ohne groß nachzudenken tippte ich auf seinen Kontakt und hielt mir das Telefon ans Ohr.

Am anderen Ende begann es zu klingeln.

Ich hielt den Atem an.

„Hi, hier ist Luke. Aber Sie wissen das ja bereits, sonst hätten Sie nicht angerufen…“

Verdammt.

Die Mailbox.

Und Lukes Stimme.

Meine Beine wurden weich.

Mit zitternden Händen beendete ich das Gespräch.

Er war nicht da.

Und seine Stimme hatte noch immer die gleiche Wirkung auf mich wie vor einigen Wochen.

Kapitel 32

Luke

Frustriert schlug ich mit der flachen Hand auf das Lenkrad meines Ferrari und biss die Zähne zusammen. Die Eingangshalle der *Elysium Dining Group* lag nur wenige Meter vor mir. Deborah war in Reichweite.

Und doch konnte ich sie nicht erreichen.

Ich musste sie finden, ich musste einfach.

Fieberhaft dachte ich darüber nach, wie und wo ich sie finden könnte.

Sollte ich zum Weihnachtsmarkt fahren? Er war noch geöffnet und somit war so gut wie sicher, dass Deborahs Freundin dort noch ihren Donut-Stand hatte. Ich könnte sie bitten, mir Deborahs Telefonnummer zu geben.

Wenn sie eine wahre Freundin ist, wird sie dir die Nummer nicht geben. Sie wird Deborah beschützen und vielleicht sogar warnen.

Frustriert biss ich die Zähne zusammen.

Deborah schien sich hinter dicken Mauern, Security-Personal und wachsamen Freundinnen verschanzt zu haben, so dass ich keine Chance hatte, an sie heranzukommen.

Aber so leicht würde ich nicht aufgeben.

In diesem Augenblick nahm ich in meinem rechten Augenwinkel eine Bewegung wahr. Ich wandte meinen Kopf. Der Security-Mann, dessen Namen ich immer noch nicht kannte, trat aus der gläsernen Karusselltür und fixierte meinen Ferrari.

Oder genauer gesagt, er fixierte mich.

Er hob seinen Arm und bedeutete mir, dass ich schnellstmöglich wegfahren sollte.

Ich seufzte.

Alles, nur keinen Ärger mit diesem Typen. Ich war mir zwar sicher, dass eine Polizeistreife mich schnell laufen lassen würde, weil klar sein würde, dass ich harmlos war. Aber ich wollte es wirklich nicht drauf ankommen lassen.

Wiederstrebend ließ ich den Motor an und lenkte den Ferrari über den Randstein auf die Straße. Langsam fädelte ich mich in den dichten Verkehr ein. Normalerweise hasste ich es, nur langsam voranzukommen. Doch heute war mir das egal. Wenn ich langsam fuhr, dann musste ich mich weniger konzentrieren und konnte besser darüber nachdenken, wo ich Deborah finden konnte.

Da vorne war die Ausfahrt der Tiefgarage der *Elysium Dining Group*.

Ein silberner Sportwagen fuhr heraus. Am Steuer saß eine blonde Frau, die sich eben eine Haarsträhne hinters Ohr strich.

Deborah!

Ich hielt den Atem an.

Konnte das wirklich…?

Mein Herz machte einen aufgeregten Sprung.

War sie es? War sie es wirklich?

Hastig trat ich aufs Gaspedal und bemühte mich, den silbernen Wagen nicht aus den Augen zu verlieren, als er zügig auf die Fahrbahn einfädelte und davonfuhr. Ich sah nur die Silhouette der Frau. Und nicht einmal das nahm ich ganz wahr, denn zwischen meinem Blick und ihrem Hinterkopf befand sich ja die Kopfstütze.

Aber es war Deborah.

Es war ihr Auto. Damit war sie zwar nur selten zur Arbeit gekommen. Aber einmal hatte ich den Wagen in der Tiefgarage gesehen und Elly hatte mir verraten, dass es sich um Deborahs Auto handelte.

Ich grinste.

Ein kleiner Sportwagen, perfekt für eine alleinstehende Frau.

Deborah fuhr zügig Richtung Norden. Sie hielt sich genau an die vorgeschriebene Geschwindigkeitsbegrenzung und überholte langsamere Wagen, einige Mopeds und Elektroroller, die versuchten, die Lücken im Verkehr auszunutzen.

Wohin wollte sie?

Hatte sie einen Kundentermin?

Es war noch früh am Mittag. Deborah konnte noch nicht Feierabend haben.

Sie fuhr in Richtung meines Penthouse.

Mein Herz schlug noch schneller.

Konnte sie...? War sie...?

Doch dann bog Deborah unvermittelt nach rechts ab.

Mist!

Hier hätte sie einfach weiterfahren müssen, um zu dem kleinen Café zu kommen, in dem man so gut frühstücken konnte. Dort musste man abbiegen. Das war der kürzeste Weg zu meinen Penthouse.

Ich biss die Zähne zusammen. In dieser Gegend hatte die *Elysium Dining Group* keinen Kunden.

Wohin wollte Deborah?

Doch nicht etwa... zu Draven?

Unfug, Luke, das kann nicht sein, das hast du gerade erst von Clara gehört. Und Deborah hat es dir vorher auch selbst gesagt.

Ich atmete tief durch.

Vor mir wurde die Ampel orange. Deborah gab Gas und raste über die Ampel.

Verdammt!

Ich hab ebenfalls Gas, aber es war klar, dass ich es nicht schaffen würde. Meine Hände wurden leicht feucht. Die Ampel sprang in genau dem Moment um, als ich darüber raste.

Rot.

Von rechts näherte sich ein Fahrzeug, das mich auf der Kreuzung laut anhupte. Ich hob entschuldigend die Hand und fuhr weiter. Ausdauerndes Hupen erklang von links und rechts und ich konnte aus den Augenwinkeln sehen, wie die Fahrer wütend die Fäuste schüttelten. Ich winkte und fuhr weiter. Normalerweise hielt ich mich an die Verkehrsregeln, auch wenn mich in meinem Ferrari oft die Lust überkam, so richtig Gas zu geben.

Aber nun gab es wichtigere Dinge als Regeln.

Ich durfte Deborah nicht aus den Augen verlieren.

Da vorne!

Erleichtert stieß ich den Atem aus, als ich den silbernen Sportwagen wieder vor mir sah. Deborah hatte ihr Tempo verlangsamt. Sie schien etwas zu suchen.

Hier?

Ich blickte mich um. In den Wolkenkratzern um mich herum gab es das übliche Gemisch: Versicherungen, Banken, Kanzleien, IT-Unternehmen, Fitness-Studios, Nagelstudios und andere Orte, die Männer eher selten aufsuchten. Apotheken, ein Buchladen, eine Arztpraxis. Hier gab es nichts, das es nicht auch an anderen Orten gab.

Wohin wollte Deborah?

Wohnte sie hier?

Nein, das konnte nicht sein. Sie sah aus, als würde sie etwas suchen. Wenn sie hier wohnen würde, dann würde sie sich besser auskennen.

Hätte ich Deborahs Ziel gekannt, hätte ich eine Abkürzung nehmen und sie dort erwarten können. Da ich nie, aber auch wirklich nie die Subway oder den Bus nahm und es hasste, jemand anderem das Steuer zu überlassen, kannte ich die Straßen von Manhattan mittlerweile wie meine Westentasche. Auch bei Stau fand ich immer eine schnelle Route, ganz ohne Navi.

Deborah setzte den Blinker bog erneut ab. Ich runzelte die Stirn. So kamen wir wieder auf die Fifth Avenue, von der sie doch vorhin erst abgebogen war.

Hatte sie sich verfahren?

Wieder bogen wir ab. Nun passierten wir das kleine Café, das auf meinem Weg nach Hause lag.

Da machte Deborahs Sportwagen einen abrupten Schlenker.

Sie bog ab, ohne zu blinken.

Ganz als ob sie das Café gesucht hätte.

Ich hielt den Atem an.

Sie fuhr zu mir!

Oder?

Ich gab ein wenig mehr Gas, um den Abstand zwischen Deborahs Wagen und meinem Ferrari zu verringern.

Mit jedem Meter, den wir zurücklegten, wuchs meine Gewissheit.

Deborah fuhr zu mir!

Zu mir!

Meine Brust zog sich zusammen und meine Kehle wurde eng.

Mit einem Mal war mein Kopf wie leergefegt. Die ganze Zeit über hatte ich an nichts anderes gedacht als daran, Deborah endlich wieder zu sehen.

Aber was sollte ich ihr sagen?

Konnte ich sie einfach in die Arme schließen und ihr gestehen, wie sehr sie mir in den vergangenen Wochen gefehlt hatte?

Ich hatte sie vermisst. Weit mehr, als ich mir selbst gegenüber zugegeben hatte. Ich hatte ihre Gegenwart vermisst, ihre Persönlichkeit, ihr Lachen – und selbst ihren spöttischer Tonfall wenn wir aneinander geraten waren.

Aber reichte das?

Ich biss die Zähne zusammen. Im Film oder in einem schnulzigen Liebesroman würde es reichen.

Aber im wahren Leben?

Um jemanden um Verzeihung zu bitten, brauchte es dann doch mehr als eine Umarmung.

Da vorne war mein Zuhause.

Deborah fuhr langsam.

Sie suchte einen Parkplatz!

Meine Kehle schnürte sich leicht zusammen.

Diesmal würde ich ihr zuvorkommen. Wenn ich jetzt schnell in die Tiefgarage fuhr, dann würde ich Deborah in der Lobby erwarten können.

Und dann?

Ich verdrängte den Gedanken.

Einfach nur auf den nächsten Schritt konzentrieren.

Ich schwenkte zur Tiefgarage und drückte auf den Knopf an der Fernbedienung, die ich in der Mittelkonsole aufbewahrte.

Das Tor gab ein kurzes Rattern von sich.

Und das war alles.

Ich fluchte.

Erneut drückte ich auf den Knopf.

War die verdammte Batterie leer?

Ausgerechnet jetzt?

Wieder ertönte das Rattern. Das Tor zuckte kurz, doch es bewegte sich keinen Millimeter nach oben.

Was sollte das?

Ich ballte eine Faust und hieb aufs Lenkrad.

Wütend drückte ich erneut auf den Knopf an der Fernbedienung. „Nun komm schon, du verdammtes Biest!!!"

Am liebsten wäre ich ausgestiegen und hätte das Tor persönlich nach oben gestemmt.

Ich holte Luft. Sollte ich den Ferrari auf einen der Besucherparkplätze stellen?

Nein.

Dort war nichts frei.

Schon Deborah hatte in zweiter Reihe gehalten.

Ich presste meine Hand um die Fernbedienung, bis das Gehäuse des kleinen Kästchens knackte.

Da ratterte das Tor lauter als vorhin und ging auf.

Yes!

Ich unterdrückte einen Triumphschrei. Schnell lenkte ich den Ferrari auf den üblichen Parkplatz neben dem Fahrstuhl, löste hektisch meinen Gurt, sprang aus dem Wagen und warf die Tür zu. Sekunden später stand ich im Fahrstuhl nach oben. Ungeduldig beobachtete ich, wie die Anzeige sich nach oben arbeitete. Wir passierten das zehnte Stockwerk, das zwanzigste...

Fuhr das verdammte Ding heute langsamer als sonst?

Hatte ich alles gegen mich verschworen?

Nach einer Ewigkeit, zumindest schien es mir so, ertönte das erlösende Pling.

Kaum hatten sich die Türen geöffnet, rannte ich nach draußen.

Enttäuscht blieb ich stehen.

Der Flur vor meiner Tür war leer.

Keine Spur von Deborah.

Aber inzwischen hätte sie längst hier oben sein müssen.

Ich sah mich um.

Keiner der anderen Fahrstühle war auf dem Weg nach oben.

Hatte ich mich so getäuscht?

War es am Ende gar nicht Deborah gewesen?

War ich die ganze Zeit einer Unbekannten in einem silbernen Sportwagen nachgefahren, die Deborah einfach nur ähnlich sah?

War ich ganz einfach ein Idiot?

Ich holte mein Smartphone hervor. Drei entgangene Anrufe, alle von verschiedenen unbekannten Nummern. Wahrscheinlich alles Dinge, die mit dem Start in meinen neuen Job zu tun hatten. Ich drückte die Benachrichtigungen weg.

Dann wählte ich die Nummer des Concierge.

Vielleicht wusste er, wer die blonde Frau war.

„Fynn Johannsen", meldete sich der Concierge „Wie kann ich Ihnen behilflich sein?" Ich hatte die interne Nummer gewählt, die ausschließlich an Bewohner des Wolkenkratzers gegeben wurde.

„Fynn, hier ist Luke Winters. Ich hoffe, Sie können mir weiterhelfen." Ich holte tief Luft. „Ich bin auf der Suche nach einer blonden Frau, die..." Ich wusste nicht weiter. Wie sollte ich Deborah auch nur annähernd beschreiben? Das Funkeln in ihren Augen, das Lächeln, das strahlend oder schelmisch sein konnte, ihr Gang, alles.

„Eine Dame hat sich eben nach Ihnen erkundigt, Mr. Winters. Ziemlich eindringlich sogar. Sie hat darauf bestanden, dass ich Sie anrufe, weil Sie mir nicht glauben wollte, dass Sie ausgegangen sind." Fynns Stimme klang neutral. Ich hatte ihn vor meinem Weggang noch einmal ermahnt, keine Cousinen nach oben zu lassen. Also hatte er Deborah abgewimmelt. Logisch.

„Ist die Dame noch da?" stieß ich aufgeregt hervor. „Ich... ich bin nämlich eben zurückgekommen."

„Ja, ich weiß, ich habe Ihren Wagen auf den Bildschirmen gesehen. Die Dame ist noch da", antwortete Fynn. „Soll ich sie nach oben schicken?"

„Nein. Ich komme runter. Lassen Sie sie nicht gehen." Bevor ich es mir anders überlegen konnte, legte ich auf und stieg wieder in den Fahrstuhl.

Nun lagen nur noch einige Stockwerke zwischen mir und Deborah. Ganz wie vorhin. Doch diesmal würde mich nichts aufhalten, keine Elly, kein Security-Personal, niemand. Diesmal hatte ich Fynn an meiner Seite.

Ich starrte die Wand der Fahrstuhlkabine an. Meine Hände waren leicht feucht und mein Herz schlug schneller als sonst.

Ruhig, Luke, es wird alles gut.

Die Fahrt nach unten schien schnell zu gehen und zugleich eine Ewigkeit zu dauern.

Als sich die Türen öffneten, wäre ich am liebsten in die Lobby gerannt. Aber ich riss mich zusammen und betrat die große Halle langsam. Deborah stand zwischen den Sofas. Als sie meine Schritte hörte, hob sie den Kopf.

Sie sah mich an.

Ich sah sie an.

Die Zeit schien stehenzubleiben.

Ihre Haare waren noch genauso blond, ihre Augen so blau, ihre Wangen so rosig, ihre Figur so perfekt... am liebsten hätte ich sie einfach in meine Arme gezogen. Doch das würde vermutlich nicht gut ankommen. Oder?

Ich schluckte und ging weiter auf Deborah zu.

„Ich war ein Idiot“, sagte ich mit belegter Stimme, als ich dicht vor ihr stand.

„Hallo Luke.“ Deborah versuchte ein kleines Lächeln.

„Hallo... Hallo Deborah.” Ich fühlte mich nun endgültig wie ein Idiot. Nicht einmal begrüßen hatte ich Deborah können.

„Ich dachte, du wärst ausgegangen“, sagte Deborah nach einem Moment der Stille.

Ich schüttelte den Kopf.

Die Sekunden dehnten sich.

„Ich war ein Idiot“, stieß ich wieder hervor. „Ich meine... diese blöde Kuh von Brittany ist bei mir aufgetaucht und hat mir weiß gemacht, du hättest etwas mit deinem Ex. Sie hat mir sogar ein Foto gezeigt. Und da habe ich ihr geglaubt. In meinem Hirn sind einfach alle Sicherungen durchgebrannt.“

Das war keine Entschuldigung.

„Ich... ich hätte mit dir reden sollen. Aber allein der Gedanke, dass du wieder...“ Ich stockte.

Deborah nickte nachdenklich. „Ja, er hat mich auf der Straße angemacht. Aber ich habe ihn weggeschickt. Und dir wollte ich davon nichts erzählen, denn ich wollte dich wirklich nicht damit belasten.“

Ich sah Deborah an. „Aber das ist keine Last. Ich würde so etwas wissen wollen. Immer. Jederzeit.“

„Und Brittany ist so eine verdammte Lügnerin!" Deborahs Wangen färbten sich tiefrot, wie immer, wenn sie wütend war. „Sie hat mir gesagt, dass du dich um einen anderen Job bewirbst und..." Jetzt war Deborah diejenige, die stockte.

„Das habe ich getan. Gleich als dein Vater mir verkündet hat, dass er dich zur Co-CEO machen wird. Ich war so wütend und sauer und habe mich degradiert gefühlt. Und da habe ich einfach meinen Recruiter angerufen. Noch bevor ich wusste, dass... dass du es bist." Ich lachte nervös.

Deborah nickte wieder. „Das kann ich verstehen."

„Du kannst es verstehen?" Ungläubig blickte ich Deborah an.

Sie nickte. „Ja. Natürlich. Jeder in deiner Lage wäre sauer."

„Und Brittany..." Ich ballte die Faust. „Sie ist wirklich ein Biest. Mir war nicht klar, wie weit sie gehen würde, um..."

„Um dich zu erobern und uns auseinander zu bringen", vollendete Deborah meinen Satz.

Ich holte tief Luft. Jetzt war der Moment da. „Kannst du... Kannst du mir verzeihen?" fragte ich mit klopfendem Herzen. „Ich habe dich die ganzen Wochen über vermisst und hab mir nichts sehnlicher gewünscht, als dich wieder zu sehen. Auch wenn ich viel zu stolz war, um das zuzugeben."

Deborah sah mich an. Ihre blauen Augen schimmerten feucht, als sie langsam nickte.

Eine Last fiel von meinen Schultern.

„Ach Debbie", flüsterte ich und legte einen Arm um ihre Taille.

„Halt!" Deborah tippte mit einem Finger auf meine Brust. „Du weißt noch nicht alles. Ich muss dir noch etwas sagen."

Ich hielt inne. „Etwas sagen?" Mein Herz zog sich zusammen und etwas verkrampfte sich in mir.

Was wollte Deborah mir sagen?

Solche Worte bedeuteten nie etwas Gutes.

„Ich bin schwanger," verkündete Deborah da leise. Ihre Stimme schwankte ein wenig.

„Was?" Ich musste mich verhört haben.

„Ich bin schwanger", wiederholte Deborah. „Ich... ähm... also... wir werden Eltern."

Ungläubig starrte ich sie an.

Ein Kind.

Ich wurde Vater.

„Wirklich?“ wisperte ich.

Deborah nickte. Sie wirkte plötzlich unglaublich verletzlich.

„Das… das sind ja überraschende Nachrichten. Und… und wirklich wunderbare Nachrichten.“ Ich grinste leicht.

Auf Deborahs Gesicht machte sich ein erleichtertes Lächeln breit.

Und da zog ich sie in meine Arme.

„Ich bin so froh, dass ich dich wiedergefunden habe“, flüsterte ich.

„Und ich erst“, erwiderte Deborah.

Dann endlich fanden sich unsere Lippen.

Kapitel 33

Deborah und Luke

Ein Jahr später

Deborah

Der Duft von gebrannten Mandeln und Zimt hing fast greifbar in der kalten Luft. Ich schnupperte. Vor einem Jahr waren mir all diese Aromen zuwider gewesen. Aber jetzt…

Ich kuschelte mich enger in meinen Mantel und schob den Kinderwagen über den Weihnachtsmarkt am Columbus Circle. Lächelnd beobachtete ich einige Kinder, die mit großen, glänzenden Augen glasierte Äpfel und andere Leckereien verspeisten. In ein paar Jahren würde ich das für Missy kaufen. Doch nun lag meine Tochter friedlich und warm eingepackt im Wagen und schlief, während ich sie an den Buden und Ständen vorüberschob.

„Hey, wir kommen genau gleichzeitig." Eine vertraute Stimme drang an mein Ohr. Ich fuhr herum. Vor mir stand meine Freundin Scarlett. Sie schob einen Buggy, in dem ihr Sohn Elijah saß. Er musterte mich mit großen Augen, beschäftigte sich dann aber lieber weiter mit der Schokobanane, die Scarlett ihm gekauft hatte.

„Scarlett." Ich umarmte meine Freundin. „Wie geht es dir?"

„Ganz hervorragend. Und dir? Bekommst du langsam wieder mehr Schlaf?" Scarlett lächelte verständnisvoll.

„Ach, das gehört eben dazu", winkte ich ab und unterdrückte ein herzhaftes Gähnen. „Und Luke ist wirklich ein wunderbarer Vater. Wenn Missy nicht gestillt werden muss, steht er auch mal auf und nimmt sie. Auch wenn er am nächsten Tag einen wichtigen Termin hat."

Ich lächelte. Ich hatte wirklich Glück.

„Fehlt dir die Arbeit?" fragte Scarlett teilnahmsvoll.

Ich lachte. „Das ist schwer zu sagen. Missy hält mich so auf Trab und hat mein Leben verändert... ich möchte es keine Sekunde mehr anders haben. Außerdem berichtet Luke mir immer alles und holt bei wichtigen Entscheidungen meinen Rat ein... ich habe eigentlich gar nicht das Gefühl, richtig aus der Firma weg zu sein. Das hilft doch ein wenig. Und sobald ich will, kann ich ja wieder einsteigen. Das hat er mir versprochen." Ich lächelte die friedlich schlafende Missy an. „Aber es gibt jetzt wichtigere Aufgaben. Die Arbeit... das kann warten. Später."

„Klingt perfekt." Scarlett lachte.

„Hey ihr beiden, da seid ihr ja endlich." Annabelle blinzelte uns an. Wir hatten ihren Stand erreicht. „Ich dachte schon, ihr wollt euch die besten Donuts des ganzen Weihnachtsmarkts entgehen lassen."

„Natürlich nicht", erwiderte ich entrüstet. „Was glaubst denn du?"

Annabelle lachte. „Jeder weiß, dass du Donuts nicht ausstehen kannst."

Ich schüttelte den Kopf. „Ich habe mich geändert. Auch wenn ich Donuts nie so sehr mögen werde wie Luke es tut." Ich blinzelte meiner Freundin zu. „Kannst du mir zwei Chocolate Frosted Donuts machen? Luke wird mich umbringen, wenn er erfährt, dass ich bei dir war und ich ohne Donuts heimkomme."

„Na klar. Du musst dich nur einen Augenblick gedulden. Ich mach dir frische. Die Leute rennen mir heute absolut die Bude ein, es läuft noch besser als im letzten Jahr." Annabelle wischte sich mit der Hand über die Stirn.

„Will auch." Scarletts Söhnchen Elijah zeigte mit der Hand auf die Donuts.

„Natürlich mach ich dir auch einen." Annabelle lächelte Elijah an. Dann wanderte ihr Blick zu Scarlett und mir. „Man könnte glatt neidisch werden, wenn man euch beide so sieht mit euren Kindern."

Ich lachte. „Aber nur jetzt. Nachts um drei Uhr, wenn die Windel voll ist und sie Hunger haben, bist du wahrscheinlich nicht mehr so neidisch."

Annabelles Blick wurde leicht wehmütig.

„Deine Zeit kommt auch noch", schob ich rasch hinterher. „Genieße einfach, was du jetzt hast, es wird schnell anders."

Annabelle nickte und wandte sich der Donut-Maschine zu. Wie immer bewunderte ich das Geschick, mit dem meine Freundin das Monstrum beherrschte.

„Was sagt denn dein Vater zu seiner Enkelin?" wollte Scarlett wissen.

„Oh, der ist ganz entzückt. Wenn es nach ihm ginge, dann würde er Missy wahrscheinlich jeden Tag rund um die Uhr betreuen." Ich kicherte. „Er ist ein richtig begeisterter Großvater und hat sogar angekündigt, weniger arbeiten zu wollen, um mehr Zeit mit Missy zu verbringen."

Scarlett lachte. „Dann dürfte er sich auch mit Luke abgefunden haben als zukünftigem Schwiegersohn."

Ich hob die Schultern. „Ah, wir haben keine Heiratspläne." Das Thema wollte ich nicht weiter vertiefen, also fügte ich hinzu: „Aber auf jeden Fall kommen Dad und Luke mittlerweile gut miteinander aus. Außer wenn sie darum streiten, wer Missy auf dem Arm halten darf." Ich lachte.

„Hey, du dumme Kuh, ich hab dir zum x-tem Mal gesagt, dass…" Hinter uns begann ein Streit.

Ich seufzte. Auch das gehörte irgendwie zur Vorweihnachtszeit. Menschen liebten sich und stritten sich mehr als je zuvor. Aber musste das ausgerechnet hier auf dem Weihnachtsmarkt sein? Ich wollte einfach nur in Ruhe das Zusammensein mit meinen beiden Freundinnen genießen.

Annabelle sah von der Donut-Maschine auf. Mit offenem Mund starrte sie auf eine Stelle hinter mir. Auch Scarlett hatte sich umgewandt und war ganz gebannt.

Was ging da vor?

Ich drehte mich um.

Draven!

„Jetzt ist endgültig Schluss. Ich hab genug von dir, du dumme Pute", herrschte er Swetlana an.

Die Blondine zog den Kopf ein. Doch dann warf sie plötzlich ihre Haare in den Nacken und erwiderte kühl. „Okay. So einen wie dich finde ich überall.

Sooo viel Geld hast du nun auch wieder nicht und sooo gut ist der Sex auch wieder nicht." Swetlana drehte sich um und stolzierte davon.

Ich unterdrückte ein Kichern.

Da fiel Dravens Blick auf mich.

Ich hob eine Augenbraue.

Er sollte mir bloß nicht zu nahe kommen.

Draven schien zu verstehen. „Swetlana, warte", rief er und rannte seiner Ex hinterher. Oder seiner Noch-Nicht-Ex. Oder seiner Schon-Wieder-Ex.

Ich grinste.

Draven ließ mich kalt.

Scarlett stieß mich an. „Ich hole uns drei Punsch. Einen Kinderpunsch für dich, Debbie. Dann können wir anstoßen. Auf das Leben und alles. Passt du kurz auf Elijah auf?"

„Die Donuts sind fertig", mischte sich da Annabelle ein. „Elijah, hier ist deiner." Annabelle reichte einen saftigen Schokodonut über den Tresen.

Elijahs Augen wurden groß.

Missy brabbelte etwas im Schlaf.

Irgendwo auf dem Weihnachtsmarkt begann eine Kapelle, Musik zu spielen und einige Schneeflocken rieselten vom Himmel.

Ich hob meinen Kopf.

Besser hätte das Leben nicht sein können.

***

Luke

Da vorne war die Ziellinie.

Ich nahm den Fuß vom Gas. Da raste ein Kart an mir vorbei und ich meinte, aus dem Cockpit ein lautes Triumphgeheul zu hören.

Ich grinste. Früher hätte ich eine wilde Aufholjagd gestartet. Oder das andere Kart in die Barriere gedrängt. Oder auf einer Revanche bestanden. Aber heute wollte ich mich einfach nur in die Bar setzen und mit Ellison etwas trinken.

Ich überquerte die Ziellinie, bremste und kam zum Stehen. Dann stemmte ich mich aus dem Kart und nahm den Helm vom Kopf.

„Ich sag es ungern, aber du hast nicht mehr die alte Form." Ellison stand grinsend neben seinem Kart und wartete auf mich. „Dass ich dich auf den letzten Metern noch überhole, das ist noch NIE passiert. Wirklich noch nie." Mein bester Freund musterte mich. „Bist du krank?"

Ich schüttelte den Kopf. „Nein, ich fühle mich ausgezeichnet."

Ellison kniff die Augen zusammen. „Dann muss es was anderes sein. Du bist außer Übung?" Ellison kratzte sich am Kopf. Er klemmte den Helm unter einen Arm und wir gingen gemeinsam von der Bahn. „Wir sind lange nicht mehr zusammen gefahren."

Ich nickte. „Das stimmt. Ich hatte ziemlich viel um die Ohren."

Ellison grinste. „Ich hab es in der Zeitung gelesen. Der zweite Michelin-Stern. Gratuliere, Mann." Ellison schlug mir anerkennend auf die Schulter.

Ich grinste. „Das lass bloß meinen Koch nicht hören. Er wird sich in eine rasende Furie verwandeln, wenn er hört, dass du mir Bürohengst zu einem Stern gratuliert."

Ellison lachte. „Das scheint ja eine richtige Diva zu sein."

„Wie Köche eben sind, besonders wenn sie was können." Ich hob die Schultern.

„Da brauche ich mich nicht mehr wundern, wenn du so beschäftigt bist." Ellison grinste.

Ich seufzte. „Aber es macht ja auch Spaß. Nur in manchen Momenten, da könnte ich diesen Cecil May wirklich an die Wand klatschen."

„Ging dir das mit Deborah nicht genauso?" Ellison grinste nun noch breiter als eben.

Ich lachte. „Das war aber was anderes. Zwischen Cecil und mir herrscht eine andere Energie." Ich seufzte wieder. „Manchmal wünschte ich, Deborah würde noch arbeiten. Sie hat für solche Gespräche definitiv ein besseres Händchen als ich."

„Bestimmt will sie nicht ewig in Elternzeit bleiben", tröstete mich Ellison. „Welche Frau will das heute schon noch?"

„Das hast du recht", entgegnete ich. „Aber Missy ist noch sehr klein. Erst mal steht es nicht zur Debatte, dass Deborah wieder arbeitet. Immerhin kann ich sie jederzeit um Rat fragen. Das ist ziemlich wertvoll für mich."

„Ich hätte nicht gedacht, dass du das mal von einer Frau sagst", lachte Ellison. „Und von Deborah schon gar nicht."

„Tja, die Zeiten ändern sich." Ich sagte es nicht laut, aber ich konnte mir mein Leben ohne Deborah und Missy gar nicht mehr vorstellen. Die beiden hatten mein Leben von Grund auf verändert. Auch wenn ich nach wie vor viel arbeitete, so bemühte ich mich doch, so viel Zeit wie möglich mit Deborah und Missy zu verbringen. Kinder waren nur einmal klein und wurden so schnell groß. Noch konnte Missy weder laufen noch sprechen, aber sie schien mir bereits ganz anders wie als neugeborenes Baby.

Und Deborah... Ich sah ihre blonden Haare und ihre funkelnden Augen.

Ich wollte nie wieder ohne sie sein.

Das würde ich ihr später auch sagen.

„Darauf sollten wir einen trinken. Auf dein verändertes Leben." Ellison holte mich in die Gegenwart zurück.

„Sicher." Ich nickte. Wir gingen in die Bar der Kartbahn. Hier hatte ich zum letzten Mal mit Ellison gesessen, als ich Deborah gerade erst kennengelernt hatte.

„Wer weiß, wann wir wieder die Gelegenheit haben", scherzte Ellison und machte dem Barkeeper ein Zeichen.

Der nickte nur.

Auch nach all der Zeit wusste er offensichtlich noch, was ich gerne trank.

„Das kann dauern", gab ich zu. „Sogar Harrison Mitchell will kürzer treten, weil er so vernarrt in Missy ist." Ich grinste. „Hoffentlich kommt er nicht auf die Idee, bei uns einzuziehen. Ihm ist zuzutrauen, ein Rund-um-die-Uhr-Babysitter zu werden."

Harrison Mitchell und ich hatten uns kurz nach meinem Wiedersehen mit Deborah ausgesprochen. Deborahs Vater hatte widerstrebend akzeptiert, dass ich der Mann an der Seite seiner Tochter sein würde und mich zähneknirschend wieder in die *Elysium Dining Group* aufgenommen. Doch nach einer etwas turbulenten Anfangsphase verstanden wir uns nun besser denn je und alle unsere Streits gehörten der Vergangenheit an.

„Rund um die Uhr? Davon werden ihn Deborah und seine Frau schon abhalten." Ellison lachte. Dann fragte er unvermittelt: „Arbeitet diese intrigante Kuh eigentlich noch bei dir?"

„Brittany?" Ich zog die Augenbrauen hoch. „Nein, die arbeitet bei Mr. Parsons."

„Bei dem Typ, der dich im Bewerbungsgespräch so ausquetschen wollte und dir dann das Angebot gemacht hat?" Ellison sah mich ungläubig an.

„Genau der." Ich grinste. „Da passt sie gut hin. Sie sah richtig triumphierend aus, als sie mir die Neuigkeit verkündet hat. Gut für sie. Ihre Kündigung war nämlich schon vorbereitet."

„Einen Mann hat sie bestimmt noch nicht gefunden", sinnierte Ellison.

Ich zuckte mit den Schultern. „Keine Ahnung. Interessiert mich auch nicht." Ich stieß Ellison an. „Lass lieber die Finger von ihr."

Ellison lachte. „Bei Gott, ja. Ich glaube, die einzige anständige Singlefrau in New York hast du dir letztes Jahr geangelt."

Ich winkte ab. „Quatsch. Es gibt noch andere. Deborah hat eine sehr nette Freundin, die immer Donuts auf dem Weihnachtsmarkt verkauft. Du solltest mal vorbeigehen."

Ellison lachte wieder. „Ist ja klar, dass du sie nett findest. Wenn sie schon Donuts verkauft."

Ich stimmte in Ellisons Lachen ein.

„Ihre Drinks, Gentlemen." Der Barkeeper unterbrach uns.

Ich ergriff das Glas und erhob es. „Auf uns."

„Auf uns." Ellison stieß sein Glas gegen meines.

Ich hätte nicht glücklicher sein können.

Es gab nur eine Sache, die ich noch erledigen musste.

Und das würde ich tun.

Gleich nachher, wenn ich nach Hause kam.

***

Deborah

Mit einem erleichterten Seufzer trat ich durch den Eingangsbereich unserer Wohnung und schob den Kinderwagen mit Missy behutsam vor mir her. Die Kleine schlummerte immer noch friedlich unter ihren Decken. Sie hatte das geschäftige Treiben auf dem Weihnachtsmarkt glatt verschlafen. Ich lachte. Wahrscheinlich würde sie später aufwachen und Hunger haben. Leise summend schloss ich die schwere Wohnungstür hinter mir und zog meinen Mantel aus.

„Hey, da seid ihr ja endlich. Ich habe euch schon vermisst." Lukes Stimme drang aus dem Wohnzimmer. Ich schob Missy weiter nach drinnen und legte vorsichtig einen Finger auf die Lippen. Luke verstand die Geste und grinste. Vorsichtig legte er sein Tablet auf den Wohnzimmertisch. „Hattest du Spaß?" fragte er leise. „Ich bin froh, wenn du mal rauskommst und Zeit mit deinen Freundinnen verbringen kannst."

Ich lächelte.

Luke war wirklich ein Schatz.

Andere Männer wollten ihre Frauen ans Haus fesseln, kaum dass ein Kind da war. Nicht so Luke. Er übernahm gern seinen Anteil an Elternpflichten und betete Missy ebenso an wie ich es tat. Meine Schwangerschaft war überraschend gekommen. Doch Luke war nun ein umso hingebungsvollerer Vater.

„Es war richtig schön", schwärmte ich. „Eigentlich wie in alten Zeiten."

„Das müsst ihr unbedingt wiederholen", ermutige mich Luke.

Ich nickte. „Ich hab dir was mitgebracht", sagte ich dann und griff in die Netzablage von Missys Wagen.

Als ich den kleinen Karton in den Händen hielt, wurden Lukes Augen groß. „Donuts von Annabelle." Er leckte sich ein wenig über die Lippen.

Ich lachte. „Ich konnte wohl schlecht bei ihr vorbeigehen, ohne dir etwas mitzubringen, oder?"

Luke grinste. „Ganz zu Beginn hättest du mir wahrscheinlich nichts mitgebracht und mir gesagt, dass ich mich gesünder ernähren soll. Und dass Donuts überhaupt das Ekelhafteste auf der ganzen Welt sind."

„Hey." Gespielt empört legte ich meine Stirn in Falten. „So schlimm war ich nun auch wieder nicht."

Luke schüttelte den Kopf. „Schlimmer."

Doch seine dunklen Augen lachten mich an und sagten etwas anderes.

„Ich bin am Ende schließlich auch auf den Geschmack gekommen. Du hast mich kosten lassen. Aus einem Karton wie diesem." Ich legte die Donuts auf den Tisch und schob sie zu Luke hinüber. „Und die Donuts waren noch nicht mal so gut wie die von Annabelle. Ich bin also lernfähig."

„Ich weiß." Luke lachte leise. „Das ist nur eine der Eigenschaften, die ich an dir liebe."

Ich lächelte. „Wollen wir?" Ich deutete auf die Donut-Schachtel.

Luke stand auf. „Zuerst muss ich dir noch etwas zeigen." Er ergriff meine Hand und führte mich zum großen Tisch auf der anderen Seite des Wohnzimmers, an dem wir unsere Mahlzeiten einnahmen. Ich war nur wenige Tage nach unserem Wiedersehen bei Luke eingezogen und wohnte nun schon eine Weile hier. Doch immer wieder faszinierte mich der Blick auf die New Yorker Skyline. Ich konnte das Empire State Building sehen. Und das One World Trade Center. Und viele andere Wolkenkratzer. Einfach nur, wenn ich aß. Oder ein Buch las. Oder mit Missy spielte.

Auch jetzt wanderte mein Blick zum Fenster.

Luke räusperte sich.

Ich sah ihn an. Dann bemerkte ich, dass auf dem Tisch eine große Pappschachtel lag.

„Das ist für dich." Luke lächelte mich an.

„Für mich?" Erstaunt blickte ich ihn an. Luke hatte mich vor Missys Geburt oft mit Einladungen überrascht. Wir waren im Konzert gewesen, im Musical am Broadway, wir hatten Baseballspiele angesehen und am Strand gepicknickt.

Aber das hier?

Was war das?

Gespannt näherte ich mich dem Tisch und strich leicht über den schmalen Deckel der Pappschachtel.

„Mach auf", drängte Luke. Er trat von einem Fuß auf den anderen. So kannte ich ihn gar nicht. Bisher war er nie nervös gewesen, wenn er mich überrascht oder mir etwas geschenkt hatte.

Ich lachte. Dann schlug ich den Deckel nach hinten.

Ich erstarrte.

MARRY ME?

Diese Worte lagen vor mir.

Aus rosa Zuckerguss.

Zuckerguss von Donuts.

Das war… ein Heiratsantrag, geformt aus Donuts?

Ich schlug die Hände vor dem Mund zusammen. Sprachlos vor Überraschung starrte ich auf das Bild, das sich mir bot.

Luke räusperte sich. „Debbie, du und Missy, ihr habt mein Leben verändert. Ich will keinen Tag mehr ohne euch verbringen. Willst du meine Frau werden?“

Meine Augen wurden feucht vor Rührung. „Ja“, wisperte ich erstickt.

Luke legte seine Arme um mich und zog mich an sich.

Unsere Lippen fanden sich.

Mein Glück war perfekt.

Und ich würde es nie wieder loslassen.

Ende

Nachwort

Verhütungsmittel suchst du in diesem Buch vergeblich. Warum ist das so? Die Geschichte spielt sich in deiner Phantasie ab und soll dir eine unbeschwerte Zeit und unbeschwertes Lesevergnügen bescheren.

In dieser Welt haben alle Milliardäre Sixpacks und sind richtig gut im Bett. Geschlechtskrankheiten gibt es in dieser Welt nicht.

***

Rebeccas kostenloser Liebesroman:
www.rebeccabaker.de/buch

Rebeccas WhatsApp-Kanal:
www.rebeccabaker.de/whatsapp

Rebecca auf TikTok:
https://www.tiktok.com/@rebeccabaker.autorin

Lese-Reihenfolge bei meiner Bücher?
https://www.rebeccabaker.de/reihenfolge-buecher/

Rebecca auf Facebook:
https://www.facebook.com/rebecca.baker.autorin

Rebecca auf Instagram:
https://www.instagram.com/rebecca_baker_autorin/

Ein Geschenk zu Schluss

Mit der Anmeldung zu meinem Newsletter erhältst du meinen kostenlosen Liebesroman „Love not War – (K)Ein Playboy furs Leben“.

Vom Ex öffentlich gedemütigt und vom stadtbekannten Playboy schamlos ausgenutzt. Welchem Mann kann Jenny überhaupt noch tr auen?

Jenny wird von ihrem Verlobten Kevin während einer Shopping-Tour mitten im Einkaufszentrum abserviert – und alle sehen zu... Doch nicht nur das: Kevin scheint Spaß daran zu haben und verspottet Jenny...

Ausgerechnet Pete kommt ihr zur Hilfe. Sein Ruf eilt ihm voraus: Er ist ein Playboy, von dem ihre beste Freundin erst kürzlich so einiges ausgeplaudert hat...

Aus purer Dankbarkeit lässt sich Jenny dennoch auf Pete ein und eins kommt zum anderen...

Doch diese flüchtige Begegnung bleibt nicht ohne Folgen für die beiden...

Jetzt zum Newsletter anmelden und sofort lesen:

www.rebeccabaker.de

Meine Hörbücher

Meine Bücher sind zum Teil auch als Hörbuch erhältlich.
Eine Übersicht aller erhältlichen Hörbücher mit Verlinkung zu den jeweiligen Shops und Streaming-Anbietern findest du auf
www.rebeccabaker.de/audio

***

Wie wäre es zum Beispiel mit „Dark Inheritance", gesprochen von Emilia Schwarzfeld und Till Beck?
Hier findest du das Hörbuch und den Link zum jeweiligen Shop:
https://www.rebeccabaker.de/sinclair-1
Viel Spaß beim Hören und Genießen!

Printed in Poland
by Amazon Fulfillment
Poland Sp. z o.o., Wrocław

43056411R00188